Las chicas de Tiffany

VIDIS

HISTÓRICA

Es posible que de todo lo que despierta nuestra curiosidad,
nuestro pasado, sea lo más intrigante. Porque es real
aunque poco sepamos de esos hechos y de esas personas
que vivieron años o siglos antes que nosotros.

Nos fascinan las películas históricas porque durante dos horas
somos verdaderos testigos, vemos hasta el detalle
lo que pudo ser en un auténtico viaje al pasado. *Hemos visto:*
eso quiere decir VIDIS, nuestro sello de novela histórica.

Cada libro te transportará desde la Antigua Grecia
a la Segunda Guerra Mundial. Descubrirás hechos, personajes,
costumbres, tragedias y emociones que pudieron ser reales.
Si te llegan como un relato imaginario, es porque
la Historia, para ser contada, debe ser imaginada.

Cuando acabes la última página, sentirás que además
de haber recorrido un viaje lleno de aventuras,
emociones y puro entretenimiento, habrás
descubierto un episodio de la Historia que no
conocías y estarás feliz por haberte enriquecido.

Te damos la bienvenida a VIDIS,
sabemos que ocupará un importante lugar en tu biblioteca.

¡Que lo disfrutes!

Título original: *The Tiffany Girls*
Edición original: Publicado en acuerdo con William Morrow Paperbacks, un sello de HarperCollins Publishers.

Diseño de cubierta e interior: Flor Couto

Traducción: Constanza Fantin Bellocq
Corrección de estilo: Sara Moreno Yunta

© 2023 Shelley Noble

© 2025 Trini Vergara Ediciones
www.trinivergaraediciones.com

© 2025 Vidis Histórica
www.vidishistorica.com

España · México · Argentina

ISBN: 978-84-19767-81-3
Depósito legal: M-16743-2025

Primera edición en España: octubre 2025
Impreso en Romanyà Valls S.A.
Printed in Spain · Impreso en España

LAS CHICAS DE TIFFANY

Shelley Noble

Traducción: Constanza Fantin Bellocq

VIDIS

HISTÓRICA

Dedicado a las ignotas chicas Tiffany que ayudaron a romper el techo de cristal para las que vendrían después.

CAPÍTULO 1

Julio de 1899
Montmartre,
París

EMILIE PASCAL SE LIMPIA LAS MANOS CON EL PAÑO MÁS limpio que encuentra y coloca con sumo cuidado la hoja de papel en el escritorio.

Es la última que le queda. Había logrado sustraer dos hojas del escritorio de d'Evereaux el otoño anterior, cuando su padre terminaba el retrato del caballero.

Ya había tenido que usar una.

Esta será para ella.

Alinea la hoja con precisión, acerca el tintero. Toma aire y se toca lentamente la mejilla. El moratón habrá desaparecido antes de que llegue a Nueva York con su carta.

Pero debe darse prisa.

Y también ser extremadamente precisa, algo que ha aprendido con los años. Un solo error podría echarlo todo a perder.

Emilie imagina la carta que escribirá como un cuadro que visualiza en su mente antes de empezar a pintar. Una caligrafía florida pero masculina. La explicación justa, sin excederse en alabanzas. Apoya la punta de la pluma sobre la hoja de papel.

Mi estimado señor Tiffany…

Los golpes en la puerta llegan justo cuando está a punto de firmar la falsificación casi perfecta. Levanta instintivamente la pluma del papel y *Dieu merci*, no lo mancha.

Con cuidado, ahora.

Mes sincères salutations,
Le Chevalier d'Evereaux

La puerta empieza a sacudirse bajo los golpes cada vez más fuertes. No tiene secante. Emilie sopla sobre la firma y dobla la hoja con rapidez. No la sellará con lacre. Un toque de menos o uno de más siempre delatan el engaño.

Se levanta a toda prisa, va hasta la cama y coge el portafolio negro que espera su última obra de arte.

Entonces comienzan los gritos.

—¡Dominique André Pascal! ¡Abra la puerta en nombre de la *Sûreté* de París!

Emilie guarda la carta dentro del portafolio.

La puerta cederá pronto. No lo encontrarán aquí. Se ha ido. Ella no sabe dónde, pero no le importa, es un alivio. Se coloca una capa sobre los hombros, coge el portafolio de la cama y echa una última mirada para asegurarse de que no se olvida nada. Luego corre hacia la ventana.

Ha planeado este momento. Siente que toda su vida ha planeado este momento. La ventana está abierta y coloca su pertenencia más preciada sobre el pequeño balcón. Se levanta las faldas del vestido —oscuras, pero ligeras— y se prepara para escapar. Una pierna por el alféizar, luego la otra. Cierra la ventana justo cuando la puerta cede.

Recoge el maletín negro, lo arroja al balcón contiguo y se lanza tras él.

Jean y Marie la esperan para ayudarla a entrar. Han oído

a los gendarmes en el pasillo. Sin decir palabra, Marie la ayuda a colocarse bien la capa; la conducen hasta la escalera que lleva al tejado y Emilie comienza a trepar, aferrada al asa de su portafolio como si este pudiera sostenerla en todo. Y lo hará.

Jean quiere acompañarla y cerciorarse de que escape, pero Emilie niega con la cabeza.

—*Non, tu dois m'oublier.*

—*Mais je t'aime!*

—*Non.*

Marie le entrega la pequeña maleta que habían guardado.

—Te enviaremos tu baúl cuando estés instalada.

Emilie asiente. No puede hablar.

Marie empieza a llorar. Jean le lanza una mirada de advertencia. Marie se seca las lágrimas, por si los gendarmes vienen a interrogarlos sobre sus vecinos.

Emilie solo mira hacia fuera lo necesario para asegurarse de que está sola, luego sube al tejado.

Jean la mira con ojos intensos a través de la abertura cuadrada. Así es como ella lo recordará. Enmarcado por la luz.

Entonces la oscuridad lo envuelve y Emilie echa a correr por los tejados de París.

Solo le queda una última parada de camino al puerto y al barco que la llevará lejos de allí. Lejos de sus recuerdos, buenos y malos, de sus amigos y enemigos, y, sobre todo, lejos de su padre.

Desciende en la rue Suger. Las luces brillan sobre los adoquines silenciosos; no hay nadie a la vista. No oye ruidos que indiquen que la policía la está buscando.

Aferrando sus pertenencias, Emilie se dirige al norte, en dirección al río.

Es una noche calurosa, incluso para julio, y tiene la piel empapada por el sudor, fruto tanto del esfuerzo como del miedo. Todavía le queda bastante camino por recorrer.

Ya comienzan a aparecer sombras de hombres y mujeres en los portales: trabajadores que se dirigen a las fábricas, a las barcazas del río, a los talleres de costura, al mercado de flores donde venderán sus productos a las pocas almas que se atreven a salir con esa temperatura.

Emilie acelera el paso, aunque su cuerpo se resiste. Quiere sentarse, hundir el rostro entre las manos, pero eso tendrá que esperar.

Entonces la ve: la pequeña vendedora de flores al pie del Pont des Arts.

La mujer la mira acercarse y le sonríe. Son viejas conocidas. Mira su cubo lleno de crisantemos, lilas y margaritas y saca de entre las flores una rosa de tallo largo.

En la tenue luz del amanecer, Emilie distingue que ese día es roja, un símbolo perfecto para una despedida.

Deja caer una moneda en la mano de la mujer y coge la rosa. Ni siquiera sabe el nombre de la vendedora.

Avanza con cautela hacia lo alto del puente. Reduce la velocidad al cruzarse con dos hombres que vuelven de una noche de juerga y pasan deprisa junto a ella. Luego se detiene y mira las aguas profundas del Sena. No va a llorar.

—Me marcho de Francia esta noche, *maman*. Puede que no vuelva a visitarte por mucho tiempo. *Ne m'oublie pas.* —Y deja caer la rosa en la oscuridad.

Julio de 1899
Compañía Tiffany de Vidrio y Decoración
Manhattan

Clara Driscoll estaba sentada en su escritorio, inspeccionando con ojos entrecerrados los gastos semanales y pensando en libélulas. "Libélulas". Suspendidas en el aire, con el sol reflejado en sus alas iridiscentes durante un segundo antes de alejarse volando para reaparecer en un lugar inesperado.

Las había visto cuando iba en bicicleta por Central Park el domingo y no podía quitárselas de la cabeza.

Se echó hacia atrás en la silla y se pellizcó el puente de la nariz. Ya sentía los ojos cansados, aunque todavía era por la mañana; intuía que se acercaba una de sus migrañas.

Como jefa de la división femenina de la Compañía Tiffany de Vidrio y Decoración, era responsabilidad suya asegurarse de que las cuentas de la semana cuadraran. Por lo general podía separar sin demasiada dificultad su trabajo como encargada del de diseñadora, pero esa mañana no era el caso. El gerente de negocios, el señor Pringle Mitchell, acababa de imponer una lista de nuevos requisitos que acrecentaba la irritación de Clara: tareas adicionales que consumían más tiempo sin ser realmente útiles.

El señor Mitchell y ella siempre estaban en desacuerdo por los gastos. El señor Tiffany quería piezas de arte únicas. Al señor Mitchell, en cambio, solo le interesaba mantener bajos los costes. Por lo general, Clara solía lograr un equilibrio entre ambos, pero esto…

La regla más absurda de todas era cobrarle a la división femenina un alquiler de cincuenta dólares mensuales por el espacio que utilizaban trabajando para la empresa. ¡Cincuenta dólares! Era un despropósito, sobre todo porque sabía que el señor Mitchell lo había hecho solo para fastidiarla.

El señor Tiffany le dijo que lo pagara una vez y no se preocupara más; él lo resolvería. Era fácil para él decirlo, claro, pero había partido con su familia a Europa. Allí se reuniría con el señor Bing para tratar sobre la exposición en la galería Grafton que tendría lugar en octubre. Conocía al señor Tiffany, por lo que no dudaba de que estaría entusiasmado con los rumores sobre la próxima Exposición Universal de París, programada para abril.

Ella se consideraba una mujer racional, comprensiva y moderna, y le gustaba dirigir la nave, por decirlo así, y además orientar a las mujeres que aprendían el oficio bajo su supervisión, mientras al mismo tiempo trabajaba en sus propios diseños. Pero era difícil concentrarse cuando las libélulas exigían atención, especialmente en un día de migraña. Entre las cuentas, la pérdida de dos empleadas que habían renunciado el mes anterior para casarse, y el calor sofocante que invadía el taller del quinto piso, aquel era, sin duda, un mal día.

Dejó caer la cabeza hacia atrás, cerró los ojos. Les daría un momento de descanso, nada más. Su vista nunca había sido demasiado buena y las migrañas no hacían más que empeorarla.

Y ahí estaban otra vez las libélulas. Revoloteando por encima de su cabeza, posándose sobre el montón de acuarelas y dibujos que todavía no había archivado. Planeando sobre el molde de madera para la pantalla de lámpara que acababa de terminar. Zambulléndose en la bandeja de trabajo con recortes de vidrio y herramientas que había apartado para dejar sitio a los libros de contabilidad.

"Cuentas". Abrió los ojos y se enderezó. El sol entraba por la ventana, iluminando como un reflector las columnas de números que la esperaban.

Clara se colocó las mangas de trabajo de muselina, cogió la pluma y reanudó su trabajo desde donde lo había dejado.

"Dos planchas grandes de vidrio opalescente verde, nº 2435B". Había tenido que pedirlas directamente a los hornos de Tiffany en Corona, en el barrio de Queens, ya que el tríptico había consumido buena parte de las existencias del almacén de vidrios en el sótano. Ella misma había ido a los hornos a recogerlas.

"Billete de tranvía, ferry y tren de ida y vuelta". Le parecía injusto que su departamento tuviera que pagar el viaje solo porque los hombres no podían mantener al día las existencias de vidrio.

Clara suspiró. Entre la cantidad habitual de encargos y el trabajo adicional generado por las piezas destinadas a la Exposición de París, ya estaban peligrosamente cerca de exceder el presupuesto mensual y no estaban más que a mitad de julio.

Pero no iban a escatimar en materiales ni en la calidad de la construcción. El señor Tiffany estaba obsesionado con la Exposición. Había decidido no participar en la última feria mundial de París, diez años atrás, y John La Farge, su competidor más feroz, se había alzado con todas las medallas que Tiffany estaba convencido de que habrían sido suyas.

Esta vez, se estaba preparando para asombrar al mundo como nunca antes y ser reconocido —por fin— como el rey indiscutible del arte en vidrio.

Clara no se oponía a la idea. El señor Tiffany era un genio con una visión extraordinaria. El hecho de que dar vida a esa visión —ya fuera en vitrales, jarrones, lámparas, mosaicos u otros encargos que asumía el estudio Tiffany— requiriera del trabajo conjunto de varios departamentos y una multitud de artesanos y artistas individuales no importaba en absoluto.

Él era la fuerza que los guiaba. Y todos lo sabían.

Clara nunca había conocido a nadie como él. No creía que existiera alguien que pudiera compararse con Louis Comfort Tiffany. Y Clara Wolcott Driscoll y sus chicas Tiffany eran una parte indispensable de su proceso.

Acababa de terminar de sumar la primera columna de cifras cuando sonaron unos golpecitos suaves en la puerta. Clara se secó el sudor del labio superior con un pañuelo que luego deslizó dentro de la manga.

—Adelante.

Annie Phillips apareció tímidamente en el umbral.

—Bueno, entra, señorita Phillips. ¿Hay algún problema?

—No, señora. No se trata de un problema… Es solo que…, bueno… —Alargó el brazo, mostrando un anillo barato con un cristal de imitación montado en una banda dorada.

Clara sintió que el alma se le caía a los pies; un latido comenzó a martillarle las sienes. Annie era una de sus mejores cortadoras de vidrio. Era el tercer compromiso que sacudía a su departamento ese mes. Y cuando una chica se comprometía y se casaba (o peor aún, se quedaba embarazada sin estar casada) se quedaba sin trabajo inmediatamente.

El señor Tiffany era un excelente empleador que pagaba a sus "chicas" lo mismo que a los hombres, e incluso afirmaba que eran mejores que ellos para seleccionar y cortar el vidrio. Pero en algo estaba alineado con los demás empresarios y con la ley: ninguna mujer casada podía trabajar en el taller. Cosa que a Clara le parecía una postura miope por parte de él y de la ley. La mayoría de las mujeres casadas tenían aún más razones para conservar su empleo.

—¿Y quién es el joven?

—Jack Mills, señora. Es respetable, de una familia trabajadora y honrada.

Lo que seguramente significaba que eran pobres como ratones de iglesia.

—Y es muy guapo, señora Driscoll.

—Ajá.

¿Cuántas veces había escuchado esa historia, o alguna variación de ella? ¿Cuántas chicas se habían marchado persiguiendo sus sueños de matrimonio, hogar y familia, sin que volviera a saber de ellas?

Antes solía intentar disuadirlas. Su propia experiencia le había enseñado que la promesa de amor y seguridad podía transformarse en una realidad amarga.

—¿Y a qué se dedica el señor Mills?

—Es repartidor, señora Driscoll. En el distrito textil. Planea ascender a encargado.

"Todos lo hacen", pensó Clara con desánimo. Y sin duda ganaba menos que la muchacha que estaba frente a ella llena de ilusiones.

Clara, ante todo, era una mujer práctica. Y aunque simpatizaba con las ideas de la mujer moderna, comprendía la atracción de delegar responsabilidades en unas espaldas más anchas. Después de todo, ella también había hecho lo mismo en su momento.

—Bueno, si estás segura de que estás tomando la mejor decisión…

—Lo estoy, señora Driscoll, lo estoy.

—En tal caso, lamentamos mucho tu partida, pero te deseamos toda la felicidad del mundo. —Clara se puso de pie, dando por concluidos la entrevista y el empleo de Annie Phillips.

Annie hizo pucheros.

—Vamos, vamos —dijo Clara, rodeando el escritorio—. Levanta esa cabeza. Vas a embarcarte en una aventura maravillosa.

¿Por qué había dicho eso? Era una tontería pensar que esa muchacha tendría algo más que una vida común y corriente de trabajo agotador, criando un hijo tras otro mientras su marido ascendía en el mundo… o no.

Debían de ser el dolor de cabeza y el calor los que la volvían tan pesimista. Por norma, no se permitía ser negativa. No servía para nada ni ayudaba a nadie.

—¿Las otras chicas ya han visto tu anillo? —Era una pregunta innecesaria. Claro que lo habían visto. En ocasiones, sentía que el estudio no era más que una estación de tren, un lugar transitorio donde las jóvenes esperaban el inicio de su siguiente viaje.

Sonrió con amabilidad y la acompañó hasta la puerta. La vio regresar deprisa con las demás y luego cerró la puerta.

Casi no se había sentado en su escritorio cuando sonó otro golpecito a la puerta. Soltó un gemido. "Por Dios, que no sea otra".

Julio de 1899
Pensión de la señora Bertolucci
Manhattan

Grace Griffith llegó justo a tiempo para las once de la noche, hora en que se cerraba la puerta. La señora Bertolucci estaba en el umbral, llave en mano, cuando Grace entró a toda prisa.

—¡Uf! —exclamó Grace—. Pensé que iba a tener que trepar por la ventana de la cocina.

Doña Berto, como la llamaban todas las huéspedes, la miró con expresión traviesa.

—Espero que no hayas estado por ahí de juerga con algún muchacho.

—Claro que no —respondió Grace con sinceridad.

—¿Qué ha sido esta vez?

—Quién, mejor dicho. Una mujer llamada Emma Goldman. Dio una charla sobre control de natalidad, amor libre y la emancipación de la mujer. Era magnética.

Doña Berto se persignó.

—Esa mujer. Es una conocida anarquista y donde va, causa problemas. No te involucres con esas tonterías. Son gente violenta, esos anarquistas. Lo he visto con mis propios ojos en mi tierra. *Dio mio!*

—Jamás lo haría —declaró Grace—. Estoy a favor del derecho al voto para las mujeres, de salarios justos, de que podamos tener propiedades y no ser hostigadas por nuestros maridos, pero la señorita Goldman… —Grace levantó los hombros—. Es excelente material para caricaturas.

Doña Berto la cortó agitando ambas manos en el aire.

—Puede ser, pero ten cuidado de no meterte en cosas que no puedas controlar.

Su vehemencia tomó por sorpresa a Grace.

—Se lo prometo. Nada de violencia en mi vida. Me paso el día haciendo vidrieras para iglesias.

—Y te despedirán si te quedas dormida sobre el vidrio.

—Si encuentro marido primero, no —bromeó Grace.

—Eres una chica bonita, Grace. Lista, tal vez demasiado lista. Puede que seas un poco demasiado alta para algunos hombres, pero búscate uno bien alto y bien rico.

Grace abrió la boca…

—Lo sé. No quieres dejar tu trabajo, tus dos trabajos. Pero me preocupo por ti.

—Y se lo agradezco. Pero usted también es una mujer moderna, doña Berto. Un modelo para todas nosotras, aunque no lo quiera admitir.

Doña Berto podría haberse casado de nuevo después de enviudar. Era una viuda respetable, con una herencia cómoda y una pensión en un vecindario tranquilo y seguro. Pero no lo había hecho, a pesar de tener muchas oportunidades.

—Bah… Tu cena está en el horno, pero si está dura como la suela de un zapato no será por culpa mía.

—Claro que no. Es usted un encanto, doña Berto.

Grace se inclinó y plantó un beso en la redonda mejilla de la mujer.

—Vete ya, y apaga las luces de la cocina cuando termines.

—Lo haré, gracias. —Grace se alejó por el pasillo, aliviada y agradecida. Estaba famélica y la idea de irse a dormir con el estómago vacío con ese calor era desalentadora.

Sacó con cuidado el plato del horno y lo colocó sobre la

mesa. Levantó la tapa y aspiró el aroma celestial: chuletas de cerdo, patatas asadas y repollo.

Sacó su cuaderno de dibujo de la mochila y alternando entre el tenedor y el lápiz, hizo desaparecer las chuletas y las patatas, mientras daba vida a la caricatura reconocible de Emma Goldman, la anarquista incendiaria.

Y bastante bien, la verdad. Allí estaban las gafas con montura dorada, la nariz prominente y algo bulbosa, y el cabello que parecía un hongo sobre su frente, todo exagerado bajo el trazo del lápiz de Grace. Debía admitir que no era halagadora, pero captaba bien su esencia y sus rasgos.

Se echó hacia atrás, satisfecha. Ahora solo faltaba un título ingenioso y vendérsela a algún periódico.

Mientras tanto, acudiría todas las mañanas a su otro trabajo. Qué ironía que los dibujos a gran escala que hacía de los diseños en acuarela para los vitrales en la empresa Tiffany se llamaran cartones. Supuso que era por los trazos lineales, aunque no podían ser más diferentes de lo que dibujaba para sus caricaturas.

Con los diseños de vitrales, ayudaba a que el arte y la belleza llegaran a cientos de personas, pero con sus caricaturas políticas, Grace Griffith pretendía cambiar el mundo.

CAPÍTULO 2

EMILIE ESTABA SENTADA EN EL CAMAROTE DE SEGUNDA clase, con la maleta aún cerrada a sus pies y el portafolio junto a ella sobre el borde del estrecho camastro. Como si creyera que podría escapar si la descubrían. ¿Estarían buscándola las autoridades? No había hecho nada malo. Al menos, no intencionadamente. Pero tal vez quisieran interrogarla, obligarla a confirmar la culpabilidad de su padre. No habría llegado a eso, aunque desde el principio supo que algún día tendría que detenerlo.

Pero de momento, se sentía segura. Nadie le había impedido subir al tren hasta Le Havre ni abordar el *Gascognia* justo antes de que zarpara. Aun así, había tomado una decisión. Su futuro estaba en Nueva York, en el estudio de Louis C. Tiffany. Convertiría la luz en arte a su manera, según su propia visión.

El sonido de los motores del barco cambió de un traqueteo rítmico a un zumbido constante que anunciaba que ya estaban en alta mar, lejos del puerto y del peligro. Solo entonces Emilie respiró despacio, como si temiera que un suspiro apresurado pudiera desencadenar eventos fuera de su control.

La última vez que había estado en un barco, viajaba con su padre en un camarote de primera clase, rodeada de personal atento a cada capricho. Recordaba un elegante comedor y una biblioteca; tumbonas donde beber limonada o champán antes de vestirse para la cena o un baile o una velada literaria. Por supuesto, en aquel entonces su padre había sido un retratista afamado y solicitado.

Eso fue antes de que el mundo descubriera cómo financiaba su lujoso estilo de vida: copiando a maestros antiguos poco conocidos —y a algunos contemporáneos— para luego vender las obras como originales a coleccionistas ingenuos, en su mayoría extranjeros.

Era un pintor competente, sin duda, pero su aparente prosperidad convencía a la gente de que debía de ser un genio para estar tan solicitado. Eso atraía a más clientes dispuestos a pagar para que un artista de moda les pintara un retrato.

Ella detestaba todo eso. Detestaba los retratos. Pero más que nada, detestaba a su padre.

Esos mismos clientes no veían las noches en las que huían porque no podían pagar el alquiler, ni las veces en que él regresaba a casa enfurecido y se desquitaba con su esposa y su hija. Y más tarde, cuando su madre no pudo soportarlo más, solo con Emilie.

Se estremeció. No recordaba cuando había dormido tranquila por última vez. Estaba agotada, pero sabía que no podría conciliar el sueño. Dormiría cuando estuviera a salvo en Norteamérica.

Permaneció sentada en su camarote, tan diminuto que casi podía tocar la pared del lado opuesto. Se quedó allí, sintiendo los temblores y vaivenes del barco debajo de ella. Se quedó allí hasta que oyó movimiento fuera de la puerta. Debía de ser el mediodía o incluso más tarde.

Un camarero llamó a la puerta para preguntar si deseaba almorzar en el camarote. Emilie aceptó, aunque sabía que eso tendría un coste adicional que los de primera clase no tenían que pagar. Apartó ese pensamiento; debía cuidar el dinero, pero también necesitaba comer. Todavía no estaba lista para enfrentarse al mundo.

Cuando llegó la bandeja, abrió la puerta y miró hacia otro lado mientras el camarero la dejaba sobre la mesa y se retiraba. Bebió un poco de agua, mojó un trozo de pan en el vino, pero su estómago no aceptaba nada. Tal vez fueran los nervios o el movimiento del mar, pero no podía comer.

Hizo a un lado la bandeja, puso la maleta sobre la cama y sacó una llave que llevaba colgada al cuello. Abrió la maleta con cuidado, escuchando —sin ninguna lógica— por si llegaban los pasos de una persecución. Pero no hubo ruidos.

Había metido dos faldas resistentes, varias blusas y dos delantales de trabajo que esperaba la hicieran encajar con las demás. Sacudió las faldas y las colgó en el estrecho armario. Le siguió un vestido de calle que le serviría hasta que se instalara y pudiera pedirle a Marie que le enviara su baúl; guardó la ropa interior y el camisón en los cajones de la pared.

En el fondo de la maleta estaba lo que más le importaba: su cuaderno de dibujo y algunos catálogos de galerías y revistas de arte. De ellos seguía aprendiendo sobre la técnica del vidrio de colores. Llevaba meses leyendo y practicando desde que descubrió el trabajo de Tiffany en la Maison de L'Art Nouveau de Monsieur Bing.

Nunca se había atrevido a entrar en aquella galería; sabía que no podía comprar nada y los miembros de la Académie des Beaux-Arts, donde estudiaba, ridiculizaban esas muestras de arte nuevo. Su padre, además, lo despreciaba y ella le temía demasiado.

Pero un día, al pasar frente al escaparate, un destello de color captó su atención. En un acto de desafío y curiosidad, Emilie entró con paso firme para descubrir qué lo había provocado.

Y se quedó paralizada al encontrarse cara a cara con una vidriera enmarcada, hecha de un vidrio como ningún otro que hubiera visto antes. Vidrio Favrile lo llamaban. Un vidrio con patrones y colores tan asombrosos que parecía tener vida propia, surgidos del interior del material, no pintados ni esmaltados en la superficie. No tenían nada que ver con las lúgubres vidrieras de las catedrales e innumerables iglesias antiguas que salpicaban los barrios de París.

Sobre pedestales, jarrones de una fragilidad inverosímil, vibrantes, en movimiento, vivos, parecían abrazar el aire que los rodeaba. Y mientras Emilie observaba maravillada, el sol cambió de posición al otro lado del escaparate, haciendo que agujas de luz mágica se refractaran en todas direcciones, inundando el suelo y las paredes con colores en movimiento.

Louis C. Tiffany

Después de eso, volvió una y otra vez. Recorrió París buscando más ejemplos de su obra y descubrió que Tiffany tenía un gran taller en Nueva York, donde decenas de artistas y artesanos diseñaban, creaban y ensamblaban esas maravillas. Y que uno de esos talleres estaba compuesto exclusivamente por mujeres.

Emilie se sumergió en revistas y catálogos buscando más muestras de ese vidrio y leyó sobre cómo se fabricaba. Jean se las arregló para "confiscar" varios de la biblioteca de la Académie donde trabajaba para mantenerse a él y a Marie mientras luchaban por abrirse camino como pintores.

El querido Jean, tan honesto y talentoso; su amor por Emilie lo había convertido en un ladrón. La necesidad de ella había contaminado también la vida de él.

Entre aquellos hallazgos, había un ejemplar de *The Art Journal*, una revista estadounidense que explicaba el proceso de creación del vidrio Favrile. Emilie decidió que lo aprendería.

Y entonces su mundo explotó.

No importaba. Tendría que aprender por su cuenta durante el viaje. Aprender lo suficiente para conseguir un pequeño espacio en el taller de Tiffany. Podría lograrlo si se lo proponía. Tenía que lograrlo. Solo necesitaba saber lo suficiente para conseguir una entrevista con el mismísimo señor Tiffany y lo convencería de que la contratara. Trabajaría con todo su empeño.

Emilie cerró la maleta, pero no la bajó de la cama. La superficie rígida serviría como un escritorio improvisado para el trabajo que debía hacer durante el viaje.

Sin embargo, el trabajo se desvaneció casi de inmediato de su mente. Bostezó una vez, luego otra y se acurrucó junto a la maleta y el portafolio. Con el brazo extendido sobre ellos como si quisiera protegerlos, se quedó dormida.

Cuando se despertó de nuevo, todo estaba en calma, salvo por el rítmico zumbido de los motores. Fue hacia la puerta, tambaleándose y apoyándose en la pared cuando el oleaje particularmente fuerte amenazó con hacerle perder el equilibrio. Asomó la cabeza al pasillo y, al no ver a nadie, salió a la cubierta de segunda clase en busca de aire fresco.

Había caído la noche y estaba oscuro. En París nunca estaba tan oscuro. En París, alguien siempre estaba despierto, celebrando e iluminando el cielo. Aquí no se veía ni el más leve rastro de las luces del puerto de Le Havre, ni la silueta de la costa francesa contra el cielo. Y eso era bueno.

Le dio la espalda al pasado, sabiendo que la oscuridad la seguiría hacia el oeste como una sombra que se negaba a abandonarla. Pero de momento, trabajaría y trabajaría hasta estar tan cansada que no le quedaría más remedio que dormir. Y cuando despertara, no importaría si era de día o de noche.

La cubierta se balanceaba bajo sus pies; se le revolvió el estómago. Tendría que ir al comedor al día siguiente; de lo contrario, estaría demasiado débil cuando llegaran a Nueva York.

¿Cómo había llegado a este exilio? Todo comenzó con una acusación lanzada al calor del alcohol, repetida días después en el salón de madame Hubert. "Un rumor, entiéndase bien. Nada más". Pero el daño ya estaba hecho y la noticia se propagó, primero en susurros, descreída por algunos, descartada por otros como habladurías nacidas de la envidia.

Sí, eran comentarios envidiosos, pero también eran ciertos.

Dominique Pascal era un falsificador de arte.

Pronto, las miradas se volvieron hacia Emilie. Lo notó primero en la Académie, donde estudiaba para ser artista y, en ocasiones, posaba para pintores ya consolidados. Algunas personas hacían comentarios en voz baja y le lanzaban miradas furtivas, que se apartaban enseguida si ella las devolvía.

Se preguntaban si lo sabía. Si lo había ayudado. Si era tan culpable como él. Y todo confirmaba lo que muchos habían sostenido desde un comienzo: las mujeres no tenían cabida en la Académie des Beaux-Arts.

Al principio, Emilie trató de ignorarlos. Su orgullo la obligaba a levantar la barbilla y seguir estudiando, incluso mientras la aislaban, se burlaban de ella o protestaban cuando entraba en una clase. Así continuó, día tras día, aunque le destrozaba el alma.

Y entonces Dominique Pascal desapareció, dejando a su única hija (al menos, a la única que reconocía) para que se enfrentara sola a la sociedad parisina y a la policía. Si hubiera tenido una familia o amigos influyentes, quizás habría resistido la tormenta, pero no los tenía. Así que, como su padre, Emilie huyó.

Ahora, por fin, era libre.

Durante los siguientes cuatro días, permaneció en su camarote, evitando la luz del día y los ojos curiosos. A veces iba al comedor y se obligaba a conversar con otros pasajeros para practicar el inglés. Otras veces llevaba su cuaderno de dibujo a la cubierta, aunque el movimiento del barco no favorecía el trabajo cuidadoso que necesitaba hacer. La mayor parte del tiempo se quedaba en su camarote dibujando, copiando las fotografías de los catálogos de galerías y revistas.

Empezó con los pósteres de *art nouveau*, cuyos acentuados contrastes eran ideales para aprender a convertir una pintura en un rompecabezas de piezas de vidrio. Al principio, Emilie copiaba directamente del papel al cuaderno, luego dividía una sección más pequeña en cuadrículas para dibujarla a mayor escala. Por último, elegía un fragmento aún menor y lo ampliaba todavía más.

Era un trabajo meticuloso y, a veces, Emilie sentía deseos de estallar en líneas y colores que se derramaran por la página y flotaran en el aire como los jarrones que había visto. Pero mantenía su disciplina. La precisión y la atención a cada detalle superarían algún día cualquier impulso creativo que pudiera tener en ese momento.

Algún día, sí. Ya podía visualizar su obra en su mente. Algún día.

Agachó la cabeza y se dio cuenta de que movía el lápiz al compás del balanceo del barco. Rara vez perdía el control de la línea, salvo cuando un movimiento repentino y brusco hacía que la punta del lápiz resbalara por la página.

Una noche hubo una tormenta; el barco se sacudió con tal violencia que Emilie tuvo que dejar de dibujar e incluso de leer. Esa noche había muy pocas personas en el comedor. Le costaba pensar en comer, pero se obligó a tragar unos pocos bocados de carne y pudín. Solo para eliminarlos un rato después en el camarote, tras oleadas y oleadas de náuseas.

Durante los siguientes dos días no intentó ingerir nada que no fueran líquidos y luego, milagrosamente, el mar se calmó. Y un día después los motores se detuvieron y el barco entró a remolque en el puerto de Nueva York.

Débil y temblorosa por el ayuno, los nervios y la emoción, Emilie se vistió con su mejor falda y blusa de trabajo. Prestó especial atención a su cabello, que trenzó y recogió en un moño en la nuca. No era el estilo habitual en que solía llevar sus rizos castaño rojizo, pero el peinado la favorecía lo suficiente, era formal y remarcaba su seriedad.

Se dirigió al comedor decidida a desayunar bien antes de abandonar el barco. Pero cuando llegó la comida, no pudo comer más que un panecillo y tomar un poco de café solo.

No importaba. Tan pronto como consiguiera empleo, se daría el lujo de cenar un buen filete en un restaurante elegante donde no tuviera que preocuparse de que los cubiertos resbalaran por toda la mesa con el movimiento.

De pronto el barco desaceleró, los motores se apagaron por completo y los pasajeros salieron a cubierta. Lo primero que notó fue el calor. Mucho más calor que en París. Llevaba la misma capa que se había puesto la noche de su huida. No tenía sitio en la maleta y era demasiado pesada para llevarla en la mano, junto con el equipaje y el portafolio. Estaba sudando cuando le tocó su turno en la fila y presentó su *carte de visite* al funcionario de aduanas.

—¿Viaja sola? —le preguntó.

No era asunto suyo, pero Emilie le respondió de todos modos:

—Sí.

Él volvió a examinar su documento.

El miedo que Emilie creía haber dejado atrás la invadió de golpe. Se tambaleó ligeramente sobre los pies. Pero el hombre le devolvió el permiso y la dejó pasar.

—¿Puede indicarme el camino hacia la Cuarta Avenida?

—Tome la calle Catorce hacia el otro lado de la ciudad. Es esa de ahí —dijo, señalando con un dedo en dirección a la calle—. Son unas siete manzanas. Si nadie la está esperando, será mejor que coja el tranvía o un carruaje de alquiler. Ni se le ocurra ir caminando con esta temperatura. Estamos en medio de una ola de calor, la peor en años, en mi opinión. Y con tanto equipaje y esa capa…

Emilie le dio las gracias y se apresuró a alejarse mientras las palabras murmuradas por el funcionario resonaban en sus oídos: "Estos extranjeros…".

Siete manzanas hasta la Cuarta Avenida, luego desde la calle Catorce hasta la Veinticinco, donde estaba ubicado el estudio de Tiffany. Un largo trayecto a pie, y el calor era insoportable. Emilie no quería que la primera impresión que tuvieran de ella fuera de una joven desaliñada y abatida. Pero un carruaje de alquiler… era demasiado caro. Si el calor se tornaba inaguantable, se detendría en una fuente para refrescarse la cara.

Nunca había estado en Nueva York, pero su madre, inglesa de nacimiento, se había asegurado de que su hija se criara con modales ingleses además de franceses. Aunque eso fue solo hasta que Emilie cumplió once años, cuando el río se la llevó.

Sin embargo, incluso a los once años, Emilie supo que no había sido culpa del río. Fue su madre, en un acto de desesperación, la que eligió el río.

Ahora, de pronto, temía que su inglés no fuera lo suficientemente bueno. Que su acento incomodara a la gente.

Que no hubiera llevado ropa lo suficientemente buena. Tal vez pensarían que era una inmigrante pobre y sin educación, como las almas a bordo del *Gascognia* que miraban desde la cubierta inferior mientras desembarcaban los pasajeros de primera y segunda clase. Sabían que serían llevados a Inmigración, donde los revisarían de mala manera y cambiarían sus nombres; algunos serían admitidos en cuarentena, mientras que otros serían enviados de regreso sin pisar tierra estadounidense.

Había sentido su energía mientras la miraban: una de las afortunadas. La esperanza y el miedo de esa gente perforaban su espalda como una daga. Había escuchado historias en su vecindario, en los bares donde su padre pasaba muchas noches y donde Emilie era, a veces, una compañera involuntaria. Por eso había gastado gran parte de sus pocos ahorros en un pasaje de segunda clase. Estaba allí, con los pies firmes en el suelo. Y allí se quedaría.

Se le llenaron los ojos de lágrimas de alivio, esperanza y miedo de no saber cómo sobrevivir sola.

Pero no estaba sola. Tenía su portafolio, su talento y su ambición.

Sin más, cogió la maleta y el portafolio y echó a andar por la calle Catorce. Lamentaba no poder hacer una entrada triunfal, pero había vendido la mayoría de sus sombreros y vestidos para juntar dinero para el viaje.

No tenía importancia, todo eso había quedado atrás. Ahora era una trabajadora. Miró hacia ambos lados y luego cruzó la calle. Tras esquivar carretas, carros de reparto y carruajes tirados por caballos, llegó al otro lado.

Levantó la barbilla y avanzó con determinación hacia su futuro.

Bastó con recorrer media manzana bajo el sol, empujada por la prisa de los transeúntes y sintiendo el olor a estiércol de caballo y sudor humano en la nariz, para que se diera cuenta de que las manzanas en esta ciudad eran más largas de lo que había imaginado. Y el calor era abrumador.

Se detuvo bajo el toldo de una tienda de comestibles, pero el alivio era mínimo. Si se quitaba la capa, tendría que dejar la maleta y el portafolio en el suelo y alguien podría llevárselos. Y aunque eso no sucediera, tendría que cargar la capa además de sus otras pertenencias, que ya eran lo suficientemente pesadas.

Si todas las manzanas eran tan largas como esta, no llegaría nunca. Estaba sudando y se sentía algo débil; la falda le colgaba, suelta, de la cintura. Y se hacía tarde.

Pasó un tranvía junto a ella en dirección a los muelles. Comprendió que si no quería presentarse ante el señor Tiffany con el bajo de la capa cubierto de polvo, la blusa pegada a la espalda y el pelo mojado contra la cara, tendría que coger el tranvía. No se atrevía a derrochar en un carruaje.

Pensando en el poco dinero que le quedaba, Emilie cambió el equipaje de mano para aliviar sus hombros y cruzó la calle. Tras esperar unos minutos, subió al siguiente tranvía que iba hacia el este.

Cuando pasó el cobrador, Emilie se irguió y con su mejor inglés, preguntó si ese era el tranvía correcto para llegar "al número 333 de la Cuarta Avenida, la Compañía Tiffany de Vidrio y Decoración".

—Cambie en Union Square por el que va hacia el norte —respondió el hombre, y le entregó un billete—. Enséñeselo al próximo cobrador.

—Mer... digo, gracias.

Se dejó caer en el asiento y respiró profundamente varias veces. Pronto, muy pronto, estaría allí. A medida que avanzaba el tranvía, intentó acostumbrarse a Estados Unidos.

Sin embargo, no era una gran bienvenida. La calle Catorce era ancha y estaba sucia; la arquitectura no era notable en ningún sentido. Filas de edificios bajos, de piedra marrón, se veían interrumpidos de vez en cuando por almacenes o fábricas. Uno esperaría algo más impresionante como primer vistazo de la famosa ciudad. En París, las grandes avenidas estaban bordeadas de árboles y edificios majestuosos… "Pero ya no estás en París", se recordó. Y tal vez no volvería a estarlo jamás.

Tras varios minutos, el conductor anunció Union Square junto con otros nombres que Emilie no conocía.

Habían llegado a un parque, un bonito respiro entre la multitud y el calor.

En condiciones normales habría disfrutado de un paseo debajo de los árboles. Pero siguió a los otros pasajeros que también parecían encaminados hacia el tranvía con dirección norte.

La parada estaba llena, y si un caballero de corta estatura no le hubiera cedido su asiento, Emilie habría tenido que quedarse de pie con su equipaje mientras el vehículo se acercaba traqueteando por la avenida.

Estiró el cuello en cada parada, buscando los nombres de las calles. Dieciocho, Diecinueve…, ya faltaba poco. Subían más pasajeros, y casi no podía ver más allá de sus cabezas. Veintiuno… Veintidós… Veintitrés. Casi no prestaba atención a lo que la rodeaba, tan temerosa estaba de no bajar en su parada, aunque el tranvía parecía detenerse en todas las esquinas.

En la calle Veinticuatro se puso de pie. Se abrió camino entre los otros pasajeros, obstaculizada por su equipaje. Cuando el conductor gritó "¡Veinticinco!" ya se encontraba lista para descender.

Esperó a que el tranvía se alejara y miró a su alrededor.

Estaba en otra avenida ancha, pero a diferencia de la calle Catorce, esta estaba flanqueada por grandes edificios comerciales y de apartamentos. Se veía menos gente caminando por las aceras.

Emilie observó los edificios del otro lado de la calle, luego hizo lo mismo con los de su lado. Justo cuando comenzaba a sentir pánico, lo vio, a un edificio de distancia: el letrero de bronce sobre una puerta doble. Compañía Tiffany de Vidrio y Decoración.

Los nervios le aceleraron el pulso. "Con calma. Sé profesional". Dejó la maleta y el portafolio en la acera para colocarse el cabello, abotonarse la capa que se había desabrochado en el tranvía y secarse el sudor de la cara con la manga.

Con eso tendría que bastar. Recogió sus pertenencias y se dirigió a la puerta.

—La entrada está en la calle Veinticinco —le indicó un portero uniformado, señalándole la dirección con un gesto.

Emilie rodeó la esquina hasta llegar a una puerta menos ostentosa, aunque también imponente. Una vez más, se recompuso y entró. El portero de allí llevaba pantalones de trabajo, una camisa sin cuello y tirantes. Levantó la vista desde su taburete cuando Emilie se detuvo ante él.

—Buenos días, señorita —saludó con un leve tono interrogativo en la voz.

Emilie suspiró, deseando no estar tan acalorada, tan débil, tan desaliñada, pero no se había atrevido a pasar la noche en un hotel o en la YWCA, la Asociación Cristiana de Mujeres Jóvenes, como alguien a bordo del barco le había sugerido. Seguramente, un gran artista no le daría importancia a que estuviera agotada y despeinada tras el viaje, aunque el portero sí lo hiciese. Su aspecto convencería al señor Tiffany de que iba en serio, y que estaba ansiosa por comenzar. No podría rechazarla. Tenía la carta. La carta lo convencería. Por más que fuera tan falsa como los cuadros que su padre vendía como originales.

—¿Sí, señorita? —repitió el portero.

—Yo... —Emilie se armó de valor y lo intentó de nuevo—. Tengo una cita con el señor Tiffany.

No era del todo cierto, pero ¿qué importaba otra pequeña mentira después de tantas? Sería la última. O al menos, lo sería en cuanto consiguiera el trabajo.

—Eso no es posible, señorita.

—Claro que sí. Tengo una cita.

—Pues entonces debe de haber algún error —dijo el hombre. La miraba con amabilidad, aunque con cautela, como si pensara que podría estar loca—. Lamento decirle que el señor Tiffany zarpó hacia Europa... como hace una semana, más o menos.

Emilie sintió que se le aflojaban las piernas.

El portero se levantó de un salto. Era alto y anguloso.

—¿Se encuentra bien, señorita?

Sus palabras sonaban muy lejanas. "Zarpó hacia Europa".

—Pero yo... yo...

El hombre miró su portafolio.

—¿Es usted artista, señorita?

Emilie asintió mientras el mundo volvía a su lugar; trató de contener el pánico que amenazaba con desbordarla. ¿Dónde se quedaría hasta que él regresara? ¿Cómo sobreviviría con el poco dinero que le quedaba? De todas las cosas que había imaginado que podían salir mal, esta no se le había ocurrido nunca.

—¿Ha venido a solicitar trabajo?

—Sí..., el señor Tiffany...

—Entonces tal vez debería hablar con la señora Driscoll. Es la encargada de la sección de mujeres. Está en el quinto piso. El ascensor está justo al fondo. —Frunció el ceño, y su boca se curvó en una expresión casi cómica.

—Espere, le diré a Alfred que vigile la puerta y la acompañaré yo mismo.

—Gracias.

Emilie dejó su equipaje en el suelo y estiró la espalda. "Tendría que hablar con la señora Driscoll".

Le pareció una eternidad hasta que el portero regresó con un muchachito que vestía un traje gastado, demasiado grande para él. Asintió y ocupó su lugar sobre el taburete.

—Por aquí, señorita. —El portero la acompañó hasta un gran ascensor y cerró la reja.

—Las damas están en el quinto piso. Sé con certeza que están buscando cortadoras. Así que ha llegado en buen momento.

Emilie asintió; estaba concentrada en lo que le diría a la mujer que no era el señor Tiffany.

El ascensor se detuvo, el portero abrió la reja y salieron.

—Espere aquí. —El hombre levantó la mano y llamó en voz baja—: Señorita Griffith...

Una joven que estaba de pie sobre un taburete, trabajando en uno de los dibujos a gran escala —"se llaman cartones", se recordó Emilie—, se volvió hacia ellos y bajó al suelo. Apoyó su mazo contra el caballete, guardó el lápiz y se acercó.

—Aquí hay una joven que busca empleo.

La señorita Griffith la evaluó rápidamente con la mirada. Era más o menos de la misma edad que Emilie, quizás un poco mayor y un poco más alta, con grueso cabello castaño y un rostro bien formado.

—Voy a avisar a la señora Driscoll —dijo con una sonrisa. Se dirigió deprisa al otro extremo de la sala y llamó a una puerta estrecha.

—Espere aquí. La señora Driscoll no tardará en atenderla. —El portero asintió y regresó al ascensor.

Mareada y presa de alivio y ansiedad, Emilie se sentía al borde de una nueva vida. Tenía miedo de soltar la maleta o el portafolio y que toda la escena desapareciera como un truco de magia.

Dos filas de largas mesas de trabajo se extendían desde la entrada hasta la puerta por donde había desaparecido la señorita Griffith. En cada mesa, dos o tres mujeres, vestidas con delantales sobre sus blusas y faldas, estaban sentadas o de pie, inclinadas sobre bandejas repletas de trozos de vidrio de colores.

Otras dos, como la señorita Griffith, trabajaban de pie ante grandes caballetes, reproduciendo dibujos que se convertirían en vitrales.

La sala tenía ventanas en tres lados que llenaban de luz hasta los rincones más alejados. Delante de varias de ellas había grandes rectángulos de vidrio, vitrales sin terminar. Aunque no estaban acabados, reflejaban la luz del sol en un caleidoscopio de verdes, rojos, amarillos y colores que Emilie había imaginado, pero nunca visto; un espectáculo deslumbrante que teñía las paredes, el suelo y a las trabajadoras con destellos de color.

Era casi demasiado para asimilarlo.

Desde la puerta al final del taller, que parecía mucho más lejana que antes, se acercaba una mujer alta, de huesos grandes, con aspecto muy serio.

El nombre, señora Driscoll, flotaba en la mente de Emilie. La seguían la señorita Griffith y otra mujer, más baja y de apariencia menos intimidante. Emilie centró su atención en ella hasta que tuvo delante a la señora Driscoll.

—¿Sí?

—J'ai... Eh..., yo... tengo una car... —Emilie no podía pronunciar la palabra.

Una carta. Tiene una carta. Apretó el portafolio con más fuerza. La señora Driscoll ladeó la cabeza y frunció el entrecejo.

Emilie intentó abrir con torpeza las hebillas del portafolio.

—Tengo una... —*No encuentra la carta. Empuja el portafolio hacia delante. Se le resbala de las manos, los dibujos caen al suelo y Emilie con ellos.*

CAPÍTULO 3

—¡SANTO CIELO, SE HA DESMAYADO! —EXCLAMÓ LA SEÑO-
rita Gouvy. La señora Driscoll ya se había arrodillado junto
a la figura tendida y comenzó a dar órdenes rápidamente—:
Sales aromáticas, señorita Evans. Están en la repisa superior
del botiquín de mi oficina. Señorita Hodgins, un vaso de
agua. Alice, quitémosle esta capa.

Era la primera vez que Grace oía a la señora Driscoll
romper la regla del "señorita", una forma de trato en el taller que aseguraba que se mantuviera el profesionalismo en
todo momento.

La señorita Gouvy no parpadeó, sino que se arrodilló al
otro lado de la joven y comenzó a desabotonar el abrigo con
eficacia.

Por un momento, Grace permaneció inmóvil, hipnoti-
zada por la escena. Deseaba plasmar a la joven en papel, no
como una dama exagerada, sino como Ofelia, pintada por
John Everett Millais, con los dibujos esparcidos a su alrededor, al igual que las flores en la tumba acuática de la desdi-
chada Ofelia. Había algo de sobrenatural en ella, la piel tan
pálida que parecía casi transparente, una belleza serena que
casi no lograba ocultar el torbellino interior.

"Sería un vitral magnífico", pensó.

En todo el taller, las miradas se habían posado sobre la

escena y muy pronto todas las mujeres abandonaron sus puestos y se acercaron para observar mejor.

Grace estaba tan cautivada por la escena que no vio los pies que se aproximaban hasta que apareció ante ella la desproporcionada bota de la señorita Kruger. Solo logró salvar un puñado de dibujos antes de que los pisotearan todas las que intentaban ayudar. Los apiló sobre la mesa de trabajo más cercana y volvió para recoger los restantes.

Todas se habían reunido alrededor de la joven caída. Esta suspiró, se agitó, gimió e intentó incorporarse.

La señora Driscoll la sujetó con firmeza y le dijo con su característico tono autoritario:

—No se levante. Se ha desmayado, pero estará bien en un momento. ¡Señorita Hodgins!

—¡Voy, señora Driscoll! —Dora Hodgins regresó a toda prisa con un vaso de agua que se le derramaba mientras corría.

La señora Driscoll levantó la cabeza de la joven y la ayudó a beber, luego devolvió el vaso a Dora. Grace aprovechó el momento para recoger los dibujos, enderezarlos y echarles un vistazo más detenido. Lo que vio le cortó la respiración.

Eran detalles meticulosamente dibujados, probablemente de ilustraciones más grandes: pluma y tinta, acuarelas de flores perfectamente formadas, campos de lupinos y figuras tomadas de carteles de galerías, todo copiado y transformado con líneas oscuras que representaban piezas de vitrales. Eran miniaturas de cartones. Y muy buenos. Un trabajo de esa calidad sería una incorporación bienvenida al Departamento de Corte de Vidrio de las mujeres.

Comenzó a guardarlos en el portafolio cuando un destello de color vivo llamó su atención. No todo se había caído. Con cuidado, metió la mano y sacó dos pinturas más grandes montadas sobre cartón.

"Vaya —pensó Grace—, ¿tenía intención de enseñar esto?". El señor Tiffany detestaba la pintura moderna. Y estas obras lo eran, sin lugar a dudas. Una era un retrato de una mujer, no en los tonos pastel de los anteriores, sino representada con colores chillones y gruesas pinceladas aplicadas con rudeza.

La otra pintura mostraba una escena callejera: dos mujeres sentadas en una pequeña mesa de un café al aire libre. Aquí también, en lugar de los suaves tonos melocotón de los impresionistas, las figuras estaban pintadas en azul cobalto, rojo y amarillo. Una silla era de un morado intenso, la otra de un naranja vibrante y las pinceladas parecían haber sido hechas como al azar, con movimientos frenéticos.

Estas obras estaban a años luz de los dibujos más clásicos que había en el portafolio. Eran fuertes, audaces y a ojos de Grace, un poco irreverentes. Le vino a la cabeza la palabra "estridente".

Así que no se había equivocado. Ofelia tenía un espíritu rebelde.

Grace no había visto nada así antes. Tampoco era una experta en movimientos artísticos, claro. Cuando estudiaba arte por placer, se centraba en caricaturistas de periódicos.

La señora Driscoll y la señorita Gouvy finalmente ayudaron a la joven a ponerse de pie, pero ella retiró su brazo y se giró hacia Grace.

—*Mes croquis*.

Hablaba en voz baja, débil, pero sin timidez.

Sus miradas se encontraron. La joven pareció darse cuenta al mismo tiempo que Grace —y probablemente también que las demás— de que había hablado en francés.

—Mis dibujos —repitió.

Rápidamente, Grace deslizó las pinturas modernas debajo de los otros dibujos.

—Aquí están, sobre la mesa. No les ha pasado nada.

—Nada le ocurrirá a su trabajo —aseguró la señora Driscoll—. Ahora venga, siéntese aquí hasta que se recupere un poco. Es esta monstruosa ola de calor.

Entre las dos, la señora Driscoll y la señorita Gouvy, la guiaron al otro lado del salón y la ayudaron a sentarse en un banco junto a la pared. La señorita Gouvy aprovechó para quitarle discretamente la capa.

Dora le dio el vaso de agua.

Emilie bebió un sorbo y pareció recobrar algo de fuerza.

—He venido a trabajar para el señor Tiffany. Tengo una carta de recomendación.

Intentó levantarse, pero la señora Driscoll la detuvo con suavidad, ejerciendo una ligera presión sobre su hombro.

—Tendrá tiempo para eso cuando se haya recuperado.

—Está en mi portafolio —insistió la joven, mirando a su alrededor.

—Aquí está —anunció Grace, levantando el portafolio vacío del suelo. Lo colocó sobre los dibujos que había recogido y se acercó al grupo con pasos decididos.

—Disculpen. Es el calor. Acabo de bajar del barco y he tenido que coger varios tranvías —explicó Emilie, con la voz algo entrecortada.

Las demás contuvieron el aliento, y algunas se llevaron instintivamente una mano al pecho.

—No quería llegar tarde, así que no desayuné como debería, pero ahora estoy bien. Lista para trabajar.

Su acento era marcado, inconfundiblemente francés. Claro, pensó Grace, por eso había llegado con una maleta y un portafolio lleno. ¿Había cruzado el océano para trabajar con el señor Tiffany? Fantástico. Siempre venía bien otra artista con experiencia, y si además sabía cortar vidrio, mucho mejor.

—Quédese aquí sentada —ordenó la señora Driscoll—. ¿Alguien puede traerle algo de comer?

—Tengo una manzana —ofreció Maggie Wilson.

—Gracias, señorita Wilson, será un buen comienzo.

Poco a poco, las demás comenzaron a aportar trozos de queso, un pedazo de pan, mientras que la señorita Evans, al ver que las sales aromáticas no serían necesarias, se apresuró a preparar té.

—Es usted francesa —comentó la señora Driscoll a modo de constatación.

—Sí, pero mi madre era inglesa. Y tengo formación en óleos, acuarelas, pasteles y tinta china.

"Ya lo creo", pensó Grace.

—¿Y su nombre?

—Emilie... Pascal.

Su nombre fluyó como una melodía y al menos una de las chicas suspiró. Grace se imaginó a todas practicando ese acento francés antes de que terminara el día, estirando vocales donde no correspondía.

—¿Dice que el señor Tiffany la esperaba?

—Tengo una carta. Y también muestras de mi trabajo en el portafolio.

La señora Driscoll dirigió una mirada a la señorita Gouvy. Ambas compartían una complicidad que trascendía las palabras, nacida de una amistad que se remontaba a la infancia. Grace estaba convencida de que podían comunicarse con un simple intercambio de miradas.

Como ahora, cuando se apartaron del grupo, dejando a las demás con la oportunidad de acercarse más a Emilie.

Grace se les acercó.

—¿Señora Driscoll?

—Sí, señorita Griffith.

—Antes de que decida qué hacer con ella, creo que debería ver esto. —Grace hizo un gesto hacia el portafolio y apartó para revelar los dibujos.

Ambas mujeres bajaron las miradas a las pinturas.

—¿Todo esto es suyo? —preguntó la señora Driscoll.

—Sí. Estaban en el suelo. Los recogí para que no se estropearan.

—Buena iniciativa de su parte, señorita Griffith —asintió la señora Driscoll.

Se inclinó para observar con atención el dibujo a escala de una peonía solitaria. Movió algunos papeles hasta dar con el original: una acuarela de un arbusto de peonías contra una pared de ladrillo. Sacó una lupa del bolsillo y examinó ambos dibujos, alternando entre el original y la escala.

—Impresionante —murmuró, echando una mirada a la joven francesa, que ahora estaba rodeada por un círculo de muchachas que no dejaban de preguntarle detalles sobre su vida—. No cabe duda de que es una copista con mucho talento. Su escala es prácticamente perfecta. —Siguió revisando las hojas hasta que llegó a la pintura de las mujeres en el café.

—¡Santo cielo!

—Es modernista —dijo la señorita Gouvy, sin poder disimular un ligero desdén.

—Desde luego, interesante —comentó la señora Driscoll, inclinándose sobre las pinturas.

—No deberíamos estar mirando esto sin su permiso —dijo la señorita Gouvy con voz firme.

—Es cierto —admitió la señora Driscoll, aunque no hizo el menor ademán de guardarlas. Dirigió una mirada a Grace.

—Señorita Griffith, ¿podría quedarse con la señorita Pascal mientras la señorita Gouvy y yo hablamos de este asunto?

—Claro. Estoy segura de que sería una gran incorporación al taller.

La señora Driscoll esbozó una sonrisa.

—¿Se ofrece usted para enseñarle el oficio, como suele decirse?

—Con mucho gusto —respondió Grace, aunque internamente se reprochó haberse ofrecido. Ya tenía más trabajo del que podía manejar, pero si aquello significaba sumar al equipo una diseñadora, copista o incluso una cortadora, valdría la pena.

Desde su posición, Grace observó a la recién llegada. Emilie estaba sentada muy erguida, e iba recuperando la confianza con cada minuto que pasaba. Se había recogido algunos mechones sueltos detrás de las orejas, pero ya comenzaban a escaparse otra vez, como reclamando libertad, y le enmarcaban el rostro. La falda y la blusa que vestía no estaban en las mejores condiciones, ni eran prendas de primera ni segunda categoría, pero encajaban con el estilo del resto de las muchachas. Incluso tenía una mancha de pintura en el puño de una manga. Sin embargo, la capa que llevaba, completamente inadecuada para el calor sofocante del verano, era de calidad, aunque necesitaba limpieza urgente.

"Interesante", pensó Grace. Ropa de trabajadora, un abrigo de primavera digno de una debutante. La precisión en la copia de los detalles y las figuras de estilo *art nouveau* mostraban una admirable disciplina. Pero esas pinturas de colores salvajes… Esas provenían de un lugar profundo, quizá un poco perturbador.

¿Quién era, en realidad, Emilie Pascal? Tenía que haber una historia detrás y Grace ya empezaba a imaginársela.

—En ese caso, venga conmigo.

La voz de la señora Driscoll la sacó de su ensimismamiento. Había estado tan absorta en sus pensamientos que dio un pequeño respingo. Se apresuró a seguir a la encargada, quien se dirigía con paso firme hacia el grupo que rodeaba a Emilie.

—¡Señoritas! —exclamó la señora Driscoll y dio unas palmadas para captar su atención—. Volvamos al trabajo, por favor, antes de que el día se vuelva aún más sofocante. Le pedí al señor Mitchell que enviara más ventiladores. Pero recuerden, no los apunten directamente hacia el vidrio sobre el que trabajan. El polvo del vidrio causa estragos en los ojos y la garganta.

Con un suspiro colectivo, todas regresaron a sus tareas, excepto Maggie Wilson, quien seguía mirando a Emilie con adoración.

Maggie, de veintitrés años, tenía la mente de una niña. Había sido contratada para barrer y hacer encargos sencillos cuando su hermana Lotte entró a trabajar en el taller. Aunque cumplía con sus tareas, se distraía fácilmente, sobre todo con las "joyas" de vidrio que la rodeaban. Ahora tenía la misma expresión de asombro al mirar a Emilie que cuando se paseaba entre las muestras de vidrio.

—Maggie, vuelve al trabajo —le susurró Grace. Maggie dio un brinco.

—Mucho gusto —dijo a Emilie, haciendo una torpe reverencia antes de salir corriendo.

Grace se sorprendió al ver cómo la francesa le sonreía con ternura y parpadeaba rápidamente, conteniendo unas lágrimas inesperadas.

—Señorita Pascal —intervino la señora Driscoll—. Esta es la señorita Griffith, quien se ha ofrecido a acompañarla mientras reviso su portafolio, si le parece bien. —Emilie hizo ademán de levantarse, pero la señora Driscoll la detuvo con un gesto—. No es necesario. Su trabajo estará perfectamente seguro conmigo, y parece que le han preparado un auténtico festín. Disfrútelo mientras espera. Y beba más agua, debe de estar sedienta.

La joven miró a ambos lados del banco donde estaba sentada. Parecía que cada una había contribuido con algo para completar su almuerzo. Asintió con timidez hacia la señora Driscoll.

—Excelente. Estaremos en mi oficina, al final del taller. Hay menos polvo allí —añadió antes de alejarse, dejando a Emilie mirándola con algo de aprensión.

La chica estaba tensa como un caballo de carreras. Grace esperaba, por el bien de todos, que no estuviera siempre al borde de un desmayo ni rompiera vidrios por los nervios, si es que finalmente la contrataban.

Se sentó a su lado.

—Me alegro de que se haya sentado aquí. Me salva de tener que volver a subirme al taburete por un rato. Me chorreaba sudor por la nariz tan rápido que creí que me derretiría.

Eso hizo sonreír a Emilie.

—Ha llegado en medio de la peor ola de calor que hemos tenido en años —prosiguió Grace.

—¿Entonces, no siempre es así?

—Bueno, es verano, pero normalmente no hace tanto calor.

—No tenía sitio en la maleta para la capa.

—Ya me lo imaginé, y era demasiado pesada para llevarla en la mano desde los muelles —dijo Grace con empatía.

—Sí, y tuve que coger dos tranvías para llegar hasta aquí. —Emilie sonrió con pesar—. No sé bien dónde estoy. Es mi primer viaje a Norteamérica.

—¿Tiene familia aquí, señorita Pascal?

Emilie negó con la cabeza.

—¿Amigos?

Emilie repitió el gesto.

—Entonces, ¿dónde se hospeda?

—Esperaba que después de ver al señor Tiffany, hubiera lugar para mí en el dormitorio de mujeres.

Grace frunció el ceño al oírla.

—Las empleadas no nos alojamos en el taller. ¿En Francia sí lo hacen?

—A veces. Pero las mujeres no tienen oportunidades

como esta —dijo Emilie, señalando el taller—. ¿Y dónde viven ustedes?

—La mayoría vive en casa de sus familias, con sus padres y hermanos. No está permitido trabajar aquí si estás casada. No está casada, ¿verdad?

—No.

—Bien. Quiero decir…, es bueno que no esté casada en este momento.

Un sonido suave escapó de los labios de Emilie y Grace decidió que era risa.

—Algunas de nosotras vivimos en pensiones cercanas, o alquilamos habitaciones en la YWCA o en el hotel para mujeres. Si la señora Driscoll la contrata, la ayudaremos a conseguir alojamiento.

—Gracias. —Emilie cogió un racimo de uvas y se lo ofreció a Grace.

—No, gracias, no quiero tener los dedos pegajosos cuando tenga que volver a mi cartón. Es el que está allí en la esquina. Es para un tríptico que tendría que haber estado listo para ayer. —Al ver la expresión perpleja de Emilie, explicó—: Significa que tengo que terminarlo muy rápido. Lo siguiente será una serie de cuatro paneles que exhibiremos en la Exposición Universal en París la próxima primavera. "Las cuatro estaciones". El señor Tiffany lo diseñó y los dibujos de la señorita Northrop hicieron posible reproducirlo en vidrio.

Recordó la advertencia del señor Tiffany de no hablar de nuevos proyectos con nadie que no fuera del equipo. Grace añadió:

—Es realmente extraordinaria, pero puede ser un poco intimidante. Vive lejos, en Queens, y tiene que tomar el ferry para venir a trabajar.

Al ver la expresión desconcertada de Emilie, aclaró:

—Es del otro lado de East River. —Se inclinó hacia

ella—. Tiene cuarenta y tantos años y vive en una escuela masculina.

Emilie abrió los ojos como platos.

—Su padre es el director.

—Ah. —Emilie miró hacia el cartón con el tríptico—. ¿Puedo verlo más de cerca?

—Sí, claro, si se siente bien.

—Soy muy fuerte. Fue solo… una anomalía.

Artista y también terca, pensó Grace.

—Pues entonces, termine su almuerzo y se lo enseñaré.

—Son excepcionales —dijo Clara, desplegando los dibujos de Emilie Pascal sobre su escritorio.

—Es cierto —coincidió Alice.

—Entonces, ¿qué es lo que te inquieta?

Alice echó una mirada hacia la puerta cerrada.

—Nada en concreto. Pero hay algo un poco… reservado en la señorita Pascal. ¿No lo has notado?

Clara, que estaba apoyada sobre las manos para examinar los detalles de un dibujo particularmente complejo, se irguió.

—Fue una entrada original, lo admito.

—Y presentarse así, sin aviso, cuando la mayoría de las chicas llegan recomendadas por la Escuela de Arte del Museo Metropolitano o el programa de arte para mujeres de la YWCA.

—Es cierto —coincidió Clara.

—Además, el señor Tiffany no mencionó haber ofrecido un puesto a nadie en su último viaje al extranjero, ¿verdad?

—No, pero estaba muy ocupado con el viaje actual, sobre todo porque decidió llevar a toda su familia. —Clara apartó un dibujo de una rama de lavanda para examinar más de cerca los bocetos de una marquesina de teatro. Al no obtener respuesta de Alice, la miró—: ¿Qué estás insinuando?

Clara sintió un leve pinchazo en la sien; pronto comenzaría a latirle la cabeza. "Ay, ahora no", pensó. No tenía tiempo para una migraña ahora.

—Pienso en la orden del señor Tiffany antes de partir.

—¿Cuál de todas? ¡Fueron tantas!

—Que debemos ser excepcionalmente cuidadosas con lo que estamos trabajando. Que sus competidores estarían encantados de conseguir sus últimos diseños.

—Ay, Alice, ¿crees que el señor La Farge ha enviado a esta joven para espiarnos?

—Dicho en voz alta suena ridículo —admitió Alice a regañadientes.

Clara sacó un pañuelo para secarse la frente. A su lado, Alice lucía fresca como una lechuga. Su cabello seguía perfectamente recogido, sin ningún mechón suelto pegado al cuello. Hasta su blusa blanca estaba impecable.

Clara siempre se sentía grande, desaliñada y algo torpe al lado de Alice. El señor Tiffany había comentado una vez que Clara tenía un aire exótico y ella se aferraba a esa idea en sus momentos más oscuros. Pero Emilie Pascal era verdaderamente cautivadora, con esos ojos oscuros y la piel perfecta. Era razonable que el gusto del señor Tiffany por lo exótico lo hubiera llevado a fijarse en su apariencia tanto como en su atención al detalle, lo que podría haberlo inspirado a ofrecerle un puesto. Pero le hubiera gustado que se lo hubiera mencionado antes de viajar.

—Es algo que él haría —dijo Alice, cortando el hilo de sus pensamientos—. Aunque no habla muy bien de ella que haya llegado y se haya desmayado a nuestros pies.

Clara se rio.

—Al menos logró captar nuestra atención. —Empujó un dibujo detallado de una peonía hacia Alice—. Estos dibujos a escala son impecables.

—Sí, pero ¿qué crees que son estos dos? —Alice señaló

con la cabeza dos pinturas expresionistas que Clara había apartado—. Me dan escalofríos —dijo, y las apartó.

—Es porque eres la reina de los estudios de naturaleza en tonos pastel y esos colores chillones y pinceladas bruscas perturban tu elevado sentido artístico.

Alice frunció los labios.

—No digas tonterías. Pero ¿no te parece raro que haya aparecido justo después de que el señor Tiffany se marchara? Y con ejemplos perfectos de dibujos para vitrales. Y eso… —Señaló con la barbilla las pinturas.

—Alice, no puedo darme el lujo de perder a más chicas. Llevamos retraso y prefiero morir antes de dejar que los hombres se hagan cargo de nuestro trabajo. Estarían encantados de vernos cerrar.

—Nunca lo permitirías.

—Por supuesto que no.

—¡Esa es mi generala! —dijo Alice, llevándose una mano a la frente en un saludo militar; los ojos le brillaban—. Supongo que podrías darle una oportunidad por un tiempo, como sueles hacer.

—Sí. La llamaremos y la entrevistaremos. Si a ambas nos convence lo que dice, podrá trabajar una semana a prueba, con un sueldo de tres con cincuenta por semana.

—Me parece justo —coincidió Alice—. Y recemos para que ninguna otra decida casarse.

—¡Ni lo menciones! —exclamó Clara. Tenía que hacer algo para acelerar el ritmo de trabajo de inmediato. Por favor, Dios, que Emilie Pascal fuera la respuesta a sus plegarias.

Emilie estaba demasiado emocionada y nerviosa como para comer, pero hizo un esfuerzo para ingerir algo de fruta, pan y queso. No sería apropiado desmayarse otra vez, algo que nunca le pasaba. Pero estaba ansiosa por comenzar.

La señorita Griffith la ayudó a recoger los restos de comida y luego la condujo hasta su lugar de trabajo.

—Soy lo que llaman una diseñadora —le explicó a Emilie—, lo que solo significa que cojo pequeñas pinturas a acuarela y las convierto en un dibujo en tamaño real que sirve como patrón para cortar las plantillas de las piezas de vidrio que forman los vitrales finales.

Hizo una pausa para que Emilie lo entendiera. Y lo entendía realmente. Había leído todo sobre el proceso para hacer los cartones, pero verlo de cerca la hacía darse cuenta de lo poco que sabía, y sintió una oleada de temor. ¿Y si era demasiado difícil?

Se armó de valor y se dijo: "Consigue el empleo y luego podrás preocuparte por estar a la altura".

—Tenemos la suerte de tener estas grandes ventanas en tres lados del taller. Podemos colocar caballetes frente a ellas y trabajar en varios vitrales a la vez, y hay luz suficiente para que también trabajen las chicas de arte decorativo en sus proyectos.

La señorita Griffith hizo un gesto con el brazo hacia el otro extremo del taller, donde las mujeres creaban todo tipo de objetos decorativos que reflejaban la luz como un centenar de cajas de joyas. A su alrededor, las chicas trabajaban con la cabeza inclinada; Emilie sintió una oleada de emoción.

—Es inmenso, ¿verdad? —dijo la señorita Griffith—. Y esto es solo el quinto piso. Hay otros departamentos en los pisos inferiores, aunque están todos a cargo de hombres.

—¿Y los jarrones?

—Se soplan en los hornos de Corona, en Queens.

Grace siguió avanzando.

—En esta ventana está la señorita Hodgins, quien le llevó el vaso de agua.

Emilie asintió.

—Lo recuerdo.

Al oír su nombre, Dora Hodgins se giró, lápiz en una mano, y un palo de pintor en la otra. Era bonita, pensó Emilie. Llevaba el cabello casi negro recogido hacia atrás con unas ondas antes de confinarlo en un moño apretado. Sus ojos eran de un azul brillante, un contraste sorprendente con el pelo oscuro.

Dora le dedicó una sonrisa rápida y volvió a su trabajo.

—La señorita Hodgins está calcando un cartón terminado. Siempre hacemos dos copias, una que irá detrás del gran vidrio plano y otra que se corta en plantillas individuales para cortar el vidrio. Cada una se numera para saber cómo volver a ensamblarlas.

—Y se cortan las plantillas con tijeras de doble filo que dejan espacio para la soldadura —añadió Emilie—. Por eso está pintando las líneas tan gruesas.

—Exacto —dijo la señorita Griffith.

Emilie respiró un poco más tranquila. Parecía bastante sencillo.

Se detuvieron en la siguiente mesa, donde una joven trabajaba sola, cortando los bordes de un trozo pequeño de vidrio. Delante de ella había una bandeja de madera llena de trozos que Emilie supuso que eran recortes.

—Y esta es la señorita Wilson.

Lotte Wilson, bastante delgada y ya encorvada —probablemente a causa de estar todo el tiempo inclinada sobre su trabajo—, alzó la vista y sonrió, sin dejar de trabajar. El taburete y la bandeja de trabajo junto a ella estaban vacíos.

—Acabamos de perder a la señorita Phillips, se fue para casarse —explicó la señorita Griffith—. Así que si la contratan, tal vez comience por aquí.

Emilie asintió, desconcertada. Había supuesto que la contratarían como copista o hasta como diseñadora. En ningún momento se le ocurrió que tal vez tuviera que cortar el vidrio. La invadió el pánico por unos segundos. Respiró para alejarlo.

Sería como cortar papel, solo que con vidrio y esa hoja de mango grueso que utilizaba la señorita Wilson.

—Y eso es más o menos lo que hacemos, día tras día —declaró la señorita Griffith con entusiasmo—. Hay otras chicas que seleccionan el vidrio. Tenemos cientos de planchas en el sótano. Son bellísimas. El señor Tiffany hace cosas con el vidrio que ni siquiera podría usted imaginar. Nadie sabe cómo lo hace. Es un secreto. Tiene sus propios hornos. Dicen que guarda todas las fórmulas en una caja de seguridad y que solo él y el señor Nash, el capataz y jefe de químicos, las han visto.

—Parece ser un hombre inteligente.

—Diría que sí. Pero también muy suspicaz. Bueno, eso es todo. —La señorita Griffith miró hacia la puerta cerrada de la oficina de la señora Driscoll. Parecía ansiosa por volver a su trabajo.

¿Por qué tardaban tanto en decidir?

Mientras Emilie pensaba en ello, la puerta se abrió y salió la señora Driscoll. Miró a su alrededor y al verla, levantó la mano.

—Señorita Pascal, venga, por favor. Pase.

CAPÍTULO 4

¡Había conseguido el trabajo! Aun con el señor Tiffany en Europa y sin necesidad de mostrar la carta de presentación del *chevalier*.

La señora Driscoll había contratado a Emilie solo por sus dibujos y su trabajo detallado. Ni siquiera preguntó por la carta de presentación, y cuando Emilie se disponía a mencionarla, el instinto de supervivencia le sujetó la lengua. No habría más mentiras, no habría más engaños, no volvería a sentir cómo el miedo le retorcía las entrañas cada vez que oyera pasos en las escaleras.

Se sintió tan aliviada que hasta accedió a que la señora Driscoll se guardara varios de sus dibujos para enseñárselos a sus superiores. Pero necesitaba recuperar el portafolio para cerciorarse de que la carta siguiera dentro. Y de que nunca la vieran. No pensaba destruirla, al menos, no todavía. Pero ansiaba no tener que usarla nunca.

Había logrado responder a todas las preguntas casi sin mentir.

Solo tuvo que estirar un poco la verdad sobre su cita con el señor Tiffany, ¡pero la contrataron! Emilie quería saltar de júbilo, pero mantuvo una calma decorosa nacida de años de tener que ocultar la verdadera vida que llevaba con su padre tras una fachada impenetrable de sangre fría. Solo que ahora, esta sería su verdadera vida. Suya, por su propio mérito, por su propio talento y su disciplina.

Una semana de prueba. Pero no estaba preocupada. Sabía trabajar y estaba decidida a volverse indispensable en este taller de mujeres.

—Ahora mismo necesito una cortadora —estaba diciendo la señora Driscoll. Emilie se concentró en su nueva empleadora. Era una mujer alta, poco atractiva; llevaba gafas que parecían pellizcarle la nariz—. En este taller todas trabajamos donde nos necesitan. Cortar es una tarea muy importante. Requiere un trabajo preciso y meticuloso. Estoy segura de que podrá hacerlo. Cuando contrate otra cortadora, o tal vez dos, y si usted resulta una buena incorporación, entonces veremos de pasarla a los cartones.

Emilie asintió. Cortaría el vidrio. Haría lo que le pidieran, con tal de que le dieran un lugar.

—… media paga por una semana…

Necesitaría un sitio donde vivir. La señorita Griffith dijo que la ayudaría. A Emilie le quedaba poco dinero y pronto estaría ganando un sueldo estable. Era algo impensable: le pagarían por hacer arte.

—Si me disculpa un momento, la señorita Gouvy le explicará sus tareas, el horario y otras cuestiones laborales. —La señora Driscoll se puso de pie detrás del escritorio; se la veía seria y algo cansada.

Emilie tragó saliva y se quedó mirándola cuando salió por la puerta.

Grace apoyó la mano contra el palo de pintor con el que se ayudaba a dibujar y se secó el sudor del mentón. La ventilación central del edificio se había vuelto opresiva en el calor de la tarde. Los dos ventiladores eléctricos que les habían adjudicado zumbaban junto a la puerta, pero no lograban enfriar el aire del taller.

Y se esperaba que hiciera todavía más calor a la hora de volver a casa. Con razón Emilie Pascal se había desmayado delante de ellas. Grace sopesó la idea de tomarse un breve descanso para beber algo del té tibio que quedaba en su termo; pero llevaba retraso y faltaba poco para el final del día, de modo que siguió trabajando.

Movió el palo y comenzó con la siguiente sección del panel. Había tenido que dibujar el cuarto superior del cartón, subida a un escalón de madera para tener la vista a la altura del diseño. Cualquier escorzo o ángulo podría desajustar la escala, lo que en el mejor de los casos implicaría volver a dibujar una segunda hoja corregida y pegarla sobre la zona problemática. En el peor de los casos, tendría que empezar todo el maldito diseño desde cero.

—Señorita Griffith.

Grace giró la cabeza y vio por encima de su hombro que la señora Driscoll estaba detrás de ella. La mujer miró primero el cartón de casi dos metros de altura, luego el diseño en acuarela de sesenta centímetros por veinte.

—Está quedando muy bien.

—Gracias. —Grace había calibrado cuidadosamente cada pétalo, cada hoja, cada tallo. Los había dispuesto en una composición casi perfecta. Incluso la señorita Northrop, que exigía perfección, se había mostrado satisfecha hasta el momento.

—La señorita Northrop está ansiosa por empezar con su parte de la vidriera de "Las cuatro estaciones". Ha solicitado que sea usted la que haga el diseño preliminar.

—Es un gran honor. —Grace se sintió halagada, pero no pudo evitar que el peso de la responsabilidad se sumara al ya considerable estrés de su trabajo. La señorita Northrop, además de ser excelente como diseñadora, era implacable en sus expectativas. Pues bien, no iba a fallarle. Simplemente tendría que trabajar más rápido.

—He puesto a prueba a la señorita Pascal durante una semana. Ahora mismo está en la oficina concretando sus tareas con la señorita Gouvy.

Grace esperó con paciencia a que la señora Driscoll llegara al meollo de la cuestión.

—Teniendo en cuenta sus trabajos, creo que sería más útil en los diseños preliminares. Pero necesito más cortadoras, así que la asignaré a la vidriera del "Río" con la señorita Wilson.

¿A dónde quería llegar? La señora Driscoll no solía consultar a sus "chicas" sobre decisiones artísticas. Sobre horas extra, tal vez, o planes para un pícnic de la empresa, pero la asignación de tareas individuales nunca estaba en discusión.

—Si no le supone demasiada responsabilidad, ¿podría echarle un ojo? Estoy segura de que la señorita Wilson será de ayuda para orientarla, pero quisiera que usted estuviera disponible en caso de que... tuviera algún problema.

—¿Hay algo en particular que le preocupe?

—No, pero debe de ser intimidante encontrarse en un país desconocido y, por lo que sabemos, sin familia ni amigos. Es indudablemente una pintora talentosa, pero para serle franca, necesito saber lo diestra y eficiente que es trabajando con vidrio.

Grace pensó que, necesitadas de personal como estaban, y después de haber visto los bocetos de la chica, no podían ponerse demasiado exigentes, pero se limitó a asentir.

—Por supuesto.

La señora Driscoll empezó a alejarse, pero se detuvo y se volvió hacia ella.

—Por lo que ha dicho la señorita Pascal, parece que no ha buscado un lugar donde quedarse.

—Lo mencionó, sí. Annie Phillips se acaba de mudar de la pensión de la señora Bertolucci. Si aún no ha alquilado la habitación, estoy segura de que le encantaría tener otra inquilina de Tiffany. Somos famosas por ser puntuales para pagar el alquiler. La mayoría de nosotras, al menos.

—Muy bien. No sé si la muchacha tiene algo de dinero. Se mostró muy reservada sobre su situación. Por orgullo, seguramente. Pero dígale a la señora Bertolucci que si supera la semana de prueba, se le pagará un salario completo.

—Así lo haré.

—Y asegúrese de que llegue a trabajar mañana por la mañana.

—Nos encargaremos de que esté aquí. Parece ansiosa por cumplir.

—Así es. Muy ansiosa.

La señora Driscoll se alejó y dio unas palmadas para llamar la atención de todas.

—En vista del calor y de que falta poco para la hora de salida, creo que podemos dar por terminado el día y prepararnos mejor para mañana. Pueden irse.

A regañadientes, Grace apoyó con cuidado la punta del palo de pintor de madera contra el dibujo y dejó su lápiz sobre el escritorio. Había esperado terminar ese mismo día, pero las interrupciones se habían comido su tiempo y le habían desajustado el ritmo. Ahora completar el panel le llevaría hasta bien entrada la mañana del día siguiente o incluso más.

Pero la señora Driscoll tenía razón. El calor era sofocante y algunas de las chicas se habían quejado: temían que la cera que utilizaban para fijar las piezas de vidrio al caballete se derritiera, poniendo en peligro la estabilidad del trabajo.

La señorita Northrop esperaba con ansias comenzar pronto con "Las cuatro estaciones". Un retraso, aunque fuera de unos minutos, no le sentaría nada bien.

Grace había visto los dibujos a acuarela para el vitral de cuatro paneles y podía imaginar el impacto que tendría la obra terminada.

Por eso, cuando más la exasperaba el señor Tiffany, con su elevada búsqueda de la belleza y su inquebrantable soberbia de creer que solo él podía definirla, Grace recordaba que él deseaba llevar su arte a personas de todos los estratos sociales. Y fueran sus motivos altruistas o egocéntricos, tenía que admitir que en ese aspecto, había que aplaudirlo.

En el taller, las muchachas limpiaban lápices y cortadores de vidrio y los guardaban con meticulosa precisión. Las bandejas de trabajo se cubrían con muselina, un hábito adoptado recientemente para proteger el vidrio durante la noche. A pesar de que se cerraban todas las ventanas cuidadosamente, el polvo de carbón y otras impurezas lograban colarse hasta el quinto piso, dejando una capa pegajosa y sucia sobre las piezas de vidrio.

Cuando todo estuvo en orden, se produjo una estampida hacia el guardarropa, en realidad, más bien un andar apresurado con los brazos pegados al cuerpo para no tocar el vidrio.

Grace pasó por la oficina para recoger a la señorita Pascal y llevarla al guardarropa. La joven aferraba la maleta y el portafolio como si temiera que pudieran salir volando en cualquier momento.

—Puede usar la taquilla de Annie —le dijo Grace—. Ahí puede dejar el delantal y cualquier cosa con la que no quiera cargar todos los días.

Desató el lazo de su propio delantal y se lo quitó con un movimiento rápido. Su taquilla contenía una pequeña bolsa de tela con su cuaderno de dibujo "para después del trabajo" y varios lápices recién afilados que siempre llevaba consigo. Guardó su termo y colgó el delantal en un gancho.

—¿Lista?

Emilie había sacado dos delantales de la maleta, pero los apretaba contra su pecho como si temiera soltarlos.

—No tema. Todas las salas se cierran con llave por las noches. Es regla del señor Tiffany. El negocio del vidrio es muy competitivo y está convencido de que por todas partes hay espías que quieren robarle las ideas. Así que como ve, aquí estamos perfectamente seguras.

Finalmente, Emilie dejó los delantales en la taquilla y ambas se unieron al bullicio de las demás, que salían del taller como un río desbordado.

Una vez que el taller quedó vacío y la última de las muchachas hubo descendido a la calle, Clara cerró los libros de contabilidad y se preparó para un viaje que había estado postergando todo el día.

Mientras limpiaba su escritorio, la puerta se abrió y Alice asomó la cabeza con timidez.

—¿Ya te vas? ¿Quieres que te espere? Te acompaño hasta la mitad del camino y luego puedo tomar el tranvía que cruza la ciudad.

—No me esperes —dijo Clara—. Tengo que pedir más ventiladores para el taller. Si sigue este calor, la cera de los caballetes se derretirá y las piezas de vidrio terminarán en el suelo.

—Dios no lo permita —murmuró Alice, frunciendo los labios con expresión preocupada—. Pero aun si el señor Mitchell los aprueba, ¿dónde los pondremos?

—Lo resolveremos cuando los tengamos. —Clara se puso de pie y se estiró—. Primero tengo que hablar con Agnes, conocer su opinión sobre la situación y pedirle que eche un vistazo a la señorita Pascal.

—Seguro se ha marchado —le recordó Alice—. Es un viaje largo hasta Queens. No la envidio, con el calor que hace.

—Estará más fresco en el ferry que en la calle —dijo Clara—. Bien, debo darme prisa. Te veré mañana.

Cruzó junto a Alice el taller y luego la dejó esperando el ascensor.

En realidad, Clara esperaba que la señorita Northrop ya se hubiera retirado. Eso le daría tiempo para encontrar dos nuevas cortadoras en algún sitio y transferir a la señorita Pascal a los cartones.

La oficina de la señorita Northrop estaba al final de un laberinto de pasillos mal iluminados. Clara sospechaba que la había elegido para estar lo más lejos posible de las demás y evitar así las constantes interrupciones con las que ella lidiaba a diario.

Agnes Northrop era la única de las diseñadoras que tenía su propio estudio, aunque era del tamaño de un sello de correos. Era la encargada del taller cuando Clara volvió de su breve matrimonio con Francis Driscoll y no había tenido reparo en cederle las tareas diarias de administración. Agnes era, ante todo, una diseñadora, aunque siempre estaba dispuesta a echar una mano cuando hacía falta. Además, el señor Tiffany le había pedido que colaborara todo lo posible durante su ausencia.

Aun así, Clara odiaba pedirle favores. Agnes siempre era cortés, pero no cálida ni particularmente simpática. Tal vez se debía a que, con sus cuarenta y dos años, todavía vivía con sus padres.

Dobló la última esquina y llegó a la puerta de Agnes. Llamó sin esperar realmente respuesta y se sorprendió al oír una voz suave y ronca.

—Adelante.

Clara giró el pomo y entró con cautela.

—Siento molestarte.

La señorita Northrop se giró desde el caballete conde trabajaba en una pintura de magnolias. Clara se detuvo, cautivada por la sutileza de los tonos rosa, verde y marfil de los pétalos y cómo las flores parecían caer suavemente hacia la parte inferior de la hoja.

Se permitió un instante de envidia. Era una buena diseñadora, pero sabía que sus habilidades para dibujar dejaban mucho que desear. Por suerte tenía a Alice, que siempre lograba plasmar sus ideas tal como ella las imaginaba.

—Son maravillosas —logró decir.

Agnes se volvió; su cabello castaño claro capturaba la luz y le enmarcaba el rostro con rizos suaves que parecían flotar.

—Ya, pero aún no están del todo bien. ¿Conoces esa sensación de verlo en tu mente, pero que cuando intentas plasmarlo en el papel se te escapa de las manos?

—La conozco —respondió Clara. Claro que la conocía. Llevaba semanas trabajando en dos diseños de lámparas, uno de los cuales aún se le escapaba, mientras el otro parecía flotar justo fuera de su alcance—. Por supuesto que sí.

Agnes soltó un suspiro de frustración.

—Pues así estoy con estos pétalos. Pero no has venido a hablar de mis magnolias.

—No, he venido a hablar sobre una muchacha nueva que ha llegado hoy.

—Por favor, dime que sabe cortar vidrio. ¿Cuántas cortadoras hemos perdido este mes?

—Tres —respondió Clara—. Es una epidemia.

—Y por lo que he oído, todos los proyectos llevan retraso.

No era un secreto, pero ¿dónde lo había oído? Agnes tenía la confianza del señor Tiffany. A veces parecían compinches. ¿Habría estado hablando con ella de la situación del taller antes de marcharse?

Clara reprimió una punzada de celos ante la posibilidad de que él confiara más en Agnes que en ella. Un sentimiento inútil e infantil.

—He contactado con la escuela del Met y con el programa de la Asociación Cristiana de la YWCA. Están buscando cortadoras experimentadas o al menos con potencial para enviarme. Esta chica tiene verdadero talento, fuera de lo común, pero me gustaría conocer tu opinión antes de darle un puesto permanente. Si demuestra que lo vale, claro.

—¿Y por qué no iba a valer?

—Para empezar, apareció de la nada y se desmayó delante de nosotras.

—Vaya… ¿Es enfermiza?

—No lo creo. Es francesa. Parece ser que acaba de llegar de París y vino directamente al taller desde el puerto. Creo que simplemente la agobió el calor. La pondré como cortadora porque estamos desesperados. Pero trajo unos dibujos increíbles.

—Ah —dijo Agnes—, ya entiendo. Puedo pasar mañana por la mañana para echarles un vistazo. —Miró el reloj de pared—. ¡Madre mía, qué tarde es! Llegaré tarde para cenar si no me doy prisa.

—Yo también. Hasta mañana, entonces.

Clara dejó a Agnes recogiendo rápidamente pinceles y lápices.

Apresuró el paso, pensando en lo absurdo que era que alguien de la edad de Agnes Northrop, una mujer atractiva y con buen carácter, no estuviera casada y tuviera que cenar con sus padres todas las noches después de un largo día de trabajo.

Un escalofrío —de temor, sospechaba— le subió por la espalda al pensar en que podría sucederle lo mismo. No cenaría en casa con sus padres…, sino sola.

"En casa…". La pensión de la señora Owen era su casa. Le agradaba vivir allí, pero también le gustaría volver a casarse. No solamente por un par de años con un hombre mucho mayor como había hecho antes. Y tampoco con Edwin, que le había propuesto matrimonio y luego había desaparecido antes de pasar por el altar. Bendito sea el señor Tiffany por darle una segunda oportunidad.

Y, aun así, tal vez algún día encontraría a alguien que la amara hasta que la muerte los separara. Disfrutaba de su trabajo y estaba dedicada al señor Tiffany. No quería renunciar a ninguno de los dos otra vez. La vida no era la misma sin el señor Tiffany, sin su visión, su ambición. Su pasión.

Clara solo deseaba poder tener las dos cosas.

CAPÍTULO 5

Después de colgar los delantales y recoger bolsos y tarteras de almuerzo, las chicas Tiffany salieron en masa hacia el ascensor. Grace y Emilie estaban en el último grupo y al llegar a la acera encontraron a Dora Hodgins y a Lotte y Maggie Wilson esperándolas con impaciencia.

—¿Por qué habéis tardado tanto? —preguntó Dora—. Esto es un horno. Creo que las suelas de mis zapatos ya están cocidas.

—Entonces deja de quejarte y vámonos —respondió Grace.

Dora sacó la lengua.

—Las que vivimos en la pensión de la señora Bertolucci siempre vamos andando juntas hasta allí —explicó Lotte a Emilie—. Se hace más corto el camino si tienes compañía.

—¿Está muy lejos?

—Algunas manzanas. No tiene sentido tomar el tranvía y hacer transbordo, a menos que estés muy cansada.

Emilie negó con la cabeza.

—Puedo llevarte la maleta —se ofreció Maggie, y se la quitó de la mano.

—Pero pesa mucho —objetó Emilie con cierto recelo.

—Soy fuerte y me es fácil llevar cosas —dijo Maggie—. ¿No es así, Lotte?

—Sí, y eres muy cuidadosa —afirmó Lotte.

Maggie sonrió con orgullo y echó a andar por la avenida.

—¡Espera, Maggie! —llamó Lotte, corriendo tras ella—. La señorita Pascal pensará que los neoyorquinos galopan como caballos en la calle en lugar de caminar como gente normal.

Maggie frenó en seco y miró a su alrededor.

—Tengo hambre. Apuesto a que la señorita Pascal también —dijo, sonriendo a Emilie.

—Ay, basta. Ya no estamos en el trabajo. Soy Dora. ¿Te molesta si te tuteamos y te llamamos Emilie?

Emilie negó con la cabeza. Grace pensó que parecía a punto de desmayarse. Con suavidad, le quitó la capa que llevaba y la guio por la acera. Emilie la siguió con docilidad. Estaba tan ensimismada mirando a su alrededor que podrían haberla dejado allí y no se habría dado cuenta.

Llegaron a la esquina de la calle Veintitrés, esperaron a que pasara un tranvía y cruzaron a toda prisa. Lotte apartó a Maggie de un tentador carrito de helados.

—No puedo creer que Annie Phillips se case —dijo Dora mientras seguían andando—. Y eso que ni siquiera es tan guapa.

—Es maravilloso, ¿no? —observó Lotte.

—Si te parece que trabajar horas extra para compensar su partida es maravilloso, pues entonces, sí —se quejó Grace—. Es maravilloso.

—Ay, Grace, no tienes ni una pizca de romanticismo. —El acento sureño de Dora tendía a intensificarse en los peores momentos.

—Pues tienes razón. Muéstrame una mujer casada que pueda mantener su profesión, manejar su propio dinero, moverse con libertad y no estar esclavizada a un hombre exigente y cambiaré de opinión.

—¿Y qué harías en lugar de eso? —quiso saber Lotte.

—¿Yo? Ahora mismo solo quiero que termine la huelga de repartidores de periódicos para poder ponerme al día con la prensa escandalosa.

—A veces Grace nos lee en voz alta después de la cena —explicó Maggie—. ¡Mira, Grace, hay un repartidor en la próxima esquina!

—Sí, pero solo vende el *Times* y otros periódicos serios y respetables. A nosotras nos gustan las historias más emocionantes del *World* y del *Journal*, ¿no es así, Mags?

—¡Uy, sí! —coincidió Maggie, y asintió enérgicamente.

—La peor basura sensacionalista —dijo Grace por lo bajo a Emilie—. Pero entretenidísima.

—¿Por qué están de huelga los repartidores?

—Porque los tratan como basura. Hearst y Pulitzer ganan fortunas con sus periódicos sensacionalistas, pero son avaros como empleadores. Así que los repartidores han ido a la huelga por mejores sueldos y para que les permitan devolver los ejemplares no vendidos. Hasta ahora, tenían que pagar por los que no lograban vender.

"Y el caso es que siguen publicando, pero solo puedes comprar ejemplares en los grandes hoteles o directamente en las oficinas de los periódicos. Lo cual, por supuesto, yo no haría. A los chicos que intentan vender sus periódicos durante la huelga les pegan y les roban sus ejemplares —explicó Grace, y soltó un suspiro de fastidio—. Y yo sin noticias hasta que esto termine.

Emilie, por su parte, se alegraba de que los repartidores de periódicos estuvieran en huelga. Ojalá todos hicieran lo mismo. Que no hubiera noticias de París era una buena noticia para ella.

Sintió un escalofrío de miedo y se estremeció. ¿Nunca se liberaría de esa sensación de pánico repentino y abrumador que la asaltaba de vez en cuando ante un simple recuerdo, una imagen o un desconocido que pasaba junto a ella?

Para cuando llegaron a la calle Veinticinco, todas estaban en silencio, centradas en avanzar un paso tras otro a pesar del cansancio. Giraron hacia el este y pasaron junto a un pequeño parque.

—Qué bonito —comentó Emilie, que empezaba a creer que el parque que había visto desde el tranvía era el único de toda la ciudad.

—Es Gramercy Park, pero se necesita una llave para entrar —dijo Dora, arrastrando las palabras con su acento sureño.

—¿Cómo se consigue una llave?

—Tienes que vivir en una de esas elegantes casas adosadas —respondió Dora.

—Ah.

—Solo falta manzana y media más —anunció Lotte, que sonaba tan agotada como estaba Emilie.

Empezó a preocuparse. ¿Y si la señora Bertolucci no tenía sitio para ella? ¿Y si no le gustaban los extranjeros? Había oído que a muchos estadounidenses no les caían bien. ¿Dónde dormiría si la rechazaban?

Por fin se detuvieron frente a un edificio de piedra marrón, cuya única decoración era un frontón de granito blanco sobre una puerta de madera oscura. Grace fue la primera en entrar y las demás subieron tras ella los tres escalones. Emilie, algo rezagada, entró en un vestíbulo revestido de madera, lleno de percheros, mesas auxiliares y montones de cartas y revistas.

Grace estaba hablando con una mujer baja y regordeta, de cabello negro salpicado de canas, recogido en un moño trenzado en la nuca. Mientras Grace le explicaba la situación, la mujer asentía y fruncía el ceño, limpiándose al mismo tiempo las manos en un delantal con manchas.

Emilie dejó su portafolio en el suelo; casi no había tenido tiempo de enderezarse cuando la señora Bertolucci se volvió hacia ella.

—¿Esta es la joven? —preguntó con acento italiano.

Emilie comenzó a sentirse un poco más en casa en esa ciudad extraña. La señora Bertolucci, como su nombre sugería, también era extranjera.

—Oh, *cara, è troppo male.* Y acabas de llegar en el barco... de tan lejos. Ay, ay, ay. Pero no puedo hacer nada. *Niente.* No tengo sitio para ti. *Mia povera bambina.* Esta misma mañana alquilé la habitación de Annie Phillips a una amiga de la señorita Vanderheusen.

Por un momento, reinó un silencio absoluto mientras la esperanza de Emilie se desvanecía y la desesperación se instalaba en su pecho. Buscó con los ojos su maleta, que seguía en manos de Maggie.

—Debo...

Todas las caras estaban vueltas hacia ella; como un tribunal de acusadoras.

—Puede quedarse conmigo y con Lotte —dijo Maggie.

—No, Maggie, no puede —respondió Lotte con pesar—. Lo siento, Emilie, pero casi no hay espacio para nosotras dos en la habitación.

La señora Bertolucci chasqueó la lengua y negó con la cabeza.

—Es verdad. Es muy muy pequeña.

—*Je comprends* —dijo Emilie sin pensarlo.

Buscó a tientas su portafolio, lo cogió y con determinación fue hasta donde estaba Maggie, cogió la maleta de sus manos y se giró hacia la puerta, con la mirada perdida.

—¡Espera! —dijo Grace.

Emilie se detuvo, casi con miedo de girarse.

—Algo se nos ocurrirá. Tiene que haber algún sitio donde puedas hospedarte —dijo Grace.

Las demás asintieron, mirando alternativamente a Emilie, a Grace y a la señora Bertolucci.

La mujer hizo un gesto a Grace y ambas desaparecieron a través de un arco hacia lo que debía ser la sala.

—Encontrarán un sitio para ti —le aseguró Lotte—. Grace es muy ingeniosa.

—Deberíamos encontrarle lugar aquí —dijo Dora—. Así podría contarnos todo sobre la vida en París, los vestidos de moda y los bailes.

—Sí, yo también quiero que me hable sobre los vestidos de baile —añadió Maggie.

Pero Emilie casi no las oía. Intentaba captar lo que cuchicheaban Grace y la señora Bertolucci.

Tras unos minutos, regresaron. Las chicas se agruparon detrás de Emilie, como queriendo evitar que se fuera.

La señora Bertolucci fue hacia ellas enseguida, levantando las manos con entusiasmo.

—*Successo!* Grace ha aceptado compartir su habitación hasta que se libere alguna. No es un dormitorio grande, pero tiene una bonita ventana. Si te parece bien, claro.

Emilie miró a Grace con expresión cautelosa.

—*È fatto.* Está decidido. ¡Y es recíprocamente *vantaggioso!*

—Quiere decir que dividirán el alquiler —explicó Dora—. Vamos, acepta. Será muy divertido.

Las chicas murmuraban palabras de ánimo, pero Emilie miraba a Grace. Parecía incómoda y no quería enemistarse con nadie en su primer día.

—¿Estás segura de que esto es lo que quieres, Grace?

Grace asintió enseguida.

—Doña Berto aumentará el alquiler de cinco a seis dólares a la semana, así que cada una pagará tres dólares, con comida incluida. Me parece bien siempre y cuando respetemos la privacidad de la otra; además, ahorraremos algo de dinero. —Tragó con dificultad y Emilie vio cómo se tensaba su garganta con el movimiento—. Y solo será hasta que quede libre otra habitación o encuentres un sitio que te guste más o... —Grace se encogió de hombros. Emilie completó mentalmente la frase: "o no te contraten de manera permanente".

—Entonces, gracias. Me parece... aceptable.

—*Va bene* —dijo la señora Bertolucci—. Pediré a Nessa y Jane que saquen la cama adicional del armario y la preparen para que puedas instalarte después de cenar. —Aplaudió con energía—. Ahora, *sbrigati!*

—Eso significa "date prisa" —tradujo Maggie, y todas empujaron a Emilie escaleras arriba hacia el primer piso. Grace y doña Berto las siguieron de cerca.

Pero cuando se disponían a amontonarse en la habitación de Grace, doña Berto las espantó con un gesto.

—Id a asearos para la cena. Hay estofado.

Las chicas se dispersaron hacia sus habitaciones y Emilie entró en la de Grace detrás de ella y de doña Berto.

Era una habitación pequeña, con una ventana grande que daba a la calle. Contra la pared, bajo la ventana, había una cama de latón estrecha, pintada de blanco y cubierta con una colcha de chenilla y dos cojines bordados. Contra la pared lateral, al pie de la cama, había un lavabo y una pequeña cómoda con un espejo encima. Al fondo, un escritorio y una estantería estrecha ocupaban el espacio restante.

Emilie no podía imaginar dónde pondrían otra cama.

—Ya verás —dijo doña Berto—. Antes de que llegara Grace, aquí vivían tres chicas que trabajaban en los grandes almacenes Altman's. ¡Qué escándalo montaban! Me alegré cuando se fueron, te lo aseguro. Así que, pequeña, no te preocupes. Hay espacio suficiente para ti. Si Nessa y Jane mueven el escritorio, habrá espacio para otra cama. —Frunció el ceño al ver la maleta y el portafolio—. ¿Tienes un baúl? ¿Más maletas? —preguntó.

Emilie negó con la cabeza.

—De momento, no.

—Qué bien. Aquí hay un armario. Podréis compartirlo hasta que necesites más espacio.

Emilie asintió. No necesitaba más espacio, ni vestidos de tarde ni de baile. Probablemente tampoco necesitaría el baúl que esperaba en París.

—Bien, hay algunas reglas que todas las chicas deben seguir. —La mujer levantó un dedo índice—: No se permiten hombres, excepto en la sala.

Emilie asintió. No conocía a ningún hombre allí.

Un segundo dedo siguió al primero.

—Nada de cocinar ni comer en las habitaciones.

Emilie negó con la cabeza.

Tercer dedo.

—Nada de lavar prendas en el lavabo. Viene una chica a lavar la ropa los sábados. Debes marcar todas las prendas y llevarlas al sótano la noche anterior. No pongas esa cara de preocupación. Las señoritas que trabajan no deberían lavar su propia ropa, y el precio es bastante razonable.

—Y evitamos inundar el baño con ropa interior atascada en las tuberías —añadió Grace con fingida seriedad, lo que hizo que doña Berto le diera un azote con el delantal.

—Debes mantener la habitación ordenada y nada de ruidos fuertes cuando las demás duermen. —Sus ojos, oscuros y brillantes como obsidiana al reflejar la luz, pasaron de Emilie a Grace antes de volver a fijarse en su dedo levantado.

—Cierro la puerta todas las noches a las once. Deberás estar de vuelta antes de esa hora o tener buenos amigos que te acojan hasta la mañana siguiente. Esto también vale para los sábados y domingos.

Emilie asintió sin decir nada. No tenía adónde ir, aunque algún día se aventuraría a visitar un museo o buscar un parque que no requiriera de llave para entrar..., si es que existía alguno.

—Pretendo que mis chicas se comporten bien y no se metan en problemas. Tratad esta casa como si fuera vuestro hogar, con respeto y cariño, y ella os acogerá de la misma manera. Y tal vez hasta me caigáis bien —Solo el hoyuelo en su mejilla redonda delató su sonrisa.

—*Oui*... Sí, entiendo. —Emilie cogió su bolso.

—Puedes pagar después de la cena, que será pronto. Así que lavaos y bajad. Ya veremos cómo acomodarlas después del postre. Hoy hay arroz con leche. —Doña Berto sacudió su delantal otra vez y salió deprisa de la habitación.

Emilie se volvió hacia Grace.

—Gracias. No voy a... —No encontraba la palabra—. Trataré de no ocupar demasiado espacio.

Grace se rio.

—Anda, ve a lavarte. No podemos llegar tarde a la cena. Comenzarán sin nosotras. Llévate esa toalla de más que está allí.

Emilie asintió, empujó la maleta y el portafolio contra la pared y salió al pasillo para esperar su turno en el baño. Ansiaba darse un baño, pero sabía que en el primer piso había al menos cinco chicas y un solo baño. No sería la primera vez que no se bañara: lo había hecho cuando su padre bebía o se jugaba el dinero del alquiler. Pero también hubo otras veces... Suspiró. Ahora todo aquello parecía demasiado lejano en el tiempo.

En cuanto Emilie volvió con la toalla prestada y la cara, el cuello y las manos limpias, bajaron deprisa las escaleras hacia el comedor, donde había una mesa larga de caoba puesta para ocho. Además de las chicas Tiffany, había dos mujeres más, de mediana edad, que se presentaron como las señoritas Vanderheusen y Burns, ambas modistas profesionales.

—Siéntate aquí —le dijo Dora—. Era el sitio de Annie.

Emilie se puso junto a Dora. Cuando todas se hubieron sentado, la señora Bertolucci se acercó a la mesa. Todas inclinaron la cabeza y Emilie tuvo una visión de uno de los vitrales del señor Tiffany, como si representara *La última cena*, de Miguel Ángel, con solo las ocho mujeres como los apóstoles.

Doña Berto bendijo la comida, suplicó a *nostro Signore* que las cuidara y tuviera misericordia de ellas. Luego, comenzaron a pasarse los platos.

El estofado estaba tierno y venía acompañado de pequeñas cebollas hervidas, patatas, zanahorias y guisantes. En el centro de la mesa, una canasta de mimbre rebosaba de gruesas rebanadas de pan.

Emilie comió en silencio, escuchando a las demás. Estaba demasiado cansada como para participar de la conversación. Un día entero de oír y hablar inglés le había embotado los oídos y el cerebro. Se sintió aliviada cuando retiraron los platos y sirvieron arroz con leche en pesadas copas de vidrio tallado. Le pareció un detalle elegante, un gesto de respeto hacia aquellas mujeres que tenían que valerse por sí mismas, aunque al mismo tiempo solo añadía más trabajo para el personal de la cocina, que imaginaba compuesto por doña Berto y las aún desconocidas Nessa y Jane.

En cuanto terminó la cena, las chicas se dispersaron; algunas subieron a sus habitaciones, otras se dirigieron a la sala. Dora detuvo a Emilie al pie de la escalera.

—Oye, ven a jugar al parchís con nosotras.

—Gracias, pero estoy muy cansada y aún debo arreglar algunas cosas con la señora Bertolucci. Tal vez juegue mañana. —Comenzó a subir por las escaleras y se topó con Grace, que bajaba.

Llevaba una bolsa de tela y se detuvo lo suficiente como para anunciar:

—Voy a salir. Trataré de no despertarte si estás dormida cuando vuelva.

—¿Vas a visitar a tu tía abuela? —preguntó Dora.

—Sí. Me espera, y no quiero llegar tarde —respondió, mientras se dirigía con paso rápido a la puerta.

Dora frunció los labios y la siguió con la mirada hasta que la puerta se cerró tras ella.

—A su tía abuela. ¡Ja! Sí, claro. Y la mía es la reina de Inglaterra.

—¿Tu tía abuela era la reina de Inglaterra? —preguntó Emilie, confundida.

Dora puso los ojos en blanco.

—No. Claro que no. Solo quería decir... Ay, no importa.

Alguien la llamó desde el salón y Dora se alejó a toda prisa. Emilie siguió subiendo para pagarle a la señora Bertolucci y con suerte, meterse en la cama.

Grace salió a paso rápido hacia la Segunda Avenida, pero tan pronto como estuvo fuera de la vista de la pensión, echó a correr. Tenía que tomar el tranvía en dirección al centro, hasta New Irving Hall, donde se llevaba a cabo el mitin de repartidores de periódicos. Quería llegar temprano, pero entre el retraso en el taller, más el tiempo dedicado a que Emilie se instalara... y el estofado. El estofado de doña Berto era delicioso y no lo preparaba con frecuencia. Grace había sucumbido a la tentación. Y ahora llegaría tarde.

Seguro que habría una multitud. Solo esperaba que no la rechazaran. Porque había decidido el día anterior que si los repartidores no podían vender sus periódicos, ella iría a apoyarlos. Eran un grupo pintoresco, con sus gorras características y sus botas claveteadas. El lenguaje curioso que usaban y su entusiasmo al gritar las noticias a voz en cuello. Pero también eran un grupo muy maltratado, compañeros de lucha por salarios justos y condiciones de trabajo dignas. Perfectos para su lápiz.

Grace llegó a la esquina justo cuando partía un tranvía. Sin desanimarse, decidió no arriesgarse a esperar otro; se recogió las faldas y corrió tras él. Logró saltar al escalón trasero justo cuando comenzaba a acelerar. Se aferró con fuerza a la barra hasta recuperar el equilibrio. Ocupó un asiento al fondo y sacó monedas para pagar su billete cuando pasó el cobrador.

—Esa clase de imprudencias no son recomendables, señorita.

—Lo siento, es que iba con prisa y…

—Pues ha sido bastante impresionante —comentó un joven desde el otro lado del pasillo, guiñándole un ojo.

Grace fingió no verlo. No tenía tiempo para coquetear esa noche… ni ninguna otra, para el caso. Ya habría tiempo para eso cuando trabajara a jornada completa como caricaturista de periódicos.

Cuando el tranvía la dejó en la calle Broome, Grace estaba empapada en sudor. Le habría gustado detenerse a comprar una limonada helada, pero enseguida vio que era imposible. Frente a ella, la calle y las aceras alrededor del edificio New Irving Hall estaban abarrotadas de repartidores de periódicos, muchos de ellos con carteles que decían "¡No soy un rompehuelgas!"; "¡No compren el *World*!", "¡Hearst no es justo!", "50 centavos por 100". Este último aludía al precio que pagaban antes de que les aumentaran el precio a sesenta centavos, lo que redujo sus ganancias y provocó la huelga actual.

Grace se abrió paso entre la multitud hasta la entrada, donde un hombre gritaba a todo pulmón que ya tenían a los chicos "colgados de las lámparas allí dentro. ¡No cabe nadie más!".

Sin inmutarse, Grace avanzó hasta el frente.

—Prensa —anunció con firmeza al hombre que le bloqueaba el paso.

—Sí, señora —respondió él; se tocó el sombrero y se apartó. Grace se apresuró a entrar antes de que le pidiera alguna identificación.

El salón estaba aún más atestado que la calle. El piso principal era un mar de cabezas y, además, había chicos encaramados en cada rincón, apretujados en los alféizares de las ventanas. Incluso las escaleras estaban intransitables, ocupadas por repartidores sentados. El guardia de la entrada no había exagerado mucho al decir que colgaban de las lámparas.

Por su experiencia en mítines, conferencias y alguna que otra trifulca, Grace supuso que habría una zona reservada para la prensa, si lograba llegar hasta ella. Por suerte, dos hombres con cuadernos de notas se abrían paso entre los muchachitos justo delante de ella. Grace se pegó a ellos y los siguió hasta una zona con sillas cerca de la tarima de los oradores, delimitada con una cuerda y repleta de periodistas y dos mujeres reporteras que gritaban preguntas a los repartidores.

Vio un asiento libre en la última fila, exactamente donde quería estar. No le interesaba conseguir la primicia ni registrar cada palabra. Su objetivo era captar la energía, los personajes y plasmar ese mundo —su esencia— en una sola imagen. Como hacía el señor Tiffany con sus vidrieras.

Grace pasó por delante de dos reporteros. Uno de ellos apartó las rodillas para dejarla pasar, pero el otro, completamente ajeno a su necesidad o decidido a ignorarla, no se inmutó hasta que ella apoyó un pie sobre el empeine de su zapato.

—¡Pero, qué diablos…! Ah, disculpe… señorita.

Grace no lo miró, solo asintió y siguió avanzando hasta el final de la fila. Se sentó y sacó su cuaderno, cuidando de inclinarlo para que ninguno de los demás pudiera ver que estaba dibujando y no tomando notas. La "prensa" presente no veía con buenos ojos que ocupara el lugar de un reportero "legítimo", es decir, hombre, desaliñado y con olor a ginebra barata.

Bastante difícil era ya para las mujeres conseguir que les asignaran un trabajo decente en la prensa escrita. Pero las dibujantes editoriales eran prácticamente inexistentes. Las pocas que había solían quedar relegadas a ilustrar revistas femeninas y libros infantiles.

No es que esos trabajos fueran malos, pero... Grace abrió su cuaderno y comenzó a dibujar.

Una fila de hombres, algunos poco mayores que los repartidores, tomó su lugar en la tarima y el salón estalló en un alboroto. Hizo falta un buen rato de golpes con el martillo y gritos del moderador y su veintena de asistentes para devolver algo de orden a la sala.

Durante las presentaciones y discursos de los invitados, mientras los reporteros junto a Grace anotaban nombres y cargos, ella se concentró en rápidos bosquejos de los chicos más cercanos a ella. Podría haber pasado horas captando sus gestos y personalidades, pero cuando presentaron al presidente del sindicato, el señor Symonds, Grace desvió su atención al escenario. No era más que un repartidor de periódicos como cualquier otro y Grace dibujó rápidamente su rostro expresivo, enmarcado por las cabezas de los reporteros delante de ella. Sonrió ante el contraste.

Fue entonces cuando sintió una mirada fija en ella. Echó un vistazo al otro extremo de la fila, justo a tiempo para ver que el reportero al que había pisado apartaba la vista de inmediato. Se movió un poco más hacia un lado y sostuvo el cuaderno fuera de su campo de visión.

Symonds terminó de leer la lista de reclamaciones y el moderador del mitin aprovechó para pedir a la prensa que no citara a los oradores utilizando la jerga callejera de los repartidores. Luego presentó a "Kid Blink, el mejor de nuestros trabajadores". Los repartidores estallaron en vítores.

Kid Blink era un chico menudo con un parche negro sobre un ojo. Cuando empezó a hablar, el lápiz de Grace cobró vida sobre la página.

—No estoy dacuerdo con vusotros, muchachos, en quitarles los periódicos a la gente. Lo que queremos hacer es mantenernos unidos y no vender el *Journal* ni el *World*. Sus diré la verdá: anoche fui uno de los que volcaron los carritos en la calle Madison. Pero fue mala idea. Si nos mantenemos juntos, ganaremos. ¿Tengo razón o no, muchachos?

Se había adueñado del público. Un estallido de entusiasmo sacudió a la multitud cerca de Grace y cuando volvió la mirada al escenario, alguien había ocupado el asiento libre a su lado. Con un movimiento instintivo, inclinó aún más su cuaderno.

El moderador del mitin llamó entonces a una vendedora de periódicos de Park Row, Annie Kelly, para que subiera a hablar.

—¡Es una de nosotros, muchachos!

Un grupo de chicos la acompañó a la tarima entre cánticos de "¡Annie, corazón!". La vendedora tenía aspecto de querer estar en cualquier otro sitio antes que en ese escenario, pero en cuanto se acercó al micrófono, el alboroto cesó.

—¡Annie no esconde ningún ejemplar del *World* o el *Journal* debajo de la falda! —gritó Kid Blink, provocando una ovación que obligó al moderador a dar varios golpes con el martillo antes de poder continuar.

Grace se inclinó hacia delante. Había visto algunas mujeres vendiendo periódicos en la calle, pero nunca había pensado en ellas como parte de la huelga. Eso sí que requería valentía. Su lápiz se movía con rapidez para plasmar la timidez en el rostro de Annie, la admiración en los ojos de los muchachos.

Annie levantó la mirada.

—Lo único que puedo decir, chicos, es que si nos mantenemos unidos venceremos. Es todo lo que tengo para decir. —Y abandonó el escenario.

—¿Para qué periódico escribe?

La pregunta fue un susurro en el oído de Grace.

Cerró su cuaderno de golpe. Era el tipo de los pies grandes. Más joven de lo que había supuesto. De unos treinta años. Treinta años y engreído.

Por el rabillo del ojo, Grace vio que Annie Kelly desaparecía entre la multitud.

—Porque no recuerdo haberla visto antes en el área de prensa.

Grace apartó el rostro, decidida a ignorarlo, lo que le resultaba algo difícil, ya que tenía cabello cobrizo y unos ojos celestes con expresión burlona.

—Déjeme adivinar, para el *Ladies' Home Journal*.

Grace le lanzó una mirada fulminante.

—¿Le importaría guardar silencio? Estoy tratando de escuchar.

Él se inclinó un poco más hacia ella.

—¿Para qué? Nadie está hablando. ¿Qué hace en ese cuaderno? No está tomando notas.

Grace lo movió hacia el otro lado.

—Hago mi trabajo. Y si usted hiciera el suyo, no se estaría fijando en lo que hago yo.

El reportero sonrió.

Grace pensó: "Sería guapo si no fuera tan insoportable". Y si alguien no le hubiera roto la nariz…, aunque comprendía muy bien por qué alguien habría sentido la necesidad de desviarle ese tabique tan recto.

Un estallido de aplausos captó su atención. En el escenario, Kid Blink recibía una enorme herradura de flores como reconocimiento por haber dado el mejor discurso.

A Grace le ardían los dedos por plasmar la imagen, pero el señor Piegrande seguía mirándola con una sonrisa.

—¿No toma notas? —preguntó Grace—. ¿O confía en esa cabezota suya para recordarlo todo?

La sonrisa se ensanchó. Grace puso los ojos en blanco y se concentró en memorizar cada detalle de la herradura floral, que parecía enorme en comparación con el diminuto Kid.

Los asistentes comenzaron a dispersarse. Grace guardó el cuaderno y el lápiz en la bolsa y se puso de pie.

—Tómeselo con calma —dijo su inoportuno acompañante—. El salón va a tardar un poco en despejarse. A propósito, soy Charlie Murray. Del *Sun*.

El *Sun*, pensó Grace. Un periódico importante, aunque más pequeño que el *Times* o el *Herald Tribune*. Al menos, era un periodista serio.

—¿Y usted es…?

—Una persona con prisa. Así que si me disculpa…

Pero él se limitó a estirar las piernas y acomodarse, dispuesto a esperarla.

—¿A qué se dedica realmente?

—No sé de qué habla.

—Claro que lo sabe. No es ninguna tonta. Alguien que puede concentrarse como lo ha hecho usted durante la última hora no puede ser dura de entendederas.

—Me alegra que tenga una opinión tan halagadora de mí.

Él soltó una carcajada.

—Sí. Creo que la mayoría de la gente es bastante tonta.

Si Grace hubiera sido menos madura, habría replicado: "Cree el ladrón que todos son de su condición". Pero como adulta y profesional de diecinueve años que era, simplemente asintió de manera brusca y le pisó los pies al salir.

Pero cuando llegó al final de la fila, no pudo contenerse e hizo algo que la enfureció. Lo único que se había jurado no hacer. Miró hacia atrás.

El señor Murray la estaba observando. Ya no con una sonrisa, sino con expresión pensativa. Se llevó un dedo a la frente en un saludo informal.

—Nos veremos en el próximo mitin. He oído que los mensajeros serán los siguientes en ir a la huelga.

Grace levantó la barbilla, maldiciéndose por haber sucumbido a la curiosidad, y se abrió paso entre los rezagados hasta salir a la calle.

Seguía molesta cuando llegó a la pensión en la calle Veintiuno. Debían de ser las once. Cruzó los dedos y rezó para que doña Berto no hubiera cerrado ya la puerta.

Cuando el picaporte giró, casi dio un brinco de alegría, pero estaba demasiado acalorada, demasiado cansada y tenía mil ideas en la cabeza.

La planta baja estaba silenciosa. Grace cerró con llave, apagó la lámpara de la mesa y subió a su habitación..., donde chocó de frente con el escritorio. Lo habían movido al centro de la habitación y lo habían dejado allí. Frotándose el muslo, escudriñó la oscuridad y vio una estrecha cama de hierro donde había estado el escritorio. Bajo una de las colchas de chenilla de doña Berto, Emilie Pascal dormía hecha un ovillo.

El calor era insoportable. Grace se sorprendió de que Emilie no se hubiera asado viva.

O tal vez sí. No se movía en absoluto.

Grace se acercó en puntillas para asegurarse de qué estuviera bien, pero justo cuando estaba a punto de llegar a la cama, Emilie se incorporó de golpe. Las dos gritaron y Grace susurró enseguida:

—¡Shhh! Vas a despertar a todo el mundo.

Emilie estaba rígida, como el monstruo de Mary Shelley, respirando entrecortadamente. Por fin se calmó lo suficiente como para murmurar:

—Lo siento. Creí que estaba... en otro sitio.

Eso estaba claro, pensó Grace. Y dondequiera que fuera ese lugar, debía de haber sido horrible.

Tener compañera de cuarto no iba a ser fácil. Menos alguien tan nerviosa y propensa a las pesadillas…, sin mencionar los desmayos. ¿En qué se había metido? Tendría que ser todavía más cuidadosa con sus caricaturas secretas. Si la descubrían, sin duda perdería su trabajo en Tiffany y su reputación.

Así que, esa noche, en lugar de dejar el cuaderno en su escritorio, lo escondió debajo de la almohada. Allí estaría seguro. Luego se metió en la cama, maldiciendo el calor. Trató —sin éxito— de no pensar en la sonrisa burlona de Charlie Murray.

CAPÍTULO 6

Emilie se puso una blusa y una falda limpias. Solamente tenía dos de cada, pero no quería ir a trabajar su primer día con el polvo y la suciedad de las aceras, el tranvía y el suelo del taller todavía pegados a la ropa. Tendría que alternarlas hasta el sábado y esperar que le quedaran suficientes monedas para pagarle a la lavandera. Y quizá, después de algunas pagas, podría permitirse comprar otra blusa.

Grace parecía cansada esa mañana; tenía los ojos hinchados... ¿por falta de sueño? ¿Le incomodaría compartir la habitación con Emilie? ¿No confiaría en ella?

Emilie ya estaba dormida cuando Grace regresó de la casa de su tía; se preguntó si había soñado con ella de pie junto a su cama o, más tarde, sentada en su escritorio en medio de la habitación, escribiendo algo, con una pequeña luz que proyectaba sombras en la pared y brillaba sobre su pelo.

También recordaba su otro sueño... Incluso ahora, sentía que intentaba tragársela de nuevo. *Corría. La perseguían. La turba la apedreaba. Iban vestidos como los miembros de la Académie.* Pero las piedras se habían convertido en trozos de vidrios de colores.

Emilie metió dos pañuelos en un bolsillo de la falda y unas monedas en el otro; tomó su portafolio y se apresuró a alcanzar a las demás, que ya bajaban en bullicioso tropel a la planta baja para buscar sus termos y sándwiches envueltos en papel encerado que esperaban sobre la mesa del vestíbulo.

Se dispuso a pasar junto a ellas, pero doña Berto le tendió uno de los sándwiches y un termo.

—Cuando tengas tu salario completo, lo añadiré a tu cuenta. Es solo calderilla.

—Vamos, Emilie —dijo Dora, y la arrastró hacia la puerta tan rápido que ella solo tuvo tiempo de lanzarle una mirada agradecida a doña Berto por encima de su hombro.

—¡Qué calor! —se quejó Maggie cuando pisaron la acera.

—Otro día infernal —dijo Lotte alegremente, y tomó el brazo de Maggie para que no se rezagara.

Grace iba delante y Emilie esperaba que no la estuviera evitando a propósito. "No es que importe —se recordó—. Estás aquí para trabajar, no para hacer amigas". Amigas. ¿Podrían estas jóvenes convertirse en sus nuevas amigas?

—E-mi-liiiii, baja a tierra —bromeó Dora.

Emilie metió el termo y su almuerzo en el portafolio y aceleró el paso para alcanzarlas.

Llegaron justo cuando Grace deslizaba un sobre marrón en el buzón de una farola.

—¿Lo ves? Te dije que tiene novio —le susurró Dora a Emilie—. Tanto "visitar a su tía" y escribir cartas todo el tiempo… A mí no me engaña.

Emilie estuvo a punto de responder que no era asunto suyo, pero se encogió de hombros, sonrió y aceleró el paso.

Cuando llegaron al taller, se encontraron con dos ventiladores eléctricos junto a la puerta. Emilie no tenía muchas esperanzas de que sirvieran de nada, por eso llevaba dos pañuelos en el bolsillo.

Imaginó el medio salario de su primera semana evaporándose en el alquiler, los sándwiches, más pañuelos y si le quedaba algo, otro juego de ropa interior.

Tarde o temprano tendría que pedir que le enviasen su baúl, pero casi la aterraba la idea de establecer cualquier contacto, por breve que fuera, con su antigua vida. Tal vez fuera superstición, pero no quería que nada de su pasado contaminara su nueva existencia, ni siquiera la ropa.

Guardó sus cosas en la taquilla que le habían asignado y siguió a las demás al taller. Este sería realmente su trabajo, aunque tuviera que compartirlo con todo el grupo de chicas Tiffany.

Pero cuando entró en el taller, y todas se dispersaron hacia sus puestos, sintió una repentina timidez.

—Ven, Emilie —dijo Lotte—. Ahora a tratarse de usted; serás la señorita Pascal hasta que volvamos a estar en la calle. Te ayudaré a instalarte.

Emilie la siguió hasta la mesa donde la había visto trabajar el día anterior. Lotte retiró la cubierta protectora de muselina, la dobló con cuidado y la guardó debajo de la mesa. Luego levantó la tapa de una bandeja que ya estaba llena de piezas de vidrio en distintas fases de corte y pulido.

—Esta pertenecía a Annie… la señorita Phillips. Mira debajo de la mesa; debería haber un par de mangas de trabajo y una cesta con herramientas. Luego acerca tu banqueta; te enseñaré qué hacer.

Emilie sonrió con gratitud, buscó las herramientas —"sus" herramientas— y se puso las mangas de muselina sobre las de su propia blusa. Después arrastró la banqueta más cerca de Lotte —la señorita Wilson— y se sentó.

—Ese es nuestro vitral, el que está allí. Lo llamamos "El río de la vida". Hacemos muchos vitrales con motivos acuáticos.

Desde esa distancia, Emilie podía ver el arroyo que descendía entre árboles y arbustos, todo delineado por un sinfín de líneas negras que indicaban dónde iban los trozos individuales de vidrio.

—¡Debe de llevar muchísimas piezas! —exclamó.

—Sí, pero no te preocupes. Somos muchas y eso aligera el trabajo. Pronto le cogerás el ritmo. ¿Tienes experiencia como cortadora? Anoche casi no pudimos hablar.

Emilie negó con la cabeza y bajó la vista a la bandeja con vidrios. Observó a las demás mujeres, que trabajaban con precisión entre montones de piezas similares.

—Pero he leído mucho sobre el proceso.

—Bueno, eso te da ventaja sobre la mayoría de las chicas que empiezan. Es sencillo una vez que lo entiendes, pero hay que ser muy precisa. Lo más difícil es asegurarte de elegir la parte correcta del vidrio antes de empezar a cortar.

—¿Y cómo se hace? —Emilie detestaba tener que preguntar. Había pensado que podría aprender con la práctica, pero el proceso era más complejo de lo que imaginaba.

—No te preocupes. El vidrio ya ha sido seleccionado por otra persona. Solo tienes que asegurarte de posicionar bien la plantilla antes de cortar. Mira, te enseñaré. Puedes preguntarme lo que quieras.

Emilie estudió el rompecabezas de piezas adheridas al caballete.

—Parece agua.

—Se llama vidrio ondulado. Hay un trozo en tu bandeja. Annie estaba trabajando en esa parte, así que supongo que la señora Driscoll querrá que continúes tú.

Emilie cogió un trozo de vidrio ondulado azul. No era plano, como esperaba, sino que se curvaba contra su mano. En París, nunca había podido acercarse demasiado a las exposiciones como para saberlo con certeza, pero este vidrio parecía imitar el agua en movimiento.

¿Cómo lo habrían fabricado? ¿Y cómo iba a cortarlo con precisión si prácticamente se movía en su mano?

—Hablando de la señora Driscoll, ahí viene.

Ante el anuncio de Lotte, Emilie saltó de la banqueta,

con el vidrio todavía en la mano y se quedó de pie, muy erguida, esperando que la señora Driscoll llegara hasta ellas.

—Veo que la señorita Wilson ya la ha puesto manos a la obra —dijo la señora Driscoll—. Es una de nuestras cortadoras más hábiles, así que no dudo de que podrá responder todas sus preguntas.

Emilie y Lotte asintieron y sonrieron.

—Entonces, las dejo con su trabajo.

Cuando se marchó, las dos intercambiaron miradas.

—Debe de pensar que eres buena. Por lo general, supervisa más de cerca el primer día. Pero todo se ha vuelto un caos con la Exposición de primavera, los retrasos por las chicas que se marcharon para casarse... —Lotte frunció ligeramente el ceño, como si hubiera perdido el hilo de lo que decía—. Pero no te sorprendas si de vez en cuando viene a ver cómo progresas.

Emilie negó con la cabeza y se concentró en respirar.

—Bien... —Lotte cogió un papel cuadrado—. Esta es la sección del agua en la que estás trabajando ahora. Todo está numerado y combinado con los colores del vidrio, ¿ves?

Le mostró el papel, que parecía un rompecabezas de formas y números.

—Esta parte —prosiguió Lotte— corresponde a esa sección del caballete.

Emilie inspeccionó el vidrio, luego bajó de la banqueta y llevó el papel hasta el vitral para observarlo mejor. Había cientos, quizá miles, de piezas individuales, todas delineadas con gruesos trazos en negro. Incluso tras las indicaciones de Lotte, le costó encontrar su pequeña sección. Una vez que la vio, le pareció muy obvia.

Comprendió que no solo se trataba de cortar con precisión, sino de colocar el vidrio con exactitud para reflejar a la perfección la imagen final. Corrió de vuelta a su lugar con ese detalle grabado en la mente.

—No olvides numerar cada pieza —le recordó Lotte—. Si no, no sabrás dónde colocarla en el vitral y tendrás que empezar de nuevo.

—No lo olvidaré —respondió Emilie, distraída; estaba absorta por completo en el proceso de convertir vidrio en agua.

Cogió una plancha de vidrio ondulado de color azul cerúleo.

Miró hacia la mesa de trabajo, donde estaba la vidriera, y agradeció no haber comenzado a cortar antes de haber estudiado el cartón original. Si no hubiera visto —y entendido— la imagen completa, podría haber cortado mal las piezas, haciendo que el agua fluyera río arriba o de manera errática. Y lo habría estropeado todo.

"Observa siempre el conjunto", se recordó. Igual que en una pintura, donde los detalles forman un todo.

Bajo la mirada de Lotte, Emilie colocó el vidrio ondulado sobre la mesa, eligió una de las plantillas y la colocó sobre él. Lo comparó con el vitral y colocó la plantilla hasta estar segura de haber encontrado el sitio perfecto donde comenzar a cortar.

—Ahora sujétala con una mano —le indicó Lotte con calma—. Toma la cuchilla de corte…

Emilie levantó el pesado cortador de vidrio, respiró hondo y exhaló lentamente.

—Trata de mantener el trazo firme, sin muchas pausas. Despacio…

Emilie apoyó la cuchilla en el ángulo preciso y marcó la superficie. Y en el momento en que hizo el primer corte, sintió como si el vidrio fluyera por sus venas; lo mismo había sentido alguna vez con un pincel en la mano.

Estaba en el lugar donde debía estar. Lo había sentido desde el principio, y ahora lo sabía con certeza.

Pero cortar vidrio resultó ser más difícil de lo que el

artículo del *Art Journal* o Lotte le habían hecho creer. Mantener la hoja del cortador en un arco cuando parecía querer ir en línea recta ya era complicado, pero evitar que la plantilla se moviera mientras forcejeaba con la herramienta lo volvía aún más difícil. Más de una vez estuvo a punto de cortarse los dedos.

Tras media hora de trabajo, le dolían los brazos, los dedos y la espalda.

Pero no se desanimó. Estaba rodeada de arte en plena creación.

Sobre cada mesa de trabajo, en cada vitral, el arte cobraba vida. Si el sol se ocultaba tras una nube, aunque solo fuera por un instante, todo cambiaba. Los colores se oscurecían, se suavizaban, solo para volver a resplandecer en cuanto la nube pasaba. Era difícil no detenerse solo para contemplar cómo el cielo cambiante se reflejaba en las piezas de vidrio de colores.

Cuando por fin terminó de cortar, pulir y cubrir los bordes de su primera pieza con una fina hoja de cobre, Emilie exhaló un largo suspiro de satisfacción.

—Tendrás que trabajar más rápido cuando le cojas el ritmo, ¿sabes? —comentó Lotte.

Emilie asintió. Numeró su primera pieza, cogió la plantilla de la segunda y volvió a empezar.

La señora Driscoll apareció varias veces durante las siguientes horas. Se detenía un momento, asentía o murmuraba "Muy bien, señoritas", y continuaba recorriendo la sala.

Cada vez que se iba, Lotte y Emilie sacaban sus pañuelos, se secaban la cara, se frotaban las manos en las faldas para mantener un buen agarre en el vidrio y volvían al trabajo.

Cuando Emilie se acostumbró a la cuchilla de corte y a las pinzas que servían para pulir los bordes que a veces quedaban irregulares, encontró un ritmo constante. El proceso era hipnótico, aunque sin duda, con el tiempo se volvería monótono tras días, semanas y meses de repetición.

Pero de momento, se recordó que esas pequeñas piezas de vidrio cortado algún día formarían parte de un magnífico vitral. No sería una obra estática, sino algo que cambiaría constantemente con el cielo exterior.

En silencio, les dio las gracias al señor Tiffany, a la señora Driscoll e incluso a la chica que se había casado, porque gracias a ella estaba allí.

No importaba que nadie supiera qué piezas eran suyas, cuáles de Lotte o de cualquiera de las demás. Emilie Pascal no estaba allí para hacerse un nombre, sino para refugiarse con su arte en la seguridad de la empresa del señor Louis C. Tiffany.

Clara sintió una ligera punzada de culpa por haber dejado a la señorita Pascal en manos de la señorita Wilson sin hacer su habitual evaluación inicial. Pero pronto descubriría si esa talentosa pintora tenía manos torpes para el vidrio.

Si ese era el caso, no habría nada que hacer más que despedirla. Pero si no oía el ruido de vidrios al romperse, al menos podría tomarse unos minutos más para trabajar en sus propios diseños.

Se echó hacia atrás en su silla y observó la serie de bocetos que cubrían su escritorio. Esa mañana había llegado antes que las demás, para adelantarse al calor y poder trabajar tranquila en el diseño de su nueva pantalla de lámpara.

Se secó con desgana el sudor que le perlaba la frente. El día ya era sofocante. El señor Mitchell había cumplido su palabra y había instalado dos ventiladores nuevos, aunque no parecían brindar alivio.

Hacía meses que Clara trabajaba en ese diseño y todavía no había logrado plasmarlo exactamente como lo imaginaba.

En su mente, veía las libélulas con las alas extendidas en vuelo, formando un borde alrededor de la base de la pantalla de vidrio. Por encima de ellas, casi como si la brisa de sus alas las elevara, unas largas hojas de hierba se alzaban hasta afinarse en la cima del cono de vidrio.

De momento, las libélulas parecían más bien muñecas de papel alineadas ala con ala, mientras que más arriba, los delicados tallos de hierba se alzaban como una cerca verde de estacas.

Disgustada, Clara dejó caer el lápiz sobre el escritorio. No era una artista consumada ni pretendía serlo. Dependía de Alice para que plasmara sus ideas en preciosas acuarelas.

Clara era una buena diseñadora. Tal vez más que buena. Era paciente, excepto que últimamente no había tiempo para la paciencia. No había tiempo para experimentar y cambiar de idea y volver a intentarlo hasta que lo que tenía en la cabeza se transformara, como por arte de magia, en vidrio. Necesitaba resultados ya, y eso era doblemente difícil debido a que la sombra constante del señor Pringle Mitchell acechaba sobre su hombro.

El señor Tiffany le habría dicho que lo ignorara, que se tomara su tiempo, que le abriera las puertas a la inspiración para que llegara cuando fuera el momento. Clara lo intentaba, pero las lámparas y los objetos decorativos no eran como la mayoría de los vitrales que creaban. Con esos, bastaba con elegir una figura religiosa, rodearla de lirios y querubines y luego enviar a las chicas a seleccionar los vidrios.

Sus lámparas eran distintas. Estaban destinadas a llevar la naturaleza al interior de los hogares, para que la gente estuviera rodeada de belleza de día y de noche, no solo los domingos, o en funerales o en un paseo ocasional por el parque.

No le gustaba pensar que competía con Agnes Northrop. No era así. Agnes diseñaba vitrales y Clara diseñaba lámparas y objetos decorativos. Ambas amaban la naturaleza y respetaban al señor Tiffany. Compartían su pasión por el arte y por la manera en que él lograba fusionarlo con la naturaleza.

Los vitrales eran perfectos para Agnes. Se contemplaban a distancia, en momentos solemnes, casi sagrados. En cambio, los espejos, tinteros y juegos de tocador de Clara estaban siempre al alcance de la mano, no solo como objetos de admiración, sino como parte de la vida cotidiana.

Apartó su último intento con fastidio; se le estaban acumulando los dibujos. Entre sus intentos esporádicos de plasmar la esencia del vuelo de las libélulas en una lámpara, había creado otros dos diseños. Uno de ellos, en particular, la llenaba de orgullo. Había utilizado un motivo de flor de diente de león con un globo de vidrio Favrile salpicado de motas blancas como pantalla, sostenido por una base de cobre repujado con cada parte de la planta: hojas tallos y esas esferas algodonosas que parecían explotar y flotar con la luz. Sí, estaba muy satisfecha con ese diseño.

Tomó otra hoja de papel en blanco, midió el área correspondiente a una de las tres secciones repetidas que conformarían la pantalla y volvió a empezar.

El señor Tiffany tenía razón. La inspiración no podía forzarse, debía brotar de manera natural, como un organismo vivo. Pero no tenía mucho tiempo si quería que el modelo de la pantalla estuviera listo antes del regreso del señor Tiffany.

Y parafraseando a Hamlet, allí estaba el dilema. Quería terminarlo a tiempo para que lo seleccionaran para la Exposición de París.

Listo, lo había admitido. Su pequeño momento de orgullo. Ansiaba el honor de que el señor Tiffany la eligiera para representar su arte en la exposición más importante del mundo.

Pero no lograría nada así, y, además, tenía otras

responsabilidades que atender, otros proyectos que mantener en marcha, chicas a las que supervisar. Con un suspiro resignado, Clara guardó su boceto más reciente en la carpeta y fue a supervisar el trabajo de la señorita Pascal mientras esperaba la visita de Agnes.

Agnes entraba por la puerta exterior justo cuando Clara salía por la de su oficina. Fue hacia ella para recibirla, echando un rápido vistazo hacia la señorita Pascal; notó que la chica trabajaba con ahínco. Una buena señal.

Agnes llevaba una elegante blusa nueva con cuello alto y suave y pechera de pequeños pliegues franceses meticulosamente planchados. Le gustaba vestir bien, con ropa de calidad superior a la mayoría. No por ostentación, sino porque apreciaba las cosas buenas.

Claro, Agnes vivía con sus padres y probablemente podía gastarse todo su sueldo, lo que le venía muy bien, pues, además, era una apasionada de la fotografía y tenía una cámara costosa.

Clara también disfrutaba de la fotografía, pero el precio de revelar las imágenes era prohibitivo.

Debía admitir que era algo tacaña; llevaba a arreglar su ropa una y otra vez, aunque en parte se lo debía a su educación de clase media en el Medio Oeste. Ganaba un buen sueldo, pero nunca parecía alcanzar para caprichos. Aunque si lo pensaba bien, la bicicleta le había costado varios meses de ahorros. Pero no la cambiaría ni por todos los cuellos suaves y pliegues franceses de Manhattan.

Aunque tal vez ese fin de semana podría darse un paseo por Stern Brothers o si se atrevía a derrochar un poco, echar un vistazo en Lord & Taylor para ver las nuevas tendencias de otoño. Se secó la frente con la mano. Qué ridículo pensar en el otoño cuando el calor era insoportable. ¿Dónde tenía la cabeza?

Agnes se había detenido a hablar con la señorita Griffith,

que estaba a cargo del borde del tríptico religioso de Agnes. La figura en sí había sido diseñada por un artista masculino y la división femenina se había encargado del marco floral.

Clara se acercó a ellas.

—Muy bonito —estaba diciendo Agnes—. ¿Cree que pronto podrá comenzar con el panel de "Verano" del vitral de "Las cuatro estaciones"?

La señorita Griffith enarcó las cejas.

—No lo sé; una vez que termine de transferir este dibujo al caballete para el patrón, creo que la señorita Egbert y la señorita Byrne se encargarán de la selección y el corte... Pero aquí está la señora Driscoll, ella podrá decirle más.

—Ah, buenos días —saludó Agnes.

Clara sonrió al ver que le dejaban espacio para que observara el cartón. Grace Griffith le caía bien. Era inteligente, cortés y muy eficiente, pero Clara siempre percibía en ella cierta reserva, algo que no podía identificar del todo. No le importaba, mientras siguiera cumpliendo con su trabajo... y no decidiera casarse de repente.

—Sí —dijo Clara, apartando esa idea aterradora de su mente—, llevamos un poco de retraso en este momento, pero con suerte... —Al ver a Emilie Pascal trabajando unas mesas más allá, recordó que una gota constante podía llenar un vaso hasta el borde, y añadió—: Pronto lo solucionaremos.

Asintió en dirección a la señorita Griffith y se alejó con Agnes.

—El marco de ese tríptico es una belleza —comentó Clara.

—Estoy muy satisfecha con él, sí —respondió Agnes.

—¿Alguna vez has querido diseñar la figura central? No hay razón para que no lo hagas.

—Excepto que esos diseñadores son casi todos hombres. Y, francamente, soy feliz dibujando flores. No hay lugar más hermoso que un jardín.

"O un campo abierto de flores silvestres", pensó Clara, recordando la primavera en Ohio.

Se dirigieron a su oficina.

—Supongo que esa es la chica nueva, la que está junto a Lotte Wilson —dijo Agnes.

Clara asintió.

—Pero antes de presentártela, quiero que veas su trabajo terminado. Pensé que podríamos asignarla a las piezas para la Exposición si trabaja bien en la ventana del "Río". Creo que su talento está desperdiciado en el corte, pero es lo que necesito en este momento.

Avanzaron por el taller, saludando a las mujeres al pasar. Una vez que hubo cerrado la puerta de la oficina. Clara señaló una silla.

—Siéntate, por favor. Espera a ver esto.

Agnes alisó su falda y se sentó.

Clara tomó las muestras del trabajo de la señorita Pascal y las desplegó sobre el escritorio.

Agnes las estudió en silencio, levantando cada una para observarla contra la luz de la ventana. No dijo nada de inmediato, pero al cabo de varios segundos miró a Clara con las cejas enarcadas.

—También tenía algunos óleos de un estilo muy distinto. Bastante expresionistas.

—¿Buenos?

—En fin, si te gustan los expresionistas…

Agnes se rio.

—No particularmente. Pero supongo que te preguntas por qué una artista talentosa vino desde París hasta Nueva York para trabajar en el anonimato de un taller, cortando vidrio.

—Se me ha cruzado por la mente, sí.

—Es una gran oportunidad para una artista. Sobre todo, para una recién llegada al país, sin familia ni amigos.

Clara asintió.

—Y dijo que tenía una carta de recomendación.

—Ah, ¿sí? ¿De quién?

—No tengo idea. En mi prisa por contratarla, la tomé a prueba con medio sueldo, sin siquiera mirarla. Supongo que tendré que pedirle que me la muestre si voy a darle un puesto permanente.

—Bueno, si mi voto cuenta, diría que la mantengas en el equipo de todas formas. Quizás pueda trabajar con la señorita Griffith en el panel de "Verano", donde puedan supervisarla. Pero estos dibujos… el matiz, el trazo, la mirada… tal vez sea el mayor talento que hemos tenido en muchos muchos años.

—Coincido contigo —dijo Clara—. Sé que estás ocupada con tu propio trabajo, pero con el señor Tiffany aún fuera del país, quería conocer tu opinión y asegurarme de que todas estemos al tanto de nuestros avances.

—Gracias, pero ahora debo volver a mi oficina. Falta poco para la exposición de Grafton y apuesto a que el señor Tiffany regresará para supervisar antes de que sea momento de enviar las piezas que todavía no están en la galería.

Clara suspiró.

—Yo también he estado pensando en eso. Me alegrará que vuelva, pero ojalá estuviéramos un poco más adelantadas con el trabajo… y no tanto con el presupuesto mensual.

—Siempre sucede lo mismo y, sin embargo, logramos, lo logras tú, mejor dicho, que todo funcione. —Agnes sonrió con expresión comprensiva—. Tienes un trabajo ingrato, Clara, lo sé. Pero eres la única persona capaz de manejar tanto los negocios como el diseño y hacer que todo funcione.

Clara se rio y resistió la tentación de masajearse la frente, que ya empezaba a latirle.

—Bueno, voto por que te quedes con la chica nueva. Y si encuentras a dos más como ella, contrátalas también.

Y con esas palabras, Agnes la dejó sola con su tarea.

CAPÍTULO 7

Después del almuerzo, Grace por fin terminó su cartón y supervisó su traslado a un caballete, junto al paisaje de Emilie y Lotte.

Mientras esperaba la llegada de la señorita Byrne, Grace se detuvo un momento a ver cómo se las estaba apañando Emilie.

—¡Qué largo parece el proceso para un solo vitral!

—Lo es —coincidió Grace—. Pero lograr que todo sea preciso es lo más importante. Y la precisión lleva tiempo. Un solo error con la pluma o el cortador puede estropearlo todo. Piénsalo de esta manera: si una plantilla tiene un pequeño error, el vidrio cortado con esa plantilla también lo tendrá, y el siguiente y el siguiente, y todo el vitral estará desajustado.

—Pero cuando las piezas se sueldan... —se atrevió a decir Emilie.

—La soldadura puede corregir algunas imprecisiones, pero las plantillas ya se han cortado con tijeras de doble filo para dejar espacio para el estaño.

Emilie negó con la cabeza y Grace adivinó sus pensamientos.

—Lo sé. No deja mucho margen para la creatividad espontánea.

—No —coincidió Emilie.

Grace sonrió al recordar sus primeros días en el taller. Era un trabajo tedioso, copiar flores, hojas y enredaderas durante horas. Hacerlas del tamaño exacto, aplicarles un lavado de color en tonos que casi no se parecían al diseño original y que no siempre eran de su agrado.

Poco a poco, había aprendido a apreciar el proceso. Era satisfactorio a su manera, pero nunca le daría la emoción de plasmar eventos reales en el momento en que sucedían. La sensación de saber que había plasmado un instante especial entre tantos otros: nada en el estudio Tiffany se acercaba a eso. Y nunca lo haría.

Se encontró pensando en Charlie Murray. ¿Sentiría momentos de inspiración pura o simplemente escribía lo que pasaba, dando por sentado que siempre aceptarían sus artículos? ¿Aparecería el más reciente en la edición vespertina del *Sun*? ¿Iría acompañado de una ilustración?

Grace había enviado la suya esa mañana de camino al trabajo, pero no se hacía ilusiones de que la aceptaran, mucho menos de recibir un pago por ella. Debería haberla entregado anoche, pero no había tenido manera de volver corriendo a la oficina del periódico antes de que se cumpliera el plazo. Aunque lo hubiera hecho, no la habrían tomado en serio.

La señorita Byrne llegó con su punzón mientras Grace seguía perdida en sus pensamientos sobre el periodismo. Le entregó el proyecto y volvió a su mesa de trabajo para preparar el siguiente.

Tan pronto como terminó la jornada, Grace les metió prisa a sus compañeras para que guardaran sus pertenencias en las taquillas, cogieran el ascensor y salieran finalmente a la acera.

—¿A qué viene tanta prisa? —se quejó Dora—. Tengo una ampolla en el talón.

—No deberías haber estrenado zapatos nuevos en el trabajo —le dijo Lotte.

—¿Y cuándo voy a usarlos, si no? Lo único que hacemos es trabajar.

—Quizá podamos ir todas a la playa en nuestro próximo día libre.

—Sí, ¡yo quiero ir a la playa! —declaró Maggie y tomó la delantera hacia la pensión.

Anduvieron pesadamente bajo el calor; Dora cojeaba y se quejaba. Solo se detuvieron cuando Grace compró un periódico al chico de la esquina.

—Creí que los periódicos estaban en huelga —dijo Emilie.

—Solo el *World* y el *Journal*. Este es el *Sun*.

—Debes de estar desesperada —comentó Lotte.

—El *Sun* es aburrido —se quejó Maggie.

—Es cierto, Mags —admitió Grace—. Pero necesito leer algo.

—¿Por qué?

—No sé, pero lo necesito. Me gusta saber qué pasa en el mundo. —También se moría por ver qué clase de escritor era Charlie Murray.

Lo descubrió en cuanto llegaron a casa.

Todas subieron directas a sus habitaciones a arreglarse para la cena. Grace prácticamente empujó a Emilie dentro del dormitorio antes de cerrar la puerta y arrojar el periódico sobre la cama. Se sentó, se desató los zapatos y se los quitó de un tirón, luego se acomodó en la cama para abrir el periódico.

Encontró la noticia sobre la huelga de los repartidores en la segunda página. Tres columnas enteras. Empezó a leer. Y solo seis párrafos después, lo supo.

—Maldita sea.

—*Que'est-ce qui ce passe?* —preguntó Emilie, alarmada.

—¿Eh? Ah, lo siento. No pasa nada. Es este artículo.

—¿Es terrible?

—No, es bueno. Muy bueno. —Sin embargo, Grace notó que el señor Murray no se había molestado en seguir las indicaciones del presidente de no citar la jerga callejera de los repartidores.

Se recibieron informes alentadores desde varias localidades. Un emisario del sindicato de Brooklyn afirmó: "Spot Conlon, el repartidor jefe de distrito, les manda su saludo a los nobles huelguistas pero dijo que hoy no puede traer a su gente como prometió, porque tiene un asuntito pa' ir a romper cabezas de rompehuelgas allí afuera. Tol grupo ta fuera, y al mocoso que intente vender el *World* o el *Journal* le van a dar una tunda que ni pa qué. Así es la cosa. Por orden del sindicato".

Luego se levantó el Bizco Peters en representación de los muchachos del norte de la ciudad.

Grace tuvo que admitir que el artículo tenía color. Cuando el señor Murray no se entregaba a transcribir la jerga de los repartidores, lograba transmitir mucha información y hacía que el lector sintiera que estaba allí. Pero habría sido aún mejor con una ilustración.

Y ella había enviado una muy buena: el señor Pulitzer y el señor Hearst de pie sobre los cuerpos de los repartidores, que trataban de atrapar los billetes que caían de los puños de los editores mientras se peleaban. Y en la base del montón, Kid Blink aún sostenía una herradura floral maltrecha. No necesitaba leyenda alguna. El mensaje era claro.

Habría sido perfecta. Ahora tenía que encontrar la forma de enviar sus caricaturas con tiempo suficiente para llegar a la medianoche sin revelar —por ahora— su identidad, lo que la enfurecía de solo pensarlo. Si podía hacer el trabajo, ¿por qué no podía conseguir el puesto? Ahí estaba el señor Tiffany como ejemplo: había contratado mujeres y ellas habían creado algunos de sus diseños más aclamados.

Grace se dejó caer sobre la cama. A veces, era difícil no desanimarse.

—Díselo a Nellie Bly[1] —murmuró.

—¿Perdón?

—Nada. Solo hablaba conmigo misma. Con mi yo más débil. Trato de no prestarle atención, pero a veces...

—Disculpa, pero no logro entenderte...

—No importa, solo divagaba. Me pregunto qué habrá de cena.

Bajaron unos minutos después y la cena transcurrió con pocas palabras. Parecía hacer aún más calor que en el camino de vuelta del trabajo, y en cuanto terminaron de comer, Lotte anunció que Maggie y ella irían a dar un paseo hasta el parque. Dora se apresuró a reclamar la bañera y Emilie dijo que se iría a la cama. Grace comprendía que estuviera agotada. Su primer día de trabajo había sido largo, sobre todo después de la noche que había pasado. Ojalá no tuviera pesadillas todas las noches.

Grace se quedó abajo, en la sala, y sacó el ejemplar del *Sun* para releer el artículo de Charlie Murray... una vez, otra vez... y otra más.

Emilie acababa de colgar la blusa y la falda en el armario y estaba en camisón, asomada a la ventana en busca de un

---

1 Nellie Bly (1864-1922) fue una periodista, escritora e inventora estadounidense pionera del periodismo de investigación. Se hizo famosa por sus reportajes encubiertos y audaces. (*N. de la T.*)

poco de aire, cuando sonaron unos golpecitos suaves a la puerta. Antes de que pudiera contestar o cubrirse con algo, la puerta se abrió y entró Maggie.

—Ah, hola. Pensé que ibas a dar un paseo.

—Hace demasiado calor. ¿Qué haces?

—Miro por la ventana.

—¿Aquí es donde duermes? —Maggie se acercó a la cama de Emilie.

—Sí.

—Lotte y yo solo tenemos una cama.

—Ah.

—Es insoportable el calor en la parte de atrás de la casa.

—Creo que está insoportable en todas partes, Maggie.

—¿También en París?

—Sí, también. —De muchas maneras que Maggie y la mayoría de la gente jamás entenderían y con suerte, nunca tendrían que aprender.

Otro golpecito en la puerta y Lotte asomó la cabeza.

—¿Maggie…? —Vio a su hermana y frunció el ceño—. Maggie, no molestes a Emilie, quiere irse a dormir.

—No la molesto. Solo estamos conversando.

Lotte dirigió una mirada de disculpa a Emilie.

Y aunque en el fondo hubiera preferido estar sola, Emilie sonrió y dijo:

—Sí, solo estábamos charlando.

—Sobre París —añadió Maggie.

Lotte lo tomó como una invitación y entró en la habitación, cerrando la puerta tras ella.

—¿Quieres sentarte? —Emilie señaló su cama, el único sitio disponible, y rezó para que Grace subiera pronto y las hiciera marcharse.

—Háblanos sobre París —insistió Maggie.

—Bueno… —comenzó Emilie, resignada a su suerte. Pero antes de que pudiera empezar, la puerta volvió a abrirse. Dora entró enfundada en su bata de gasa azul, con el cabello envuelto en una toalla.

—Sabía que estarían todas aquí. ¿Qué me he perdido?

Para cuando Grace subió, Emilie había tejido una descripción de París que sonaba a cuento de hadas, pero que era justo lo que las demás querían oír.

También habían hablado de las solteronas del taller, que eran muy pocas, ya que la mayoría de las chicas encontraban marido enseguida y seguían adelante con su vida.

—No olvidemos a la señorita Gouvy, a la señorita Northrop ni a la señora Driscoll.

—Pero ella es "señora" —objetó Emilie.

—Se casó con un viejo que se murió tres años después —dijo Dora.

—Y la señorita Gouvy…, bueno, creo que ni siquiera ha salido con un caballero. Es muy correcta.

—Y muy amable —intervino Lotte, que se había quedado algo callada durante la conversación.

—Yo quiero casarme —declaró Maggie.

—No, no quieres —respondió Lotte—. No te acerques a los hombres. Te gusta trabajar para el señor Tiffany, ¿no es así?

—Sí, pero… —Maggie frunció el ceño y miró a Emilie.

—Te caía bien Annie —le recordó Lotte—. Annie se casó, y ya no pudo seguir en el taller.

—Sí, pero… ¿tú quieres casarte, Emilie?

Emilie vio la expresión tensa de Lotte y lo comprendió. Lotte no iba a encontrar marido en un futuro cercano, si es que alguna vez lo encontraba, por la responsabilidad de cuidar de Maggie. Y Maggie…, mejor no pensar siquiera en ello.

—Yo no, Maggie. Quiero trabajar para el señor Tiffany. Además, preferiría tener una hermana. Tienes suerte.

Era una sensación extraña, pensar en alguien más que en sí misma. Últimamente, Emilie no había dedicado mucho tiempo a los problemas ajenos; estaba demasiado ocupada tratando de resolver los propios.

—Y ahora háblame sobre el señor Tiffany. Nunca lo he visto.

—Se ha ido a Europa —respondió Maggie.

—Es más bien bajo —dijo Lotte, encantada de cambiar de tema.

—No, en absoluto —intervino Dora—. Es alto.

—Es alto para ti porque eres bajita.

—Humm. Soy menuda.

—¿Gordo, delgado? ¿Joven, viejo? —insistió Emilie.

—No diría gordo, pero sí fornido —dijo Dora—. Y viejo.

—Es delgado y no tan viejo —la corrigió Lotte.

Dora puso cara de fastidio.

—Tiene los ojos azules.

—No, son marrones.

—Azules —insistió Dora.

—Camina con bastón —agregó Lotte.

—Pero no lo necesita —la contradijo Dora—. Lo usa para golpear a la gente si no le gusta su trabajo.

—¡No es cierto! —protestó Lotte con vehemencia—. Dora te está tomando el pelo.

Dora frunció los labios.

—Bueno, a veces tira el vidrio al suelo si cree que está mal. Tiene su genio —dijo, y se estremeció ligeramente.

—Es temperamental, sí —concedió Lotte—. Como la mayoría de los hombres creativos.

Emilie podía dar fe de ello. Al menos los hombres creativos que ella había conocido... y algunos a los que había detestado.

—Tiene barba —dijo Maggie.

Las otras dos estuvieron de acuerdo en eso, y antes de

que pudieran discutir sobre los atributos de la barba, llegó Grace y las echó a todas. Maggie se detuvo en la puerta.

—Me alegro de que Annie se haya casado y haya tenido que irse. Me caes mejor tú, Emilie.

—Tú también me caes bien —respondió Emilie, y cerró con suavidad la puerta tras ella.

—¿Por qué no las echaste? Pareces agotada. —Grace arrojó el periódico sobre el escritorio y empezó a desvestirse.

—No quería ser grosera.

—¿De qué estuvisteis hablando tanto tiempo?

—Les pregunté sobre el señor Tiffany.

—¿Y? —Grace se quitó la blusa por encima de la cabeza.

—Me he enterado de que es un hombre alto y bajo, viejo y no tan viejo, de ojos azules y marrones, corpulento pero delgado, y con barba, que es lo único en lo que las tres estuvieron de acuerdo. Ah, y camina con bastón, aunque ni Lotte ni Dora creen que realmente lo necesite.

Grace se puso el camisón y cogió su cepillo de dientes.

—Ajá. Suena bastante acertado. —Sin más, cogió una toalla del tocador y se alejó por el pasillo.

CAPÍTULO 8

AL FINAL DE SU PERÍODO DE PRUEBA, EMILIE HABÍA EMPE-
zado a soñar con vidrios y tijeras de doble filo. Le dolía la
espalda, le ardían los ojos y tenía los dedos surcados de
diminutos cortes por manipular el vidrio.

El sábado, que solo hacían media jornada, hizo cola para
cobrar su mitad del sueldo, intentando no demostrar su
nerviosismo. Nadie había dicho nada sobre si seguiría en el
taller o si tendría que irse. La señora Driscoll le había hecho
varios comentarios sobre lo pulcro de su trabajo, pero, aunque la pulcritud no era precisamente el tipo de elogio con
el que soñaba una artista, le bastaba. Emilie ya empezaba a
sentirse en casa. Todos eran bastante amables. Y aunque la
señora Driscoll no demostraba sus emociones, no parecía
una mujer fría.

Cuando llegó al frente de la cola, la señora Driscoll le
entregó su paga.

—Estamos muy satisfechos con su trabajo, señorita Pascal.
Nos gustaría ofrecerle un salario completo de cinco dólares a
la semana.

Emilie apretó sus pocos billetes entre los dedos y elevó
una oración de gratitud a los santos cuyos nombres nunca
había aprendido.

—Gracias. Me parece aceptable.

—Excelente. Y cuando termine su vitral del paisaje, se le asignará un nuevo proyecto. No nos decepcione, señorita Pascal.

—No, señora Driscoll. No lo haré.

Lotte, Dora y Maggie la esperaban en el guardarropa. Iban a celebrar el final de la semana con un helado en Madison Square Park, a solo una manzana de distancia. La primera reacción de Emilie fue negarse. Aún le inquietaba un poco la idea de salir al mundo, aunque era consciente de que ese temor existía más en su mente que en la realidad. Llevaba más de una semana en Manhattan, yendo del trabajo a la pensión y de la pensión al trabajo. Anhelaba ver el resto de la ciudad, visitar los museos y las galerías de arte. Se decía en París que el Met, "para ser un museo nuevo", tenía una colección respetable.

Ahorraría para pagar la entrada al museo..., pero un parque..., un parque abierto al público. No podía resistirse.

—¿No vamos a esperar a Grace? —preguntó mientras las cuatro se apretujaban en el último espacio disponible en el ascensor.

—No, hoy tiene que visitar a su tía abuela —respondió Dora, frunciendo la cara en un guiño exagerado.

Tan pronto como estuvieron en la calle, Maggie se adelantó; era evidente que conocía el camino. Pero Emilie se tomó su tiempo para absorber todo lo que veía mientras caminaban hacia el oeste por la calle Veinticinco. Había edificios de apartamentos, casas adosadas e incluso una pequeña galería de arte encajada en la planta baja entre dos escalinatas. Esto se parecía más a lo que había esperado encontrar. De pronto, sentía unas ganas irrefrenables de ver más.

Grace esperó a que las demás se alejaran antes de coger el ascensor. Le habría gustado ir al parque, pero los fines de semana —medio día del sábado y todo el domingo— eran cuando tenía más tiempo para dedicarse a su otra profesión sin interrupciones. No es que pudiera llamarse una profesión como tal, claro.

Habían pasado días desde que envió su caricatura sobre los repartidores de periódicos al *Sun*. Desde entonces, había comprado todas las ediciones vespertinas y no la había visto publicada. En vista de lo poco que había ganado con su último dibujo para *Suffrage Weekly*, no iba a poder seguir gastando dos centavos diarios mucho tiempo más si no quería terminar invirtiendo más de lo que ganaba.

Compraría la edición de esa tarde y si su dibujo no aparecía, sabría que, una vez más, la habían ignorado. Tenía que haber una manera de meter un pie en el mundo de la prensa.

Se dirigió a Union Square, donde el Departamento de Policía celebraba su desfile anual. No era un evento que le interesara demasiado, pero no se podían elegir las noticias. Una periodista astuta —sobre todo una caricaturista política inteligente— sabía que hasta el acontecimiento más trivial podía convertirse en una gran historia.

Además, en un mitin político la semana anterior, Grace había oído a varios periodistas mencionar que Thomas Edison estaría filmando con su cámara de imágenes en movimiento. Eso sí que podía ser jugoso. Claro que, si formara parte del grupo, sabría exactamente dónde instalaría Edison la cámara. Pero no era una de ellos. Tendría que averiguarlo por su cuenta.

Caminó las siete manzanas hasta la plaza, dándole vueltas, una vez más, a la única pregunta que la atormentaba últimamente: ¿cómo ganarse un lugar en el mundo de la prensa, dominado por los hombres?

Compró una botella de zarzaparrilla y se la bebió mientras paseaba por el parque, sin perder de vista la multitud, buscando una cámara o un grupo de periodistas. La calle estaba atestada y a lo lejos sonaba una banda de música. Se abrió paso entre los espectadores y llegó a la acera justo cuando pasaba la brigada ciclista, seguida por la policía montada. Se puso de puntillas y entre la multitud, logró ver a Edison con su cámara, rodeado de periodistas, justo del otro lado de la calle.

Se acercó al gentío cuando la banda de la policía doblaba la esquina, con sus guantes blancos y sus cascos relucientes bajo el sol. Estaba a punto de cruzar antes de que pasaran cuando, de repente, divisó una cabeza pelirroja enfrente.

Charlie Murray. Otros periodistas estaban observando el desfile; no así el señor Murray. Plantado con firmeza junto a la cámara, entrevistaba al operador. "Yo habría hecho lo mismo", pensó Grace con fastidio.

Decidió no cruzar la calle. No quería que él la viera, aunque no se detuvo a analizar por qué. Sacó su cuaderno y dibujó rápidamente la cámara, al hombre detrás de ella, al propio Edison y los periodistas que lo rodeaban, ninguno de los cuales sería Charlie Murray.

La banda de la policía pasó frente a ella, bloqueándole la vista por un momento. Bosquejó apresuradamente lo que recordaba. Luego pasó la página y dibujó la fila de trombonistas desfilando.

Cuando la banda se alejó, Charlie Murray ya no estaba. Miró a su alrededor para asegurarse de que no se estuviera dirigiendo hacia ella, pero había desaparecido por completo; seguramente ya iba corriendo de vuelta al periódico para escribir su artículo.

Bueno, punto final. Tal vez si le hubiera dicho a qué se dedicaba la primera vez que se encontraron, él le habría presentado a su editor. Pero no era tan tonta: desde el primer instante en que se vieron, no tuvo dudas sobre cuál sería la opinión de Murray sobre las mujeres en la prensa. Charlie Murray era periodista, y eso lo decía todo.

En realidad, se alegraba de no haberle contado nada. Como mujer, deberían contratarla por su propio mérito. No necesitaba a un hombre. Menos a uno de la calaña de Charlie Murray. Un patán alto y descarado.

Que era muy buen periodista, tenía que admitirlo. También ella era buena en lo que hacía. Incluso era alta, y en más de una ocasión, la habían llamado descarada. Lo único que le faltaba era un par de pantalones.

El lunes llegó demasiado pronto, pero Emilie se alegró de tener sábanas limpias y un buen baño para afrontar la nueva semana. Aunque su media paga se había esfumado entre el alquiler, la lavandería, el helado y otros pequeños gastos, a partir de ese día era una chica Tiffany de pleno derecho, con un salario completo en el taller de la señora Driscoll.

Y entonces cayó en la cuenta de que nunca había sido parte de nada. Ciertamente no de una familia, pues la de su madre la había repudiado —junto con cualquier descendencia que pudiera tener— cuando se fugó con el entonces apuesto Dominique Pascal. Y de la familia de su padre, si es que tenía alguna, nunca había sabido nada.

Tampoco se había sentido parte de la Académie, donde casi no toleraban a las pocas mujeres que estudiaban allí.

Por supuesto, estaban Jean y Marie. Se sorprendió, e incluso se entristeció un poco, al darse cuenta de que llevaba días sin pensar en ellos.

Esa mañana, todas parecían más lentas de lo habitual mientras guardaban sus cosas y se ponían los delantales sin prisa, menos Emilie y Grace, que se apresuraron a ocupar sus lugares. Emilie tenía que continuar con su vitral de paisaje, mientras que Grace empezaba un nuevo proyecto que parecía despertar mucho entusiasmo: un vitral llamado "Las cuatro estaciones".

Concebido por el propio señor Tiffany, el diseño había sido plasmado en acuarela por la señorita Northrop, pero ahora Grace tenía la tarea de convertirlo en el dibujo definitivo para el vitral. Parecía ser la única que no estaba entusiasmada con el proyecto. Tal vez porque era la que cargaba con la mayor responsabilidad.

En cuanto la señorita Northrop llegó con su acuarela, las chicas de las mesas cercanas estiraron el cuello para verla mejor.

Emilie estaba asombrada por lo solidarias que eran entre ellas, por cómo se alegraban por los logros de las demás. En la Académie, en cambio, todo era intrigas, sarcasmo y esnobismo; todas envidiaban el talento ajeno.

Lotte se le acercó. Pronto se les unió Dora, que suspiró con resignación.

—Está muy bien que nuestro trabajo vaya a París…, pero ojalá fuéramos nosotras también.

Lotte también soltó un suspiro.

—No tengo esperanzas de conocer París alguna vez. Ni ningún otro lugar.

—¿No sientes nostalgia de tu casa, Emilie? —preguntó Dora—. Yo seguro echaría de menos mi hogar.

—En absoluto —respondió Emilie. Lo único que extrañaba de París era estar cerca de su madre.

—¿Ni un poquito?

—Nada. Prefiero estar donde estoy.

Dora negó con la cabeza, incrédula, y regresó a su puesto.

Lotte y Emilie volvieron a su vitral, que no viajaría a París, según le había contado Lotte, sino que iría a una iglesia del Upper West Side de Manhattan. Un barrio que Emilie aún no conocía.

El próximo fin de semana tendría que salir a recorrer la ciudad, tal vez hasta atreverse con un museo.

Unos días después, Emilie colocó la última pieza de vidrio en el vitral y tanto ella como Lotte se alejaron un poco para contemplar su trabajo.

—Ha quedado bien, ¿no crees? —preguntó Lotte.

—Sí —asintió Emilie.

—Sobre todo el agua. Parece casi real.

Todavía estaban admirando su obra cuando cuatro hombres corpulentos entraron en el taller y se dirigieron directamente a su mesa.

—¿Este es el vitral para la iglesia? —preguntó uno de ellos.

Las muchachas asintieron.

El hombre hizo una seña a sus compañeros y estos rodearon el caballete.

—¿Qué hacen? —preguntó Emilie al verlos inclinarlo hasta dejarlo casi paralelo al suelo.

—Tienen que llevarlo al piso de abajo para soldar las piezas —explicó Lotte.

—¿Y lo transportan así, sin más?

Lotte asintió.

—Bajan las escaleras hasta el cuarto piso. Lo hacen con todos los vitrales.

—¿Y si se caen las piezas? ¿Y si se les cae todo el vitral?

—Pues hay que rezar para que no pase —respondió Lotte; frunció el ceño mientras observaba cómo los hombres avanzaban por el pasillo sosteniendo el vitral. Suspiró cuando desaparecieron por la puerta—. Supongo que así debe de sentirse una madre cuando sus hijos se van de casa.

—¿De verdad lo crees? —Emilie no creía que fuera a experimentar esa sensación algún día. Sabía por experiencia que tener padres artistas solo traía penas y desgracias.

—Tal vez —dijo Lotte, y empezó a quitar las esquirlas de vidrio de la mesa.

Emilie acababa de guardar sus herramientas cuando

apareció la señora Driscoll en el taller, acompañada por la señorita Northrop. Iban directas hacia ella y por un momento sintió pánico. ¿Habrían cambiado de parecer sobre contratarla? ¿Habrían reconsiderado de algún modo su trabajo y decidido que no era lo suficientemente bueno? Imposible. Ella misma era tan crítica con su trabajo como cualquiera de sus compañeras y sabía que sus cortes habían sido precisos.

Y también había colocado las piezas con sumo cuidado para que el conjunto fluyera como un arroyo fresco y cristalino. Estaba segura de que había hecho un buen trabajo.

—Señoritas —dijo la señora Driscoll—, muy buen trabajo. Señorita Wilson, comenzará un nuevo proyecto con la señorita Egbert. Y usted, señorita Pascal… —Se giró y miró a Emilie con expresión seria.

Emilie tragó saliva. No iba a marcharse. Si tenía que suplicar, lo haría. No sería la primera vez que suplicaba.

—En vista del progreso que ha demostrado desde su llegada, la señorita Northrop y yo hemos decidido asignarla al vitral de "Las cuatro estaciones".

Emilie oyó que Lotte ahogaba una exclamación detrás de ella.

—Es un proyecto importante. Por lo general, solo confiamos una tarea así a nuestras cortadoras y seleccionadoras más experimentadas, pero nos ha impresionado con el trabajo que ha hecho hasta ahora. Esto será una gran responsabilidad.

La señora Driscoll parecía esperar algún tipo de respuesta, así que Emilie asintió.

—Estoy lista.

—Excelente. Bien, vayamos a ver en qué tendrá que trabajar.

La señora Driscoll se giró y avanzó por el pasillo junto a la señorita Northrop.

Emilie miró de reojo a Lotte.

—Anda, ve —susurró esta, y luego Emilie se apresuró a seguirlas.

Se detuvieron frente al caballete de Grace, donde ella estaba trasladando una pequeña acuarela a una hoja de papel manila de gran tamaño. Grace las saludó con un leve movimiento de la cabeza y siguió con su trabajo.

—Este es el panel de "Verano" de "Las cuatro estaciones" del señor Tiffany —explicó la señora Driscoll—. Cada panel representará una estación distinta y finalmente se ensamblarán en un único vitral con bordes internos y exteriores. La señorita Northrop ha dibujado sus ideas con gran destreza y la señorita Griffith ha comenzado el cartón de "Verano". Muy acorde con el clima, se podría decir, ¿verdad?

Emilie murmuró algo; no sabía cómo reaccionar. ¡Iba a trabajar en el panel de "Las cuatro estaciones"!

—Entonces, esta obra de treinta y uno por veintiocho —continuó la señora Driscoll, señalando la acuarela apoyada en una mesa pequeña junto al codo de Grace— se convertirá en…

Su voz se desvaneció en la distancia mientras Emilie se inclinaba para inspeccionar mejor el dibujo. Brillantes amapolas rojas contra un cielo azul cobalto, exuberantes hojas verdes, árboles oscuros en la distancia, todo enmarcado en un óvalo ornamentado con perlas opalescentes y cintas, con la palabra "Verano" escrita en la parte superior, como si alguien pudiera dudar de que representaba esa estación. Era tanto lo que mostraba esa pequeña acuarela que Emilie sintió la necesidad de estudiar a su creadora con más atención.

La señorita Northrop era bonita, pero no enérgica. No alzaba la voz ni buscaba ser el centro de atención y parecía conformarse con dibujar flora y motivos decorativos. Y, sin embargo, Emilie nunca había visto acuarelas con colores tan audaces.

—Será la pieza central de la exposición del señor Tiffany en París —añadió la señorita Northrop—, pero requerirá un ojo preciso y sensible para el color. —Su mirada había adquirido un brillo repentino.

—La señorita Griffith debería tener el cartón terminado y calcado para mañana. Llevamos mucho retraso y no podemos sacar a nuestras seleccionadoras más experimentadas de los proyectos en los que están trabajando. Usted tiene un talento especial y muy buen ojo para las propiedades del vidrio, señorita Pascal. La señorita Northrop y yo hemos estado observando su trabajo en el panel del río. Tras ver la forma en que ha cortado el vidrio ondulado y ha colocado los colores y contornos para lograr que el agua fluya de manera perfecta, estamos seguras de que estará a la altura del desafío.

Emilie escuchaba a la señora Driscoll, pero no podía articular una respuesta. ¿Iba a cortar y también seleccionar el vidrio?

Incluso Grace dejó de trabajar y paseó su mirada de una mujer a la otra.

—Por supuesto, la ayudaremos con la selección —explicó la señora Driscoll—. Sé que es una tarea abrumadora incluso para una cortadora experimentada. Pero con pequeños pasos se logra el trabajo. Si es que cree que puede hacerlo, claro.

Emilie asintió.

—Y la señorita Griffith estará aquí para guiarla.

La señora Driscoll y Grace cruzaron miradas, pero Emilie estaba demasiado aturdida como para interpretar su significado.

—Tan pronto como tengamos una cortadora disponible, la pondremos a ayudarla. Hasta entonces, usted estará a cargo de la selección y también del corte. Y ahora, si nos acompaña, la llevaremos al sótano.

El almacén estaba, efectivamente, en el sótano. Estanterías y estanterías de planchas de vidrio, alineadas como libros en una biblioteca, se elevaban hasta donde Emilie podía estirar el brazo, y más arriba también.

Filas y filas de diferentes tonalidades, desde el amarillo pálido al violeta más profundo. Y en el centro, varias muchachas sentadas ante mesas, comparando tonalidades tan sutiles que Emilie casi no notaba la diferencia.

¿Cómo iba a escoger la correcta? Cuando empezó a trabajar en el vidrio del río, alguien ya lo había seleccionado. Le gustaba pensar que ella habría elegido igual de bien, pero de pronto no estaba tan segura. Con óleos, pasteles y hasta acuarelas sabía cómo combinar la luz, las sombras y el color para representar la vida.

Entendía cómo los impresionistas creaban escenas sin necesidad de contornos definidos, solo con pinceladas de diversos colores que, de cerca, parecían manchas caóticas, pero que, al alejarse, tomaban forma y se convertían en personas, objetos, paisajes completos. Incluso los expresionistas, con sus audaces brochazos de color espeso, parecían arbitrarios en comparación con el vidrio tintado.

Con el vidrio había que ser precisa. Un corte mal hecho y la mayoría de las veces había que volver a empezar. Los bordes eran sagrados y, aunque le habían enseñado la técnica de superponer capas de vidrio para intensificar los tonos, el color nunca se extendía más allá de la línea de la soldadura. No había difuminados ni mezclas. Todo dependía del vidrio.

Y de pronto, lejos de casa, lejos de las herramientas a las que estaba acostumbrada, Emilie sintió una oleada de incertidumbre. Era un trabajo monumental. ¿Había sido demasiado arrogante al confiar en sí misma, en su capacidad de dejar atrás el pasado, en la posibilidad real de triunfar por su cuenta?

Las otras dos mujeres se habían detenido en una sección de tonos de verde y le hacían señas para que se acercara. La señorita Northrop sostenía un dibujo de una rama con hojas. Emilie reconoció de inmediato que era un detalle del arco superior del diseño de "Verano". Luego, la señorita Northrop sacó varias planchas de vidrio y pidió al asistente que las llevara a una mesa desocupada.

—¿Qué opina de estos tonos? —le preguntó la señora Driscoll.

Emilie se acercó, estudió las hojas en detalle, pero en su mente veía la composición completa, la forma en que el arco de follaje enmarcaba el cielo azul cobalto. La señorita Northrop había elegido un vidrio con demasiado marrón, otro con tonos rojizos y uno bastante puro. Ninguno era el adecuado.

Ese segmento del panel requería el verde de Seurat o Pissarro, el verde amarillento de la primavera cuando ya madura a un verde estival profundo. Luminoso pero vibrante. La respuesta a una promesa.

¿Se atrevería a decir lo que pensaba o esperaban que solo estuviera de acuerdo con su elección?

—Para mí… —Emilie estudió los vidrios, cerró los ojos—. No es ninguno de estos. —Contuvo la respiración.

—Muéstrenos cuáles sugeriría usted —dijo la señora Driscoll; se acercó a la pared de vidrio y le indicó con un gesto que eligiera alguno.

Le llevó varios intentos; sintió que el asistente estaba perdiendo la paciencia cuando por fin extrajo una plancha que supo que sería perfecta: un juego de luz verde primaveral claro que se tornaba viridiana y oliva, todo dentro del vidrio mismo, como si la pieza fuera un lienzo.

—Este —dijo.

El asistente lo llevó a la mesa donde esperaba la señorita Northrop.

—Y este otro —añadió Emilie, y sacó una plancha más oscura, con vetas pronunciadas. El asistente la colocó junto a la primera y luego inclinó una de las planchas para que la luz la atravesara.

Emilie casi no era consciente de que las mujeres intercambiaban miradas; en su mente, cortaba el vidrio en hojas. ¡Ojalá pudieran verlo como lo veía ella!

La señorita Northrop sacó otra plancha de vidrio de detrás del dibujo de las hojas.

—¿Y para esto? —Era el fondo de árboles oscuros detrás de una hilera de amapolas—. ¿Qué elegiría para los árboles?

—Tomaría rastros sutiles del verde del primer plano y les permitiría fusionarse con un tono profundo, casi negro, interrumpido por destellos de verde azulado, como si se vislumbrara el cielo lejano. —Como no se manifestaron de acuerdo con su idea ni en contra de ella, siguió explicando—: El verde claro invita al espectador a entrar en el jardín, pero los árboles oscuros lo conducen más y más hacia el interior.

La señora Driscoll se limitó a levantar una mano, indicándole que se acercara a los estantes. Emilie avanzó, esta vez sin dudar. Sabía exactamente lo que estaba buscando, pero ¿lo habrían imaginado también los fabricantes del vidrio?

Recorrió lentamente las últimas filas de tonos verdes. Esta vez tardó tanto como para la primera selección. Deliberó con algunas piezas, no dudó con otras. A mitad de camino, encontró su matiz de azul veteado con verde intenso, justo lo que buscaba.

—Este —dijo, y siguió caminando mientras el asistente sacaba la muestra elegida.

Encontró la última pieza en el fondo de la sección de tonos verdes. Ah, sí, era exactamente lo que había imaginado. Emilie asintió al asistente para indicarle su elección y lo siguió hasta donde esperaban las otras dos mujeres.

El hombre colocó la muestra junto a las demás y se apartó. Ninguna de las dos habló y durante un instante que la dejó sin aliento, Emilie temió haber confiado demasiado en su ojo. Pero como un jugador que, con su última moneda, lo apuesta todo para evitar quedarse sin nada, no tenía opción.

—De estos tonos a estos otros —dijo, recorriendo las láminas con los dedos—. Y si mal no recuerdo, deberíamos incluir el primer tono en la parte inferior con el rojo de las amapolas.

Entonces la señorita Northrop sonrió:

—Tal como lo vi en mi acuarela y como lo imaginó el señor Tiffany.

La señora Driscoll asintió al asistente.

—Resérveme estas piezas, por favor —dijo. Luego, se giró hacia la señorita Northrop—. ¿Pasamos a las amapolas?

A medida que los días pasaban y el diseño comenzaba a tomar forma, Emilie ya casi no recordaba la sensación de pánico que había experimentado al enfrentarse a los verdes en el sótano. Poco a poco, el vidrio se convirtió en una extensión de sí misma. Dejó de pensar y permitió que el color la guiara.

A unos metros de distancia, Grace había empezado con "Otoño". Fuera, el tiempo comenzaba a cambiar. Y Emilie se preguntó si lo que gobernaba sus vidas eran las estaciones del año o las que estaban representando en su trabajo.

Mientras el jardín de amapolas cobraba forma, Emilie empezó a pensar en el marco decorativo, rodeado en todos sus lados por un patrón de volutas y cuentas opalescentes de colores vivos sobre un fondo de amarillo mostaza antiguo.

Y todavía faltaban tres paneles más. Parecía una tarea titánica.

La señorita Northrop visitaba el taller a diario para supervisar los avances. La señora Driscoll seguía con su rutina de inspección, aunque parecía un poco distraída.

Se hablaba del regreso del señor Tiffany.

Clara miraba por la ventana las nubes que cruzaban el cielo cada vez más gris. Los días nublados ralentizaban el trabajo. Los colores que parecían perfectos a la luz del sol se volvían turbios o cambiaban por completo bajo otra luz. Se necesitaba mucha concentración para recordar el tono real en la mente. La iluminación eléctrica se había instalado años atrás, pero no tenía la misma calidad que la luz natural.

La escuela del Met había prometido enviar a una nueva candidata esa semana, pero la joven había cambiado de opinión y se había inscrito en una academia de secretariado. Clara tuvo que conformarse con una aprendiz completamente inexperta y todavía le faltaban dos cortadoras en el equipo. Menos mal que había llegado la muchacha francesa. Era una maravilla y trabajaba bien con la señorita Griffith, aunque, para ser justos, casi cualquiera lo hacía. La señorita Pascal, después de su memorable primer día, se había adaptado muy bien. Era algo obstinada, pero después de todo, ¿no era esa una cualidad esencial en un buen artista? Clara también era testaruda.

Se apartó de la ventana justo cuando el cielo se iluminó fugazmente y la lluvia comenzó a caer. Casi no oyó los golpecitos a la puerta, un sonido que comenzaba a ponerla nerviosa.

—Adelante.

La señorita Hodgins entró como una tromba.

—Está aquí. Entró así, sin más, sin avisar a nadie.

—¿Quién? ¿Quién ha venido? —preguntó Clara, ligeramente alarmada.

—El señor Tiffany. Ha regresado de Europa. Antes de lo pensado. Y está aquí fuera.

Clara se puso de pie de un salto. Se había adelantado dos semanas a la fecha de regreso.

—¿Viene hacia mi oficina?

—No. Se ha detenido a observar el vitral de "Verano". Me escabullí para avisarle. Está allí, inmóvil, mirándolo.

—Vaya, esto sí que es una sorpresa agradable —dijo Clara, ya recompuesta.

Le alegraba su regreso, pero hubiera preferido que avisara. Le habría gustado que el proyecto estuviera un poco más avanzado y tuvieran más para mostrarle de los vitrales de "Las cuatro estaciones". Que la lámpara de libélulas estuviera terminada en vez de seguir en fase embrionaria. Pero no había tenido un solo momento para dedicarse a su propio trabajo. Aun así, él había vuelto; sintió cómo su ánimo se elevaba.

—Gracias, señorita Hodgins. Iré enseguida.

Dora salió a toda prisa.

Clara respiró hondo un par de veces, se colocó el cabello y se alisó la pechera de la blusa. Dudó un instante y luego se pellizcó las mejillas antes de salir de la oficina. Avanzó hasta la mitad del taller, pero allí aminoró el paso y se detuvo por completo.

Él estaba de pie a pocos metros de donde la señorita Pascal aplicaba hojas de vidrio alrededor de las amapolas rojas. Clara había seguido de cerca su progreso y hasta ahora, la joven no las había decepcionado. De hecho, había logrado un contraste asombroso en la escena del jardín. A pesar de que todavía había grandes espacios vacíos en la composición, Clara podía ver que iba a ser una obra excepcional.

Aun así, habría querido tener la oportunidad de hablarle de la señorita Pascal antes de que él la conociera. Tiffany siempre era impredecible, generoso, pero también impulsivo para tomar decisiones. Desde donde estaba ella, podía sentir su energía: las manos detrás de la espalda, su inseparable bastón en una de ellas, el cuerpo compacto en tensión. Observaba cada uno de los movimientos de la joven.

En una palabra, estaba fascinado.

Clara rara vez había estado bajo un escrutinio tan minucioso y en este caso no sabía qué significaba.

La lluvia resbalaba por los ventanales detrás de la señorita Pascal y su jardín. Si esto hubiera sido una ópera —Clara asistía al teatro siempre que podía—, las cuerdas vibrarían con un trémolo grave, el bajo profundo daría un paso al jardín y cantaría en su tono más grave, provocando un escalofrío en la audiencia.

Pero el señor Tiffany seguía inmóvil. En el taller, las otras chicas se habían percatado de su presencia y lo observaban. Pero él no les prestaba atención. Clara dudaba que siquiera fuera consciente del revuelo que había causado. Ni siquiera había reconocido a la señorita Griffith, que estaba a menos de dos metros de distancia con el dibujo de "Otoño" casi terminado.

Toda su concentración estaba puesta en la joven que estaba colocando otra hoja en su sitio con máxima precisión, sin darse cuenta de que la observaban. Clara se resistía a interrumpir la corriente magnética entre ambos.

"No seas tonta —se dijo—. Anda, preséntalos".

Se dispuso a avanzar, pero vaciló al ver que él descruzaba las manos y movía el bastón. "Ahora no", pensó.

Y entonces la voz de él, tan persuasiva, tan llena de pasión, quebró la frágil atmósfera.

—¿Quién es usted?

Al principio, la señorita Pascal no se giró. Parecía no haberse percatado de que le hablaban. O siquiera de que alguien había hablado.

—Debe de ser nueva. No creo que nos conozcamos.

La señorita Pascal se volvió y en la mente de Clara, el cielo se oscureció aún más.

Observó cómo la joven lo miraba con sorpresa, luego con curiosidad y por fin lo reconocía.

—Soy Emilie Pascal —dijo en voz baja, casi inaudible.

—Veo que está trabajando en mi vitral.

—Sí.

—No me gusta ese tono de verde que está utilizando —dijo él, levantando el bastón.

Clara se puso en movimiento abruptamente. Sabía lo que vendría.

—Es el verde que escogí para las hojas —respondió la señorita Pascal, alzando ligeramente el mentón.

—Debería haber elegido un tono más vivo; esas hojas parecen anémicas.

—Brillan con la luz del sol, pero cambian con...

No tuvo oportunidad de terminar su explicación, de decir que cambiaban con el cielo nublado, algo que el señor Tiffany no podía ignorar, si tan solo se hubiera detenido a pensarlo.

La punta del bastón barrió la mesa y las piezas de vidrio que estaban sobre ella. Una lágrima de vidrio verde salió despedida y cayó al suelo con ese horrible crujido que todas temían oír.

Clara avanzó hacia él.

Pero había esperado demasiado.

Emilie Pascal se agachó, recogió los fragmentos y al incorporarse, los sostuvo a la altura del rostro de él. Era casi tan alta como el señor Tiffany y sus ojos se encontraron: los de ella, ardientes de ira. Los de él, encendidos de fuego.

—¿Cómo se atreve? ¡Corté este vidrio con mis propias manos! Me llevó tiempo y precisión, y usted lo arroja como si no valiera nada. Es el verde perfecto para sus hojas.

Por el rabillo del ojo, Clara vio que la señorita Griffith

se acercaba a la joven. Hizo un gesto negativo con la cabeza para detenerla y se apresuró a intervenir.

—Señor Tiffany, ¡qué alegría que haya llegado antes de lo previsto! —Su entusiasmo forzado no sirvió de nada. Pero necesitaba a Emilie Pascal y él también, cosa que comprendería una hora después de haberla despedido. Clara no podía permitirlo.

Se puso entre ambos, bloqueándole la vista, y le sonrió con expresión casi desquiciada.

—Estamos muy contentas de que haya tenido un buen viaje, señor Tiffany. Quería presentársela yo misma, pero no tuve la oportunidad. La señorita Pascal es nueva aquí. Ha venido desde París para estudiar el oficio y aprender. —El sonido de la respiración de él, agitada como un fuelle, le impedía concentrarse—. Señor Tiffany —insistió en voz baja—, todavía debe aprender nuestra manera de trabajar, pero tiene un talento extraordinario.

Él centró su atención en ella.

—¿Un talento extraordinario? ¿Un talento extraordinario? —Volvió a mirar a la señorita Pascal—. Veo que sí, que tiene un gran talento. Lo que debe aprender es que ella es mi gran talento.

Y con esas palabras, giró sobre sus talones y se dirigió a la puerta. Su bastón resonó en el taller silencioso. Tac, tac, tac.

CAPÍTULO 9

—Era el verde que habíamos escogido usted, la señorita Northrop y yo —dijo Emilie, alzando la barbilla a pesar de que deseaba meterse en su cubículo y esconderse hasta que todos se hubieran ido. Las rodillas le temblaban tanto que temía desplomarse, como el día de su llegada. Las mantuvo firmes para evitarlo.

Había logrado llegar hasta la oficina de la señora Driscoll sin flaquear, sintiendo todas las miradas puestas en ella. No se rendiría ahora. Suplicaría si era necesario, imploraría si no había otra opción. Se arrodillaría y juntaría las manos si hacía falta, aunque hacía años había aprendido que inspirar lástima rara vez daba resultado y menos aun cuando el resultado se necesitaba con desesperación.

—Lo sé, querida. —La señora Driscoll se sentó—. Fueron las nubes, la falta de luz. No estaba prestando atención, usted lo tomó por sorpresa. Siéntese, por favor. Veo que está algo alterada. —Señaló la silla frente a ella.

Emilie vaciló, pero la señora Driscoll no insistió, solo se puso a ordenar los bocetos esparcidos sobre su escritorio. Era la segunda vez que Emilie estaba en esa oficina y la primera no había notado lo abarrotada que estaba. Estanterías repletas de moldes y modelos, pequeños objetos decorativos: tinteros, cajas de mosaico, relojes, pantallas para velas, cerámica. Papeles, herramientas y trozos de vidrio cubrían el escritorio. El único espacio relativamente despejado estaba justo delante de la señora Driscoll, donde varios dibujos mostraban libélulas de alas dobles alineadas punta de ala contra punta de ala, como una hilera de muñecos de papel.

Emilie se sentó.

—¿Me va a despedir?

—No, querida, no si puedo evitarlo. Pero debe aprender a no enfrentarse a él directamente. El señor Tiffany tiene que lidiar con su gerente, con el directorio de la compañía e incluso con su propio padre; todos están convencidos de que saben más que él. No es cierto, pero, aun así, lo hostigan y a veces… Bueno, a veces habla sin pensar.

—Es hombre.

La señora Driscoll alzó una ceja.

—Un rasgo que no es solo propiedad exclusiva del sexo masculino.

—Sí —dijo Emilie; bajó la vista y se mordió la lengua para no responder. Sabía que la estaban reprendiendo con delicadeza, lo cual era nuevo para ella. Pero dolía, de todos modos.

—¿Qué pasará conmigo?

—Si puede guardarse sus opiniones hasta que se las pidan, creo que será un gran aporte para el taller. ¿Podrá hacerlo?

Debía hacerlo.

—Sí.

—El señor Tiffany es un genio y sabe lo que es mejor.

—Entonces iré a escoger otros tonos de verde y se los mostraré. —Emilie miró por la ventana—. Pero cuando salga el sol.

—Yo me encargaré del asunto del verde.

—No, por favor. Le demostraré que yo… me someto a su… sabiduría superior. Y… y me disculparé.

Bajo la atenta mirada de la señora Driscoll, Emilie se quedó inmóvil y se obligó a callar. Demasiada sumisión y la balanza podría inclinarse en su contra. Al igual que con una buena falsificación, había que saber cuándo detenerse. Pero ella no era una falsificadora. Ya no. Se mordió el labio, conteniendo las palabras que ansiaba decir. "Por favor, no me despida. Aquí puedo ser quien soy. Aquí estoy a salvo. Aquí crearé arte. Para el señor Tiffany", se recordó.

—Muy bien, si mañana hay sol, iremos juntas al sótano a escoger una selección de verdes y se los presentaremos juntas.

Emilie quería insistir en que debía hacerlo sola, pero se limitó a decir:

—Gracias, señora Driscoll.

La mujer se puso de pie. Emilie hizo lo mismo.

—*Libellules* —dijo Emilie, señalando el dibujo de los insectos sobre el escritorio.

—¿Perdón?

—Esos insectos. En Francia los llamamos *libellules*.

—Ah, libélulas —respondió la señora Driscoll, sacando un dibujo del montón—. Llevo semanas peleando con estos pequeños demonios. En mi cabeza las veo volando, pero en el papel parecen estáticas. —Soltó una risita—. A veces las mejores ideas son escurridizas.

Emilie se dio cuenta de que hablaba más consigo misma que con ella, pero de todas formas respondió:

—Quizá si intenta superponer las puntas de las alas… —Por un instante que le heló la sangre, temió haberse excedido… otra vez. ¡Es que le resultaba demasiado obvio!

—Creo que tiene razón —dijo la señora Driscoll—. Es increíble cómo la mirada de otro puede ver de inmediato lo que uno no ha visto de tanto intentarlo.

Emilie no contestó. No sabía si la señora Driscoll hablaba de sí misma y Emilie o de Emilie y el señor Tiffany. Era demasiado complicado entender el idioma. Mejor lo dejaría pasar y se concentraría en su vidrio.

—Ahora, si regresa a su puesto, aprovecharé unos minutos para volver a dibujar estas... ¿*libellules?*

Emilie asintió.

—Libélulas.

—Así es. Ahora vuelva al trabajo. Ah, y señorita Pascal...

Emilie se giró desde la puerta.

—¿Sí?

—Tal vez sea mejor que de momento empiece con las amapolas.

"Demonios, la chica tenía razón", pensó Clara cuando la puerta se cerró y volvió a mirar su dibujo más reciente. "Demonios", repitió mientras buscaba una hoja en blanco.

Media hora después ya tenía los primeros bocetos de un nuevo diseño de pantalla para lámpara. Un borde de libélulas, con las alas extendidas y solo superpuestas en las puntas. No había sido difícil transformar una imagen rígida en una representación tridimensional.

No pudo evitar comparar la manera en que Emilie Pascal había reaccionado con ella y con el señor Tiffany. No había duda de que las cosas se pondrían interesantes en el taller con su presencia.

Volvió a su dibujo y a pesar de la luz gris del día nublado, pudo verlo con claridad, todo el conjunto: la forma, el contorno, los paneles de vidrio. Cuerpos de azul celeste que se afinaban hacia el cielo. Alas superpuestas con un degradado de oscuro a claro. Las puntas delanteras más claras sobre el tono más oscuro del resto de las alas y sobre ellas... filigrana, filigrana de bronce.

Sí. Brillante. Todo centelleando en la base de la pantalla, mientras la hierba ascendía como llamas verdes hasta el anillo superior de bronce.

Y la base... Tomó otra hoja de papel. No sería solo un

tubo de bronce ni un óvalo para ocultar un contenedor de aceite, sino un mosaico bulboso que reflejara los tonos y matices de la pantalla. Solo color, sin figuras…, solo…

Una sonrisa se le dibujó en los labios. Libélulas de bronce, *libellules*, colocadas en diagonal sobre los mosaicos.

Su faceta comercial interrumpió su entusiasmo artístico. Tendría que consultar con el departamento de metalurgia para ver si era factible. Pues tendría que serlo, aunque costara diez veces más de lo que el señor Mitchell estaba dispuesto a pagar. Sería refinado, elegante, duradero.

El señor Tiffany tenía razón. No se puede forzar la inspiración. A veces te toma por sorpresa. Te eleva y te lleva a nuevas alturas por una simple sugerencia. No veía la hora de empezar.

Seguía inclinada sobre el diseño cuando la luz se volvió más tenue, obligándola a acercarse al papel para ver mejor. El mundo exterior desapareció y Clara ni siquiera pensó en si la necesitaban en el taller o en alguna de las oficinas. Nadie había llamado a su puerta o al menos, no lo había oído.

Por ese motivo se sobresaltó cuando la puerta se abrió y Alice asomó la cabeza.

—Empezaba a preocuparme cuando vi que tenías la luz encendida y me di cuenta de que seguías aquí —dijo—. ¿Puedo pasar?

—Por supuesto —respondió Clara y se puso de pie de un salto—. ¡Lo tengo! Por fin lo tengo. Ven a ver. Todo gracias a la nueva chica francesa. El señor Tiffany y ella tuvieron una buena bronca hoy.

—Ya me he enterado. También oí que calmaste las aguas.

—Bueno, no tenía opción. La necesitamos. Tranquilicé de momento al señor Tiffany y a ella la traje aquí para explicarle cómo debe comportarse en el estudio. Es una chica peculiar, pero al pasar por la puerta, antes de irse, sugirió como de pasada que probara superponer las alas. Y entonces todo el diseño encajó. Como una de las peonías de Agnes que se abre de golpe.

Alice se acercó al escritorio.

—A ver...

—Temí que te despidiera allí mismo —dijo Dora con su acento sureño mientras regresaban a casa.

Lotte y Maggie iban más adelante y Emilie quería alcanzarlas. No deseaba revivir el momento en que se había girado y descubierto quién estaba parado frente a ella.

Había reaccionado sin pensar cuando él tiró al suelo la pieza de vidrio. Pero por los motivos erróneos. No porque a él no le agradara su elección de vidrio, sino por todas las veces en su vida en que la habían apartado como si no valiera nada, como ese trozo de vidrio. Si hubiese sido otro hombre, tal vez se habría lanzado sobre él para arañarle los ojos. Pero se trataba del señor Tiffany, que tenía el futuro de ella en sus manos.

Él se había equivocado, de eso estaba segura. Pronto, él también se daría cuenta de su error. ¿Y entonces, qué? Madame Duchamps le había dicho una vez: "Nunca les demuestres a los hombres que están equivocados; te destruirán por ello. Mejor hazles creer que la idea fue suya". Emilie se había tomado ese consejo a pecho. Y lo había aplicado más de una vez. Pero no sería necesario aplicarlo con el señor Tiffany. Mañana, a la luz del sol, él escogería qué vidrio usar. Emilie no dudaba de que sería el suyo.

Delante de ella, Grace ni siquiera aminoró el paso en la esquina donde el chico vendía los periódicos. La huelga había terminado hacía semanas, tras un acuerdo. Grace había dejado de comprar el periódico a diario, pero se veía distraída y distante. Emilie intentaba ser una compañera de cuarto discreta. No era que Grace se fijara mucho en ella, en realidad. Había movido su escritorio al lado de la ventana, para lo que había tenido que poner la cama en ángulo.

Decía que lo hacía para aprovechar la luz del sol, pero Emilie no se lo creía. Solo quería evitar que viera lo que escribía todas las noches antes de acostarse.

No comprendía a Grace. Desde que Emilie se había mudado a la casa de doña Berto, Grace salía al menos una vez por semana. Rara vez se unía a los paseos al parque o a las salidas de compras en los días libres. Incluso aquel domingo que fueron en ferry hasta la playa de Staten Island, Grace se excusó diciendo que debía visitar a una tía abuela enferma.

Últimamente, se la veía cansada como si de verdad hubiera estado cuidando de un pariente enfermo, pero Emilie no se lo creía. Hace falta una mentirosa para reconocer a otra, y ella había mentido lo suficiente en su vida.

Aunque, por más que lo pensara, no encontraba un motivo turbio detrás de las escapadas de Grace, salvo lo que Dora había insinuado: un hombre. Seguro que Grace no sería tan tonta como para meterse en un lío que le costara el puesto. Ni siquiera parecía interesada en el amor. Aunque, como bien decía Shakespeare, tal vez "lo declaraba demasiado". Pero Emilie tampoco creía que fuera así. Grace parecía demasiado inteligente como para caer bajo el hechizo de cualquier hombre. Incluso el del señor Tiffany.

Lo que más despertaba su curiosidad era el cuaderno en el que Grace escribía todas las noches y que luego escondía bajo la almohada. Pero Emilie no tenía intención de entrometerse. A veces, era mejor no saber. Además, ya tenía bastante con su propia vida.

Cuando llegaron a la pensión, Emilie se sorprendió al ver que doña Berto le entregaba disimuladamente un sobre a Grace, que enseguida lo guardó en el bolsillo de su falda. Para cuando las demás preguntaron por el correo y las revistas, Grace ya había subido las escaleras a toda prisa.

Emilie no se detuvo a ver si tenía correspondencia. Por supuesto que no la tendría. Les había escrito a Marie y a Jean, pero solo para decirles que se alojaba con algunas chicas y que escribiría de nuevo cuando tuviera un lugar fijo donde vivir. No era exactamente una mentira. Si nadie se iba y liberaba una de las otras habitaciones y Grace se cansaba de que invadiera su espacio, quizás tendría que buscarse otro sitio.

Aunque, ¿por qué alguien querría irse de la casa de doña Berto? Era modesta, lo cual a Emilie le bastaba, y mucho más estable y cómoda que la montaña rusa que había sido su vida en París, pasando de la riqueza a la pobreza absoluta y de nuevo al buen pasar en un abrir y cerrar de ojos. Se quedaría con doña Berto todo el tiempo que pudiera; con suerte, algún día conseguiría su propia habitación, donde podría tener un pequeño espacio de trabajo y volvería a pintar.

Se estremeció. Era demasiado pronto para pensar en su propio arte.

Tenía más que suficiente con el trabajo para el señor Tiffany, lo que le recordó que al día siguiente tendría que enfrentarse a él, ofrecerse a usar los colores que él quisiera y esperar que su elección coincidiera con la de él.

Subió las escaleras y entró en la habitación.

—¡Emilie! —chilló Grace y se metió apresuradamente una carta en el bolsillo.

—¿Quién más podría ser? —Emilie intentó no mirar el bolsillo de Grace; no quería parecer entrometida. Pero al ver el esfuerzo que hacía Grace por controlar su expresión, supo que debían ser...

—¿Buenas noticias? —preguntó.

—Sí, por fin..., es decir...

Emilie esperó a que continuara, temiendo que anunciara su compromiso o algo igual de impactante. Pero Grace simplemente se giró y empezó a mover cosas en su escritorio, así que Emilie se dirigió al armario e inspeccionó su segunda blusa de trabajo. Quería verse presentable al día siguiente, pero la blusa estaba arrugada y sin cuerpo. Y la que llevaba puesta se veía aún peor.

Así que, en cuanto terminó la cena, bajó con su falda y su blusa para limpiarlas y pasarles la pesada plancha, cuidando de no dejarla demasiado tiempo en un solo lugar y arriesgarse a quemar la tela. Luego se ocupó de la falda: sacudió el polvo y las partículas de vidrio hasta dejarla con mejor aspecto, aunque estaba lejos de parecer nueva.

Cuando subió con la ropa limpia, el baño estaba libre, así que se dio un baño con esponja, se soltó el pelo y se lo cepilló hasta que brilló. Luego se puso el camisón, se volvió a trenzar el pelo y regresó por el pasillo a la habitación.

Encontró a Grace tumbada en la cama, sonriéndole al techo. Una repentina inquietud se apoderó de ella.

—Grace, no vas a dejar Tiffany, ¿verdad?

Grace giró la cabeza para mirarla.

—Por supuesto que no. ¿Por qué haría algo tan estúpido? Este trabajo paga mejor que la mayoría de los que podría conseguir.

—Ay, qué alivio. Es que pensé…

—Pues no pienses. Todo va a ir bien. Muy bien.

Grace seguía contemplando el techo cuando Emilie se acostó. Las dos camas estaban mucho más cerca ahora que Grace había movido el escritorio a la ventana. Pero tenía que trabajar y no podía arriesgarse a que Emilie entrara o se despertara y viera lo que estaba haciendo.

Se sentía algo culpable, como si le debiera una explicación a Emilie, pero no era así. Y si parecía grosero excluirla, pues que así fuera. No podía confiarle su secreto. Un solo desliz y todo se vendría abajo.

¡El *Sun* había comprado su caricatura del desfile policial! Le habían enviado un cheque por un dólar con veinticinco centavos, casi un día entero de salario por media hora de trabajo... si no contaba el tiempo que le llevó ver el desfile, el transporte y el refresco que se tomó en el camino. Ni los muchos bocetos que hizo hasta dar con la interpretación perfecta. ¡Pero le habían pagado! Un periódico de verdad, respetado.

Esperó inmóvil hasta estar segura de que Emilie dormía y luego se levantó de la cama y se sentó en la silla de su escritorio. Sacó el cheque del primer cajón y lo sostuvo bajo la luz de la luna. Luego volvió a leer la carta.

> Estimado señor Griffith:
>
> Hemos recibido su caricatura del desfile de la policía y nos complace informarle que la publicaremos junto con un artículo sobre este en la edición vespertina del *Sun*. Adjunto encontrará un cheque por la suma de 1,25 $. También recibimos su trabajo anterior sobre la huelga de los repartidores, aunque lamentablemente no llegó a tiempo para su publicación. Nos encantaría conversar con usted sobre una posible colaboración, si pudiera concertar una cita para visitar nuestras oficinas a la mayor brevedad.
>
> Para concertar una cita, diríjase por carta o por teléfono a la señora Petry en la mesa editorial.
>
> Atentamente:
> Los editores

Grace quería anunciar su buena fortuna desde lo alto de los tejados, pero ni siquiera podía celebrarlo porque tenía que guardar el secreto. No podía correr el riesgo de presentarse como ella misma y nunca había creído del todo esas historias de chicas que se vestían de hombres y lograban engañar a todos. Imposible, sobre todo de cerca y bajo la atenta mirada de los colegas periodistas.

Tendría que idear un plan alternativo.

Volvió a guardar la carta en el cajón y se dejó caer en la cama. Les había gustado su trabajo. Y pensar que nunca habría enviado nada al *Sun* de no haber sido por Charlie Murray, sus pies enormes y su molesta atención.

Bien merecido lo tendría cuando descubriera que los dos trabajaban para el mismo periódico. *Ladies' Home Journal*, ¡ja!

Emilie despertó a la mañana siguiente con un sol glorioso, un buen augurio para su encuentro con el señor Tiffany. Grace todavía dormía, así que se levantó sin hacer ruido, tomó su cepillo de dientes y su toalla del tocador y salió al pasillo, lista para esperar su turno en el baño.

Cuando volvió, Grace comenzaba a moverse.

—Ya son más de las siete —anunció Emilie en voz alta.

Grace murmuró algo y se dio la vuelta, cubriéndose la cabeza con la sábana.

Emilie se soltó la trenza y se cepilló el pelo para desenredar las puntas. Luego se colocó frente al espejo y volvió a trenzarlo con cuidado antes de recogérselo en la base del cuello.

Hoy no quería verse severa; le habría gustado dejarlo suelto y ondulado, con un lazo, con algunos mechones sueltos enmarcando el rostro. Pero tenía una reunión formal con el señor Tiffany y debía estar impecable. No le daría motivo alguno para criticarla. Sabía cómo mostrarse… recatada.

Se vistió con su uniforme de trabajo recién planchado y cepillado y bajó a desayunar. Se inclinó sobre el plato para no derramar ni una gota.

El día era húmedo y prometía ser caluroso, pero al menos el cielo estaba azul y brillaba el sol. Emilie lo tomó como una buena señal. Salió a paso ligero, ansiosa por llegar al trabajo.

—¿A qué viene tanta prisa? —preguntó Lotte—. Pronto tendremos que venir más temprano, de todas formas.

—¿A qué te refieres? —preguntó Emilie, sin detenerse.

—Cuando llegue el otoño y los días sean más cortos, la señora Driscoll nos pedirá que entremos una hora antes para aprovechar mejor la luz.

—Todo este trabajo adicional me deja agotada —se quejó Dora, intentando sujetar un mechón suelto de cabello sin quedar atrás.

—Pues acostúmbrate —dijo Lotte—. Y da gracias de que te permite tener un techo. Y cintas en el pelo.

Emilie miró de reojo a Dora. Le encantaban las cintas con lazos grandes y volantes; la de hoy era amarilla con lunares negros.

—¿Por qué tienes tanta prisa por llegar al trabajo?

—Porque tengo que elegir más vidrio verde para el vitral del señor Tiffany.

—El verde que escogiste está bien.

—El señor Tiffany no piensa lo mismo.

—Ay, siempre está quejándose de algo —dijo Dora.

—Dora —la reprendió Lotte—, es nuestro jefe y un gran artista.

—Lo sé. Pero no tenía por qué asustar a Emilie. Es nueva y todavía no está acostumbrada a tratar con él. No debes tenerle miedo, Emilie.

—No, no le tengo miedo. Me voy a disculpar. —También quería saber qué color elegiría él hoy con la luz del sol.

En cuanto llegaron al edificio de Tiffany, guardaron sus pertenencias y Emilie fue directamente a la oficina de la señora Driscoll.

—Me gustaría ir al almacén ahora antes de empezar, si le parece bien.

—Hmmm —murmuró la señora Driscoll, frunciendo el ceño ante varios dibujos que Emilie no alcanzaba a ver desde donde estaba.

Esperó. La señora Driscoll levantó la vista.

—Ah, señorita Pascal. Tiene que ver lo que la señorita Gouvy pintó para mí anoche. Tenía usted toda la razón.

—¿Perdón?

—Superponer las alas. Seguí su consejo…

—Ah, pero no fue…

—Y todo encajó a la perfección. Mire.

Le hizo una seña para que se acercara. La señorita Gouvy había hecho varios dibujos, pero el del centro era un diseño terminado: una lámpara con una pantalla de vidrio adornada con libélulas. Era hermosa y la base…

—¿Son mosaicos? —preguntó Emilie.

—Sí, en colores complementarios.

—¿Y eso?

—Bueno, sé que los jefes pondrán todo tipo de objeciones cuando lo presente. Libélulas en filigrana.

—¡Qué delicado! ¿Se puede hacer algo así?

—Voy a consultarlo con el departamento de metalurgia. Pero estoy segura de que encontrarán la manera de hacerlo.

—Será muy costoso, ¿no?

—Sí, pero espero convencerlos de que valdrá la pena. Bien, ¿qué quería decirme?

—El vidrio para el vitral del señor Tiffany. Quiero escoger algunas muestras para enseñárselas, ¿recuerda?

—Ah, sí, por supuesto. Vaya abajo y dígales que necesita varias opciones, que las devolverá después. Luego venga a verme y la llevaré a la oficina del señor Tiffany.

—Gracias.

—Hmm.

La señora Driscoll ya había vuelto a concentrarse en su lámpara. Emilie salió en silencio, pero antes de que cerrara la puerta la señora Driscoll le recordó:

—Venga a verme primero.

En la sección de vidrios verdes, Emilie seleccionó tres pequeñas piezas en tonos verdes similares, firmó el retiro y subió de nuevo. Se detuvo por un instante en su mesa de trabajo para añadir otra muestra antes de llevarlas todas a la oficina de la señora Driscoll.

La mujer se puso de pie y se alisó la falda antes de acompañarla al segundo piso, donde estaba la oficina del señor Tiffany.

—¿Le hablará de su lámpara? —preguntó Emilie.

—Todavía no. Quiero tener un modelo terminado para que pueda verla tal como será. Así que, ni una palabra. Será una sorpresa.

Emilie asintió.

Llegaron a una puerta pesada y oscura. La señora Driscoll llamó con firmeza, la abrió y le hizo un gesto a Emilie para que entrara con sus muestras de vidrio.

El señor Tiffany estaba sentado ante un gran escritorio, pero se levantó al verlas entrar. Emilie casi no le prestó atención, distraída por los exóticos muebles que lo rodeaban.

—Señor Tiffany —dijo la señora Driscoll—. Esta es la señorita Pascal, a quien ayer no tuvo la oportunidad de conocer del todo.

Emilie apartó la vista del mobiliario y la enfocó en él.

—Ah, sí. Señorita Pascal.

—Señor —dijo Emilie. Como aún sostenía las muestras de vidrio, no podía estrecharle la mano—. Me alegra mucho conocerlo y estoy encantada de trabajar en sus vitrales —añadió con modestia.

—Ha traído algunas muestras para que escoja el vidrio del panel de verano —explicó la señora Driscoll—. Por favor, señorita Pascal, colóquelas en la mesa junto a la ventana.

Emilie llevó los vidrios hasta una mesa ya repleta de muestras y los colocó junto a los demás.

Antes de que pudiera enderezarse y limpiarse discretamente las manos en la falda, el señor Tiffany ya estaba a su lado, observando los distintos tonos con atención.

Emilie contuvo la respiración.

—Estas serían para las hojas en primer plano —explicó la señora Driscoll, colocándose al otro lado de Emilie.

Emilie de pronto se sintió como un queso cuando le exprimen toda la humedad. Así de débil se sentía. Pero debía estar segura de que había elegido bien.

El señor Tiffany levantó una muestra de vidrio hacia la ventana para examinarla con detenimiento. Luego cogió otra y repitió el proceso hasta terminar con las muestras.

—Es muy importante, señorita Pascal, ver cómo la luz afectará su elección. La luz del sol le dará el color más puro, pero también debe resistir los días más nublados.

Emilie casi no respiraba.

—He oído cosas buenas sobre su trabajo. Así que viene de París.

—Sí, señor.

—¿Ha oído hablar de Siegfried Bing?

Desvió su atención del vidrio y miró a Emilie con las cejas levantadas. Estaba a menos de un metro de ella, lo suficientemente cerca para que Emilie viera las canas entre sus oscuras patillas.

—Ah, sí, de hecho, allí fue donde lo encontré a usted.

Se mordió la lengua y lanzó una mirada rápida a la señora Driscoll. Su interés y entusiasmo la habían pillado desprevenida. Nunca des información de más. Y nunca te adelantes, sobre todo cuando tu futuro está en juego.

—Con que me encontró, ¿eh? Es bueno saberlo. Creo que este es el indicado.

Tomó uno de los vidrios verdes y se lo entregó.

—Este es un verde maduro, vibrante, audaz. Será perfecto para las hojas en primer plano.

—Gracias —dijo Emilie. "Gracias, gracias, gracias". No se había equivocado con él.

—Ahora vuelva al trabajo, el tiempo es valioso. Deje el resto aquí, yo me encargaré de que los devuelvan. *¡Vite, vite!*

Tras un breve intercambio de palabras entre él y la señora Driscoll, ambas mujeres salieron juntas al pasillo.

Al tomar el ascensor, la señora Driscoll preguntó:

—¿Estoy en lo cierto al pensar que el verde que eligió hoy es el mismo que ayer dijo que detestaba?

Emilie asintió. Intentaba parecer apesadumbrada, pero en realidad, se sentía triunfante.

—Pero hoy lo vio con luz natural.

—Eso ha sido un golpe bajo.

—¿De verdad? Yo sabía que cambiaría de opinión.

—¿Cómo pudo estar tan segura de que lo escogería? Que usted, la señorita Northrop y yo pensáramos que era el indicado no significa que lo sea.

—Porque conozco su obra, su mente. Estudié durante meses antes de marcharme de París. No siempre elige como yo lo haría, pero yo jamás elegiría en contra de su gusto.

—Pues debo decir que esta vez tuvo usted razón. Acepte su victoria, pero no se regodee. La paciencia del señor Tiffany no es infinita y me desagradaría quedarme sin usted.

—Pero esto no es una victoria. Y jamás me regodearía. Ayer se mostró temperamental, nada más, porque se sorprendió. Es un hombre, al fin y al cabo, y su intensidad a veces lo lleva a tomar decisiones impulsivas, que no siempre son las correctas. —Emilie tuvo que contener el impulso automático de tocarse la mejilla.

—Él sabe lo que es mejor —advirtió la señora Driscoll.

—Sí, lo sé. Lo supe desde el primer momento en que vi su obra en París. Y ahora estoy feliz porque ambos elegimos lo mismo. Y sé que somos… somos… *de meme sensibilité.*

—Por el amor de Dios, no se haga ilusiones por encima de su posición.

—No comprendo.

—Usted es su empleada y él es…

—Él es el señor Tiffany —dijo Emilie.

CAPÍTULO 10

Clara a veces deseaba poder prescindir del sueño sin que le retumbara la cabeza y su estómago se agitara como olas en un mar embravecido.

Había salido hacia el taller antes del amanecer. Ahora todo estaba en calma; las chicas no llegarían hasta dentro de una hora y había avanzado tanto en el diseño de la libélula que casi deseaba que entrara alguien para poder presumir.

En realidad, esperaba que Alice apareciera en cualquier momento. Clara había logrado dividir el patrón de la pantalla de la lámpara en tercios de manera bastante uniforme, pero sería el talento de Alice como acuarelista lo que transformaría su dibujo plano en un papel que se adaptara a una superficie curva.

Estaba muy ilusionada con la base de la lámpara. En general, los diseños de las lámparas de mesa se orientaban cada vez más hacia compradores de gama media. Se habían cambiado a modelos de bronce más delgado, gracias a las bombillas incandescentes del señor Edison y a la insistencia en economizar por parte de los jefes.

Pero su base abultada de mosaico no tendría nada de económica. Tampoco las libélulas de vidrio con alas de filigrana y ojos de cabujón. Por eso quería tener una presentación terminada antes de mostrársela al señor Tiffany.

No le importaba crear piezas que fueran eficientes y prácticas, objetos hermosos que los dueños pudieran disfrutar. Eran importantes, sí. Pero también lo eran las obras de arte más refinadas.

Y sus libélulas, sin duda, lo eran. Ese diseño era especial. Se sentía muy satisfecha. Si tan solo pudiera convencer a los demás…

La puerta chirrió al abrirse.

—Ah, ahí estás, Alice.

Alice Gouvy entró en la oficina.

—Lo siento, ¿llego tarde?

—No, en absoluto. Justo he llegado a un punto en el diseño donde necesito tu experiencia.

Alice dejó el bolso y se inclinó sobre el hombro de Clara.

—Casi me quedo dormida. Si no hubiera sido por el camión de la leche, seguiría en la cama.

—Bendito sea el lechero —dijo Clara—. Necesito tu opinión. Me está costando horrores hacer que el borde de este patrón se superponga con el siguiente. Parece que la única opción lógica es a lo largo del costado del cuerpo.

Alice arrimó una silla junto a la de Clara y estudió más de cerca el dibujo de las piezas. Luego tomó el dibujo lineal que Clara había hecho de la sección y recorrió el escritorio con la mirada.

—¿Ese es el molde que estás usando? —preguntó, señalando un yeso precariamente equilibrado sobre una pila de facturas.

—Sí, y no hace falta que me digas que me estoy quedando sin espacio. Esta oficina parece encogerse a diario.

—Es porque todos los días aceptas más trabajo.

—Es verdad, y vivo con el temor de que alguna otra chica decida casarse.

—¿Alguna vez piensas en dejarlo todo y hacer otra cosa?

Clara miró a su amiga y frunció el entrecejo.

—¿Tú sí?

—En realidad, lo he estado considerando. No, no, no te preocupes, no es algo inminente, pero creo que algún día me gustaría volver a casa. Mi madre se está haciendo mayor y sería bonito estar cerca de mi familia otra vez. La ciudad puede ser un sitio solitario.

Clara asintió. Vivía con un grupo de hombres y mujeres cuya compañía disfrutaba. Y, aun así, lo comprendía. A menudo sentía un profundo anhelo por una vida más sencilla en la que los árboles, las flores y los arroyos no estuvieran solamente representados en vidrio. El parque era bonito y sus paseos en bicicleta con las hermanas Palmié, Lillian y Marion, eran un verdadero regalo.

—Algún día me gustaría abrir un taller de artesanía en casa —dijo con una risita—. Poner a toda la familia a trabajar haciendo cosas que pudiéramos vender para mantenernos. Pero...

—Pero nunca dejarías al señor Tiffany —concluyó Alice por ella.

—Lo hice —respondió Clara—; dos veces.

—Pero no duró.

—No porque no lo intentara.

—No —concedió Alice.

Oyeron voces que se acercaban.

—Bueno, oigo venir a las chicas. ¿Qué te parece si me llevo el patrón y el molde y veo qué puedo hacer?

—Fantástico. ¿En qué otra cosa estás trabajando hoy?

—Malvarrosas. Vaya uno a saber por qué, pero el señor Tiffany quiere un estudio sobre ellas. Mandó traer un jarrón entero.

—Desde que ha vuelto, está inquieto.

—¿Como un caballo de carreras en la recta final?

Clara se rio.

—¿Y tú qué sabes de caballos de carreras?

Alice también se rio.

—Casi nada. Lo leí en un cuento el fin de semana pasado. Pero es acertado, ¿no crees? Este es su año. Se nota cada vez que entra en el taller. No le basta con que lo respeten; necesita destacarse por encima de todos los demás.

—Ojalá fuera un poco más alto y nosotras tuviéramos un poco menos de estrés en nuestras vidas.

—¡Clara!

—Lo sé. Pero a veces me resulta necesario despojarlo de esa imagen casi divina que tengo de él. Sobre todo, justo antes de convencerlo de que me permita hacer algo que será muy costoso de producir.

—Y esto tiene toda la pinta de serlo.

—Sí, por eso quiero que se parezca lo máximo posible al producto final, para que él y los de arriba no tengan que preguntarse si funcionará.

—Entonces será mejor que ponga manos a la obra. —Alice cogió el dibujo y el molde y Clara se adelantó para abrirle la puerta.

Se quedó mirando la puerta un largo rato después de que Alice se hubo marchado, pensando en sus preciadas libélulas. Estaban en buenas manos. Alice sería capaz de crear lo que Clara veía en su mente.

Mientras tanto, tendría que sobrecargar a alguien de su personal con las tareas de corte y selección para comenzar con el vitral "Magnolia" de Agnes. El señor Tiffany había decidido adelantarlo en la lista de proyectos, convencido de que luciría espectacular en la Exposición de París.

Clara elevó una pequeña oración, no al cielo ni al señor Pringle Mitchell, ni siquiera al señor Tiffany, sino a los poderes creativos del universo para que su lámpara estuviera allí también.

Emilie y Grace iban delante de las demás por la Cuarta Avenida.

Emilie estaba impaciente por empezar su trabajo. Cada pieza que cortaba para el vitral de "Verano" la acercaba más a ese lugar donde sabía que pertenecía. La noche anterior había estado a punto de sacar su cuaderno de dibujo, aunque no sabía qué habría dibujado. Sus pasteles estaban reducidos a meros trozos. Tal vez debería comprar acuarelas… después de hacerse con una blusa nueva, o quizá dos.

Dora, Lotte y Maggie caminaban más lento detrás de ellas, planeando la última excursión del verano a la playa Midland, que según aseguraban, estaba a solo media hora en ferry.

Grace abrió la puerta de calle y entró; Emilie vio que las demás venían bastante rezagadas. Dejó que la puerta se cerrara tras ella y al avanzar, embistió de lleno a Grace, que había frenado en seco.

Grace ahogó una exclamación; Emilie recuperó el equilibrio y miró por encima del hombro de su compañera. El señor Tiffany esperaba el ascensor y hablaba con un hombre que le resultó vagamente conocido. Ambos se giraron hacia ellas y, tras un instante de desconcierto, Emilie lo reconoció.

Leland Bishop, marchante de arte con galerías en Londres, París y Nueva York. Nunca lo había visto en persona, pero sí de lejos en diversos eventos antes de que comenzara la última pesadilla de los Pascal.

El señor Bishop era difícil de olvidar. Favorito de la élite artística de París, se decía que aún no llegaba a los treinta y ya se había hecho un nombre en el mundo del comercio del arte. Y era atractivo. Un palmo más alto que el señor Tiffany, con una espesa melena castaño oscuro y unos ojos azules que se posaron rápidamente sobre ellas. Tanto que Emilie casi no tuvo tiempo de esconderse detrás de Grace.

Ella no parecía dispuesta a seguir avanzando hacia el ascensor y Emilie se debatió entre retroceder hasta la acera o seguir oculta detrás de Grace hasta que los hombres subieran.

La puerta se abrió y las otras tres chicas entraron entre risas.

—Ah, qué bien —les dijo Dora—. Esperad con el ascen... ¡oh!

Se detuvo junto a Emilie.

—¿Quién es ese? —susurró.

Emilie la ignoró.

—¿Por qué os habéis parado? —protestó Maggie—. No quiero llegar tarde. La señora Driscoll nos regañará.

Desgraciadamente, lo dijo lo bastante alto como para que el señor Tiffany la oyera.

—Ah, las damas del departamento de vidrio. Buenos días.

—Buenos días —respondieron todas al unísono, como si lo hubieran ensayado, y Emilie no pudo evitar pensar en las criadas que había conocido. No tenían por qué mostrarse tan sumisas ni comportarse como colegialas bien educadas: eran artistas.

—Así que estas son las famosas chicas Tiffany —dijo Bishop, y les dedicó una sonrisa encantadora. Junto a Emilie, Dora suspiró, coqueta. Delante de ella, Grace se irguió un poco más.

—Así es, Leland, si no me equivoco, empleo a treinta y cinco mujeres en el departamento de vidrio.

—¿Y cuándo será que me mostrarás ese renombrado departamento?

—Quizás en mayo, cuando la Exposición de París esté en marcha.

Leland Bishop soltó una risa clara y divertida que a Emilie le pareció carente de celos y suspicacia, a diferencia del señor Tiffany.

Aunque no lo culpaba. Sabía por experiencia lo que la gente era capaz de hacer por dinero, poder o fama. Tenía razón en mostrarse desconfiado. Y aunque nunca había oído nada turbio sobre Leland Bishop, aprobaba que el señor Tiffany no le enseñara nada que aún no estuviera listo para mostrar al mundo.

—Ah, no confías en nadie con tus creaciones —comentó Bishop.

—Disculpe, señor Tiffany —intervino Grace—, pero no queremos llegar tarde.

—Por supuesto, adelante —respondió él con una leve inclinación de cabeza.

Grace asintió y avanzó hacia el ascensor; Emilie le pisaba los talones.

—Ah, señorita Pascal. ¿Cómo va mi vitral?

Emilie se paralizó. Su apellido, Pascal, resonó con tanta fuerza en su mente que tuvo que contener el impulso de taparse los oídos. ¿Podría fingir que no lo había oído? Casi había llegado al ascensor.

—Progresa… muy bien, señor, creo —respondió, manteniendo la cabeza gacha, con la esperanza de que lo interpretara como timidez en lugar de una decisión de no mirarlo. No era probable, pues él ya sabía que no le asustaba defenderse.

—Quizá pase hoy por el estudio para echarle un vistazo.

Entonces sí lo miró, y en ese instante, sus ojos se encontraron con los de Leland Bishop. Apartó la mirada de inmediato.

—Nos encantará recibirlo —dijo, y se giró para marcharse.

¿Acaso había visto un destello de reconocimiento en la mirada de Leland Bishop? Nunca se habían visto antes. ¿Habría notado algo que la delatara? Pascal era un apellido común.

Un escalofrío de miedo le subió por la espalda, algo que no sentía desde hacía días, tal vez más. ¿Estaría exagerando?

No tenía razones para saber quién era ella... pero esa mirada. No había manera de saberlo. El miedo le empañaba el juicio.

Empujó suavemente a Grace para que entrara en el ascensor. Las demás las siguieron.

En cuanto se cerró la puerta y comenzaron a subir, Dora suspiró con dramatismo.

—¿Quién era ese señor tan encantador?

—Un amigo del señor Tiffany —respondió Grace.

—¿Cómo lo sabes?

—Lo llamó por el nombre de pila.

—Me ha parecido guapísimo.

—A mí también —coincidió Maggie.

—Bueno, pues olvidaros de él —intervino Lotte—. Aunque Emilie podría tener una oportunidad.

—¿De qué hablas? —quiso saber Dora.

—Si no tuvieras la cabeza en las nubes, habrías visto cómo la miraba cuando pasó.

El alivio que Emilie había comenzado a sentir se hizo añicos.

—Estaba interesado, no hay duda.

—Basta, las dos —dijo Grace con firmeza, lanzándole una mirada a Emilie—. Dora, mejor concéntrate en tu trabajo o terminaremos quedándonos hasta tarde. Hay pocas posibilidades de que volvamos a verlo.

Era lo que Emilie más deseaba. Respiró hondo. No había nada de cierto en lo que decía Lotte. No la había reconocido. Seguramente, si lo hubiera hecho, habría mostrado más sorpresa. Estaba a salvo. Necesitaba que fuera así.

Los días comenzaron a pasar cada vez más rápido. Todas se enfocaban en sus propios proyectos. Emilie se sumergió por completo en la creación del panel del vitral de "Verano".

En general, estaba satisfecha con su trabajo; debido a la naturaleza del vidrio, no se podía sobrecargar una idea hasta que los colores se tornaran turbios y las formas perdieran identidad.

Había algo de inmediatez en el trabajo con vidrio. No en la construcción en sí, sino en ese instante decisivo en que se escogía dónde colocar el patrón y dónde hacer el primer corte. Y entonces, entre sus dedos, sostenía un pequeño fragmento de magia en potencia que esperaba unirse a los demás hasta convertirse en la esencia misma de lo que estaba destinado a ser.

A su alrededor, las otras artistas hacían exactamente lo mismo que ella. En una esquina del taller, un grupo trabajaba en varias pantallas para lámparas, todas con motivos florales; Emilie ya había aprendido que eran dominio exclusivo de la división femenina. Los hombres, en cambio, se encargaban de las lámparas con diseños geométricos, algo que a Emilie siempre le había parecido arbitrario, pero no le molestaba; a pesar de lo que afirmaban los modernistas, en la representación de la naturaleza había mucha más libertad que en un conjunto de cuadrados y triángulos.

Emilie había buscado entre las pantallas en proceso con la esperanza de ver las libélulas de la señora Driscoll, pero aún no habían aparecido. En cuanto a su jefa, se veía cada vez más fatigada. Llegaba temprano y se marchaba última y hacía más viajes al sótano de lo habitual.

La señorita Gouvy entraba y salía de la oficina más de lo acostumbrado; Agnes Northrop pasaba varias veces al día para supervisar los avances de "Las cuatro estaciones". La señora Driscoll, por su parte, contrató a una nueva cortadora, una tal señorita Zevesky, a quien asignó como asistente en el panel de "Verano".

El señor Tiffany también aparecía con más frecuencia, no solo los lunes, como solía hacer antes de dirigirse a los hornos de Corona. Algunos días se detenía a hablar brevemente con el grupo, ofreciendo consejos o reflexiones sobre el arte. Todo muy inspirador, sin duda, pero Emilie se preguntaba si no entrarían por un oído y saldrían por el otro, pues las chicas interrumpían su trabajo lo justo y necesario para escucharlo, pero sus mentes nunca se alejaban de las piezas que las esperaban en las mesas.

Para cuando cobraban su salario el sábado al mediodía, todas estaban agotadas y deseando tener un día para ellas.

Lotte conocía una pequeña tienda para trabajadoras y Emilie compró una blusa de percal con rayas blancas y azules. Costaba cuarenta y nueve centavos, pero estaba en oferta por cuarenta y dos, lo cual le pareció una ganga. Le habría gustado comprar un vestido ligero para la excursión del día siguiente, pero no iba a gastar hasta su última moneda en un solo día en la playa.

Pronto necesitaría ropa de invierno. Quizá fuera hora de pedir que le enviasen su baúl, pero algo en su interior se resistía. Tal vez fuera nada más que superstición, el miedo a que con él llegara su antigua vida.

Tarde esa noche, Lotte llamó a la puerta de Emilie y Grace. Llevaba en las manos un vestido sencillo de muselina, salpicado de pequeñas flores.

—Sé que todavía no has traído tu ropa y pensé que tal vez querrías algo más fresco para la playa. No quiero ofenderte, pero pensé que podrías usar este vestido. No es elegante ni nada, pero sería cómodo y más fresco que tu ropa de trabajo. —Se lo tendió con cierta timidez.

Emilie sonrió, conmovida por el gesto. Era algo que no había sentido en mucho tiempo.

—Qué considerado de tu parte…, pero…

—Póntelo —dijo Grace desde el escritorio— o llenarás el suelo del estudio de arena hasta el próximo día de lavado. —Hablaba con tono brusco, pero con la última palabra se giró hacia ellas y sonrió—: Además, me gustaría ver qué aspecto tienes con un "vestido de ve-raaaaa-no" —dijo, imitando a la manera de arrastrar las palabras de Dora.

Dora había pasado casi toda la cena tratando de decidir cuál de sus "frescos vestidos de verano" escogería para la excursión, hasta que la señorita Vanderheusen le hizo saber que ya había hablado suficiente de moda por una noche. Dora puso mala cara, pero eso no le impidió presentarse a la mañana siguiente en la puerta de Emilie y Grace, justo cuando Emilie estaba abotonándose el vestido de Lotte.

—¡Daos prisa! No podemos perder el ferry de las nueve.

—Sale cada hora —le recordó Grace desde el escritorio—. Así que, si pierdes el de las nueve, puedes tomar el de las diez.

—Pero… ¡ay, vamos, daos prisa! Y no olvidéis los sombreros, o acabaréis despeinadas y quemadas por el sol.

Emilie se llevó la mano a la cabeza como si esperara que apareciera un sombrero por arte de magia. Solo había traído a Manhattan la boina de fieltro negro de Jean, quien, una tarde de nieve junto al Sena, se la había quitado para colocársela a ella con un gesto de ternura que atesoraría para siempre.

—Será mejor que lleves el mío.

Grace sacó del fondo del armario un sombrero canotier y se lo lanzó a Emilie.

Así que, con el vestido floreado de Lotte y el sombrero de Grace, Emilie bajó corriendo las escaleras, donde las demás la esperaban con impaciencia.

Lotte y Maggie llevaban vestidos sencillos y sombreros de paja de ala estrecha. Dora, en cambio, posaba como una de esas célebres chicas dibujadas por Gibson que aparecían en tantos anuncios. Bajo un sombrero de ala ancha, adornado con cintas y flores, llevaba el cabello rizado y recogido en un peinado elaborado. Al ver a Emilie, giró sobre sí misma para lucir su atuendo: un vestido blanco de batista, con pliegues en el frente y ajustado a la cintura con una faja de gorgorán azul celeste. Solo le faltaba un parasol a juego.

En cuanto a Emilie, no recordaba haber vestido de blanco en su vida, ni siquiera de niña. Su padre detestaba ese color. Claro que tampoco recordaba haber llevado florecillas y, sin embargo, ahí estaba.

Desde la cocina, doña Berto apareció con una cesta de mimbre cubierta con un paño.

—El almuerzo. No querréis gastar el dinero que tanto os ha costado ganar en esos puestos del malecón. Y ni se os ocurra comer en el restaurante del hotel. Os quedaréis sin dinero para el ferry. Comprad una limonada en alguno de los puestos y buscad un buen sitio donde compartir los bocadillos y la fruta. —Le entregó la cesta a Lotte—. Y no estéis demasiado tiempo al sol.

—Vamos, vamos —las apremió luego Dora—. No queremos perder el ferry.

Para sorpresa de Emilie, el ferry partía de East River y no de los muelles del Hudson, donde ella había desembarcado. No tenía muy claro dónde quedaba Staten Island, pero no le importaba. Se limitó a disfrutar de la brisa en el rostro y el sol en la piel.

Cada vez que cerraba los ojos se transportaba a otro lugar. Cannes, cuando todo marchaba bien para su padre. Biarritz, cuando él pintaba el retrato de algún dignatario local.

Parecían recuerdos de la vida de otra persona; se alegró de estar en un ferry rumbo a un sitio llamado playa Midland.

Media hora después, el transbordador chocó suavemente contra los pilotes de la terminal de St. George. Siguieron a los pasajeros que desembarcaron en masa y tomaron el tranvía que las llevaría a la playa.

El trayecto bordeaba la costa, atravesando marismas y un bosque donde, según explicó Lotte, acampaban quienes disfrutaban de una vida más rústica. Pocos minutos después, el tranvía se detuvo junto a un largo muelle de madera.

—¡Hemos llegado! —exclamó Dora, impaciente por bajar.

Emilie echó un vistazo a su alrededor. El malecón se extendía hasta perderse de vista y terminaba en una enorme noria de feria. A lo largo de la costa, se veían bancos ocupados por mujeres con vestidos ligeros y sombreros de verano; algunas sostenían parasoles negros para protegerse del sol.

Del otro lado del malecón, puestos de juegos y de comida conducían hasta un gran hotel con restaurante.

Ya había gente en la playa. En la arena, extendidas sobre mantas, las mujeres observaban a sus hijos corretear entre la multitud. Solo unas pocas se habían descalzado y alzaban sus faldas para mojarse los tobillos en la orilla. Los hombres, más atrevidos con sus bañadores de una sola pieza, nadaban y luego volvían a sentarse junto a sus acompañantes, chorreando agua.

Dora se llevó una mano a la frente para protegerse los ojos del sol y se balanceó de un pie al otro, como si buscara algo... o a alguien, comprendió Emilie, cuando varios muchachos que holgazaneaban en un banco en el extremo del muelle se pusieron de pie y empezaron a saludar con entusiasmo.

—¡Pero claro! —se quejó Lotte—, con razón estaba tan ansiosa por tomar el ferry de las nueve. Tenía planes.

—¿Quiénes son? —preguntó Emilie, observando con curiosidad el variopinto grupo de muchachos. Los había altos y bajos, delgados y rechonchos, todos vestidos con pantalones y camisas arremangadas, y una disparidad de sombreros.

—Trabajan en el departamento de cerámica, en la planta baja. Seguro que concertó una cita con ellos algún día durante la hora del almuerzo.

Dora se encaminó hacia el grupo. Lotte, con la cesta de pícnic en la mano, la siguió después de advertirle a Maggie que no se alejara demasiado.

Las alcanzaron cuando Dora ya se encontraba en el centro de atención de su público, compuesto por muchachos jóvenes, algunos tímidos, otros arrogantes y seguros de sí. Trabajadores en busca de diversión.

—¡Aquí estáis, tortugas! Mirad con quién me he encontrado —anunció Dora, señalando a un joven de dientes demasiado grandes y una mata de pelo rubio—. Este es Jack. Y Paul —añadió, indicando a un muchacho pecoso que parecía todavía adolescente—. Y Sandor… Ya os presentaréis todos después.

Los hombres y Dora emprendieron el camino hacia la playa sin esperar. Maggie se apresuró tras ellos y, resignadas, Emilie y Lotte los siguieron.

Los "chicos" —Emilie no podía evitar pensar en ellos de ese modo, quizás en contraste con las "chicas" Tiffany— habían encontrado un sitio en la arena y lo habían cubierto con mantas y colchas descoloridas. Esperaron a que ellas se sentaran antes de sentarse alrededor de Dora y Maggie, que se había dejado caer a la derecha de su amiga.

Emilie había pensado en traer su cuaderno de dibujo, pero cambió de opinión en el último momento. Todavía no estaba lista para volver a la pintura. Tal vez no volviera nunca. ¿Y entonces qué haría? El problema era que cada vez que pensaba en tomar un pincel, una oleada de recuerdos la paralizaba. Los últimos detalles de un retrato ajeno, cada uno de ellos cargado de su propio desprecio.

Un escalofrío la recorrió de solo pensarlo.

—No irás a decirme que tienes frío —dijo el chico a su derecha. Peter, recordó de pronto.

—No —respondió Emilie. Y como no se le ocurría nada más para decir, cerró los ojos y levantó la cara hacia el sol.

Poco después Dora anunció que era hora de almorzar y envió a Frank y a Sandor a comprar limonadas. Se apoderó de los sándwiches de Lotte y los sumó a las provisiones que habían traído los muchachos. Disfrutaron de un auténtico festín y no dejaron ni una migaja.

Lotte casi no hablaba. Emilie no sabía si por timidez o por algo más profundo. Y por primera vez desde que había llegado, se sintió sola. Echaba de menos la vitalidad mundana de los artistas e intelectuales e incluso de los aduladores que pululaban a su alrededor. Se sentía una anciana, incapaz de encontrarles la gracia a los esfuerzos torpes de Jack, Peter y Sandor por acaparar la atención de Dora.

Jack fue el primero en rendirse y redirigir su interés hacia Maggie, que se ruborizó, rio nerviosa y se acercó un poco más a él. Lotte frunció el ceño.

Emilie lo entendía. No eran celos lo que Lotte —agotada a pesar de su juventud— sentía de su hermana, que era bonita, redondeada y dulce. Era miedo de que su falta de juicio la llevara por el mal camino.

Pero solo era un día en la playa.

Después del almuerzo, Lotte se enfrascó en un libro mientras los muchachos convencían a Dora de quitarse los zapatos y meterse al agua.

—Yo también voy —anunció Maggie.

Lotte cerró su libro y se dispuso a levantarse.

—Estará bien —dijo Dora—. Yo la cuidaré.

—Os cuidaré a las dos —intervino Jack, rodeándolas por la cintura.

Lotte pareció aliviada.

—Si estás segura…

—Por supuesto. Tú sigue con tu libro. Vamos, Maggie, a ver si les ganamos a los chicos. —Salieron corriendo; Dora chillaba mientras los muchachos reían y fingían tropezar y Maggie se levantaba la falda para correr más rápido.

Lotte soltó un quejido y miró a Emilie.

—Supongo que debería ir tras ellas.

Emilie observó cómo jugaban en la arena. ¿Qué daño

podía hacerles pasar unas horas en la playa? Pronto cada uno seguiría su camino, el verano terminaría y todos estarían de vuelta en el lugar donde debían estar.

—Desde aquí puedes verla —dijo Emilie—. Lee tu libro. —"Mereces un poco de tiempo para ti".

Cuando Dora y Maggie regresaron, Dora se veía encantadoramente despeinada y las faldas de Maggie estaban empapadas hasta las rodillas. Se despidieron de los muchachos y tras hacer una parada en los baños para refrescarse antes del viaje de regreso, las cuatro tomaron el tranvía de vuelta a St. George.

CAPÍTULO 11

GRACE BAJÓ LAS ESCALERAS JUSTO ANTES DE LAS CINCO DE la tarde, con su bolsa de dibujo colgada al hombro. Iba camino al centro de la ciudad para presenciar la supuesta huelga de costureras. Ese sería su primer reportaje "serio". Serio en el sentido de que era bien sabido que a las huelguistas de los talleres clandestinos a menudo las atacaban matones a sueldo. Y si la mayoría de las huelguistas eran mujeres, ¿quién mejor que otra mujer para contar su historia? Ella podía expresar en una imagen lo que a un hombre le tomaría varias columnas explicar.

Quiso la suerte que doña Berto saliera de la sala justo cuando Grace llegaba al vestíbulo.

—¿Y a dónde va esta señorita?

—Al buzón de la esquina. —De hecho, llevaba un sobre con caricaturas para enviar por correo de camino.

—Ay, Grace, ¿qué voy a hacer contigo? ¿Por qué no vas a la playa con las demás chicas? Deberías estar divirtiéndote con tus amigas en tu día libre, no encerrada en tu habitación trabajando para… —Se interrumpió al ver la bolsa de dibujo cruzada sobre el pecho de Grace—. ¿Y eso que llevas al hombro? ¿Necesitas tu bolsa de dibujo para caminar hasta la esquina?

Grace miró la bolsa.

—Nunca se sabe.

—Yo sí sé —replicó doña Berto—. Te conozco bien. No trates de engañarme. ¿Qué terrible noticia vas a cubrir ahora?

—Pensaba pasar por la huelga de las trabajadoras textiles en el Lower East Side.

—¡Ay, madre santísima y todos los santos! ¿Qué voy a hacer contigo?

Grace se encogió de hombros.

—Solo deme un lugar al que volver. Y deme de comer. Y trate de no preocuparse. Lo sé, doña Berto, pero no puedo evitarlo. Estoy en una… misión, digamos.

Como respuesta, doña Berto se persignó y murmuró otra invocación, saltándose a los santos y yendo directamente a lo más alto.

—Piénselo, doña Berto. Nosotras tenemos suerte, pero esas pobres mujeres pasan quince o dieciséis horas al día hacinadas en talleres infames. Les pagan por pieza y les descuentan hasta el error más insignificante. No trabajan en sitios con ventanas y luz de sol, sino en agujeros oscuros y sin aire que las enferman. Les pagan mal, las engañan y las someten a los peores abusos, tanto físicos como emocionales. Algunas no son más que niñas. ¿Qué clase de vida es esa?

—Ay, Grace, ¿de dónde sacas esas cosas?

—De los periódicos, de hablar con la gente. Pero las cosas pueden cambiar. He leído que están tratando de formar un sindicato de trabajadoras textiles. Es demasiado tarde para estas pobres mujeres, pero las cosas cambiarán. Estoy segura. Aunque también creo que somos nosotras las mujeres las que tenemos que provocar ese cambio. Y quiero ser parte de ello.

Doña Berto le acarició la mejilla. Su palma, áspera por el trabajo, se sentía cálida y familiar. Grace puso su mano sobre la de ella; de pronto sintió nostalgia por el hogar y la infancia que había dejado atrás. Aun entonces, había querido cambiar el mundo. Solo que no había imaginado lo difícil que sería.

—No se preocupe, doña Berto. Sé cuidarme. —Se apartó y se dirigió a la puerta—. Trataré de no volver tarde.

Doña Berto suspiró y retorció las manos en el delantal.

—Te dejaré la cena caliente y la ventana de la cocina sin cerrar.

Grace creyó detectar un leve temblor en su voz, pero no se detuvo ni se atrevió a mirar atrás. Sabía que doña Berto solo quería lo mejor para ella, para todas ellas. Pero en este mundo no se podía no correr riesgos; si ibas a lo seguro, te devoraba. Te empujaba hacia el fondo de la fila y cerraba los oídos a tus reclamos.

Pues eso a ella no le pasaría. Se abriría camino o moriría en el intento.

Ese pensamiento la hizo tropezar con una grieta en la acera. Mejor no pensar en morir ni en ningún otro tipo de violencia. Si las cosas se complicaban, haría lo posible por observar de lejos.

Dejó sus caricaturas en el buzón y tomó el tranvía hacia el centro.

Cuando llegó a la calle Delancey vio que se habían congregado unas cuarenta personas entre mujeres, hombres y niños; una mujer menuda, a la que habían subido a un barril, enumeraba sus reclamaciones a voz en cuello. Solo unas pocas personas la escuchaban y nadie que fuera a hacer algo al respecto. Los dueños de los talleres clandestinos de la zona, tras enterarse de la huelga, simplemente habían seguido con su domingo habitual: desayuno en familia, misa y una tarde de descanso.

Daban por hecho que las trabajadoras regresarían dócilmente a sus puestos al día siguiente, después de que les hubieran recortado el salario por haber faltado en el día de descanso. Para evitar problemas, habían dejado al mando a los capataces y a guardias pagos.

Grace se mezcló entre la gente. Algunas mujeres llevaban carteles, pero la mayoría parecía más preocupada por mantener a sus hijos a salvo. Había que reconocerles el mérito. Ya era bastante difícil luchar por sus derechos sin tener, además, que vigilar a los niños.

Marcharon por la calle Delancey hasta Orchard, donde una hilera de talleres clandestinos conocidos ocupaba pisos, sótanos y cualquier espacio donde fuera posible hacinar gente.

A una distancia prudente los seguía un grupo de reporteros a quienes Grace intentaba evitar, a pesar de que tenía el mismo derecho que ellos para estar allí. No prestaban demasiada atención a la marcha: algunos se detenían de vez en cuando para tomar alguna nota, pero la mayoría solo conversaba mientras esperaba que "sucediera algo".

Y algo sucedió.

Al doblar la esquina, se encontraron con una pandilla de hombres —seguramente matones— que bloqueaban el paso. Su presencia no detuvo a los manifestantes, sino que avivó su indignación. Empezaron a gritar "¡Salarios justos! ¡Jornadas justas!" mientras agitaban sus carteles.

Por un momento, los matones vacilaron. Al fin y al cabo, los manifestantes eran en su mayoría mujeres y niños. Incluso ellos eran capaces de pensárselo dos veces antes de atacarlos.

Grace se hizo a un lado para tener mejor visión del enfrentamiento, si llegaba a producirse.

Los periodistas, que hasta ese momento se habían mostrado despreocupados, olieron la inminencia de la noticia y se acercaron al grupo de huelguistas.

Entonces se oyó el estrépito de un vidrio haciéndose añicos al otro lado de la calle.

—¡Han lanzado un ladrillo! —chilló una voz aguda.

Los manifestantes avanzaron. Blandiendo bastones y martillos, los matones cargaron contra ellos. A lo lejos aparecieron varios policías, pero Grace no podía distinguir de qué lado estaban. Ellos tampoco parecían saberlo. Hacían sonar sus silbatos y agitaban las porras en el aire, pero todo era inútil.

Las mujeres gritaban y trataban de sacar a sus hijos del tumulto; a los pocos hombres que quedaron, los derribaron con rapidez. De la nada, empezaron a volar piedras y ladrillos.

Sabiendo que la protesta no duraría mucho antes de que la dispersaran, Grace se apretó en un hueco entre dos puertas y dibujó lo más rápido que pudo, plasmando el horror en un rostro, la agresión y la furia en otro.

Una mujer pasó corriendo, empujando delante de ella a una niñita, tratando de protegerla del caos de proyectiles que surcaban el aire. La turba la arrastró, la hizo tambalearse y caer de rodillas. La niña trató de levantarla, pero los matones avanzaban; Grace supo que no podía quedarse allí viendo cómo la pisoteaban. Guardó el cuaderno en el bolsillo de la falda y corrió hacia la calle, extendiendo los brazos hacia la mujer.

La ayudó a ponerse de pie y cogió la mano de la niña antes de que la marea humana las engullera. Pero algo golpeó a Grace con fuerza en la mejilla. Tropezó y soltó la mano de la niña. Sintió puños y empellones hasta que perdió el equilibrio. Rodó por una escalinata y aterrizó, sin aliento, en la entrada de un sótano. Allí se quedó, acurrucada, oyendo los gritos, los pasos desenfrenados, el estruendo de la revuelta. Cuando pasó el peor momento, se atrevió a salir.

Vio a varios periodistas corriendo tras la multitud; otros, en cambio, ya se marchaban, sin molestarse en esperar a ver cómo terminaba la noche.

Se llevó la mano al costado; en lo único que podía pensar era en alejarse de allí. No había imaginado esa situación. Hasta a Charlie Murray le habría costado describir lo atroz que había sido la turba. Atacar a mujeres y niñas que no tenían edad para estar en la calle a esas horas. "Pero sí la tenían para pasarse horas y horas cosiendo por encargo, con mala luz, hasta que sus dedos se hinchaban de tanto clavarse agujas y sus ojos ardían de agotamiento".

De pronto tomó conciencia del dolor sordo en el hombro izquierdo y los latidos en su cabeza. Temblaba de nervios, de miedo, de hambre. No había comido nada desde el desayuno.

Se había sentido muy segura de sí tras vender su caricatura del desfile al *Sun*. Creyó que deslumbraría a todos con su ilustración de la huelga. Ahora ni siquiera sabía si podría sostener un lápiz, mucho menos un palo de pintor.

Cojeando, salió de las sombras. La calle estaba casi desierta, con restos de pancartas rotas, heridos y un par de policías que conversaban y reían bajo la luz de una farola. No había rastro de la mujer ni de la niña.

Avanzó pegada a los edificios, tanteando el camino, rezando para no cruzarse con nadie hasta llegar a casa.

Doña Berto tenía razón. Se había lanzado de cabeza, sin pensar en lo que podía pasar.

Cuando finalmente llegó a East Broadway con la esperanza de encontrar un tranvía, el dolor en la rodilla y el hombro se había vuelto insoportable. Tenía la manga de la blusa rasgada, la falda, sucia y el cabello le caía sobre la cara. Dios sabía qué pensaría el cobrador, si es que le permitía subir.

Pero el tranvía no llegó, así que echó a andar hacia el norte, rumbo a casa.

Debió de haber pasado una hora cuando, dolorida, agotada y arrastrando los pies, subió los escalones de la pensión. No tenía muchas esperanzas de que doña Berto hubiera dejado la puerta abierta hasta tan tarde. Ya pasaba de la medianoche.

El picaporte no cedió; la puerta estaba cerrada con llave.

Con un suspiro, bajó los escalones y fue por el estrecho callejón que llevaba a la parte posterior de la casa y a la ventana de la cocina.

Al intentar empujarla para abrirla, un tirón en el hombro le arrancó un grito ahogado y un dolor punzante le recorrió el brazo y el costado. Se las arregló para arrastrar un cubo de basura y subirse a él; le bastó para agarrarse al marco con ambas manos.

Siempre era difícil de abrir, pero esa noche parecía imposible y durante un largo rato se quedó de rodillas sobre la tapa del cajón, con la mejilla contra el cristal frío.

Tal vez se quedó dormida. O perdió el sentido. O soñó. Porque de pronto, la ventana se movió contra su piel ardiente. Se echó hacia atrás y vio un rostro en la ventana. Emilie Pascal estaba del otro lado del cristal, con expresión de espanto. La ventana se abrió y Grace recobró la cordura. Emilie abrió la ventana para dejarla entrar.

Con las últimas fuerzas que le quedaban, entró por la abertura. Habría caído al suelo si Emilie no la hubiera sujetado y sostenido hasta ayudarla a llegar a una silla junto a la mesa.

Se oyó el sonido áspero de una cerilla y la luz iluminó la cocina. Emilie había encontrado la lámpara de aceite.

—*Oh, mon Dieu*, ¿estás bien? ¿Qué ha pasado? —susurró Emilie con desesperación.

Grace se tocó la cara y apartó los mechones que le caían sobre los ojos.

—El tranvía no pasó... tuve que caminar mucho.

Emilie fue al fregadero, buscó un vaso y le sirvió agua. Grace bebió con avidez. Cuando dejó el vaso sobre la mesa y levantó la vista, vio que Emilie estaba enfadada.

—No sé con quién te estás encontrando y quizá no sea asunto mío, pero igual te daré un consejo, pues es obvio que lo necesitas. Aléjate de él. No cambiará nunca. Prométemelo. —Emilie la tomó del hombro.

Grace se estremeció.

—No es lo que piensas.

—*Mon Dieu*, nunca lo es.

—No, de verdad. Solo me caí, y no pasó el tranvía.

Emilie dio un paso atrás.

—Eres una pésima mentirosa. Puede que te hayas caído, pero alguien te empujó… y se aprovechó de ti mientras estabas en el suelo.

—¿Hay algo de comer? No he tenido tiempo de cenar.

Emilie miró a su alrededor.

—Doña Berto suele dejar la cena en el horno.

Buscó un paño antes de sacar un plato del horno y lo puso sobre la mesa, delante de Grace.

—Qué maravilla —murmuró Grace con un suspiro que hizo que le dolieran las costillas.

—¿Doña Berto está al tanto de esto?

Grace asintió.

—Sí. No está de acuerdo, pero lo entiende. Me deja la ventana sin cerrar por si no llego a la hora.

Emilie hizo un ruidito de desaprobación.

—Nunca me lo habría imaginado. —Le alcanzó un tenedor—. ¿Te ha pegado ya antes?

—¿Qué? Ay, Emilie, no es eso.

—¿No? Seguramente tu tía no te pega. Dora piensa que tienes un amante secreto.

Grace habría soltado entonces una carcajada, pero le dolía demasiado.

—No, nada de eso. Fue un accidente, de verdad. —Cortó un trozo de col rellena y se lo metió en la boca.

Emilie esperó a que terminara de masticar y preguntó:

—¿De verdad tienes una tía abuela?

—Sí.

—¿A la que visitas varias veces por semana?

Grace levantó la mirada.

—No exactamente. Vive en una granja en Connecticut.

—¿Y juras que no estás viéndote con ningún hombre?

—Lo juro. Aunque, francamente, no creo que sea asunto de nadie más que mío.

—Lo es si llegas a cualquier hora y pones en riesgo la reputación de doña Berto.

—No vuelvo a cualquier hora. No le haría una cosa así.

Emilie no respondió y Grace se llevó otro bocado de col a la boca.

¿Qué había hecho? No había pensado en que doña Berto podría verse perjudicada por su carrera clandestina.

—No volverá a suceder.

Emilie suspiró con una expresión de hastío de la vida que hizo que Grace la mirara con más atención. Sabía que ella tenía solo diecisiete años. ¿Por qué, entonces, a veces parecía mucho mayor que el resto?

¿Cómo podía explicárselo? ¿Inventando otra mentira que Emilie podría o no creer? No le molestaba que las otras chicas creyeran que estaba "viendo a algún muchacho". No podían imaginarse otra cosa.

Pero Emilie era diferente. Grace sentía que a veces la miraba como si viera directamente su alma. Y ahora que, de alguna manera, Emilie había tropezado con una parte de su secreto, ¿tendría el valor de contárselo todo?

Se dio cuenta de que Emilie estaba inmóvil, esperando una respuesta que pudiera creer y, de repente, Grace quiso contárselo. Quiso compartir sus verdaderos sentimientos sobre lo que estaba haciendo. Sentía que esta chica extraña podría entender su deseo de convertirse en caricaturista política.

Intuía que Emilie también quería convertirse en artista, pero de otra manera.

—Tienes que jurarme que no dirás nada.

Emilie frunció el ceño.

—Está bien, te lo juro.

Grace dejó el tenedor y apartó el plato vacío. Ahora que tenía el estómago lleno, sentía el dolor de cada moratón y arañazo. Respiró hondo y notó con alivio que no le dolía.

—Tengo una segunda profesión.

—*Bon Dieu du paradis!* —exclamó Emilie.

—Shh, no es esa profesión. Soy dibujante.

—Eso no tiene nada de clandestino.

—Me dedico a una clase diferente de dibujos. Los que cuentan las noticias en ilustraciones. Hago caricaturas para revistas y periódicos. Mira…

Grace buscó su cuaderno en el bolsillo. Probó en el otro. Se levantó de golpe y Emilie tuvo que sujetar la silla para que no cayera.

Se palpó los bolsillos otra vez, revisó la cintura de su falda, la bolsa vacía que aún colgaba de su pecho. No estaba.

Sintió que le subía calor por el cuerpo y le ardían las mejillas; se le revolvió el estómago.

—¡No está!

—¿Qué? ¿Qué cosa no está?

—¡Mi cuaderno! Debí de perderlo cuando me caí. ¡Ay, Dios mío! Tengo que volver. —Se acercó a la ventana, sin saber lo que hacía, y estuvo a punto de caer; el tobillo y la rodilla le latían de dolor.

Emilie la empujó con suavidad hacia la silla.

—Esta noche no irás a ninguna parte. Casi no puedes caminar. Debes subir, lavarte y tratar de dormir.

—¡Tengo que encontrarlo! Todos mis dibujos están en ese cuaderno.

—Entonces mañana después del trabajo iremos a buscarlo.

—Será demasiado tarde. Si es que no lo es ya. Es mi vida entera. —Se apoyó en la mesa y dejó caer la cabeza sobre sus brazos—. Toda mi vida.

—Pues si no lo encontramos, empezarás una vida nueva. No es tan difícil como parece. Ven, vamos.

Emilie puso el plato en el fregadero, cerró la ventana y luego ayudó a Grace a subir a la habitación y acostarse.

—Bajaré al baño a traer agua para lavarte ese moretón que tienes en la cara.

Grace la tomó de la manga cuando se disponía a salir.

—Gracias, pero ¿cómo es que estabas en la cocina?

—Estaba mirando por la ventana, desde mi escritorio. Te vi llegar, y sabía que la puerta estaría cerrada. Cuando vi que te alejabas, pensé qué haría yo en esa situación… Y ahí estabas. Justo donde imaginé que te encontraría.

—¿Estabas esperándome? ¿Por qué?

—Porque estaba preocupada, obviamente.

—No hacía falta.

—¿No? Pues lo estaba. Es uno de los problemas de tener una amiga.

A la mañana siguiente, antes del desayuno, Grace y Emilie inventaron una historia para justificar el ojo morado de Grace, aunque Emilie dudaba de que alguien se la creyera.

—Estaba guardando mi ropa limpia y se me cayó la ropa interior. Cuando me agaché para recogerla, me golpeé el ojo con el cajón abierto. Me dolió como mil demonios, no lo voy a negar —dijo Grace.

Emilie tuvo que esforzarse para no poner los ojos en blanco. Grace no se veía nada cómoda mintiendo. De alguna manera, la envidiaba. A ella le había resultado necesario mentir desde que tenía memoria y aún hoy no le costaba nada inventar una historia falsa sin pensarlo demasiado.

A decir verdad, de no haber sido por ella, ninguna se habría creído esa historia. Mucho menos doña Berto, que las miró a ambas con cara de que no irían a ningún lado sin darle una explicación.

Las demás chicas estaban fascinadas con el ojo morado de Grace: Maggie preguntó si era doloroso, Lotte empatizó con Grace y Dora se preocupó por que tendría que ir a trabajar con ese aspecto. Hasta le ofreció su polvo facial para disimularlo, cosa que Grace aceptó, aunque Emilie dudaba de que sirviera de mucho.

Justo cuando se estaban levantando de la mesa, sonó la campanilla de la puerta. Doña Berto fue a abrir, seguida de las chicas. Emilie y Grace fueron las últimas en salir del comedor, y Emilie solo alcanzó a ver a un hombre alto, de cabello rojizo, que le extendía un cuaderno a doña Berto.

—Busco a un tal señor G. L. Griffith. Creo que perdió su cuaderno de dibujo.

Emilie reconoció de inmediato el cuaderno de Grace. Lo había visto muchas veces a la luz de la lámpara de la habitación. Se giró hacia Grace, pero ella había dado media vuelta y había huido de nuevo al comedor. Lotte y Dora, que estaban subiendo las escaleras, también se giraron.

—¡Es el cuaderno de Grace! —exclamó Dora.

El hombre levantó la mirada. Era bastante guapo, aunque tenía la nariz ligeramente torcida. A Emilie la hizo pensar en un boxeador irlandés, como los que había retratado un joven pintor francés para pagar su cuenta en un café de la rue Suger. Después de eso, el pintor había salido tambaleándose a la calle y nunca más se supo de él.

—Disculpen. Un colega mío encontró este cuaderno en la calle. El nombre está escrito en la portada —dijo el hombre y abrió el cuaderno en la primera página—. Reconocí el trabajo del señor Griffith por nuestro periódico. Soy reportero del *Sun*.

Doña Berto asintió.

—¿Por qué no pasa al salón, señor...?

—Murray —dijo él.

Doña Berto miró hacia las escaleras.

—Señoritas, llegarán tarde al trabajo.

Las chicas subieron corriendo, aunque Lotte tuvo que arrastrar a Dora, que subió a regañadientes. Emilie y Grace intercambiaron miradas y luego se giraron hacia la puerta, solo para encontrarse cara a cara con doña Berto.

—Grace, al parecer hay un caballero que quiere verte.

Grace negó con la cabeza.

—¿Quieres que vaya yo? —susurró Emilie—. Puedo decir que el señor Griffith ya salió a trabajar, pero que estaré encantada de recibir...

—Es hora de que Grace le haga frente a su futuro.

Grace se tocó la mejilla y Emilie revivió el dolor que había sentido las innumerables veces que había tenido que salir a la calle después de que su padre le pegara.

Grace se enderezó y pasó junto a ellas. Emilie quiso seguirla, pero doña Berto la detuvo.

—Me imagino que ese muchacho se llevará una gran sorpresa. Anda, ve a prepararte para el trabajo. Yo me quedaré cerca. Aunque parece un caballero educado... y es muy alto. —Le dio un suave empujón—. *Ora vai.*

Emilie no tuvo más remedio que subir a buscar sus cosas.

Charlie Murray estaba de espaldas a la puerta cuando Grace entró en el salón. Respiró hondo.

Él se volvió. Por un momento, se quedaron mirándose. Grace no intentó dar explicaciones.

Tras un silencio interminable, Murray se limitó a decir.

—Usted.

No parecía que hiciera falta una respuesta.

—¿Usted? —Sacudió la cabeza, como si intentara ordenar sus pensamientos—. ¿Usted es G. L. Griffith?

El juego había terminado. Grace tenía que admitirlo. Los había engañado una vez, pero ahora la noticia se esparciría entre todos los periodistas. Se burlarían hasta expulsarla, antes de siquiera saber que era una de ellos.

—¿Esa caricatura de Edison y el desfile policial era suya? Grace asintió.

—Increíble.

La palabra le salió en un tono hosco y Grace se estremeció.

—Así que ahora lo sabe. Le agradecería que me devolviese mi cuaderno de dibujo. —Alargó la mano para cogerlo.

Pero él lo apartó de su alcance y le sujetó la barbilla con los dedos para girarle la cara. Una risita escapó de entre sus labios carnosos.

—Vaya, G. L., tiene usted un ojo a la funerala.

—Sí —dijo ella—. Una mujer se cayó mientras intentaba proteger a una niña. Le pasaron por encima.

—Déjeme adivinar…; usted intentó ayudarla y también le pasaron por encima.

Grace se encogió de hombros.

—¡Qué estupidez más grande! Todo el mundo sabía que iba a haber problemas. ¿Por qué cree que todos los reporteros se mantenían alejados?

¿Cómo podía explicarle que estaba tan ansiosa en plasmar la escena que no se dio cuenta del peligro hasta que vio a todos salir corriendo en la dirección contraria cuando dispersaron a los manifestantes?

—Bueno, no lo sabía —respondió; de pronto sintió que merecía más consideración—. Si alguno de ustedes se hubiera tomado la molestia de hablarme en vez de hacer chistes groseros o despectivos, quizá me habría enterado.

Él hizo un sonido de fastidio.

—Si no empieza a evaluar mejor los riesgos, no durará mucho en este oficio.

—Lo pensaré, pero ahora tengo que irme a trabajar. Si no, perderé también ese empleo. Gracias por devolverme el cuaderno.

Finalmente, él se lo entregó.

—¿"También"? ¿Ha perdido el del *Sun*?

—Lo perderé en cuanto usted les diga que soy mujer.

—No lo diré.

Grace lo miró a los ojos.

—¿Ni siquiera en una charla en el bar?

—Ni siquiera en el bar. Porque es buena. Dibuja como un hombre.

Grace se habría ofendido si no hubiera visto el brillo travieso en los ojos de él. Le estaba tomando el pelo.

Dora asomó la cabeza por la puerta del salón. Sus ojos se abrieron como platos.

—Tenemos que irnos. Vamos a llegar tarde.

—Ya voy.

—Hagamos un trato —propuso Charlie.

—¿Uno que me convenga?

—Espero que sí.

—¿Grace? —insistió Dora.

—¡Ya voy! ¿Cuál es el trato?

—No se lo contaré a nadie. Incluso intentaré que le den más trabajo, si…

Grace se preparó. Si hacía alguna sugerencia grosera, lo golpearía y aceptaría las consecuencias.

—Si acepta cenar conmigo.

—Gra-a-a-ce… —insistió Dora.

—Tengo que irme —farfulló Grace.

Corrió hacia la puerta, donde Emilie la esperaba con su abrigo y la bolsa del almuerzo. Los tomó al vuelo y salió a toda prisa con Emilie.

Charlie las siguió. Grace ya bajaba los escalones cuando él le gritó:

—¡Esta noche! A las siete. La recogeré aquí.

—Tengo un ojo morado.

—Iremos a algún sitio con poca luz.

—Esta noche no puedo —le respondió Grace, sin detenerse.

—Entonces el sábado. Para entonces se le habrán acabado las excusas. A las siete.

Grace miró hacia atrás por un instante y pudo ver su sonrisa antes de que Dora y Lotte la tomaran del brazo y la arrastraran calle abajo.

CAPÍTULO 12

Cuando llegaron a la esquina, Dora se detuvo y miró hacia atrás.

—Sigue ahí.

Grace pasó junto a ella sin detenerse.

—Sigue caminando.

—Sí —añadió Emilie, y cogió a Dora para que continuara avanzando. Lotte hizo lo mismo con Maggie, que caminaba de espaldas hasta que su hermana la giró por la fuerza.

—¡Tienes una cita! —exclamó Dora—. ¡Qué injusticia! Ni siquiera quieres casarte.

—No es una cita. —respondió Grace; aceleró el paso, manteniendo la cabeza gacha. Las demás tuvieron que apresurarse para seguirle el ritmo.

—Pero ¿cómo encontró tu cuaderno? —quiso saber Dora—. ¿Dónde te encontraste con él? Eso de que te golpeaste el ojo con el cajón era mentira, ¿no?

Doblaron la esquina y Emilie supo que debía hacer algo.

—No, no lo fue —dijo—. Yo estaba allí; Grace seguramente se olvidó el cuaderno en el museo.

—¿Museo? —preguntó Dora, incrédula—. ¿Prefieres ir al museo que a la playa?

—Eh…, sí —farfulló Grace—. Quería hacer algunos bocetos de una estatua que me gusta.

—Vaya, esto sí que no me lo esperaba. El museo, justamente. Grace, te aseguro que a veces no te entiendo.

—Pues mira, Dora, algunas queremos ser artistas y no solo casarnos.

Dicho esto, Grace tomó la delantera.

Emilie vio que se había sonrojado, aunque no sabía si era por haber visto a Charlie Murray o porque la habían pillado en su mentira.

Pero no había perjudicado a nadie y esa historia protegería a Grace de las consecuencias por un tiempo más, por breve que fuera. Por otro lado, su padre había estado falsificando obras de arte desde que ella tenía memoria. Se preguntó por un instante si lo habrían descubierto. No le importaba. Mejor no saberlo.

Cuando llegaron al taller, la señorita Zevesky ya estaba trabajando. Emilie corrió hacia la mesa. ¿Cómo se atrevía a empezar a trabajar en su vitral sin ella? Se detuvo e inspiró hondo. "No es tu vitral. Nada de esto es solo tuyo".

Lo entendía. Había creído que estaba conforme así, pero la intensidad de su enfado al ver que el trabajo avanzaba sin ella la había tomado por sorpresa. Esta sería su nueva vida. Los sueños de poder firmar sus propias obras, de que su talento fuera reconocido, parecían desvanecerse.

"¿Has visto la última exposición de Emilie Pascal? Es la primera mujer en recibir ese honor de la Académie".

"Será una de las grandes artistas de la década".

"Su uso del color es impactante, anuncia un nuevo movimiento".

Ningún elogio como esos sería para ella. ¿Acaso importaba? Seguramente era mejor estar aquí, sin ser célebre, que sucumbir a la vanidad, la traición y la inseguridad que traía la fama. Aun así…

La señorita Zevesky levantó la mirada.

—Buenos días, señorita Pascal. Llegué temprano y me he puesto a terminar estas perlas. Ya casi hemos terminado.

"Hemos terminado". En plural. Emilie había seleccionado los vidrios, los había cortado y había construido la escena principal por su cuenta. Hasta se había atrevido a enfrentarse al señor Tiffany para que su visión se hiciera realidad en vidrio. Hemos terminado. Tendría que acostumbrarse al plural.

Esbozó una sonrisa forzada y miró la bandeja de la señorita Zevesky; a un lado había media docena de vidrios opalescentes redondos. Tenía que admitir que era pulcra para trabajar. Y también en su apariencia: delantal impecable, cabello rubio trenzado y recogido en una corona sobre la cabeza.

—Excelente.

Debería sentirse agradecida de que la hubieran liberado de la tediosa tarea de cortar círculos diminutos durante horas. Si hubiese tenido que hacerlo sola, llevarían retraso.

Pero aun así…, era su vitral.

El miércoles por la mañana, la última pieza del panel de "Verano" quedó en su lugar.

El señor Tiffany iría a hacer la revisión final antes de que lo enviaran a soldar y a esperar los paneles complementarios.

El taller entero vibraba con una tensión silenciosa mientras esperaban su llegada. Siempre era así. Si una fallaba, era como si fallaran todas.

Cuando se oyeron los primeros tac, tac, tac en el suelo, se apagó la charla; incluso el tintineo y el crujir del vidrio parecieron silenciarse.

El señor Tiffany estaba acompañado de la señorita Northrop.

La señora Driscoll salió de su oficina para encontrarse con ellos frente al panel de "Verano".

Emilie agradeció su buena suerte: era un día soleado y fresco, con un leve indicio del otoño por venir.

Un día perfecto para despedir al "Verano".

El señor Tiffany se detuvo delante del caballete. Emilie se hizo ligeramente a un lado no tanto por cortesía, sino para colocarse estratégicamente frente a su vitral en caso de que su bastón se acercara demasiado al vidrio.

—Hmmm —murmuró él. Y luego, el temido bastón se elevó. Emilie se preparó para interponerse por si intentaba dañar el vidrio, pero él solo lo usó para indicarle que se apartara.

Se quedaron mirándose durante una eternidad. Emilie tenía la impresión de que todos contenían la respiración. Como ella. Por el rabillo del ojo vio a la señora Driscoll inclinar levemente la cabeza. A regañadientes, Emilie se hizo a un lado, aunque se mantuvo alerta.

El señor Tiffany se acercó al vitral y se inclinó como si quisiera aspirar el aroma de las gloriosas amapolas rojas. Luego se irguió y se volvió hacia ella.

—Hizo bien en superponer tantas capas. ¿Cuántas utilizó?

Emilie tragó saliva.

—Tres. Pensé que así se verían más…

—… como amapolas reales —concluyó él.

Emilie soltó el aire.

—Son preciosas —dijo la señorita Northrop.

La señora Driscoll guardó silencio, pero dirigió a Emilie una mirada rápida de satisfacción. Aprobaba su vitral. Suyo, de la señorita Zevesky, de Grace y de la señorita Northrop. Por encima de todo, el vitral del señor Tiffany.

—En la naturaleza está la belleza, señorita Pascal. También está en mi vidrio. Dentro de él. Mi mayor deseo es unir esa belleza y convertirla en una sola.

Emilie lo miró de reojo. Su expresión era seria. ¿Estaba complacido o insinuaba que ella no había logrado dar vida a esa belleza? ¿Esperaba una respuesta?

¿Qué debía decir? "Por supuesto que es así. Ese es el propósito del arte". ¿Acaso creía que ella no lo entendía? Pero el arte no era solo belleza. También era esperanza y desesperanza, miedo y éxtasis.

—Lo entiende —afirmó él.

Emilie bajó la cabeza y se mordió la lengua para no discutir que el arte siempre era bello, aunque a veces se tratara de una belleza terrible, desgarradora.

Él se volvió hacia la señorita Northrop.

—¿El panel de "Otoño" estará listo para cortarse mañana?

La señorita Northrop miró más allá de él, hacia donde Grace trabajaba en el cartón de "Otoño". Casi no había levantado la vista cuando entraron y después, no les prestó más atención.

—Sí, creo que sí.

—Bien, bien. La señorita Pascal se encargará del "Otoño".

La señora Driscoll parpadeó, sorprendida.

—Lleve el vidrio a mi oficina después del almuerzo.

Dicho esto, hizo un rápido recorrido visual por la sala y se encaminó hacia la puerta, acompañado por el tac, tac de su bastón sobre el suelo.

Al llegar al umbral, se detuvo y giró la cabeza.

—Yo tenía razón sobre el verde, señorita Pascal. —Se giró y todas oyeron como el tac, tac, tac se alejaba hasta perderse en el silencio.

"Yo también, señor Tiffany", pensó Emilie.

Con la partida del señor Tiffany, el taller pronto recuperó el murmullo constante de la actividad, ese sonido que indicaba que todo marchaba bien.

Una hora más tarde llegaron los hombres para llevarse el "Verano" al piso de abajo. El proceso generó aún más nerviosismo que cuando Emilie entregó su primer vitral al departamento de soldadura.

—¡Con cuidado! —advirtió Emilie—. El panel es muy pesado. Hay mucho vidrio superpuesto, algunas partes tienen hasta tres o cuatro capas.

Los hombres, de más está decirlo, no le prestaron atención. Hacían ese trabajo con cada vitral y cada lámpara; era una tarea más en su jornada. Pero ella había escuchado historias de empleados que habían tropezado y el vitral entero se había estrellado contra el suelo.

Los siguió fuera del taller, como si pudiera salvar la obra por sí sola.

Grace la encontró en la puerta.

—Déjalo ir. Ya no está en tus manos. Si se cae, no hay nada que puedas hacer. Es mejor no mirar.

—Pero…

—No te aferres a tu trabajo. Solo te llevará a la frustración.

Dicho eso, se giró, tomó su palo de pintor y volvió a su dibujo como si nada hubiera pasado. Pero Emilie recordó lo que Lotte había dicho: era como ver partir a un hijo de casa. Si era cierto, prefería seguir trabajando con vidrio.

Aparecieron dos hombres con un nuevo caballete para vidrio, que colgaron en el espacio dejado por el panel de "Verano" y que pronto sostendría su panel de "Otoño"…, es decir, el del señor Tiffany.

La señorita Zevesky limpiaba su bandeja y el área a su alrededor. La señorita Northrop y Grace estaban inclinadas sobre el boceto de "Otoño". Al otro lado del taller, la señora Driscoll hablaba con un pequeño grupo de trabajadoras. Tal vez intercambiaban ideas sobre la base de la lámpara de libélulas.

Todas parecían ocupadas, excepto Emilie. Se sentía

extrañamente desarraigada, como si, aunque solo fuera por unos minutos, estar entre un proyecto y el siguiente la dejara a la deriva, sin ancla, sin el vidrio y las herramientas en sus manos.

Pero pronto la señora Driscoll, que seguía sonriendo, se giró y la vio.

—Ah, sí, el vidrio "calabaza". Enseguida vuelvo. —Salió a toda prisa hacia su oficina.

Poco después, regresó con su libro de contabilidad, donde llevaba registro de cada pieza de vidrio que sacaban, devolvían y usaban. Se llevó a Emilie consigo, pero se detuvo por un momento junto a la señorita Zevesky:

—Por favor vaya a ayudar a la señorita Hodgins hasta que yo vuelva. Es la que tiene un lazo con lunares en el cabello. Corte lo que ella necesite; volveré después. Venga, señorita Pascal.

Emilie la siguió hacia el ascensor. La señora Driscoll no habló durante el viaje hasta el sótano. Parecía distraída, pero cuando las puertas del ascensor se hubieron cerrado y quedaron solas en el pasillo, dijo:

—La señorita Northrop esperaba contar con usted y con la señorita Wilson para su vitral de "Magnolias", pero parece que el señor Tiffany la quiere a usted para "Otoño". No suele intervenir con el personal, pero cuando se acorta el tiempo y se acerca la Exposición, es como un tren de carga en un túnel. ¿Cómo se está adaptando la señorita Zevesky?

Emilie la miró, desconcertada. ¿La señora Driscoll le pedía su opinión?

—Es precisa cortando —dijo, tras un instante—, aunque la he tenido trabajando en las perlas, principalmente.

La señora Driscoll sonrió.

—Cuesta soltar el control, ¿verdad?

—Intento no encariñarme demasiado.

—Ay, querida, todas lo hacemos. El día que dejemos de

preocuparnos, será el momento de entregar las herramientas y cuadernos de dibujo y... —Se interrumpió, dejando a Emilie preguntándose qué más había estado a punto de decir—. Si puede seguir el ritmo, la dejaré en "Otoño" con usted —añadió.

Esta vez, la selección de vidrio fue mucho más rápida. Emilie se sentía más segura. Junto con la señora Driscoll, compararon, debatieron, coincidieron y transaron hasta reunir dos grandes pilas de muestras para presentarle al señor Tiffany.

—Lleven esto a la oficina del señor Tiffany de inmediato —ordenó la señora Driscoll—. Está ansioso por comenzar con el panel.

El asistente sacudió la cabeza.

—¿Quiere verlas todas en persona? Sería más fácil para los muchachos si bajara en el ascensor.

—Sabe bien que prefiere elegir con la luz del sol.

—Como todas ustedes. En fin, haré que alguien suba los vidrios y que luego baje los que rechace —dijo, meneando la cabeza: un hombre práctico en un mundo de soñadores.

—Demasiado tiempo en el sótano —observó la señora Driscoll mientras Emilie y ella esperaban el ascensor—. La luz del sol es tan necesaria para el alma como el aire.

Llegaron a la puerta de la oficina del señor Tiffany demasiado pronto para Emilie, quien se esforzaba por no ponerse nerviosa. La primera vez que había estado allí, temblaba y casi no recordaba lo que había dicho o visto, solo que la oficina estaba muy desordenada.

La señora Driscoll llamó a la puerta y entró. Emilie tragó saliva y la siguió.

Había otro hombre con el señor Tiffany, de edad similar, aunque más alto y corpulento, con bigote bien cuidado y frente despejada, lo que le daba un aire amable. Emilie no lo reconoció y suspiró, aliviada.

—Señor Nash —dijo la señora Driscoll—. Me alegro de verlo.

—Encantado, como siempre —respondió el señor Nash—. Hace tiempo que no visita los hornos.

—Hemos estado muy ocupados aquí —dijo la señora Driscoll mientras le estrechaba la mano—. ¿Qué lo trae por la ciudad?

—He traído varias piezas nuevas para la exposición en la galería Bishop el próximo mes.

Se hizo a un lado, dejando al descubierto una mesa de exposición llena de…, Emilie contuvo la respiración. Jarrones. Gloriosos jarrones de vidrio Favrile, como los que la habían dejado sin aliento en la galería Bing aquel lejano día en París. Sin pensarlo, se acercó.

La señora Driscoll carraspeó.

—¿Le gustan mis jarrones, señorita Pascal? —preguntó el señor Tiffany.

—Me cambiaron la vida —susurró Emilie, inclinándose para ver de cerca esas maravillas. Incluso de cerca, no podía entender cómo lograban mantenerse en pie, cómo no flotaban en el aire. Uno de ellos se curvaba hacia arriba como el cuello de un cisne que parecía sostenerse por arte de magia—. Los vi en la galería Bing en París, unos como estos. No podía creer que se mantuvieran en pie. Se movían como si el aire creara color.

El señor Nash se rio.

—Esta señorita sí que tiene buen ojo. Como si el aire creara color. ¡Ja!

—En efecto —asintió el señor Tiffany, observando a Emilie con curiosidad.

La señora Driscoll intervino en el breve silencio.

—Permítame presentarle a la señorita Pascal. Este es Arthur Nash, el gerente, supervisor e inventor de todo el vidrio que usamos en el taller. Él guarda el secreto de todo.

Intercambiaron los saludos de rigor, aunque Emilie casi no podía apartar la vista de los jarrones.

—¿Cómo lo hacen?

—Señorita Pascal… —susurró la señora Driscoll.

—Lo siento. Es que… Disculpen.

—¿Viene usted de París, entonces? —preguntó el señor Nash, encantado. Hablaba con marcado acento británico.

—Sí, llegué a Nueva York este verano.

—Pues dígale a Louis que la lleve a los hornos algún día de la próxima semana y allí le mostraré cómo se hace. —Lanzó una mirada divertida al señor Tiffany, que fruncía el ceño—. No le revelaré ningún secreto, claro, pero ¿ha visto alguna vez cómo se sopla el vidrio?

—Nunca. Solo he leído sobre el tema.

—Que la lleve el lunes que viene. Estas damas deberían saber más sobre el origen de sus materiales y cómo se fabrican. —Nash asintió con energía, como si el asunto estuviera resuelto—. Y espero que usted también nos acompañe, señora Driscoll. Ha pasado demasiado tiempo desde que estuvo por allí.

—Tal vez —intervino el señor Tiffany—, pero por ahora tenemos que escoger colores. Hemos comenzado con "Las cuatro estaciones" pero aún queda mucho por hacer.

—Entonces los dejo trabajar.

El señor Nash saludó con la cabeza a las damas y el señor Tiffany lo acompañó hasta la puerta.

—Bishop vendrá más tarde a decidir cuáles quiere; enviaré el resto a la sala de exposición.

Mientras los dos hombres intercambiaban unas últimas palabras, Emilie aprovechó para observar la oficina, el sitio donde el señor Tiffany pasaba la mayoría del tiempo, desarrollaba sus ideas y creaba su arte.

Cuadros de paisajes, mercados orientales, oasis en el desierto y botes en un lago colgaban de las paredes. ¿Los habría pintado el propio Tiffany? En una esquina, un jarrón de vidrio sostenía un abanico de plumas de pavo real irisadas en tonos de azul, verde y negro, como si marcaran su territorio.

La llegada de los obreros con los carritos que transportaban planchas de vidrio interrumpió sus pensamientos. Los llevaron hasta un gran escritorio al fondo de la oficina, descargaron las piezas y las apilaron en filas ordenadas. Luego, sin decir una palabra, el último de los hombres se tocó la visera de la gorra en un saludo respetuoso antes de cerrar la puerta detrás de sí.

—Bien —dijo el señor Tiffany, entusiasmado como si fuera la mañana de Navidad—, pongamos manos a la obra.

Y en silencio, Emilie agregó: "Y terminemos antes de que llegue Bishop".

Cuando Grace terminaba su almuerzo, Lotte se inclinó hacia ella y susurró:

—¿Has visto a Maggie? Desapareció durante el almuerzo. Pensé que había ido al lavabo, pero no está allí y no ha vuelto.

Dora, que estaba sentada al otro lado de la mesa frente a Grace, levantó la vista con interés.

—Seguro que anda coqueteando con Jack o Paul. Ya practicó bastante el fin de semana pasado.

—Debería haberla vigilado mejor —dijo Lotte, frunciendo el ceño.

—Ay, Lotte, deja que se divierta un poco —intervino Dora—. Esos muchachos son inofensivos.

—Dora —dijo Grace con tono firme—, ningún muchacho es inofensivo cuando hay mujeres cerca. Algo que harías bien en recordar.

—Ay, basta. Eres una aguafiestas. Con esa actitud nunca vas a conseguir marido —replicó Dora, sacudiendo la cabeza como si tuviera rizos en lugar del moño apretado en la nuca.

—Cállate, por favor —dijo Grace y se puso de pie. Envolvió lo que quedaba del sándwich y lo metió en el bolsillo de su falda—. Aún tenemos unos minutos. Vamos a buscarla.

Dora no se ofreció para ayudar, lo que fue un alivio, porque cuando encontraron a Maggie, estaba con un joven en un pasillo desierto, más allá de los lavabos. Apoyada contra la pared, reía mientras el chico se inclinaba hacia ella, con una mano sobre la pared.

Grace avanzó sin esperar a ver dónde estaba la otra mano.

—¡Maggie! —exclamó Lotte, tajante.

El muchacho se apartó de golpe.

—¡Jack Ratner! ¡Cómo te atreves!

—Ay, vamos, Lotte, solo estábamos hablando —respondió Jack encogiéndose de hombros.

—Pues habla donde todos te vean y, en lo posible, no con mi hermana.

—No seas mala con Jack —protestó Maggie.

—No me digas qué hacer —replicó Lotte—. Y no quiero volver a verte con Jack Ratner ni con ninguno de los otros.

Jack aprovechó el momento para escabullirse.

—Nos vemos, Maggie —dijo con una sonrisa burlona.

—Ni se te ocurra —dijo Grace, mientras él se alejaba.

Él se limitó a sonreírle con expresión burlona y se alejó por el pasillo.

Grace echó a andar junto a ellas.

—Tu hermana tiene razón, Maggie. Jack no te conviene; se aprovechará de ti.

—Está interesado en mí —replicó Maggie, soltándose de Lotte con un tirón.

—A Jack Ratner le gusta cualquiera que lleve falda —respondió Lotte con amargura.

—Lo que pasa es que estás celosa porque le gusto más que tú.

—Maggie, no entiendes…

—¡Cállate, Lotte! Me voy a trabajar. —Maggie se alejó con aire desafiante.

—¿Qué voy a hacer? —se quejó Lotte, con la mirada puesta en su hermana—. No tiene el juicio suficiente para entender lo que puede pasarle.

—Pero ya has hablado con ella, ¿no?

—Sí, muchas veces. Pero luego escucha a chicas como Dora y cree que puede tener los mismos sueños y el mismo futuro. Pero no es así. Solo me tendrá a mí.

"Y Lotte solo la tendría a ella". Grace le apretó la mano por un instante.

—Tendremos que estar más atentas.

—Gracias. Eres una buena amiga. Pero en última instancia, la responsabilidad es solo mía.

Caminaron de regreso al taller en silencio. No había mucho más que decir.

La selección de vidrios se prolongó. Escogieron el azul del cielo, un reflejo del cobalto del panel de "Verano"; las uvas maduras que iban del verde casi dorado al azul intenso y el morado profundo. Eligieron varios tonos de rojo más vibrantes que los de las amapolas estivales. Luego vinieron los dorados pesados, los amarillos y ocres de la tierra, más profundos y densos que sus contrapartes veraniegas. La ligereza del verano daba paso a la generosa madurez del otoño.

Los tres examinaron, compararon y descartaron piezas hasta que Emilie casi olvidó que ella era solo una aprendiz y no estaba a su misma altura. Pero a diferencia de Ícaro, conocía el peligro de volar demasiado cerca del sol.

Observó a la señora Driscoll y al señor Tiffany discutir como viejos amigos, como colegas, como pares que dependían el uno del otro para crear el arte que había hecho famoso a Tiffany, y sintió, una vez más, la dolorosa punzada del anonimato. Cuanto más se integraba, cuanto más sentía que estaba haciendo el trabajo para el que había nacido, menos dispuesta estaba a aceptar que su nombre jamás fuera conocido. Y entonces recordaba por qué había huido de Francia. Justamente lo que no quería era que se conociera su nombre. Era difícil recordarlo ahora, cuando todo marchaba tan bien.

Cuando subía en el ascensor hasta el quinto piso con la señora Driscoll, cayó en la cuenta de lo que acababa de suceder. Ese día, por algunas horas, había trabajado codo a codo con el mayor genio del arte en vidrio del mundo.

Pasó el resto de la tarde ayudando con la instalación del dibujo de "Otoño" en su caballete y supervisando la entrega de los vidrios que empezarían a cortar a la mañana siguiente.

Cuando el día de trabajo se acercaba a su fin, sintió que estaba terminando el capítulo de una historia algo tumultuosa y empezando uno nuevo. Uno que quizá tendría un desenlace feliz.

CAPÍTULO 13

El otoño desterró al verano. Mientras los tonos naranjas, pardos y violáceos oscuros del vitral las esperaban, las chicas Tiffany se enfundaban en sus abrigos y bufandas y partían rumbo al trabajo.

Gracias al cepillado diligente de la joven de la lavandería o, tal vez, de Nessa o de Jane, la capa de Emilie había aparecido por milagro en el armario con aspecto casi flamante. Sin embargo, pronto necesitaría un abrigo grueso, botas y ropa más abrigada.

Ya no podía posponerlo más. Tenía que pedir que le enviaran el baúl. Tan pronto cobrara el sábado, iría a enviar el telegrama. El baúl tardaría por lo menos una semana en llegar. Tendría que arreglárselas hasta entonces.

Había pasado parte de la noche en vela tratando de encontrar la mejor manera de pedir otro favor. Por fin había decidido enviar un telegrama porque llegaría más rápido que una carta y, por definición, debería ser breve y conciso. No tendría que explicar ni contar demasiado sobre su nueva vida. ¿Cómo podría explicarles su nueva vida a sus viejos amigos?

Un telegrama. Emilie optó por la alternativa más cobarde.

Y, además, estaba la otra cuestión. La cuestión verdaderamente cobarde.

Marie y Jean se habían comportado como buenos amigos. Jean había sido más que un amigo. Amaba a Emilie y ella también lo quería. No obstante, después de su partida de Francia, había tardado muy poco tiempo en olvidar el dolor de dejarlo. Jean había sido el primer hombre que la había tratado con verdadera gentileza. Siempre lo querría por eso, pero no tanto como él hubiera deseado. Ahora sabía que había confundido el amor y la seguridad con los primeros pasos hacia la asfixia. Y, mientras las aguas que los separaban se volvían más anchas y profundas, sus sentimientos habían pasado de la tristeza al alivio.

Jamás podría explicarle que ya no era la muchacha que él había conocido. Esa chica había muerto, como si hubiera terminado en el fondo del Sena con su madre. La nueva Emilie tenía futuro, tenía una vida. Marie y Jean la habían ayudado a encontrar su destino y siempre les estaría agradecida por eso. Pero no volvería al pasado.

Sin embargo, cuando al terminar de trabajar a mediodía del sábado fue al guardarropa para decirles a las demás que no volvería a la pensión con ellas, ninguna de sus compañeras se encontraba allí. Le pareció extraño que se marcharan sin ella, pero quizás era mejor así. Ahora podría escabullirse sin darle explicaciones a nadie.

Se puso el abrigo y estaba a punto de salir cuando llegó Lotte con su hermana a rastras. Maggie tenía expresión testaruda y un pirulí en la boca.

—¡Ponte el abrigo y el sombrero y dame eso!

Le quitó el pirulí de la mano de un tirón y lo tiró a la basura.

—¡Eh!

Maggie se apresuró a tratar de recuperar la golosina, pero Lotte se interpuso entre ella y el cubo de basura.

Emilie nunca había visto a Lotte perder los estribos con su hermana, pero ahora estaba enfadada. Y Emilie sabía por qué. Todo había cambiado desde aquel día en la playa Midland. La atención de Maggie había pasado del trabajo a los hombres, lo cual podía ser peligroso porque Emilie no creía que Maggie tuviera las facultades mentales necesarias para negarse si alguno quería propasarse.

Miró con cierta compasión a Lotte, que tenía el rostro demacrado y parecía cansada, abatida y desesperanzada.

Emilie se prometió a sí misma tratar de ayudar de alguna manera, pero ahora debía ir a la oficina del telégrafo.

—Si podéis arreglároslas sin mí —comenzó a decir Emilie cuando Maggie se dirigió de mala gana a su cubículo—. Tengo que hacer un trámite rápido.

—Por supuesto —dijo Lotte—. La encontré en el pasillo que da a las escaleras que llevan al departamento masculino. Ni siquiera sé cómo encontró el camino: ese sector parece una conejera.

"Pirulís", pensó Emilie.

—Anda, ve —dijo Lotte—. Dora salió con un grupo de las otras chicas. Iban a Stern Brothers, por más que ninguna pueda comprar ni una mota de polvo en esa tienda. Y Grace va a trabajar hasta tarde para terminar su cartón, aunque a mí me parece que se queda para evitar cenar con Charlie Murray.

—Casi se me había olvidado. ¿Estás segura de que puedes arreglártelas sola? —preguntó Emilie.

Lotte asintió con la cabeza y expresión abatida.

—Gracias, pero es problema mío y de nadie más.

"No debería serlo", pensó Emilie. En un mundo mejor..., pero no había mundos mejores y todas tendrían que ingeniárselas para sobrevivir en este.

Emilie dejó a Lotte en la tarea de abrocharle el abrigo a Maggie, que se quejaba en voz muy alta de que no era justo que hubiera perdido su pirulí.

Se dirigió a la oficina del telégrafo en la calle Veintitrés, copió el mensaje manuscrito que le había llevado días preparar en un formulario de telegrama y pasó el papel por debajo de la ventanilla sin mirarlo. Ya se había preocupado por ese tema demasiado tiempo. Deslizó las monedas detrás del formulario y partió sin mirar atrás. Listo.

No sabía por qué se sentía tan deprimida, ya que pronto volvería a tener todas sus pertenencias. Debería estar feliz, pero, por cobardía, había actuado con crueldad; no se apresuró para volver a la pensión; caminó sin prisa mientras las palabras que había escrito la acompañaban como una sombra.

> **Marie, por favor, manda el baúl a la Sra. Bertolucci 200 calle Veintiuno Este, Nueva York, Nueva York. Un millón de merci, Emilie**

Emilie había tenido la intención de volver enseguida a la pensión, pero la culpa la empujó a seguir andando por las aceras, a pesar de que se le enfriaban las manos y la nariz; los pies, cansados después de una semana trabajando de pie, se resistían a cada paso. Al llegar a la calle Veintiuno, siguió de largo en un intento por quitarse de encima la sensación de que había maltratado a sus amigos más queridos. Pasó también la calle Veinte. Merecían algo más que una petición escueta de otro favor después de todo lo que habían hecho por ella y la lealtad que le habían demostrado.

Regresaría a su habitación. Les escribiría una carta que les llegaría mucho después de que le hubieran hecho el favor que necesitaba. Las palabras, de alguna manera, compensarían su falta de consideración, el desdén con el que los había dejado atrás para forjarse su nueva vida. Una vida sin ellos. Aun así, siguió caminando.

Oscurecía cuando por fin Emilie subió las escaleras rumbo a su cuarto en la casa de la señora Bertolucci.

Y se topó con una conmoción al llegar al segundo piso.

Dora salió como una exhalación de la habitación que compartían Emilie y Grace justo en el momento en que Emilie llegaba al descansillo de la escalera.

Al ver a Emilie, Dora levantó las manos.

—No sé poooooor quéééé no me deja ayudarla —dijo arrastrando su tono sureño—. Se viste como una vieja solterona. Nadie va a cenar con la ropa de trabajo. Mucho menos a un sitio bonito y si el que paga es otro.

Le dio la espalda a Emilie un instante para gritarle a la puerta cerrada.

—¡No me eches la culpa si piensa que eres una sosa!

Y se marchó por el pasillo en dirección a su propio cuarto.

Emilie se dirigió a su habitación y, al abrir la puerta, encontró a Grace muy concentrada en quitarse las horquillas que sujetaban una mata torcida de cabello.

—¡Uf! —gruñó Grace, mirando a Emilie en el espejo—. Sé que tiene buenas intenciones, pero ¡qué pesada es! Primero no podía creer que me quedara en el trabajo hasta tan tarde, cuando tenía… —Bajó la voz e imitó el acento sureño de Dora— una ciiiiiiit-a con un hombre soñaaaado, aunque no se vista muy bien. ¡Uf! —Grace retiró el último puñado de horquillas y el cabello pesado y ondulado le cayó sobre los hombros—. Charlie Murray no podría ser menos soñado: es arrogante, seguro de sí…

—Absolutamente —dijo Emilie mientras dejaba su bolsa de trabajo sobre su cama y tomaba el cepillo del tocador.

Grace estiró la mano para cogerlo, pero Emilie lo levantó para que no lo alcanzara.

—Entre las dos habéis hecho tal enredo que tu cabello no va a volver a la normalidad antes de que *monsieur* Murray llegue a buscarte.

Comenzó a cepillar los mechones largos que formaban una mata enredada.

—¡*Monsieur* Murray, ja! No es más que un reportero irlandés pendenciero…

—"Un muy buen periodista", creo que dijiste.

Emilie cepilló con vigor el cabello de Grace y luego lo colocó con destreza en una especie de nudo en la parte superior de la cabeza. Los largos períodos sin criada le habían enseñado a Emilie a hacer ese tipo de cosas. Sujetó el pelo con horquillas de tal manera que, cuando retiró las manos, el moño se asentó en la cabeza de Grace sobre una base elegante de cabello castaño y pesado.

Grace se había quedado callada.

—¿Y bien? —preguntó Emilie mientras espiaba por encima del hombro de Grace para ver la expresión de su amiga. Grace tenía un cabello hermoso y no hacía nada para resaltarlo—. No es idéntico al peinado de las jóvenes que dibuja Gibson en los anuncios publicitarios, pero es mejor que unas trenzas de colegiala.

—La verdad es que queda bonito —concedió Grace—. Me gusta más que la tontería que trató de hacer Dora.

—Bueno, no está mal que trate de ayudarte. Tal vez logre captar la atención del señor Murray si a ti no te interesa.

—Jamás. Nunca se sentiría atraído por alguien tan carente de ideas.

Sin darse cuenta, Grace tiró del rizo de cabello que le rozaba la mejilla.

—Bueno, pero si no eres amable con él… —la azuzó Emilie.

—¡Pero si lo trato con toda amabilidad! Le permito que me lleve a cenar, ¿no?

—Cierto —respondió Emilie y ocultó una sonrisa—. Para hablar de la cobertura de las últimas noticias y la importancia del periodismo.

—Por supuesto —dijo Grace—. ¿De qué otra cosa podríamos hablar?

—De nada más —replicó Emilie—. Y lo entiendo perfectamente —agregó mientras se dirigía al armario para buscar un vestido adecuado para la ocasión.

—Ya tengo la ropa de trabajo preparada sobre la cama.

—La he visto, pero con esa ropa pareces una trabajadora.

—Soy una trabajadora.

—Pero quieres ser ilustradora editorial. Para lograrlo, tienes que vestirte para la ocasión.

—La ocasión seguramente sea ir a alguna cantina a comer costillas con Charlie Murray.

Emilie sacó un vestido de tarde, elegante pero no demasiado formal, de color verde oscuro con un vivo de terciopelo marrón que resaltaría el cabello y el tono de piel de Grace.

—Este irá bien tanto en una taberna como en un restaurante fino. Siempre hay que estar preparada. ¿Y si os encontráis con un conocido suyo que podría darle un impulso a tu carrera? No querrás que piense que eres vendedora de una mercería.

Grace hizo una mueca y ladeó la cabeza para evaluar la prenda elegida por Emilie.

—¿Estás segura de que no es demasiado ostentoso?

—Para nada: tiene un aspecto muy profesional y demuestra que te has esmerado.

—No quiero que crea que me he esmerado por él. Al fin y al cabo, se trata de una persona con quien trabajo.

—Una persona con la que podrías trabajar si te toma en serio. Será mejor que te decidas porque ni el tiempo ni los hombres hambrientos esperan a nadie, ni siquiera a ti.

—Ah, está bien. Pero es solo una cena, una reunión de trabajo.

—Sí, lo sé.

Emilie se dejó caer en su cama y, con falsa indiferencia, tomó una revista que había traído de la sala.

Unos minutos después, Nessa tocó a la puerta para anunciar que había llegado un caballero que venía a ver a la señorita Grace; inmediatamente después sucumbió a una risa nerviosa.

—¡Ay, perdón! Pero es tan guapo...

—¡Bueno! —resopló Grace.

—Lo vas a pasar bien —dijo Emilie sin levantar la vista de la revista—. Imagínate que estás cenando conmigo y que conversamos sobre arte y cuestiones sociales.

Grace suspiró.

—Al menos tú me entiendes. Allá voy —anunció, y salió de la habitación.

En cuanto Grace se fue, Emilie dejó la revista y se acercó a la puerta. Contó hasta cinco y, luego, miró fuera.

No era la única que había tenido esa idea. No solo Lotte, Maggie y Dora se asomaban en fila por la barandilla de la escalera, sino que las dos costureras también observaban la escena con expresiones que iban del anhelo a la diversión.

Emilie se unió al grupo, pero se puso detrás de las demás por si Grace o Charlie miraban hacia arriba; de esa manera no la considerarían parte del grupo de entrometidas.

Demasiada alharaca por un hombre y una cena. Tan diferente de su vida en París, donde todas las noches cenaba con alguien. Salir con un hombre no era nada inusual. Por lo menos, no en su ambiente social de artistas y su círculo.

Reprimió una sensación efímera que podría haber sido envidia. Cenar en un buen restaurante y mantener una conversación interesante parecía imposible.

Charlie Murray estaba muy presentable: recién afeitado y con un traje que, desde el descansillo de la escalera, parecía de paño príncipe de Gales. Llevaba el pelo peinado hacia atrás, aunque un rizo se había escapado de la gomina y le caía sobre la frente, lo cual probablemente había llevado a Nessa a decir que era guapo.

Gracias al cielo, Emilie había convencido a Grace de que se pusiera su mejor vestido de tarde.

Por su parte, Grace, con la espalda erguida y expresión tensa, lucía radiante a la luz de la lámpara del vestíbulo. Por experiencia, Emilie sabía que ninguna mujer se ponía tan nerviosa por su aspecto a menos que hubiera un hombre implicado.

Oh, dieu pardonne! Sería terrible que Grace se enamorara y se marchara para casarse.

Abajo, Charlie Murray sonreía como el gato de *Alicia en el País de las Maravillas.* Y, de pronto, Emilie deseó que, como el felino inventado por el señor Carroll, Charlie desapareciera sin más. Pero Charlie se limitó a abrir la puerta para que Grace saliera a la oscuridad de la noche.

Lo último que Emilie oyó antes de que se cerrara la puerta fue la voz de Grace que decía:

—No veo por qué no podíamos encontrarnos directamente en el restaurante.

Y Emilie suspiró con alivio.

Doña Berto, que había hecho de carabina durante el encuentro, miró a Emilie.

—Es muy alto. —Y, con sonrisa satisfecha, regresó a la cocina.

Todas se reunieron unos minutos más tarde en la planta baja para cenar. Las costureras de mediana edad parecían más apagadas, pero Dora y Maggie se dedicaron a especular sobre la "cita" de Grace. Lotte guardó silencio.

Emilie tuvo la sensación de que la situación entre las hermanas había cambiado. ¿Acaso Lotte envidiaba el interés de un hombre por su hermana? ¿Sería real el interés de Jack Ratner? Maggie no tenía mucho que ofrecer como esposa: podría ser cariñosa, pero ¿tendría la capacidad de preparar la cena o conversar sobre el futuro de la familia? "La familia". Quizás Ratner no pensaba siquiera en la posibilidad de tener familia y solo quería divertirse un poco con una muchacha que no tenía inteligencia suficiente como para decir que no.

Emilie sonrió con compasión a Lotte, que no parecía darse cuenta de nada de lo que ocurría. ¿Envidiaría a Grace por estar en un restaurante con un joven de aspecto decente y empleo respetable, mientras ella estaba sentada allí entre dos mujeres mayores, que ya habían pasado la edad de casarse y todavía debían trabajar para mantenerse y tener donde alojarse, sabiendo que un día sería como ellas?

Nadie se quedó después del postre.

Le resultaba extraño tener la habitación para ella sola. Una sensación de vacío. Pero era una buena oportunidad para hacer algo en lo que había estado pensando desde hacía tiempo.

Se inclinó sobre el borde de la cama y cogió un trozo de cartón, varias hojas de papel rústico y una caja de pinturas al pastel baratas. Había comprado el papel y las pinturas en una de sus excursiones de compras de los fines de semana. El cartón lo había rescatado de la basura.

Apoyó la almohada en el cabecero de la cama y se colocó el cartón sobre las rodillas flexionadas, a modo de caballete. Todo muy rudimentario, pero, ahora que el telegrama ya estaba en camino, pronto llegaría el baúl con óleos, acuarelas y papel bueno.

Fijó la mirada en el papel en blanco. Le parecía rara la longitud del pastel en la mano: tan liviano y efímero después de semanas de trabajar con cortadores pesados, pinzas y trozos de vidrio.

La hoja seguía en blanco. Emilie no quería dibujar flores ni arroyos, aunque esas imágenes aparecieron de inmediato en su mente. No quería dibujar cartones para vitrales ni caricaturas políticas.

Quería dibujar colores. Los colores brillantes, audaces,

agresivos de… París. No. Los colores nuevos de su nuevo mundo. Nueva York. Tiffany. Miró a su alrededor. Dejó que se le desenfocara la vista y que sus ojos desdibujaran lo que veían para contemplar su propia esencia. La forma antes que la función.

Del otro lado de la habitación, la lámpara en el escritorio de Grace proyectaba en los objetos cercanos una especie de sombra que resaltaba ciertas figuras y apagaba otras. Emilie entrecerró los ojos hasta que las sombras y los objetos se fundieron en una danza de claroscuros. Apoyó el pastel en el papel y dejó que la mano siguiera a los ojos. Y cuando había llenado la página completa, se dio cuenta de que el tintero, el lapicero y las plumas —todos los objetos sobre el escritorio de Grace— se habían convertido en más de lo que eran y algo se había despertado en su interior. Algo que no había sentido durante mucho tiempo, ni siquiera en los días más felices que había pasado trabajando con el vidrio.

Deseó haber tenido óleos para explorar la profundidad de los colores, de la luz que entraba por la ventana, en un caballete propio. Empezó otro dibujo después de mover la lámpara para que iluminara el estampado del edredón de Grace; dejó que los colores se desprendieran de las formas hasta transformarse en planos coloridos.

Estaba ensimismada en ese experimento cuando oyó que el reloj de la planta baja marcaba las diez y, luego, las diez y media. Hacía más de tres horas que Grace se había ido. Emilie dejó a un lado los papeles y se puso de pie. Estaba entumecida y dolorida, pero se dirigió a la ventana para mirar hacia fuera. La calle estaba tranquila. Encorvado para protegerse del frío de la noche, un hombre mayor caminaba despacio rumbo a la Cuarta Avenida. Otro hombre pasó raudo en la dirección contraria.

Y, por alguna razón inexplicable, Emilie sintió una oleada de nostalgia por su tierra natal.

Guardó su trabajo, se puso el camisón y esperó a que Grace regresara.

Cuando el reloj marcó las once menos cuarto, Emilie volvió a acercarse a la ventana y se preguntó qué pensaría Charlie si Grace tenía que trepar y entrar por la ventana.

Pero justo cuando estaba a punto de rendirse y bajar, los vio venir caminando por la calle a paso tranquilo. Parecían concentrados en la conversación que mantenían.

Así que habían congeniado después de todo.

Doblaron para subir los escalones de la entrada y, unos minutos más tarde, se abrió la puerta del dormitorio y entró Grace, sonrojada por la brisa otoñal y tal vez un poco también por la compañía de Charlie.

Emilie levantó la mirada de la revista que había recogido al pasar cuando se metió en la cama a toda velocidad.

—Ya estás de vuelta.

—Sí —dijo Grace mientras iba y venía por la habitación para dejar los guantes y el sombrero y quitarse las horquillas del cabello.

Emilie esperó con paciencia. No era asunto suyo, pero eran amigas y las amigas se interesaban por los asuntos de la otra. A estas alturas, también había aprendido a no presionar a Grace, quien comenzó a desabotonarse el vestido.

—No es tan insoportable cuando deja de comportarse como un idiota —dijo, como si Emilie le hubiera preguntado.

Se quitó el vestido y lo dejó colgado del respaldo de la silla del escritorio; luego se sentó allí para terminar de quitarse las horquillas del cabello.

—Cómo puede ser que lleve el cabello recogido tan tirante que me debería dar jaqueca y no sienta nada —dijo mientras se frotaba el cuero cabelludo con ambas manos— y, en cambio, cuando lo llevo así tan suelto y cómodo como esta noche, termino mareada.

Emilie sospechaba que el mareo de su amiga probablemente se debía al periodista que solía parecerle tan irritante o a alguna copa de vino, pero no dijo nada.

—Resulta que es muy inteligente —continuó Grace.

—Pensabas que tal vez lo fuera.

—Sí, y tenía razón.

Se hizo un silencio que duró unos minutos. Luego Grace se dejó caer de espaldas sobre la cama.

—En realidad, me resultó bastante agradable.

Emilie se dio vuelta para apoyarse en un codo.

—¿Volverás a salir con él? Digo, no para ir a manifestaciones y huelgas y cosas por el estilo.

—Tal vez. Tiene una opinión muy interesante sobre el papel del periodismo. Y no tiene nada en contra de que las mujeres trabajen. Incluso me felicitó por mi perspicacia.

—Ah, ¿sí? Creo que no sé lo que significa esa palabra.

—Quiere decir que entiendo rápidamente las cuestiones importantes.

—¡Ah! ¡Qué buena palabra! Y encaja bien contigo.

Emilie la repitió para sí varias veces. Era una palabra que debería recordar.

—En fin. Dijo que me ayudaría a lidiar con el dilema de las ilustradoras y las caricaturistas… en cuanto se le ocurra cómo hacerlo. Y, Emilie, hablamos de muchísimas cosas que nos importan a las dos.

—¿Y no te delatará?

—Dijo que no lo haría.

—Bien —respondió Emilie. Solo les quedaba rezar para que cumpliera con su palabra.

CAPÍTULO 14

EL LUNES, EL SEÑOR TIFFANY HIZO SU ACOSTUMBRADA VI-sita semanal al taller de las mujeres. Emilie no entendía cómo, con todos los sonidos normales del taller —los chas-quidos de los cortadores, el roce de los papeles, el raspado de las lijas, el sonido del movimiento de las faldas y los murmullos de las conversaciones—, el repiqueteo del bas-tón del señor Tiffany se dejaba oír y apagaba los demás rui-dos como el ritmo entrecortado de un tambor de hojalata.

En el instante en que todas se percataban de su llegada, el silencio se adueñaba del taller y se paralizaban los movi-mientos y el trabajo, como si hasta las paredes contuvieran el aliento.

Y, como todos los lunes, la señora Driscoll dejaba su ofi-cina, se apresuraba a salir a su encuentro y solía alcanzarlo en el momento en que el señor Tiffany llegaba al caballete de Grace. Cuando aparecía la señora Driscoll, el taller re-tomaba su rutina tranquila, mientras ella y el señor Tiffany recorrían el taller y se detenían a inspeccionar distintos proyectos, cuyas artesanas se quedaban inmóviles, como si les tomaran una fotografía, hasta que él definía su opinión, daba sus consejos o manifestaba aprobación… o desaproba-ción. Luego, se dirigía a la siguiente pieza y les tocaba inte-rrumpir su trabajo a las mujeres encargadas de ese proyecto.

Emilie continuó con su tarea. Junto con la señorita Zevesky habían avanzado mucho con las vainas y las mazorcas secas que iluminaban la parte inferior del panel de "Otoño" y hacían brillar los tonos morados y rojizos oscuros de las frutas maduras de la parte superior.

Emilie le estaba aplicando una segunda capa a una calabaza de color rojo profundo, evaluando la posibilidad de agregar otra más oscura cuando oyó que el repiqueteo se acercaba. La señorita Zevesky se giró para esperar el veredicto. Emilie siguió moviendo las manos para sostener el vidrio más oscuro junto a los que ya había adherido con cera al caballete.

El repiqueteo se detuvo. Emilie levantó la mirada y sonrió. Lo hizo sin darse cuenta. Por fortuna, el señor Tiffany estaba tan concentrado que no la vio. Se limitó a indicarle que se apartara con un gesto de la mano. La mano que no sujetaba el bastón. Se acercó más y se inclinó para observar el trozo de vidrio que ella había estado contemplando.

—¿Esta capa roja es para la calabaza?

Emilie se esforzó por que le respondieran las cuerdas vocales.

—Esa era mi intención.

El señor Tiffany asintió.

—Bien. Es lo que yo haría. Un tono profundo, pero no tan oscuro como para que se pierda el color.

Como si ella fuera capaz de perder el color.

—Si se pierde el color, será por culpa del sol.

—Ajá. ¿Y esto?

Señaló un trozo de vidrio verde y dorado.

—Irá entre las frutas oscuras para captar la mirada y acentuar su profundidad.

Emilie levantó un fragmento cortado de manera rudimentaria y lo sostuvo entre dos dedos para levantarlo a la altura de la ventana.

—*Comme ça.*

—Con este.

El señor Tiffany acercó otro trozo de vidrio con la punta de un dedo.

—Y con este también.

Emilie empujó una cuarta pieza para juntarla con las demás.

—Use este detrás de esos.

El señor Tiffany examinó la bandeja de trabajo de la joven y acomodó dos trozos del vidrio dorado y verde alrededor de varias muestras de azul y púrpura.

Emilie asintió. Había dudado con respecto al color con dos tonalidades. Ahora estaba segura.

El señor Tiffany se volvió hacia la señora Driscoll, que permanecía siempre a su lado, a la espera de su opinión.

—¿Y dónde está el vitral de la "Magnolia"? La señorita Northrop dijo que a estas alturas ya lo habrían empezado.

—Y así es —respondió la señora Driscoll—. El cartón está esperando un caballete y ya se ha seleccionado la mayor parte del vidrio del fondo, pero el resto está a la espera de que se desocupe una seleccionadora.

—Envíe a la señorita Pascal. Tiene buen ojo.

Emilie apretó los dientes. Estaba de pie a su lado. Y se lo podría haber pedido él mismo. Pero el señor Tiffany no actuaba de esa manera. Ya se había acostumbrado. Era natural que las considerara proyecciones suyas, como cien pares de manos bajo el mando de su cerebro. Quería decir que confiaba en ellas. En el caso de un hombre más efusivo, hubiera sido un halago, pero el señor Tiffany guardaba su entusiasmo para el trabajo y el arte. Y para su visión de cómo debían ser.

Y a Emilie le parecía bien así. Sería uno de esos pares de manos mientras él le permitiera usar su propia sensibilidad además de la de él.

—La señorita Pascal está bastante ocupada y la necesito para otra cosa.

El señor Tiffany enarcó una ceja al mirar a la encargada.

—Ajá —dijo—. Entonces contrate más chicas si hace falta. Yo me encargo del señor Mitchell.

Y se alejó repiqueteando hacia la puerta, escoltado por la señora Driscoll.

En el momento en que la puerta se cerró, el taller soltó el aire y volvieron a comenzar los chasquidos, los roces, los raspados y las conversaciones. La inspección de la mañana había salido bien. Todas valoraban la visita del señor Tiffany... y sentían un enorme alivio cuando terminaba.

El miércoles, la señora Driscoll y Emilie fueron a los hornos y los talleres en Corona. Emilie casi no había llegado a ponerse el delantal cuando tuvo que quitárselo otra vez.

—Tengo asuntos que atender con el departamento de metales y la señorita Northrop está esperando un color en especial para su vitral de la "Magnolia" ahora que por fin el proyecto ha comenzado. Pasaremos a buscarlo y usted me ayudará a traerlo de vuelta.

Emilie estaba contenta de ir, pero detestaba dejar su pieza de lado siquiera por una mañana. Cualquiera podía llevar o traer vidrios.

—El señor Nash quedó tan impresionado con su actitud ante sus jarrones que se lo mencionó otra vez al señor Tiffany. Creo que disfrutará de la compañía y así tendré más tiempo para tratar con los demás departamentos mientras él le muestra los hornos. El pobre hombre no recibe el reconocimiento que merece por el trabajo que hace. Considere esta visita como un deber para nosotras y un premio para él.

La señora Driscoll le dirigió una de sus miradas penetrantes y sin rodeos, una especie de orden combinada con una promesa de deleite a la que solía recurrir para alentar a las jóvenes… o antes de anunciar que tendrían que trabajar hasta tarde al día siguiente.

Fue así como partieron: Emilie con su abrigo primaveral y la señora Driscoll enfundada en un gabán grueso de lana y una bufanda, con un rollo de papel de hilo bajo el brazo.

Tomaron el ferry que cruzaba East River hacia Corona. La señora Driscoll parecía preocupada y no dejaba de cambiar de lugar el rollo de papel —que debía de contener diseños— del regazo a los brazos; en ocasiones lo sujetaba como si fuera un bebé.

A Emilie no le molestaba. Pasó el rato mirando la estela de agua y preguntándose si le habrían asignado su vitral de "Otoño" a otra persona para que cortara las piezas en su ausencia. La sola idea de que eso ocurriera le generaba una especie de pánico.

El señor Tiffany y ella sabían lo que querían. No necesitaban hablar para que supiera lo que él tenía en mente. ¿Y si la reemplazante cortaba mal una pieza? ¿O destruía una parte que Emilie pensaba utilizar? Imaginó la posibilidad de regresar y encontrar un desastre de colores y planes arruinados.

Respiró hondo. La señora Driscoll la miró y sonrió. Tal vez pensaba que Emilie le tenía miedo al ferry y trataba de calmarla.

Emilie le tenía miedo al agua, sí, pero no en el sentido que la señora Driscoll podía pensar. No porque temiera ahogarse, sino porque le recordaba a su madre; no la mujer hermosa de cabello oscuro y olor a lilas, sino la que se había parado en el Pont des Arts por última vez con la mirada clavada en las profundidades oscuras del Sena. ¿Habría tenido miedo en aquel momento final cuando comprendió que jamás regresaría? ¿Se habría arrepentido cuando ya era demasiado tarde y habría luchado con la poca fuerza que le quedaba para volver a Emilie?

—Debería tener un abrigo más grueso —dijo la señora Driscoll, e interrumpió los pensamientos de Emilie cuando el ferry bajaba la velocidad para acercarse al puerto.

—Ya he escrito para que me envíen el baúl con mis cosas —respondió Emilie.

—Excelente. No falta mucho: un trayecto corto en tren y llegamos.

La señora Driscoll la condujo a la estación de tren que se encontraba del otro lado de la calle, donde aguardaba una locomotora que las llevaría a su destino.

Emilie sintió alivio cuando, unos minutos más tarde, por fin bajaron del tren y se dirigieron a una calle en una zona desolada donde solo había una fábrica de dos pisos. Chimeneas de varios tamaños escupían humo de colores que iban del blanco al negro más oscuro.

—Antes de entrar —dijo la señora Driscoll—, es importante que entienda el honor que representa el hecho de que la hayan invitado aquí. No se permite la entrada de ningún visitante que no tenga una razón concreta para venir. Como dijo uno de nuestros artistas colegas, se trata de un lugar en el que "no puede entrar ningún ojo profano".

—¿En serio?

—Muy en serio. El señor Tiffany se preocupa mucho por los robos. De hecho, han tenido que despedir a varias personas que intentaron robar diseños y demás para venderlos. Se dice que las fórmulas de todo el vidrio de Tiffany están en una caja fuerte que solo puede abrir el señor Nash.

—¿Ni siquiera el señor Tiffany la puede abrir?

La señora Driscoll, que había adoptado un tono algo sepulcral en su explicación, se encogió de hombros.

—Así dicen. No creo que nadie pudiera descifrarlas si las consiguiera. Cada fórmula tiene un código especial, de modo tal que, si alguien lograra copiarla, no tendría ningún sentido sin el código correspondiente.

—¿Los códigos también están guardados en la caja fuerte?

—No tengo idea.

La señora Driscoll volvió a acomodar el rollo de papel —a estas alturas, Emilie estaba segura de que contenía los diseños de la lámpara de libélulas— y la condujo hacia una puerta en un lado del edificio donde, de inmediato, las detuvo un guardia con expresión seria y les impidió el paso.

—Ah, es usted, señora Driscoll, y una joven. ¿Las espera el señor Nash?

—En efecto, así es, Jenkins.

—Pasen, pasen. Últimamente no la vemos tan a menudo.

—Estamos todos muy ocupados esta temporada.

—¿Me lo va a decir a mí? Parece que, desde que volvieron de las vacaciones de verano, los muchachos trabajan a destajo.

Emilie siguió a la señora Driscoll de cerca y la pesada puerta se cerró enseguida detrás de ellas.

—Si trabajan a destajo —le susurró la señora Driscoll a Emilie—, no se entiende que vayan con tanto retraso.

Hacía calor en el edificio, lo cual resultaba agradable después de los viajes en ferry y en tren. Sin embargo, cuando avanzaron hacia el interior, el aire se hizo pesado y muy caliente. Una puerta se abrió un poco más adelante y el señor Nash salió a recibirlas.

—Bienvenida, mi querida señora Driscoll.

La señora Driscoll asintió con la cabeza.

—¿Recuerda a la señorita Pascal?

—Cómo olvidarla. —Le hizo una media reverencia rápida—. Espero que tengan tiempo suficiente para que le muestre nuestra fábrica a la señorita.

—No demasiado; tengo que elegir algunas planchas para el vitral de la "Magnolia", porque nos estamos quedando sin muestras en el estudio. Y tengo que revisar algunos pedidos con el departamento de vidrios y hacerle una consulta breve al señor Gray del departamento de metales. Si no le molesta, me dedicaré a lo que tengo que hacer mientras le muestra la fábrica a la señorita Pascal. Le aseguro que le prestará mucha atención.

El señor Nash esbozó una gran sonrisa.

—Vaya tranquila. Imagino que conoce bien la fábrica. —Se volvió hacia Emilie y la señora Driscoll aprovechó la oportunidad para alejarse—. ¿Comenzamos? —Le hizo un gesto para dirigirla hacia un corto pasillo secundario antes de hacerla pasar por la puerta de lo que resultó ser una gran sala de hornos con paredes y techo de ladrillos.

De inmediato los asaltó una ola de aire caliente que dejó casi sin aliento a Emilie. En los laterales, había ventanas y varias puertas abiertas, pero la luz del día no podía competir con el resplandor de los soles amarillos que brillaban en los hornos ni con las pequeñas esferas iluminadas en los extremos de las cañas de soplado que los hombres en mangas de camisa y con delantales gruesos llevaban de los hornos a los bancos de trabajo.

—Las bocas de recalentamiento. —El señor Nash tuvo que levantar la voz para que Emilie lo oyera—. Donde se calienta el vidrio para poder trabajarlo, que es lo que hacen esos hombres en los bancos de trabajo. Para que el vidrio..., ¿cómo dijo usted? ¿Cree color con el aire?

En los bancos de trabajo, los hombres más o menos cubiertos se inclinaban para dar la vuelta, levantar y enfriar sus cañas antes de llevarlas de regreso a los hornos para recalentarlas. La inmediatez de todo el proceso resultaba sorprendente. Un paso en falso, un giro demasiado lento, un desliz y el vidrio colapsaba, estropeando todo el trabajo realizado. Sin pensarlo, Emilie se acercó para ver mejor.

El señor Nash levantó un brazo para detenerla.

—El vidrio está más caliente que el mismísimo infierno. Las quemaduras han matado a más de uno.

Aun así, los hombres hacían su trabajo en mangas de camisa… o con el torso desnudo.

Primero vio su silueta, desnudo hasta la cintura excepto por el peto de un grueso delantal de cuero. Sentado en un banco frente a una barra de metal, giraba y moldeaba un globo reluciente de vidrio fundido llamado "gota".

La intensidad de su concentración era palpable. Tenía los músculos de los brazos y de los hombros flexionados y brillantes por el sudor, mientras sus manos gruesas trabajaban el vidrio con seguridad. Y más rápido de lo que Emilie creyó posible, la gota dejó de ser una masa amarilla y latente para convertirse en una forma curva llena de gracia y de hebras de color azul que la envolvían con la misma facilidad y delicadeza que el humo de los hornos.

Emilie se quedó mirándolo absorta. ¿Cómo podía ser que ese hombre rudo, de cabello negro como el río Estigia, espalda fuerte y expresión tan intensa que daba miedo, fabricara piezas de cristalería tan frágiles?

Como el poderoso dios Vulcano en su fragua con la delicadeza de un artista.

—Veo que ha descubierto a uno de nuestros artistas jóvenes más talentosos. Se llama Amon Bronsky.

"Amon Bronsky". Hasta el nombre sonaba rústico, salvaje. Y Emilie no podía quitarle los ojos de encima. Dos veces lo vio regresar a la boca de recalentamiento con esa pieza de vidrio en el extremo de la pesada caña como si se tratara de una burbuja etérea. Solo la tensión en esos brazos fuertes desmentía la facilidad con la que parecía ir y venir.

Cuando volvía por segunda vez del horno, la vio. Tenía los ojos negros y penetrantes y Emilie no pudo evitar estremecerse. Luego, él se volvió y su mirada la soltó. Regresó al banco, donde el jarrón siguió alargándose y arqueándose entre sus dedos. Y, como los que Emilie había visto en París, el jarrón cobró vida propia mientras destellaba en ese calor sofocante. Emilie se preguntó si algunos de los jarrones que le habían cambiado la vida serían obra de Amon Bronsky.

Y una parte minúscula de su ser se preguntó cómo sería sentir esas manos recias y creativas en la piel.

Clara se alegraba de no tener que ver los hornos ni el taller de planchas de vidrio. Aunque se trataba del sitio donde se producía la magia del vidrio del señor Tiffany, a ella siempre le resultaba un poco deprimente. Era un ambiente oscuro y áspero y sofocante que la hacía extrañar el aire libre. Y, sin embargo, esta fábrica corriente y sucia lograba crear el vidrio más excelso de Tiffany.

Se alegraba de que su trabajo se desarrollara del otro lado del río y cinco pisos más arriba, donde el aire al menos parecía más puro. Se detuvo en la sala donde se terminaban las planchas de vidrio y llamó a la puerta. A modo de saludo, el capataz levantó la mano por encima de la cabeza y le hizo un gesto para que se acercara.

Dedicaron un minuto al intercambio de saludos cordiales y, luego, Clara fue al grano.

—El señor Tiffany está decidido a producir el vitral "Magnolia" de la señorita Northrop. Es una verdadera rareza y requiere blancos con tonos verdes y crudos. Se trata de una pieza delicada y a la vez…

—Sí, sí. ¿Ha traído el diseño?

Clara asintió y, con cuidado, colocó sobre el banco de trabajo el rollo de papel que llevaba, lo desató y extrajo el diseño de "Magnolia" con delicadeza. Después volvió a atar el resto del papel con igual cuidado.

El capataz observó el diseño.

—Supongo que lo quieren de inmediato.

—Por supuesto y todavía estamos esperando el vidrio del borde del vitral "Las cuatro estaciones".

—Estamos trabajando en eso. ¿Dónde está Arthur?

—Le está mostrando los hornos y las bocas de recalentamiento a una de mis seleccionadoras.

—Ajá. Ni se le ocurra mandar a una mujer a soplar vidrio o a trabajar con las planchas. El sindicato no lo permitirá: habrá un motín generalizado.

Clara se rio.

—No se preocupe: estamos muy contentas en nuestro taller de la Cuarta Avenida.

En realidad, sentía aversión ante la sola idea de trabajar allí.

—Mejor que todos tengamos claro cómo son las cosas. Venga conmigo y veamos qué tenemos que le pueda servir.

Pasaron junto a tantas filas de vidrio que, en comparación, el almacén de Manhattan daba la impresión de ser una alacena. Media hora más tarde, ya habían elegido unas cuantas opciones.

—Le conviene consultar a Arthur; cargaré todo a su cuenta.

Clara dejó pasar el comentario; se trataba de otra de las reglas nuevas impuestas por Pringle Mitchell.

—Así lo haré. Pensé que el señor Nash ya estaría con nosotros a estas alturas. Tengo que regresar, pero todavía debo hacer una parada más.

—Vaya tranquila. Voy a ver si puedo interrumpir la visita guiada de Arthur. Y asegurarme de que no vaya a revelar ningún secreto de la empresa.

La broma los hizo reír a ambos. La única persona más recelosa de las fórmulas que el señor Tiffany era Arthur Nash.

—Perfecto.

Aferrada al rollo de papel que le quedaba, Clara se escabulló y caminó con prisa por el corredor en dirección al área de metalurgia y al señor Gray, a quien tendría que consultar sobre la factibilidad de la lámpara de libélulas, antes de intentar siquiera convencer al señor Mitchell de pagarla. Resultaría muy costosa.

Por fortuna, el señor Gray se encontraba allí y vio a Clara en el instante en que entró. Trató de hacer oídos sordos ante los ruidos de los martillos, las pulidoras y las sierras que se utilizaban en los distintos proyectos en curso en el taller.

—¿Qué la trae por aquí? ¿Más bases para lámparas?

Clara se rio.

—Hoy no.

—¿De veras? ¿Tinteros, pantallas para velas, joyeros…, relojes?

—Nada de eso. Me preguntaba… si podría…

Desenrolló despacio el diseño de la lámpara de libélulas y lo extendió en la mesa de trabajo vacía más cercana.

Fascinada, Emilie miró cómo se llevaban el jarrón terminado. Después de observar cada paso como si fuera ella misma la pieza que moldeaban las manos expertas de Amon Bronsky, había quedado deslumbrada, casi sin fuerzas.

El señor Nash sacó su reloj de bolsillo.

—La señora Driscoll ha ido al departamento de metalurgia. Sé que debe estar deseosa de volver a la ciudad.

Recorrieron un laberinto de salas y llegaron a otra puerta, donde encontraron a la señora Driscoll y a otro hombre con la vista clavada en un diseño apoyado en una mesa de trabajo. Ambos se giraron cuando Emilie y el señor Nash se acercaron y Emilie llegó a ver un atisbo de la acuarela de la lámpara de libélulas de la señora Driscoll. Solo las alas llevarían cientos de trozos de vidrio. ¿Cómo lo lograrían?

La señora Driscoll había acudido al departamento de metalurgia.

De pronto Emilie entendió todo. No utilizarían muchos trozos sino una sola pieza de vidrio recubierta con…

—¡Filigrana! —exclamó, presa de tal entusiasmo que olvidó el decoro—. Van a cubrir las alas con filigrana. ¡Es una brillante idea! —Se tapó la boca con la mano—. Perdón —murmuró entre los dedos.

—No se disculpe —dijo la señora Driscoll y miró a su acompañante con expresión triunfante—. El señor Gray y yo estábamos analizando la eficacia de esa posibilidad. Tengo la impresión de que tendría una aliada en usted.

—¡Sí! —le respondió Emilie—. Jamás he visto algo semejante.

—Tal vez porque no se ha hecho nunca —señaló el señor Gray con escepticismo—. Puedo lograrlo, sin duda. Solo hacen falta un poco de delicadeza, una mano firme y un montón de dinero. Solo la mano de obra resultará muy costosa.

La señora Driscoll estaba radiante y no parecía para nada amedrentada.

—Me ocuparé de los gastos —dijo—. Siempre y cuando su departamento pueda y logre ejecutar el diseño tan pronto como esté aprobado.

El señor Gray resopló.

—Por usted, señora Driscoll, me encargaré del tema personalmente.

—Muchas gracias, señor Gray. Sabía que podía contar con usted. Ahora la señorita Pascal y yo debemos apresurarnos. Todavía nos esperan varias horas de trabajo después de llegar a Manhattan.

CAPÍTULO 15

Grace caminaba con prisa rumbo a Webster Hall. Había cogido un tranvía directo al centro, pero no le preocupaba el gasto. En las últimas semanas había vendido varias ilustraciones a las revistas de siempre, además de una al *Times* y dos al *Sun*.

Las dos últimas gracias a Charlie Murray. Habían ido a almorzar o cenar varias veces desde que él descubrió que ella era G. L. Griffith, en general después de encontrarse en sucesos que ambos cubrían. Y más recientemente, porque Charlie le había dado información sobre los sitios en los que surgían noticias, donde además resultaba inevitable que coincidieran.

Hacían un buen equipo: las palabras de él y los dibujos de ella.

Y Grace le debía su éxito a Emilie, a quien se le había ocurrido escribir una carta de presentación en la que explicaba que el señor Griffith no estaba disponible para entrevistas en persona con los editores del *Sun*, pero deseaba continuar la relación con el periódico por correspondencia. El señor Griffith se comprometía a no ofrecer las ilustraciones que le enviaba al *Sun* a ningún otro diario.

Los editores aceptaron el trato y Grace sospechaba que Charlie también tenía algo que ver con ese acuerdo.

Grace no era tan orgullosa como para rechazar la ayuda que conseguía. Una vez que obtuviera el trabajo, conservarlo dependería de ella. Esa noche había una reunión de las trabajadoras de la confección del Lower East Side. Proliferaban los rumores de la inminente formación de un sindicato de trabajadoras del sector, que hacía mucha falta. Un sindicato que defendiera los derechos de las mujeres en el trabajo y, cuando una huelga resultara necesaria, las protegiera también de los ataques de matones a sueldo como los que habían atacado a esa mujer y a su criatura. Grace todavía se estremecía cuando recordaba lo ocurrido aquella noche.

Por lo menos en la empresa del señor Tiffany, las mujeres cobraban lo mismo que los hombres y él mostraba que dependía del buen criterio y las habilidades artísticas de sus empleadas al reconocer sus méritos. Al menos ante ellas. En público, seguía siendo un mundo de hombres. El mundo del señor Tiffany.

¿Era justo? No, pero, en comparación con las vidas laborales del resto de las mujeres, las condiciones de trabajo, los salarios, el trato, parecían valer la pena… por el momento.

El señor Tiffany no era tonto y tenía una visión. Y tal vez esa visión algún día incluyera el futuro de la fuerza laboral femenina.

El resto del mundo laboral cambiaba muy despacio. Pero debía cambiar. Las mujeres ya comenzaban a ocupar su lugar en el gobierno, la industria y las artes. Y si los hombres optaban por mirar para otro lado y creer que eran los únicos que hacían andar al mundo…, pues allá ellos.

Grace no había vuelto a asistir a una reunión de mujeres desde aquella noche. No era que tuviera miedo, sino que entendía la importancia de cubrir todas las noticias. No quería quedar atrapada en la cobertura de los derechos laborales de las mujeres o el sufragio, de la misma manera que no deseaba circunscribirse a la moda femenina o a los consejos para el hogar.

Casi había llegado al edificio de ladrillos donde tendría lugar la reunión cuando vio a Charlie apoyado en la barandilla de la escalera comiendo una manzana.

Se le alegró el corazón al ver esa figura algo desaliñada y esa sonrisa altanera. Había comenzado a gustarle esa sonrisa. Aunque jamás lo admitiría ante él. Ya le sobraba confianza en sí mismo.

Cuando Grace estaba a unos pasos de distancia, Charlie metió la mano en el bolsillo de su abrigo, sacó otra manzana con el gesto pomposo de un mago y se la ofreció.

—Gracias, estoy famélica.

—Pensé que tendrías hambre —dijo—. Iremos a cenar después de la reunión. Conozco un pequeño local fantástico que queda cerca.

—¿Cómo supiste que vendría? ¿Y por qué has venido? ¿Escribirás una nota al respecto para el periódico?

—Pensé que vendrías. Y, sí, lo haré, pero, sobre todo, vine porque quería verte.

Grace mordió la manzana porque tenía hambre y porque así no tendría que reaccionar ante las palabras de Charlie.

No parecía avergonzado por lo que acababa de admitir; empezaba a descubrir que Charlie Murray no se dejaba amilanar con facilidad. Se limitó a mirarla comer la manzana y, cuando llegó al corazón, la observó comérselo también.

Entraron y se sentaron en el fondo con otros dos periodistas a quienes la tarea les resultaba claramente aburrida.

Sin embargo, Grace sabía que pronto este movimiento generaría noticias importantes. Había oído que varios sindicatos pequeños ya hablaban de agruparse en uno más grande, empezando por las trabajadoras del sector de la confección. No tardaría en expandirse a otras profesiones.

Grace intentaba registrar los inicios de lo que estaba destinado a convertirse en un movimiento de gran difusión.

Dibujó a la joven que, de pie frente a un grupo bastante pequeño, trataba de no sentirse desilusionada. No parecía haber más de quince personas en el salón, contando a los periodistas, y Grace comenzó a lamentar haber gastado cinco centavos en el tranvía.

—No puedes esperar que te golpeen y te atropellen en cada reportaje —dijo Charlie mientras caminaban después de la reunión en dirección al "pequeño sitio" donde quería llevarla a cenar.

Charlie conocía todos los sitios buenos y baratos para comer: restaurantes que no tenían más que un salón y, a veces, eran tan pequeños que las mesas estaban amontonadas y los comensales se rozaban los codos mientras cenaban. En ocasiones conversaban mientras comían *rigatonis* cocinados por una abuela italiana o sopa de remolacha fría preparada por un soldado lituano. A veces, cuando cubrían una noticia importante, escribían o dibujaban mientras comían *chop suey* y empanadillas chinas para que Charlie pudiera entregar los trabajos de ambos antes de la hora de cierre a medianoche.

Toda la gente que conocían en esos restaurantes de Charlie tenía su propia historia y, en ocasiones, la compartía con ellos. La mayoría eran inmigrantes provenientes de todo el mundo; algunos tenían pasados exóticos; otros, terribles. Pero todos sentían gran cariño por Charlie.

Y, para disgusto de Grace, todos suponían que tenía una aventura amorosa con ella.

Al principio, trató de explicar que eran colegas, pero nadie le prestaba atención. Ya habían determinado cuál era la situación y, con el tiempo, Grace dejó de intentar aclarar el tema.

Tampoco tenía mucho éxito al respecto con sus compañeras de la pensión, ya que Charlie insistía en acompañarla hasta la puerta cada vez que se encontraban.

—Para que no olvides que puedo ser un caballero —decía.

Grace estudiaba su rostro en busca de algún rastro de humildad o sarcasmo y encontraba al mismo Charlie de siempre.

Cualquiera que estuviera levantada cuando regresaba a la pensión la miraba con suspicacia o envidia, según el caso, y Grace ya ni siquiera trataba de explicar su relación con el periodista.

A veces, se preguntaba: ¿y si...?

Sentada en la cama, Emilie dibujaba lo que había visto en la fábrica de Corona. Los jarrones y los hornos y un hombre oscuro e intenso cuyos ojos la habían acompañado durante el viaje de regreso en el ferry y el resto de la jornada de trabajo. El hechizo se había roto a la hora de la cena, cuando la tensión entre Lotte y Maggie había alcanzado un nivel tal que Emilie se había refugiado en la soledad de su habitación en cuanto se retiraron los platos de la mesa.

Había percibido la tirantez entre las hermanas desde el día en el que habían ido a la playa. De pronto, Maggie se había vuelto "loca por los hombres", como le recriminaba Lotte, y buscaba conversar con Dora, que siempre estaba dispuesta a hablar de hombres..., hasta esta noche, cuando pareció darse cuenta de que había contribuido a la creación de un monstruo.

En realidad, Emilie no creía que Maggie fuera un monstruo. Era una chica dulce, por lo general. Pero necesitaba supervisión constante y jamás podría encargarse de las tareas de un hogar y mucho menos abrirse paso en el mundo. Era imposible imaginar una situación en la que Maggie viviera feliz para siempre.

No parecía capaz de manejar una casa. Ni siquiera limpiaba bien los suelos del taller ni las oficinas. Emilie sospechaba que conservaba su trabajo gracias a la generosidad del señor Tiffany o tal vez de la señora Driscoll. Su sueldo ayudaba a Lotte a mantenerlas a ambas.

Con el correr de los días, Lotte estaba cada vez más demacrada. No era para nada el aspecto que debía tener una joven en el apogeo de su femineidad. Y Maggie, que había dejado atrás ese momento años antes, lucía saludable, casi radiante.

Emilie temía que hubiera un hombre en escena. Y no era un buen presagio. Debía tratarse de uno de los hombres que habían conocido en la playa aquel día. Maggie no tenía ni tiempo ni ocasión para conocer a nadie más.

Lotte vivía con el temor de que alguien se propasara ante la falta de juicio de su hermana. Y esa noche, mientras comían el pastel de pasas, estalló presa del miedo y la frustración.

—¡No puedo más! —exclamó Lotte. Apartó la silla de la mesa y salió corriendo. Todas se quedaron mirando, con los tenedores inmóviles en la mano y la copa a centímetros de los labios. Solo Maggie siguió comiendo, indiferente al estallido de Lotte y las reacciones de las demás.

Entonces, Emilie hizo lo que hacía siempre que se sentía alterada o inquieta. Tomó su cuaderno y se puso a dibujar.

No obstante, en lugar de calmarla como solía hacer la pintura, estos dibujos la inquietaban aún más. No los dibujos de los jarrones ni los hornos, sino los retratos de Amon Bronsky. Odiaba hacer retratos, jamás le había gustado, ni siquiera al principio, cuando su padre le había confiado la terminación de sus propias obras. En aquella época había pensado que quizás sería más amable con ella, que su valoración del talento de su hija lo llevaría a amarla, pero se había equivocado.

La obligaba a hacerlo y, luego, sentía rencor porque ella lo hacía bien. No lograba complacerlo. Dudaba de que algo o alguien lo consiguiera alguna vez. No quería preguntarse dónde estaría, qué le habría ocurrido, si habría escapado de la persecución que lo había acorralado y ahora llevaba una vida licenciosa en Italia o Grecia, adonde huían muchos indeseables para evitar el castigo… de la ley o de la sociedad en general.

Quizás estaba en prisión, lo cual no le molestaría a Emilie. Con franqueza total y absoluta, debía admitir que no lloraría si su padre estuviera muerto. El mundo sería mejor sin su presencia.

Se quedó pensando en eso mientras la pluma se movía automáticamente y llenaba las páginas con imágenes. Estaba rodeada de papeles cuando entró Grace, justo en el momento en que el reloj daba las once.

—Estás dibujando —dijo Grace antes de dejar el abrigo sobre su cama y acercarse a la de Emilie—. ¿Te molesta si les echo un vistazo?

No esperó la respuesta. Era evidente que todavía sentía la excitación de lo que fuera que hubiera presenciado en la reunión a la que había asistido esa noche…, muy probablemente con Charlie Murray.

—¡Por Dios! —exclamó Grace al espiar por encima del hombro de Emilie.

Solo en ese instante Emilie se dio cuenta de lo que había hecho. Lo que había comenzado como un simple ejercicio de memoria, con las imágenes de su visita a Corona, había ido mucho más allá de los hornos de ladrillo, los sopladores de vidrio y el perfil del señor Nash cuando la pluma llegó a la figura de un artesano en particular que moldeaba vidrio en una mesa. Hoja tras hoja, ese ser cobró vida, con su silueta más definida, hasta que dejó de ser un hombre musculoso que trabajaba el vidrio en el banco de trabajo con su delantal de cuero. La pluma de Emilie lo había transformado. Lo había convertido en un dios, con el cabello oscuro al viento y los ojos negros brillantes. Sin delantal, su cuerpo desnudo se inclinaba ante un lecho de llamas. Intenso, fuerte. El poderoso Vulcano. Hefesto, el creador de los rayos de Zeus.

—Así que estas eran las obras que guardabas en tu portafolio.

—¿Qué obras? —preguntó Emilie y, con esfuerzo, retiró la mirada de los dibujos.

—Las vi cuando se te cayó todo al suelo el día que llegaste.

Emilie dudó un instante.

—Sí. La Académie no las aprobó. ¿Crees que la señora Driscoll también las vio?

—Estoy segura de que sí.

Los ojos de Emilie se llenaron de miedo. No lo pudo evitar. Sentía el temor como si fueran lágrimas a punto de derramarse.

—Oye, te contrató. Y son buenas, aunque un poco raras.

—Tienen color, color de verdad, color casi agresivo.

—Como estos —dijo Grace y señaló el último dibujo de Vulcano que había hecho.

Emilie no recordaba haber dejado la pluma para tomar las pinturas pastel. La piel de las piernas y los brazos tenía un color rosado por el calor que emanaba de las llamas rojas y negras que lo rodeaban. Casi había gastado toda la tiza roja oscura al tratar de pintar las llamas de un color más profundo.

—Quiero decir, no soy experta en arte —prosiguió Grace—. Lo que más me interesa son las ilustraciones, pero estas pinturas son muy audaces. No es fácil conseguir eso con pasteles; los he probado sin éxito. El señor Tiffany a veces trabaja con pasteles, ¿lo sabías?

—Vi una obra así colgada en la pared de su oficina. ¿La

hizo él? Me pareció muy sutil para ser suya. Todo el mundo quiere ser impresionista en este momento y usar colores y líneas suaves. Pero la vida no es sutil —dijo Emilie—. El color debe ser audaz. Las figuras tienen que ir más allá de su imagen externa. La pintura debería meterte dentro de tu miedo más profundo y sacarlo a la luz. Como hace el señor Tiffany.

—Creo que entiendo lo que dices. Pero… ¿el señor Tiffany? Es lo más tradicional del mundo, excepto por sus temáticas orientales, pero resultan tímidas en comparación con tus obras. Y esto… —Grace señaló a Vulcano y las llamas que saltaban a su alrededor— es casi hereje.

—Igual que el señor Tiffany —replicó Emilie—. A pesar de todos sus santos y sus vírgenes, es un transgresor. Sus vitrales transforman la luz. No le tiene miedo al color. Sin embargo, el vidrio toma la luz y la convierte en algo más.

Grace suspiró.

—Demasiado esotérico para mí.

—Para nada. Tú también lo haces.

—No, en absoluto.

—Tomas una persona real y la distorsionas para transmitir el mensaje que quieres dar. Para expresar lo que quieres decir.

—Ah, bueno, sí, supongo que sí.

—El señor Tiffany también lo hace. Aunque creo que a veces está perdido.

—¿Quién? ¿El señor Tiffany? Jamás. Sabe exactamente lo que quiere y se esfuerza por obtenerlo. Por lo que más quieras, Emilie, que nadie te escuche decir eso. No le gusta que lo critiquen.

—Ya lo sé. Y es un genio, estoy de acuerdo. —Emilie dudó un momento y luego sonrió—. Pero tampoco permitas que se entere de que dije eso. —Guardó los dibujos—. Ahora háblame de la reunión a la que fuiste hoy.

—Primero tienes que limpiarte el polvo de colores del camisón. De lo contrario, doña Berto se preguntará en qué te has metido.

Emilie bajó la vista. Tenía el camisón blanco cubierto de manchas negras y rojas.

—Parece que me hubiera consumido el fuego del infierno.

—O, por lo menos, que te hubieras quedado atascada en una chimenea. Quítatelo y ponte una camisola. Le diremos a Nessa que te lo lave mañana. A doña Berto no le molestará si lo lava en el fregadero de abajo. Tendrás que darle unos centavos de más.

Emilie asintió con la cabeza y se quitó el camisón. Temblando, se metió de un salto debajo de las mantas.

—Ahora cuéntame la reunión y dónde te llevó a cenar Charlie.

Clara Driscoll casi no podía dormir pensando que estaba lista para presentarle el diseño completo de las libélulas al señor Tiffany. El señor Gray había aceptado hacer la cobertura de filigrana. El coste de todo el proceso, contando solamente las horas de armado, resultaría astronómico, pero valdría la pena cuando vieran la pieza terminada.

El señor Tiffany y ella tendrían que presentar un argumento muy convincente para conseguir la aprobación del señor Mitchell y los demás altos cargos. Y esa aprobación dependía de que el señor Tiffany viera en el diseño el mismo potencial que veía Clara. Ojalá hubiera podido hacer un modelo para mostrárselo. En cambio, le había encargado a Alice que pintara unas filminas con acuarelas para darle una idea de cómo quedaría la lámpara terminada.

Clara necesitaba dormir o sufriría una de sus migrañas cuando debía mostrarse lo más persuasiva posible. Pero, cuanto más intentaba conciliar el sueño, más se desvelaba.

Y para cuando por fin amaneció, solo había logrado dormitar a ratos durante la noche y ya le latía la cabeza.

Fue temprano al estudio; no se atrevió a comer nada, pero bebió una taza de café, que la ayudó un poco. Sola en el estudio, se dedicó a ordenar sus muestras y sus pensamientos.

No podría ver al señor Tiffany hasta las diez. Y, aunque solo faltaban unas horas, la espera le parecía una eternidad. No solía ponerse nerviosa por su trabajo; las piezas decorativas más pequeñas tenían la misma temática y se adaptaban y reproducían con facilidad, lo cual aseguraba una ganancia mayor.

Pero esto era distinto. Clara había invertido más en las libélulas que en sus otros diseños. También había creado la lámpara de diente de león en un arrebato de creatividad. Y tenía bajo su supervisión por lo menos ocho lámparas más —algunas destinadas a las casas de las señoras de la alta sociedad, otras que se expondrían en las muestras de arquitectura residencial en la feria mundial de París. No obstante, con egoísmo, quería que sus libélulas resultaran elegidas para exponerlas en el propio Pabellón Tiffany.

Clara nunca se daba aires de grandeza ni escondía sus verdaderas intenciones —no más que el común de la gente, al menos— ni sentía que tuviera algo que demostrarles a los demás. Era la misma de siempre: Clara Wolcott Driscoll.

Sin embargo, aunque nadie jamás supiera que ella la había diseñado, había puesto alma y vida en esa lámpara. Quería que saliera al mundo. Había preparado un borrador con la cantidad de horas y los materiales necesarios. Era costosa, pero nunca alcanzaría el valor que las libélulas tenían para su creadora.

Alice llegó temprano, como era de esperar.

—Así que hoy es el gran día —dijo con entusiasmo, y luego frunció el ceño de inmediato—. Ay, querida, tienes una de tus migrañas, ¿no?

—Estaba demasiado ansiosa para dormir, pero se me pasará en cuanto esta lámpara se empiece a producir en serio.

—Lo cual será pronto, sin duda. —Enseguida Alice sacó un termo de su bolso—. He preparado té fuerte. Siempre sienta bien cuando tienes migraña.

Clara sonrió y reprimió las náuseas que sentía.

—Siempre piensas en todo. Y lo valoro mucho —Clara cogió la taza y bebió un sorbo. Estaba caliente y el vapor que emanaba del té le sentó bien.

Por fin comenzaba a relajarse cuando oyeron un estruendo en el taller. La migraña regresó de inmediato. Ambas reconocieron el ruido.

Clara se puso de pie.

—¡Por el amor de Dios, cuando no es que alguien se casa, es un vidrio que se rompe!

Le latía la cabeza con fuerza.

—Hay días que pareciera ser así —murmuró Alice con tono compasivo—. Pero por lo menos sabemos que no se trata de un arranque temperamental del señor Tiffany. Todavía no ha llegado; le pregunté al portero.

—Gracias al cielo. Me da miedo ir a ver qué se ha roto.

—¿Por qué no me permites ocuparme de eso? —se ofreció Alice y se acercó para detenerla.

—Iremos juntas. No estoy segura de poder lidiar de forma ecuánime con el desastre que nos espera sin tu capacidad para tranquilizarme.

Clara se colocó las mangas de trabajo de muselina, se alisó el delantal y abrió la puerta. Dejó que Alice pasara primero y se encaminaron a enfrentarse a la crisis.

Un grupo de chicas se inclinaba sobre una mesa con cepillos y recogedores. Maggie Wilson yacía en el piso, con la escoba que asomaba debajo de su falda como la acompañante de una bruja.

Cuando se acercaron, Maggie se sacudió y trató de

sentarse. Clara recordó el día que Emilie Pascal se había desmayado a sus pies y no pudo evitar la comparación terrible entre las dos.

—Me siento rara —se quejó Maggie al sentarse.

—Es que te golpeaste la cabeza al caer —dijo Grace.

—Porque estabas distraída con tus fantasías y no prestabas atención a lo que hacías —agregó Lotte con un tono exasperado que no era usual en ella—. Ahora mira lo que has hecho.

—Lo lamento, Lotte. No fue mi intención. No vi a Dora levantarse.

Grace Griffith se elevó como un ave fénix.

—No ha pasado nada —dijo con tono alegre, y miró a Maggie, acurrucada en el suelo con la vista en Clara y expresión asustada en el rostro.

—Yo no he sido. No lo hice adrede, señora Driscoll. —Al levantarse con torpeza, volvió a hacer ruido con los vidrios rotos.

—Espero que no se haya cortado —dijo Clara.

—Nadie tuvo la culpa —añadió Grace—. Lo más afectado fue la bandeja de trabajo de Dora. Se salvaron suficientes trozos grandes para volver a cortar los que se rompieron.

—Que acababa de cortar y ahora tengo que volver a hacerlo. Bueno, lo pagarás tú, Maggie, no yo.

—Dora —la regañó Grace.

Dora Hodgins mostró dos trozos de vidrio roto.

—Miren. —Suspiró, frunció el ceño y miró a Maggie—. Bueno, supongo que puedo trabajar en el descanso. No fue solo culpa de Mag… de la señorita Wilson. Se volvió hacia mí en el momento en que me levanté para ir al caballete y, por alguna razón, perdió el equilibrio.

—Me empujó. —Maggie hizo una mueca de rabia.

—No la empujé —replicó Dora.

—Me haré cargo de lo que se haya roto. —Lotte se puso

de pie más despacio, tal vez porque estaba contando cuánto le retendrían del salario para pagar los vidrios rotos y el trabajo adicional.

Ese tipo de accidentes ocurrían. Se debían a la propia naturaleza del trabajo con vidrio. Por desgracia, cuando le ocurrían a Maggie, solían ser cataclismos. La pobre Maggie Wilson no tenía ni un ápice de delicadeza. Y cuando cometía un error, arrasaba con todo.

Si seguía trabajando sin causar muchas pérdidas, Clara no tenía problema en emplear a las dos hermanas. Lotte llevaba una carga pesada. Tenía solo diecinueve años, era bastante bonita, tenía una personalidad apacible. En otras circunstancias, ya habría conseguido marido y se habría marchado. Pero, por las vicisitudes de la vida, sin haber hecho nada para merecerlo, Lotte tendría que dedicar toda su vida a cuidar a su hermana mayor.

—Bueno, limpien todo entonces. Tómense un minuto para beber un poco de agua así no se acaloran.

Las demás jóvenes ya habían vuelto a sus tareas, su curiosidad satisfecha.

—Me quedaré hasta tarde para compensar por las roturas —dijo Lotte.

—Primero ocúpese de su hermana.

Maggie todavía parecía algo mareada y Lotte y Dora la ayudaron a sentarse en el banco junto a la puerta.

Clara las miró un segundo para asegurarse de que no necesitaran ayuda y luego echó un vistazo alrededor del taller donde todas habían vuelto a concentrarse en su trabajo.

Y ahora había llegado el momento de concentrarse en el suyo.

—Debemos irnos —le recordó Alice.

—Está bien. —Ambas regresaron a su oficina, donde Clara se miró rápido en el espejo y recogió sus diseños—. Deséame suerte.

—Con todo mi corazón, querida amiga. Aunque tu diseño no necesita suerte: es la perfección total.

—Espero que el señor Mitchell y su chequera compartan tu opinión —dijo Clara, y partió para venderle su diseño al señor Tiffany.

CAPÍTULO 16

La entrada del despacho del señor Tiffany jamás la había intimidado tanto, pensó Clara de pie ante la puerta con sus diseños en la mano, como una colegiala a la espera de hacer un examen. Era ridículo. Había pasado muchas horas felices en esa oficina hablando de arte, de diseños y del negocio con el señor Tiffany.

Por supuesto, los altos cargos no solían estar presentes, pero había ido preparada con dibujos, cifras y una presentación sólida que había practicado ante varias de sus amigas de la pensión la noche anterior. En realidad, la había ensayado en su cabeza desde el primer momento en que comenzó a deslizar el lápiz sobre el papel.

Había lámparas y lámparas, pero esta sería especial. Lo presentía. Y no solía fantasear ni alejarse mucho de la realidad con sus pensamientos.

Cuando abrió la puerta y vio quiénes la esperaban, se amilanó y la migraña, que había cedido un poco, amenazó con volver al ataque. Como siempre, el señor Mitchell, el hombre de la chequera, vestía su traje negro que desalentaba toda aspiración y hacía juego con su expresión. De espaldas a la ventana, su silueta parecía aún más intimidante.

Clara se negó a dejarse acobardar. Sabía cuándo tenía razón y estaba segura de que el señor Mitchell no podría resistir sus argumentos. Por lo menos, el señor Belknap, uno de los gerentes que apoyaba a Clara con determinación, también se encontraba allí. La saludó con entusiasmo. Clara le sonrió y levantó el mentón al mirar al señor Tiffany.

—Buenos días, señor Tiffany, caballeros.

Fue directamente hacia el escritorio del señor Tiffany y sintió que la invadía el optimismo.

Desenrolló el dibujo que Alice había hecho con acuarelas y lo sujetó sobre el escritorio con el tintero y un pisapapeles.

—Ajá —dijo el señor Tiffany.

—Otra lámpara de diente de león —dijo el señor Mitchell mientras miraba el dibujo con disgusto.

—En vez de los otros prototipos que debían realizarse con ciertas restricciones, propongo este diseño, que deleitará a nuestros clientes más entendidos. —Clara giró y se dirigió al señor Tiffany—. Y creo que también contará con la aprobación de los expertos en arte.

—¿Aprobación? ¡Es excepcional! —exclamó el señor Belknap—. ¡Único! Miren la forma de la pantalla, con ese borde inferior. Podría marcar el comienzo de una línea totalmente nueva.

Gracias al cielo por el señor Belknap y su sensibilidad artística. Clara siempre podía contar con él y su ojo clínico para el arte.

—¿De qué es la base? —preguntó el señor Mitchell con su tono más avaro. Clara lo imaginó sumando los costes mentalmente en ese preciso momento. Pues bien, ella se le había adelantado. Los costes estaban escritos en la segunda hoja de papel que había llevado consigo. Y eran muy elevados.

—De mosaico. Se trata de un estanque formado por pequeñas teselas rectangulares que reflejan las alas diáfanas de las libélulas.

El señor Tiffany asintió con la cabeza.

—¿Por qué no puede ponerle una base de bronce, como tenía la que se destinó a la galería Grafton? —preguntó el señor Mitchell.

—Porque siempre me pareció que esa base estropeaba un poco la fragilidad de la pantalla —respondió Clara—. Quedaba muy pesada. —Le entregó otra hoja de papel—. He aquí una estimación de las horas, los materiales y la mano de obra cualificada. Creo que valdrá la pena hacer el gasto.

—Yo también —acotó el señor Belknap—. La señora Driscoll tiene toda la razón. Se trata del diseño más interesante de la temporada. La lámpara que enviamos a Londres se vendió por...

—Más de doscientos dólares —intervino Clara—. Me atrevo a decir que esta alcanzará un precio mucho mayor.

Los tres miraron al señor Tiffany.

—Mosaico. Me gusta. Los colores reflejan a las libélulas. Como debe ser. ¿Y las alas?

Habían llegado al tema que más inseguridad le generaba. Levantó el mentón.

—De filigrana. Hablé con el señor Gray de Corona y ya se comprometió a hacerlo en tiempo y forma.

Oyó que el señor Mitchell emitía una especie de quejido.

—Soberbio —exclamó el señor Tiffany—. Revolucionario. Totalmente diferente. Me gusta. Mitchell, asegúrese de que la señora Driscoll tenga todo lo que necesita.

—Pero, señor Tiffany... —dijo el señor Mitchell.

—¿Podrá tenerla lista a tiempo para mandarla a París?

"París". Clara respondió de inmediato.

—Por supuesto.

—Excelente. Comience a trabajar enseguida. Me gusta: muestra el... movimiento y el brillo de las libélulas. Filigrana. Perfecta para una lámpara. Avíseme cuando esté terminada. ¿Nash tiene el vidrio adecuado? Si no lo encuentra abajo en el sótano, será mejor que vaya a Corona y lo mande a hacer.

—Ya lo hice. Tuve que ir por otro motivo y aproveché para matar dos pájaros de un tiro por si el diseño le gustaba.

—Me gusta. Ahora, a trabajar.

Clara saludó a los demás con la cabeza y se dirigió a la puerta. Oyó las primeras quejas del señor Mitchell mientras cerraba la puerta detrás de sí.

Ya había cumplido su misión. Las libélulas, Dios mediante, irían a París.

Cuando el panel de "Otoño" empezó a tomar forma, la señorita Zevesky dejó el fondo de cuentas y pasó a ayudar a Lotte a cortar las piezas para el águila estadounidense cuyas alas desplegadas volarían por encima de los paneles. Las demás habían recibido la orden de dejar los proyectos en curso para trabajar en los paneles que formarían los bordes de enredaderas de color oro y bronce que salían de cinco grandes urnas ubicadas en el panel del borde inferior.

A Dora le habían asignado los cortes para los títulos "Primavera" y "Verano", que se arqueaban sobre dos camafeos, así como para "Otoño" e "Invierno", que formaban una curva al final de los marcos inferiores. Justo había empezado a trabajar en la leyenda "Abundancia, Paz y Prosperidad" que se situaría entre la primavera y el verano. El señor Tiffany había logrado incluir la palabra "Favrile" debajo de una de las alas del águila y las iniciales "L. C. T." debajo de la otra, además de la fecha escrita con números romanos en el centro.

—Se me van a caer los ojos —se quejaba Dora todos los días cuando se quitaban los delantales—. Las piezas son tan diminutas y hay que cortarlas con tanta precisión que me he cortado más la piel de los dedos que el vidrio.

—Habrá valido la pena cuando veamos el vitral terminado —dijo Emilie. Solo esperaba que la belleza de los medallones no se perdiera entre todos los detalles agregados.

—¿Cómo voy a conseguir marido con las manos en este estado? —gimió Dora.

—¿Cuándo vas a tener tiempo para buscar un marido? —replicó Grace, y Dora se echó a llorar.

Lotte hizo un gesto de exasperación.

—Vamos, Dora, pondremos tus manos en remojo un rato antes de la cena y, luego, las cubriremos con una buena crema antes de que te vayas a la cama. Dormirás con calcetines en las manos y mañana estarán como nuevas. —Cogió a Dora del brazo y comenzó a alejarse—. Tú también, Maggie, ven conmigo. No pierdas el tiempo. —Lotte se giró—. ¿Maggie? ¿Dónde se ha metido esa chica? —Salió con paso cansado en busca de su hermana.

Los días pasaban mientras las chicas Tiffany iban y volvían del trabajo en una monotonía penosa. Sus vidas giraban en torno del taller. Y para Emilie, en torno al vitral de "Las cuatro estaciones". Se imaginaba la reacción que generaría cuando debutara en París.

Cómo ansiaba ver los rostros de los académicos cuando observaran su vitral. Cómo disfrutaría si supieran que ella, Emilie Pascal, la hija de un falsificador de arte, había participado en la creación de semejante belleza.

Pero jamás lo sabrían. Nadie se enteraría.

Por supuesto, incluso aunque quedaran impresionados, nunca lo admitirían. Estaban entrenados para no demostrar entusiasmo y para criticar. Y ella, más allá de la reacción de los críticos, jamás volvería a ver París. Esa parte de su vida había terminado. Casi no pensaba en eso, excepto a veces, de noche, cuando imaginaba las aguas oscuras del Sena y la soledad que debía sentir su madre ahora que su hija también la había abandonado.

Luego, se daba vuelta en la cama y soñaba con el futuro,

aunque no podía ver más allá del siguiente vitral. Le resultaba inevitable imaginar la figura del vidriero Vulcano y se acurrucaba entre las mantas para fingir que no estaba sola.

Solo en el taller lograba dejar de pensar al enfrascarse en su trabajo. Los días pasaban con tanta velocidad que Emilie no sabía cómo harían para terminar el vitral a tiempo.

La señora Driscoll parecía estar en todas partes al mismo tiempo: supervisaba el trabajo en artículos sofisticados en la parte de atrás del taller, aceleraba los trabajos de remate de las lámparas y las pantallas para chimeneas en la pared del fondo; todos los objetos decorativos que se venderían en la sala de exposición, así como los demás artículos que se usarían en otras exposiciones de arte decorativo de la feria mundial.

Entre un recorrido y otro, solía irse con la señorita Gouvy a su oficina, donde Emilie estaba segura de que debía de estar trabajando en la lámpara de libélulas. Tenía que admitir que sentía curiosidad por ver cómo quedaría.

Hasta Grace parecía cansada y preocupada. Por supuesto, salía de noche más a menudo ahora que Charlie le avisaba sobre posibles noticias con anticipación. Emilie no entendía cómo hacía para estar de pie todo el día y seguir, varias veces por semana, hasta las once de la noche, cuando por fin llegaba a la habitación que compartían.

En dos ocasiones, había tenido que ayudarla a entrar por la ventana de la cocina.

—Te vas a poner enferma —le dijo Emilie una noche mientras Grace, sentada en la mesa de la cocina, tiritaba y se zampaba la sopa caliente que doña Berto le había dejado en el horno.

—Bueno, ¿qué sugieres que haga?

Emilie se encogió de hombros.

—No sé. No puedes renunciar al taller del señor Tiffany. Para empezar, no ganarías lo suficiente en el periódico, aunque prefieras trabajar allí.

—Lo haría si fuera un hombre.

—Pero no lo eres. Podrías hacer lo que quisieras si fueras un hombre. El problema es que, hasta que las mujeres logremos ese cambio, no podremos hacerlo. Hasta trabajar en la compañía de vitrales es gracias al señor Tiffany.

—Otro hombre —acotó Grace entre sorbos de sopa.

—Pero por lo menos hacemos un buen trabajo y nos pagan bien.

—No es lo mismo. Es decir, el trabajo está bien, pero es solo un trabajo. Hoy empecé a trabajar en el vitral de la "Magnolia" de la señorita Northrop. El diseño es hermoso. Estoy segura de que el vitral también quedará hermoso, pero no cambia nada.

—Sí que cambia: les da felicidad a otros.

—Lo más probable es que alguna persona rica lo compre y, después, lo verá solo su familia.

—Es verdad, supongo. Pero le brindamos naturaleza, serenidad e inspiración a mucha gente.

—¿Y tú, Emilie? ¿De veras te basta con cortar vidrio para plasmar las ideas de los demás, incluso cuando se trata de alguien con tanta visión artística como el señor Tiffany o la señorita Northrop?

—Tiene que bastarme —respondió Emilie.

Grace levantó la vista de la sopa.

—¿Por qué?

—Porque sí. Ahora termina de comer y vamos a la cama. Mañana nos espera un día largo.

—Ya sé. No deberías haberme esperado despierta.

—No me molesta —le dijo Emilie. "Para eso están las amigas".

Terminaron el panel de "Otoño" en la víspera del Día de Acción de Gracias. Y, como el señor Tiffany había estado muy ocupado con los preparativos para la inminente boda de su hija, lo cual les había impedido a él y a la señora Driscoll terminar la selección de vidrios para el panel de "Invierno", la señora Driscoll les permitió a las chicas salir del trabajo una hora antes. Al día siguiente tendrían todo el día libre.

Sin embargo, ni siquiera la idea de un festivo las animaba a caminar más rápido. Todas iban despacio, demasiado cansadas para hacerle frente al viento que les atravesaba los abrigos y, en el caso de Emilie, la capa primaveral cubierta con una pañoleta de lana gruesa que doña Berto le había prestado para que se protegiera del frío.

Emilie echaba de menos su abrigo de invierno. No entendía por qué su baúl tardaba tanto en llegar.

—Deberíamos haber tomado el tranvía —se quejó Dora.

—No tendríamos menos frío —le contestó Grace— y, encima, habrías gastado cinco centavos.

—Tal vez doña Berto nos esté esperando con sidra caliente —dijo Dora.

—Yo quiero sidra caliente —repitió Maggie.

—Crucemos los dedos —dijo Lotte, y les metió prisa a ambas para que caminaran delante de ella.

Doña Berto las recibió en la puerta.

—Buenas noticias, Emilie. Ha llegado tu baúl. Lo han subido a tu cuarto.

Emilie lo había estado esperando, pero la sorprendió la mezcla intensa de alivio y temor que sintió al escuchar la novedad.

En realidad, no podía recordar lo que había en el baúl. Ya se había comprado una blusa nueva y tenía tres faldas. No le hacían mucha falta los vestidos para salir, ni los de noche ni ninguna de las otras cosas que sospechaba que había en el baúl. Excepto su abrigo de invierno y quizás algo de ropa interior. Le echaría una mirada rápida y solo sacaría lo que fuera absolutamente necesario. Todavía no estaba preparada para que lo que estaba escondido allí invadiera su vida nueva.

—¿Le cobraron algo? ¿Cuánto le debo?

—Le di diez centavos a cada uno de los dos hombres que lo trajeron. El resto estaba todo pagado.

Marie y Jean ya se habían negado a aceptar que les diera dinero antes de que Emilie partiera. Necesitaría todo el dinero que tenía. Lo consideraron un regalo que le hacían para que no los olvidara.

Pero… sí los había olvidado, o por lo menos los había enterrado en el fondo de su mente y de su corazón. No había lugar para ellos aquí y jamás volvería a verlos.

Buscó en el bolso y le entregó veinte centavos a doña Berto.

—¿Vas a sacarlo ahora? —preguntó Dora—. ¿Hay algún vestido de fiesta?

—¿Vestido de fiesta? ¿Por qué habría de tener un vestido de fiesta? —Emilie tendría que asegurarse de que Dora no viera el vestido que, en un arrebato de optimismo, había guardado en el fondo del baúl. Lo más probable era que estuviera tan arrugado que ya no sirviera más.

—Quiero ver un vestido de fiesta —dijo Maggie y se puso a aplaudir.

—Chicas, dejad que Emilie deshaga el baúl en paz. He preparado sidra caliente. Venid al salón y les pediré a Nessa y a Jane que la sirvan. Y mañana nos daremos un festín.

Emilie se quedó de pie donde estaba. Indecisa. ¿Acaso debía subir rápido y sacar todo lo que necesitaba del baúl mientras las demás estaban abajo? Pero la sidra caliente la tentaba. Ganó la sidra. Se quitó la capa y la pañoleta y siguió a las demás al salón, donde las dos costureras ya estaban sentadas leyendo sus revistas.

La sidra estaba humeante, especiada y dulce. Emilie la disfrutó a pesar de que el corazón le latía con fuerza.

Mientras las demás se acercaban al bol de la sidra para servirse una segunda taza, se escabulló con rapidez para ir a enfrentarse al pasado.

Sin embargo, cuando llegó a su habitación y vio el baúl en el centro, se echó atrás presa del horror de esos últimos días que había pasado en París. Como si el baúl fuera una caja de Pandora que le fuera a arruinar el futuro. No podía tocarlo siquiera. Parecía tener vida propia: todo lo que temía y amaba y odiaba y quería recordar y olvidar hacía fuerza para salir.

Se acercó y lo empujó hacia la pared. Hizo un esfuerzo enorme, pero la impulsaba el deseo de negar la realidad.

Con dedos temblorosos extrajo la llave y se arrodilló frente al baúl. Tuvo que hacer varios intentos para encontrar la cerradura y abrirla Levantó la tapa despacio. La bandeja superior estaba llena de papel, óleos y pinceles.

Emilie retiró la bandeja del baúl. Entonces lo vio: el trozo de papel que había rescatado del fuego. Lo había enrollado y lo había atado con una cinta antes de esconderlo… y atesorarlo durante seis largos años.

Lo abrió y el papel se desenrolló un poquito; los bordes quemados se resquebrajaban al tocarlos. Con cuidado, lo estiró justo en el momento en que se abrió la puerta.

Lo soltó y el papel se enrolló enseguida.

—¡Ay, lo siento! —dijo Grace—. No sabía que estabas deshaciendo el baúl. Permíteme pasar a mi escritorio y no te molestaré más.

Emilie cogió la tapa del baúl y la cerró de un golpe.

—Emilie, ¿qué te pasa?

—Nada. Nada de nada. Solo que no hay lugar para mis cosas ni para el baúl. Les pediré a Nessa y a Jane que lo lleven al sótano.

Había dejado la llave en el suelo cuando abrió el baúl y ahora no la podía encontrar. Tanteó el piso y los pliegues de su falda con los dedos. Grace no se movió.

—Si necesitas sitio en el armario, no te preocupes: te lo haremos. ¿Qué te parece si te ayudo a sacar las cosas y vemos qué se puede doblar y qué hay que colgar?

—No hay nada importante ahí dentro. Nada que necesite de verdad.

—¿Ni siquiera un abrigo de invierno?

Emilie se encogió de hombros; de pronto se sentía muy cansada de tratar de erradicar el pasado. ¿Por qué no desaparecía de una buena vez? ¿Por qué no podía siquiera sacar su ropa sin toparse con los fantasmas que la atormentaban? ¿Cuándo conseguiría esperar con ansias la llegada de festividades, muchachos y sidra caliente sin el temor permanente de que desaparecieran antes de que ella los disfrutara?

Porque jamás sería libre mientras dejara que el pasado la dominara.

—Sé que valoras mucho tu privacidad y no quiero entrometerme —dijo Grace, y se sentó en el borde de la cama cerca del baúl—, pero si alguna vez quieres hablar del tema…

¡Cómo deseaba hablar del pasado, sincerarse a fondo con alguien, con Grace quizás, para no sentirse tan sola!

—Me despreciarías.

—Confié en ti y te conté mi historia, Emilie. ¿No me vas a contar la tuya?

Emilie sintió que las lágrimas le llenaban los ojos y se dio cuenta de que había llegado el momento. Podía confiar en Grace, seguro que podía confiar en ella.

—Mi padre es un falsificador de arte.

Grace abrió los ojos un poco más de lo normal y parpadeó: esa fue toda su reacción visible y Emilie se lo agradeció por dentro. Sabía que la ecuanimidad de Grace pronto podría convertirse en desconfianza.

—Era un buen retratista, pero gastaba más de lo que ganaba y no precisamente en su familia. Luego de declararle su amor a mi madre, pareció resentido por que ella lo hubiese aceptado. —Emilie se apoyó en el baúl y los bordes de metal se hundieron en su espalda—. Pasábamos de los banquetes al hambre y, cuando se quedaba sin un centavo o estaba borracho, se volvía agresivo. Mi madre me protegió todo lo que pudo, pero fue perdiendo las ganas de vivir. Un día, no aguantó más.

—¿Te dejó?

—Se… ahogó en el Sena.

Grace se tapó la boca con la mano, pero ya era demasiado tarde. Emilie había visto el horror de su amiga ante el hecho de que una madre abandonara a su hija.

—No la juzgues. Soportó más de lo que podía. Fue culpa de él. Lo odio.

—¿Dónde está?

—No lo sé.

—¿Y tu madre es la mujer del dibujo que escondiste cuando entré?

Emilie se volvió y abrió la tapa del baúl lo suficiente para sacar el dibujo. Lo estiró para que Grace pudiera verlo.

—Lo rescaté del fuego. —Al ver la expresión confusa de Grace, agregó—: Mi padre quemó todo de mi madre.

Grace se deslizó del borde de la cama hacia el suelo junto a Emilie y sostuvo una de las puntas del dibujo.

Emilie pasó el dedo por el borde quemado del papel.

—Es todo lo que me queda de ella. —Suspiró y se estremeció—. Ese tipo de pasión mata todo a su alrededor. Yo tenía doce años y él enloqueció. A veces vivíamos en el esplendor de la riqueza y otras veces en la miseria absoluta y nunca sabía cómo sería mi hogar al día siguiente. Mi hogar. —Emilie escupió la frase—. Jamás tuvimos un hogar de verdad.

Ahora que había comenzado, todo su pasado brotaba a borbotones. Los engaños, el fraude, las palizas, las mujeres y las juergas hasta altas horas de la noche a las que la llevaba y ella se sentaba en un rincón o debajo de las escaleras para practicar el idioma de su madre rodeada por el olor a alcohol y sexo. Le contó que su padre había estafado a los mecenas y que ella tenía que terminar los retratos cuando estaba demasiado ebrio o muy ocupado con sus falsificaciones. Se lo contó todo. La caída en desgracia de su padre y el rechazo de los círculos artísticos de París hacia ella y la expulsión de la Académie donde estudiaba. Toda su historia terminó en los oídos desprevenidos de Grace.

—Fueron a arrestarlo. Yo sabía que les daría lo mismo arrestarme a mí en su lugar.

—Pero no has hecho nada malo —dijo Grace.

—No importa. Una vez que la Académie se vuelve en tu contra, tu carrera ha terminado. Nadie confía en ti, ni siquiera la policía. Mi padre era culpable, pero desapareció antes de que lo arrestaran. No me quedó más remedio que desaparecer también. Me hubieran arruinado la vida y todavía pueden hacerlo si regreso. En el mejor de los casos, la gente poderosa es vengativa, incluso los artistas. Y si eres mujer y deseas pintar, su crueldad es infinita.

—Bueno, no importa —dijo Grace—. Guardaré bien tu secreto. De verdad. Ahora, saquemos tu ropa y mañana disfrutaremos del festín de Acción de Gracias de doña Berto. Y el viernes volveremos a trabajar como si nada hubiera cambiado… porque para mí nada ha cambiado.

Sin embargo, todo había cambiado para Emilie y, cuando Grace y ella bajaron al día siguiente para la celebración de Acción de Gracias de doña Berto, sintió la primera sensación de libertad… y de esperanza de que las ataduras del pasado se hubieran aflojado un poco y de que tuviera un futuro que valiera la pena vivir.

Era su primer festejo de Acción de Gracias y no sabía

muy bien por qué se deleitaban con semejante festín, pero así fue. Doña Berto se lució: sopa de tomate servida con apio, pepinillos y aceitunas; a continuación, pavo asado con relleno de ostras; una gelatina de arándanos con sabor ácido y dulce a la vez; guisantes y zanahorias en una salsa cremosa, y los panecillos caseros de doña Berto. Por último, había tarta de frutas con crema.

La cena llevó una hora y solo se vio empañada por Maggie, que comió tanta tarta de frutas que tuvo que salir corriendo a vomitar en la cocina. Lotte, con expresión resignada, pidió disculpas y la siguió.

Hubo un momento de conmiseración silenciosa antes de que la atención de las comensales recayera en las pequeñas copas de licor digestivo con gusto a anís que bebieron con gran placer; luego, pasaron al salón a suspirar y tratar de no pensar en la caminata al trabajo en el frío matinal del día siguiente.

CAPÍTULO 17

Cuando Emilie salió de la pensión la mañana después del Día de Acción de Gracias, con su abrigo pesado y su sombrero, daba la impresión de que, durante la noche, el mundo había pasado del otoño al invierno. Hasta el aire parecía diferente. El clima fresco de noviembre de pronto se había vuelto frío y húmedo. Las ráfagas de viento ya no arrastraban hojas.

Ahora los árboles estaban desnudos. La gente con la que se cruzaban agachaba la cabeza para protegerse del frío y parecía tener más prisa que la semana anterior.

Había comenzado la temporada de las fiestas de fin de año; las vidrieras de las tiendas de repente se habían llenado de mercadería rodeada de ramas de acebo, bayas rojas y muérdago.

—Oh, mirad —exclamó Dora—. Perkins tiene patines de hielo en el escaparate.

—Un poco prematuro para mi gusto. —Grace terminó la oración con un bostezo.

—No seas tan aguafiestas. En cuanto se congele el lago de Central Park iremos todas a patinar.

Las demás se acurrucaron aún más en sus abrigos y siguieron caminando.

—Bueno, Maggie y yo iremos a patinar, ¿no?

—Quiero ir a patinar —dijo Maggie con entusiasmo.

Lotte tiró de la manga del abrigo de Maggie para obligarla a caminar más rápido.

—Maggie, no sabes patinar.

—Puede aprender —replicó igual Dora, impávida—. Yo aprendí y jamás había visto la nieve hasta que me mudé aquí. ¿Patinabas sobre hielo en París, Emilie?

Emilie negó con la cabeza. Había patinado alguna vez, pero había sido tantos años antes que parecía tratarse de la vida de otra persona.

—Me gusta tu abrigo. Es *très chic*.

—Es muy calentito —dijo Emilie en un intento por desviar la charla del tema de París. París, la ciudad que había amado tanto, ahora le parecía un lugar extraño. Su vida estaba aquí.

—Es invierno en serio —se quejó Grace cuando las golpeó una ráfaga de viento helado mientras se apresuraban para recorrer la última manzana para llegar a la calle Veinticinco.

Se encontraron con otras chicas Tiffany que se agolpaban para entrar en el edificio de la compañía. Todas parecían haber aprovechado el día libre y, en el ascensor, reían y comparaban las delicias que habían comido en la celebración de Acción de Gracias. Salieron del ascensor al ambiente cálido y suspiraron con alivio.

—El señor Tiffany siempre se asegura de que estemos cómodas —Lotte le explicó a Emilie.

—Por supuesto —coincidió Dora—, porque, con las manos frías, somos torpes y lentas y se nos pueden caer las cosas.

—Ay, Dora, siempre tienes una respuesta impertinente para todo —dijo Lotte con fastidio—. Tenemos suerte de contar con tan buenas condiciones de trabajo. A mucha gente no le pasa lo mismo.

—Bueno, si tuviéramos un ápice de sentido común, conseguiríamos maridos adecuados y no tendríamos que trabajar —dijo Dora, y se dirigió a su mesa de trabajo.

Emilie estaba un poco de acuerdo con Lotte. El señor Tiffany era un buen empresario además de un artista. Por lo menos tenía el buen tino de contratar gente que manejara el negocio y que ejecutara bien sus ideas. Pero también quería pensar que, más allá de sus alardes, su pulcritud y su mal genio, era un hombre amable. Podía resultar irritante y déspota, pero Emilie creía de verdad que el señor Tiffany tenía un espíritu puro.

El taller se había transformado durante el día anterior. Las cortinas se habían corrido hacia un lado, de modo tal que las ventanas quedaran bien expuestas para aprovechar al máximo la luz invernal.

El panel de "Otoño" ya no estaba y, en su lugar, había un caballete nuevo con el cartón de "Invierno" a la espera de recibir los vidrios correspondientes.

No tenía tiempo para preocuparse por la forma en que los hombres estarían tratando el "Otoño"; lo habían retirado en su ausencia. Y, si bien sintió una punzada de fastidio y dolor, también se alegró al darse cuenta de que había comenzado a aceptar su lugar en el vasto mundo del señor Tiffany.

A dos ventanas del sitio donde se encontraba el caballete de "Invierno", Lotte y la señorita Zevesky trabajaban en conjunto en los paneles del borde de "Las cuatro estaciones", comparando tamaños y colores a medida que avanzaban.

En la ventana junto a la de Emilie, Grace estaba de pie frente al vitral de la "Magnolia" de la señorita Northrop, quien, junto a ella, le daba instrucciones con mucha seriedad.

A su alrededor, las chicas habían ocupado sus lugares y habían retomado el trabajo que habían dejado dos días antes como si nunca se hubieran detenido.

Un motor humano de creatividad.

Emilie se concentró en su propio trabajo. Tenía el diseño en acuarela expuesto en un pequeño caballete. Los vidrios seleccionados estaban apilados por tono y matiz. No obstante, por un momento, se quedó quieta frente al rectángulo de vidrio y dejó volar su imaginación.

Ansiaba trabajar en el panel de "Invierno" porque era el diseño que más se alejaba de la representación realista que había visto en el taller. De alguna manera, era más impresionista y, sin embargo, iba más allá de las impresiones. Casi como si el artista esperara que el espectador creara la imagen a partir de su esencia.

Sí, este panel la entusiasmaba. Y también la ponía algo nerviosa.

Grace escuchaba la explicación de la señorita Northrop sobre su visión del vitral "Magnolia". En realidad, no hacía mucha falta. El diseño meticuloso que había hecho con acuarelas resultaba muy claro. Y como ella misma también había escogido los vidrios, Grace estaba segura de que tenía todo planeado a la perfección antes de que llegara el momento de colocar el primer trozo de vidrio.

Cortar vidrios era la tarea que menos le agradaba del trabajo en el taller de Tiffany y no le encargaban hacerlo muy a menudo. Su talento como ilustradora la mantenía ocupada todo el tiempo en distintos proyectos. Pero parecía que, en cuanto la señora Driscoll contrataba más cortadoras y seleccionadoras, más chicas se marchaban para casarse. Nunca lograba ponerse al día.

Grace no envidiaba a la señora Driscoll. Tenía que estar pendiente de un sinnúmero de asuntos a la vez mientras trataba de dirigir un taller eficiente y crear sus propios diseños. Últimamente, la señora Driscoll había estado recluida en su oficina con la señorita Gouvy y se rumoreaba que tenían prisa por terminar una lámpara para la Exposición de París.

—Y este vidrio color crema resaltado con el rosa perla debe encharparse con… —La señorita Northrop se estiró por delante de Grace para tomar un trozo de verde.

Grace ahogó un bostezo. No la aburrían las indicaciones de la señorita Northrop. Solo estaba cansada. De verdad no sabía cuánto tiempo más podría continuar con dos empleos de tiempo completo en dos profesiones distintas. Pero no tenía alternativa. Aunque creaba ilustraciones y caricaturas casi con exclusividad para el Sun, sabía que su situación allí era precaria. Conservaría ese puesto siempre y cuando nadie descubriera su verdadera identidad.

Charlie dijo que ya contaba con admiradores.

—Y no solo entre los lectores —agregó—. El otro día, los muchachos del departamento de noticias comentaron: "Este G. L. Griffith es muy ingenioso". Dijeron eso. Y que les das vida a los artículos. Y son los tipos más difíciles de complacer que conozco. —La había mirado con ternura…, demasiada—. Mis notas son mejores gracias a ti… a tus ilustraciones —concluyó con brusquedad. Luego habían cambiado de tema.

Sin embargo, Grace todavía se inquietaba cada vez que recordaba esa mirada fugaz. Se inquietaba y se avergonzaba de la sensación de placer que le recorría el cuerpo…, que no tenía nada que ver con las caricaturas y era responsabilidad exclusiva de Charlie Murray.

—De manera tal que el efecto general sea… —La señorita Northrop se había vuelto para mirarla. ¿De qué estaba hablando? La variación sutil de color en la parte inferior de esa marea de magnolias.

—Sí, señorita Northrop.

—Sé que lo ha entendido y que hará un trabajo excelente.

Sus cartones siempre son impecables. Estoy segura de que su trabajo con el vidrio también lo será.

Grace sonrió. ¿Elogiaría la señorita Northrop con tanta efusividad sus ilustraciones o sus caricaturas? ¿Qué pensaría si supiera que no deseaba estar allí sino en la calle, cubriendo las últimas noticias? Sabía que era una bendición tener un empleo bien pagado y seguro. Pero su corazón le pertenecía a otra profesión. Y tal vez un poquito a Charlie Murray.

—Le dedicaré toda mi atención —le aseguró a la señorita Northrop, aunque anhelaba decir: "Yo también soy artista. Aunque mis caricaturas no perduren para siempre en alguna mansión, en una iglesia o en un museo, las ven miles de personas todos los días".

"Yo soy G. L. Griffith. Hago caricaturas políticas. Y soy mujer".

Pero decir eso sería un suicidio profesional.

A veces la vida era muy injusta.

Por fin Clara logró escaparse a su oficina, donde Alice, sentada ante el escritorio, colocaba las teselas de mosaico en un molde de cera.

—Es precioso —dijo Alice.

—Era mi intención que lo fuera —respondió Clara, y frunció el ceño al ver la base de la lámpara.

—Aunque lleva bastante trabajo —prosiguió Alice—. Hace dos horas que estoy trabajando y, a este paso, todavía me faltan varias horas más.

—Sí, lo sé, pero será mi obra cumbre. Después, ya podrán codificar las pantallas y agregar bases delgadas de bronce para que la lámpara funcione con electricidad. Además, se me han ocurrido unos diseños que calmarán a los de arriba. —Tomó su cuaderno y sacó varias hojas que esparció frente a Alice.

—Artículos de tocador, tinteros, peines… Me encantan. Siempre has sido persuasiva, Clara, incluso cuando estudiábamos.

—Solo soy organizada y… decidida.

—Bueno, no se podrán quejar de estos diseños. Se van a vender como pan caliente. Y, en mi humilde opinión, el original va a conseguir un muy buen precio. Incluso es posible que deje ganancia.

—Espero que así sea, pero, sobre todo, espero…

—Que esté terminado a tiempo para ser enviado a París —Alice completó la frase—. Así será. Tuviste que apresurarte con el que se envió a la galería Grafton y lo logramos. No te pongas nerviosa.

—Siempre tan sabia, querida amiga.

—Lo intento.

—Y tan talentosa. No sé qué haría sin ti.

—A mí me pasa lo mismo contigo.

Y se pusieron a trabajar en un cómodo silencio de creatividad compartida.

Se acercaba la Navidad y comenzaron las charlas sobre los planes para las fiestas, listas de deseos y sugerencias de regalos. Todas se dejaban llevar por el espíritu festivo, incluso las que tenían claro que sus Navidades serían modestas. Emilie sabía que al menos dos de las jóvenes mantenían a sus familias; otras ayudaban a las suyas, que eran demasiado numerosas como para que pudieran mantenerlas.

Unas pocas irían a visitar a sus parientes en las afueras o en el campo durante las fiestas. Los tíos de Dora la habían invitado a su casa en Nueva Jersey. Emilie sabía que Grace había rechazado una invitación para pasar las fiestas en Connecticut con la excusa de que estaba demasiado cansada para viajar.

Y Emilie le creía. Pues bien, tendrían una celebración tranquila en casa de doña Berto. Lotte y Maggie, que no tenían familia, también se quedarían, junto con la señorita Vanderheusen y la señorita Burns. Ya habían aparecido ramas de pino y cintas rojas en la repisa de la chimenea y en la arcada del vestíbulo.

Hacía muchos años que Emilie no celebraba la Navidad en familia, pero recordaba a su madre, con un vestido de fiesta, sentada con ella frente al fuego o, en los mejores años, en los salones de los mecenas ricos, donde los árboles de Navidad llegaban hasta el techo, llenos de adornos y velas.

Ansiaba que llegaran esos dos días libres. Pero no sabía qué sentía con respecto a la Navidad en sí. ¿Intercambiarían regalos? ¿Pequeñas demostraciones de afecto? Quizás las chicas Tiffany podían contribuir con algunos centavos cada una para comprarle algo bonito a doña Berto entre todas. ¿Y algo para la señorita Driscoll? Los gastos se sumaban y la lista se hacía cada vez más larga.

Tal vez lo mejor sería que se olvidara de la Navidad y dejara que las demás la celebraran.

—Pero no puedes olvidarte de la Navidad —le dijo Dora un día mientras colocaba la primera letra de "Invierno" en la parte inferior del caballete—. Lo pasaremos bien en Nochebuena, con sorpresas, regalos y villancicos. Y decoraremos el árbol. Es muy divertido. —Frunció el ceño—. Aunque lo sería más si hubiera hombres o si tuviera un novio o algo. —Suspiró—. A lo mejor el pretendiente de Grace… perdón, de la señorita Griffith, Charlie, esté invitado.

—No es mi pretendiente —replicó Grace—. Y te agradeceré que no andes inventando chismes.

Dora puso los ojos en blanco con exasperación y colocó la letra en su lugar.

—Emilie, ¿cómo es París en Navidad? Debe de ser tan hermoso.

Debería de haber sido muy hermoso. Para la mayoría de la gente, la Navidad transcurría en cenas y fiestas que duraban hasta el amanecer. Luego, todos se iban a su casa a tiempo para ver a sus hijos medio dormidos y a la vez ansiosos por descubrir lo que Père Noël les había dejado la noche anterior.

Tras la muerte de su madre, desapareció toda posibilidad de celebración en la vida de Emilie. Su padre salía hasta tarde y, cuando por fin llegaba a su casa, se arrojaba en la cama, donde se quedaba la mayor parte del día o incluso hasta el día siguiente. A veces se acordaba de hacerle un regalo y Emilie lo abría sola mientras tomaba café preparado por ella misma. Ya mayor, solía salir con amigos, amigos que vivían casi al margen de la sociedad, amigos artistas, amigos sin inhibiciones, y trataba de disfrutar de su compañía.

Nunca lo lograba y terminaba dirigiéndose al Pont des Arts para pasar el día con su madre, aterida en ese frío húmedo. O, por lo menos, con el último recuerdo que tenía de su madre.

—Tienes toda la razón —dijo Emilie—. Pasaremos una Navidad maravillosa en casa de doña Berto.

La primera semana de diciembre pasó volando. El señor Tiffany entraba y salía a todas horas, pero no solía quedarse. Solo recorría los distintos proyectos mientras asentía o negaba con la cabeza e intercambiaba unas breves palabras con la señora Driscoll, quien parecía absorber la energía inagotable del empresario, que ponía nerviosas a todas hasta que se marchaba y el ritmo de trabajo normal volvía a adueñarse del taller.

Un día, el señor Tiffany se detuvo frente al caballete de "Invierno" tanto tiempo sin decir ni una palabra que Emilie debió hacer un esfuerzo por no darse vuelta y preguntarle directamente si había algún problema.

—El ciclo de la vida, señorita Pascal. Entre todas las estaciones, el invierno resulta clave, tanto al principio como al final. De la muerte de algo nace algo nuevo. La gente necesita de la naturaleza para prosperar, señorita Pascal, y, cuando no pueden verla, cuentan con Louis Tiffany. Este... —Cogió un trozo de vidrio del montón preparado—. ¿Ve cómo el azul fluye en esta pieza? Como un arroyo subterráneo, que no se ve, pero genera vida por donde fluye. Donde quiera que vaya... —Volvió a dejar el trozo de vidrio en la mesa de trabajo y recorrió la veta de cobalto con un dedo—. Confío en que usted sabrá encontrar a la naturaleza en estos vidrios, señorita Pascal.

Emilie levantó la vista que tenía clavada en ese dedo que acariciaba el vidrio y miró al señor Tiffany.

¿Acaso quería que le contestara? Parecía tan inmerso en sus propios pensamientos que le daba miedo interrumpirlo.

Por fortuna llegó la señora Driscoll para informarle que el señor Belknap deseaba hablar con él en la oficina comercial y el empresario se alejó, balanceando el bastón entre un repiqueteo y otro, como si se abriera paso entre enemigos imaginarios.

—¿Ha quedado descontento? —se atrevió a preguntarle a la señora Driscoll, que seguía mirando el caballete.

—No, señorita Pascal. Todo lo contrario. Le molestan las interrupciones. Además de las actividades normales de la empresa y la Exposición de París, tiene que supervisar la boda de su hija y el baile de Navidad, en el que es el invitado de honor. Quiere dedicarse a su arte, pero la vida lo distrae..., lo inquieta.

"¿Su hija?". Nadie hablaba de la familia del señor Tiffany y a Emilie jamás se le había ocurrido preguntar. Lo veía siempre absorto en cuestiones empresariales y sabía que asistía a las inauguraciones de las galerías de arte, a las ceremonias donde le entregaban premios, a eventos sociales y artísticos de todo tipo. Para ella, el señor Tiffany era un hombre que existía por sí solo. Y prefería seguir viéndolo como tal. En ocasiones, vivir en un pedestal, aunque fuera solitario, resultaba mejor que ser un hombre común y corriente con preocupaciones familiares.

La señora Driscoll se giró para estudiar el panel de "Invierno" y anuló toda posibilidad de conversar sobre la boda.

—Qué ingenioso cómo trae un poquito del invierno al interior —dijo—, pero sin la inclemencia del frío. —Y se alejó para examinar los paneles de los bordes.

"Es más que ingenio", pensó Emilie. Era arte. Esa mañana había terminado una sección cerca del borde superior. Una rama de pino en el cielo invernal. El señor Tiffany había elegido un tipo de vidrio texturizado. Al esparcir hilos de vidrio oscuro sobre las placas derretidas de azul y verde, se lograba un efecto que se asemejaba a las agujas de los pinos.

"No", pensó Emilie. No se "asemejaban", se "convertían" en las agujas de los pinos. Tal vez pasaban inadvertidas para los espectadores inexpertos, a menos que miraran el vitral con detenimiento. Pero dudaba de que mucha gente se tomara el tiempo necesario para examinar los detalles que conformaban el todo. Quizás lo hicieran los críticos, pero no solían apreciar al arte de la manera visceral que despertaba el "Invierno". No se podía explicar con palabras, ya que la magia desaparecía en el preciso instante en que se intentaba describirla, para reaparecer en el momento en que se abandonaba el intento.

Tomó una plancha con estrías naranjas, rojas y blancas. Le recordaba a Amos Bronsky junto al horno, moldeando el vidrio derretido con manos expertas. Deslizó un dedo por la línea en la que el naranja se fusionaba con el rojo y sintió una conexión tan potente que retiró el dedo enseguida.

El arte podía ser peligroso, pero también era capaz de traer paz. Emilie anhelaba la paz. Cogió un trozo de vidrio blanco opalescente con rayas de color cobalto. Nieve. Frescura. Paz.

Una tarde llegó la nieve de verdad: caía con suavidad detrás de los caballetes de "Invierno" y "Magnolia" como si los vitrales hubieran creado sus propias imágenes de fondo.

—Es tan hermoso —dijo Dora con tono de admiración que resaltaba su acento sureño.

Lotte se limitó a suspirar.

Grace casi no levantó la vista, con el ceño fruncido y el cuerpo tenso; o tenía dificultades para cortar bien una pieza o estaba pensando en otra cosa.

Emilie solo sonrió para sí. Otra estación más que la distanciaba de su vida anterior. En ocasiones, como ahora cuando miraba la nieve a través del ventanal, llegaba a creer que siempre había estado aquí y que la otra Emilie, temerosa y con el corazón roto, jamás había existido.

—Castañas —dijo alguien desde el otro extremo del taller—. Me encanta comer castañas calientes en la nieve.

—Chocolate caliente —agregó otra de las chicas, levantando la mirada del reloj decorativo en el que estaba trabajando.

—Jarabe de arce congelado en la nieve —terció la señorita Johnson, que había llegado a la ciudad desde Maine dos meses antes.

—¡Navidad! —exclamó Maggie y abrazó el palo de la escoba que tenía en las manos.

—Navidad —coincidieron todas las demás.

Y, justo cuando todas pensaban en la Navidad, la señora Driscoll apareció en la entrada y les pidió a Grace y a Emilie que fueran a su oficina.

Su llegada era inoportuna; las jóvenes dejaron de lado los devaneos de su imaginación y miraron a las dos chicas convocadas por la señora Driscoll.

Emilie y Grace casi no se miraron entre sí antes de dejar sus herramientas y caminar una al lado de la otra por el centro del taller, entre las mesas de trabajo, en dirección a la oficina de la señora Driscoll. Emilie sentía que las seguían los ojos de las demás. ¿Habrían hecho algo malo?

—¿De qué crees que se trata? —preguntó Emilie mientras se acercaban.

Grace negó con la cabeza.

—No le dijiste nada, ¿verdad?

—No, ¿y tú?

—Te dije que no lo haría.

—Yo también —le recordó Emilie.

Grace tocó a la puerta.

—Tal vez quiera darnos un aumento.

Ambas sonrieron ante el comentario.

—Bueno —dijo la señora Driscoll una vez que entraron en su pequeña oficina. Un trozo de tela cubría un objeto sobre su escritorio. Por la forma y el tamaño, podía ser la lámpara de libélulas. ¿Acaso iba a mostrarles su última creación?—. Tengo el placer de informarles que han sido elegidas para asistir al Baile de Navidad de la Sociedad de Artistas la semana que viene como parte de la comitiva de representación de la Compañía Tiffany de Vidrio y Decoración. Se trata de un evento anual y este año el señor Tiffany es el invitado de honor. Siempre invitan a varios artesanos de Tiffany. Este año, además de las señoritas Gouvy y Northrop, me acompañarán las hermanas Palmié y ustedes dos. Ambas son elocuentes y tienen buenos modales, por lo que estoy segura de que representarán muy bien a la empresa.

Emilie y Grace habían permanecido inmóviles mientras la señora Driscoll pronunciaba su discurso con un tono algo mecánico, como si lo hubiera aprendido de memoria. Ahora la vieron suspirar.

—Me encanta que el señor Tiffany las haya elegido. Nos harán quedar muy bien. Ahora bien, antes que nada, ¿tienen algún vestido de fiesta?

—Tengo el del año pasado —dijo Grace—. No me he hecho ningún otro.

—Tal vez alguien lo pueda acicalar un poco. Nadie espera que ustedes ni ninguna de nosotras vaya vestida con el último grito de la moda. Algo sencillo y elegante basta y sobra.

—Me imagino —respondió Grace, y ambas miraron a Emilie, quien se limitó a asentir con la cabeza.

—Si le resulta difícil…

—No… Sí, tengo un vestido para la ocasión.

—Muy bien. —La señora Driscoll les dio la fecha y la hora—. En cuanto lleguen, irán a buscarme. Deberán quedarse relativamente cerca durante el comienzo de la velada y responder las preguntas que les hagan los demás invitados, pero, luego, podrán disfrutar del baile como harían en cualquier ocasión… sin extralimitarse, ¿me explico?

Ambas asintieron en silencio.

La señora Driscoll le entregó una invitación a cada una, impresa con una letra cursiva elegante, y les dio permiso para volver a trabajar.

—Como Cenicienta —bromeó Grace mientras se dirigían a sus respectivos caballetes—. ¿De verdad tienes un vestido?

—Sí —contestó Emilie.

Grace suspiró.

—El mío es de hace dos temporadas y no va a tener nada que hacer entre los modelos de última moda que habrá allí esa noche. Ni siquiera sé para qué lo guardé. Vamos a parecer los ratones pobres del campo.

—Ah, sí, la famosa fábula.

—A menos que tengas algo extravagante y parisino en tu baúl…

—A decir verdad, tengo algo así, sí.

CAPÍTULO 18

La noticia corrió rápido: Grace y Emilie habían sido elegidas para representar a la división femenina en el Baile de Navidad de la Sociedad de las Artes.

—No entiendo por qué nunca me eligen para esos eventos —se quejó Dora, mientras regresaban a casa tras finalizar el día de trabajo—. Y encima, justo el baile de Navidad. Emilie solo lleva unos meses aquí.

—Puedes ir en mi lugar si quieres—ofreció Grace, ajustándose la bufanda por el frío cortante.

—Como si eso fuera a pasar —resopló Dora, y se adelantó a las demás dando zancadas.

—Yo también quiero ir —protestó Maggie y salió tras ella.

—Espero que esto no cause problemas en la pensión —comentó Emilie.

—No les hagas caso. Es solo una formalidad. Se trata de beber ponche con una mano mientras sostienes un plato de aperitivos con la otra y conversas elegantemente tratando de no mancharte los guantes blancos —dijo Grace con una mueca—. Un verdadero suplicio.

—¿Y tú qué tal bailas? —preguntó Emilie con curiosidad.

—Aceptablemente, pero no se espera que bailemos. Solo tenemos que pararnos junto a las obras de arte, lucir artísticas pero recatadas y aceptar los cumplidos en nombre del señor Tiffany, para que él no tenga que estar allí.

—Ah —dijo Emilie, y se sorprendió al sentir una oleada de decepción. Le gustaba bailar.

Esa noche, después de la cena, las dos subieron a la habitación; mientras Grace sacaba una maleta de debajo de la cama, Emilie volvió a abrir su baúl.

El vestido de baile estaba en el fondo, envuelto en varias capas de papel de seda. No había pensado en sacarlo jamás. Ni siquiera sabía por qué había decidido llevarlo. ¿Tal vez como un recuerdo de tiempos mejores? Una época en la que los Pascal eran bien recibidos —hasta cortejados— por la sociedad, y en la que ella era tolerada en la Académie.

Qué rápido se puede caer desde las alturas.

Lanzó una mirada furtiva a su compañera de habitación. Grace había sacado un vestido de tafetán en un blanco desvaído y lo sostenía contra su pecho con gesto incierto.

—Sostenlo bien, quiero verlo.

Grace frunció el ceño, pero extendió el vestido sobre sus hombros.

Unos golpes a la puerta interrumpieron el momento. Sin esperar invitación, entraron Dora, Lotte y Maggie.

—Querían ver los vestidos —explicó Lotte.

—Bien, tal vez se os ocurran algunas ideas. —Emilie señaló el vestido de Grace.

—Ay, no —dijo Dora, arrugando la nariz con desánimo.

Grace tiró el vestido sobre la cama con impotencia.

—Ya está. Le diré a la señora Driscoll que no puedo asistir y que lleve a otra.

—¡No puedes hacer eso! —exclamó Dora, escandalizada—. Seguro que elegiría a esa horrible señorita Kruger.

—¿Y tú qué vas a ponerte, Emilie? —quiso saber Lotte.

Emilie miró su baúl, vacilante.

—Ay, vamos, déjanos verlo —insistió Dora; sin esperar

respuesta, se acercó para coger el vestido. El papel de seda cayó a un lado, dejando al descubierto la tela.

Todas ahogaron una exclamación.

Incluso para Emilie fue un impacto. Había olvidado lo vibrante del color burdeos, la seda fina que había sido cara incluso en los tiempos de abundancia. Su padre siempre había querido que vistiera bien. Era una declaración de su éxito.

—¡Madre mía, es realmente un vestido de fiesta de París! —exclamó Dora, sosteniéndolo en alto y girando sobre sí misma. El ribete dorado resplandecía a la luz de la lámpara—. Es bellísimo…

—Pero es demasiado ostentoso para una chica Tiffany —señaló Lotte.

—Es cierto —concedió Dora con pesar.

—Entonces, no iremos ninguna —decidió Emilie. Lo que menos deseaba era llamar la atención.

—No, tenéis que ir las dos —insistió Dora. Lotte y Maggie asintieron con entusiasmo detrás de ella.

—Tal vez la señorita Vanderheusen y la señorita Burns podrían ayudarnos a modificarlos —sugirió Lotte.

—¿Las señoras mayores? —preguntó Dora.

—Sí, ambas son costureras profesionales. Seguro que estarán encantadas de ayudar.

Y así fue. Las costureras aceptaron de muy buen grado y el sábado por la tarde, todas se reunieron en la sala de estar, para medir, ajustar, envolver y sujetar a Emilie y Grace mientras sus vestidos se transformaban en algo nuevo.

—Van a quedar preciosos —declaró Dora mientras ayudaba a Grace a quitarse el suyo—. Pero, Grace, ¡no tienes zapatos de baile!

—Quizá nadie se fije en mis pies —dijo Grace sin mucha convicción—. Además, no tengo intención de bailar.

—Ya se nos ocurrirá algo.

—Bueno, pues tendrá que ser más tarde —dijo Grace—.

Ahora mismo debo ir a encontrarme con Charlie en el centro.

—¿De qué se trata esta vez? —preguntó Emilie mientras subían las escaleras.

—Jacob Riis va a hablar ante la Comisión de Vivienda sobre las condiciones de los apartamentos de alquiler. Tengo que irme.

Cuando Grace llegó al edificio municipal, ya era bastante tarde. Tuvo que abrirse paso entre una fila de policías y un pequeño grupo de manifestantes que pululaban por el césped de la entrada.

No veía a Charlie por ninguna parte. Últimamente, habían estado reuniéndose para coordinar la cobertura de eventos. Fue una sugerencia del editor de Charlie, quien decía que su escritura y las ilustraciones de Grace eran una gran ventaja sobre los otros periódicos.

Debía de estar dentro.

Grace se echó la correa de su bolsa de dibujo al hombro y la sujetó con fuerza mientras se abría paso entre la gente.

Dentro, el aire era denso, estaba cargado del calor de demasiados cuerpos y el olor era rancio y sofocante.

Un orador alto y delgado, vestido con un sobrio traje negro, hablaba monótonamente desde el escenario. Su voz subía y bajaba con cada frase, lo que provocaba algunos vítores y varios abucheos. Y exigencias de que se sentara.

El hombre tomó asiento justo cuando Grace llegó al otro lado de la sala. Se tomó un momento para recuperar el aliento y, por fin, reconoció el cabello cobrizo de Charlie más adelante. Él le hizo una seña y ella avanzó unos pasos más para dejarse caer, aliviada, en la silla a su lado.

—¿Dónde estabas?

—Lo siento —dijo ella, mientras se desabrochaba el abrigo—. Estaba ocupada decidiendo entre encajes y lazos.

—¿Qué? —La expresión de Charlie era cómica.

Grace sonrió.

—Te lo contaré después.

—Pues date prisa. Riis es el siguiente. Se dice por ahí que después habrá una marcha.

—¿Liderada por él?

—No. Por unos alborotadores. Tomaremos algunas impresiones iniciales y nos largaremos antes de que empiecen a romper cabezas.

—Sabía que tendrías un plan.

—Valoro mi cabeza más de lo que pareces valorar la tuya.

Grace puso los ojos en blanco.

—¿Vas a seguir con eso? Cuando fui a la huelga de la fábrica, era una novata. Ahora sé cuidarme.

—Sí, claro, tú y tus encajes y lazos —dijo Charlie mirando su vestido con aire burlón. Luego, alzando una ceja, se volvió hacia el escenario para escuchar al siguiente orador.

Grace bajó la vista a su atuendo. Era perfectamente adecuado: un vestido de lana *tweed* en tonos de gris, con pechera de pliegues blancos sencillos, resaltado con un camafeo en el cuello y ribeteado en marrón en la cintura, el cuello y los puños.

Por primera vez, se preguntó qué pensaría Charlie sobre su manera de vestir. O sobre su apariencia en general. ¿Acaso…?

Apartó la idea de su mente cuando Jacob Riis subió al estrado. Sacó enseguida el cuaderno y el lápiz y se concentró en la razón por la que estaba allí.

Riis no tenía aspecto imponente. Sus gafas de montura de metal y su bigote caído a los lados de la boca le daban un aire triste, lo que no era sorprendente si se tenía en cuenta lo que había visto sobre cómo vivía la otra mitad de Nueva York.

Su discurso iba acompañado de fotografías proyectadas

en una pantalla. ¡Y qué discurso! En ningún momento elevaba la voz por encima de lo normal, no golpeaba el puño ni arengaba a la multitud. Solo describía con serenidad los horrores de la vida en los apartamentos de alquiler, mientras imágenes de niños famélicos y hombres que dormían hacinados en suelos inmundos aparecían y desaparecían en la pantalla.

—Por cinco centavos, un hombre puede dormir en el suelo. Los que duermen en el camastro por encima de ellos pagan siete centavos. Pero no hay verdadero descanso, hacinados como están. Ustedes se preguntarán: ¿qué tiene eso que ver con nosotros? Y yo les respondo... —Hizo una pausa—... Todo.

Grace dibujaba a toda velocidad; era un sujeto fácil. Miró alrededor del salón para ver las reacciones, pero lo que vio era mayormente indiferencia.

Charlie también parecía haber visto lo suficiente. Señaló la puerta de salida y se levantó de su asiento con calma. Grace estaba más que lista para seguirlo. Quizás hubiera un buen restaurante cerca. Se había saltado el almuerzo y ahora también la cena.

—Lo de siempre —dijo Charlie—. Vale para un par de columnas. Y una buena ilustración. ¿Conseguiste algo?

Grace asintió. Pero lo que realmente quería ver era los apartamentos de alquiler. Ahí estaba su verdadero tema. Junto a esos hombres miserables, acurrucados en el suelo como harapos viejos.

—¿Qué te parece si comemos algo para terminar? Hay un sitio a pocos metros de aquí donde preparan un *borscht* y unas *latkes* bastante buenos.

—Suena delicioso —dijo Grace, aunque no tenía ni idea de qué eran las *latkes*... o el *borscht*.

Anduvieron unos cincuenta metros y subieron tres escalones hasta una puerta oscura.

Grace miró a Charlie de reojo.

Él abrió la puerta y la luz se derramó sobre la calle. Dentro, el ambiente era tranquilo. Pequeño, con solo cuatro mesas limpias y relucientes. En una de ellas, dos ancianos comían en silencio.

—¡Marta! —gritó uno de ellos y siguió con una retahíla de palabras que Grace supuso que eran en polaco o alemán. Luego saludó a Charlie con la cabeza, frunció el ceño al ver a Grace y volvió a concentrarse en su comida.

Charlie la ayudó a sentarse en una mesa apartada de los hombres y tomó asiento frente a ella.

Una mujer bajita salió deprisa de la parte trasera del local, apartándose un mechón de pelo gris de la frente.

—Ah, Charlie Murray. Hacía tiempo que no te veía.

Lanzó una rápida mirada a Grace antes de volver a centrarse en Charlie.

—Una colega —aclaró él.

—Sí, claro, claro —dijo Marta con tono escéptico—. ¿Tienen hambre?

—Estamos famélicos —respondió Charlie.

Grace asintió.

Marta giró sobre sus talones y desapareció.

—¿Cómo sabe qué nos apetece? —susurró Grace.

—Nos apetece lo que haya cocinado hoy. —Frunció el ceño—. ¿Te parece bien?

—Por supuesto. Me comería un caballo.

—No te lo recomiendo. Son muy duros.

Grace se rio, decidida a tomarlo como broma. Con Charlie, nunca estaba del todo segura.

Mientras esperaban, él revisó sus notas y ella esbozó un dibujo de Riis en el estrado. No era una imagen particularmente llamativa. Ni siquiera tenía una idea clara de cómo era un apartamento de alquiler por dentro. Si lo supiera, podría haber dibujado a Riis ahuyentando a los avaros propietarios, como Jesús a los mercaderes del templo. "Demasiados vitrales de iglesia", pensó.

—Lo sé —dijo Charlie; suspiró y se estiró en la silla—. No es una noche de noticias emocionantes.

—Pero es importante —replicó Grace.

—Jake dice que pronto habrá una gran redada. Me avisará en cuanto se lo confirmen.

—Y tú me avisarás a mí.

Charlie la miró. Grace se había encariñado con él. Incluso con su nariz torcida. Esperó a que dijera que sí, pero cuando habló, no era lo que ella esperaba.

—Puede ser peligroso. Bueno, en realidad no es una posibilidad: será peligroso. La gente está desesperada por un lugar digno donde vivir.

Marta regresó con una olla pesada y dos platos de hojalata apoyados sobre la tapa.

—No lo toquéis, está caliente. Yo os sirvo.

Su acento era fuerte, pero hablaba con tono cariñoso.

—Este grandullón podría derramarlo sobre tu bonito vestido. —Levantó la tapa y una nube de vapor con un aroma delicioso hizo que a Grace se le hiciera agua la boca.

Tras llenarles los platos, Marta desapareció y volvió con un pan compacto de centeno. Le guiñó un ojo a Charlie y desapareció otra vez.

Al otro lado del salón los dos ancianos seguían comiendo despacio y en silencio.

Grace probó un bocado.

—Está delicioso. ¿Qué es?

—*Bigos* —respondió Charlie—. No pidas más detalles. Tiene carne, verduras... sabe bien. Todo lo que Marta cocina sabe bien.

Los dos ancianos gruñeron al unísono.

—¿Lo ves? Todo el mundo está de acuerdo —afirmó Charlie antes de comer un bocado.

Cuando salieron del restaurante, Grace tenía el estómago lleno. Le había entregado su dibujo a Charlie para que llegara a tiempo a la redacción; juntos tomaron el tranvía hacia el norte de la ciudad. Grace insistía en que no necesitaba escolta, pero Charlie estaba decidido a acompañarla hasta la puerta de la pensión, a pesar de que pasaron delante del *Sun* en camino hacia allí.

Grace lo detuvo en la puerta de la pensión:

—Charlie, te agradezco que me acompañes, y que me hayas invitado a cenar. Pero recuerda, somos colegas. Tú mismo lo has dicho. Iguales…, bueno, casi. Algún día lo seremos.

”Quiero ver dónde está la acción. Es allí donde encuentro sujetos dinámicos, no solo gente dando discursos. Algunas de mis mejores ilustraciones salieron de aquella noche en la huelga de la fábrica, aunque no las usaran. Cuantas más oportunidades como esa tenga, mejor. Además, no es tu trabajo cuidarme.

—Lo sé —respondió Charlie, aunque no sonaba convencido—. Eso es lo que me preocupa.

—No lo entiendo.

—Sé que no necesito cuidar de ti, pero cada vez tengo más deseos de hacerlo. Buenas noches.

Y antes de que Grace pudiera reaccionar, giró sobre sus talones y se perdió en la oscuridad de la noche.

CAPÍTULO 19

LA SEMANA PASÓ VOLANDO ENTRE UN TORBELLINO DE quehaceres, desde cortar vidrios y probarse vestidos hasta buscar a Maggie, que había adquirido la costumbre de desaparecer durante las horas de trabajo. Todas las veces la encontraban deambulando por alguno de los largos pasillos que conectaban los tres edificios y los demás talleres.

—Me preocupa que le esté fallando la cabeza —les dijo Lotte a Emilie y Grace en confianza—. ¿Qué pasaría si...? —Negó con la cabeza.

Emilie le tocó el brazo. No había mucho que decir. Si Maggie llegaba a un estado en el que no pudiera trabajar, Lotte tendría que conseguir a alguien que pudiera cuidarla o un sitio donde lo hicieran. Pero, con el sueldo de Lotte, las opciones resultaban desoladoras.

Cuando llegó la noche del baile, el entusiasmo ya se había adueñado de todas. Dora insistió en ayudar a Emilie y a Grace con los peinados y, aunque esta última se quejó y la obligó a controlar su debilidad por los bucles, hasta ella parecía complacida por los resultados.

En el último momento, Grace se puso unos zapatos de fiesta de Dora que le apretaban los pies porque no eran de su talla. Trató de salir del paso con la excusa de que iba a estropearlos con solo ponérselos, pero Dora insistió.

Maggie le entregó a Emilie uno de sus más preciados "rubíes": los trozos de vidrio que coleccionaba.

—De esta manera, también estaré en el baile, como los zapatos de Dora. Y Lotte debe mandar algo también. —Se volvió hacia su hermana—. ¿Qué enviarás al baile, Lotte?

Lotte se encogió de hombros.

—No…, esperad —Salió corriendo y Dora volvió a toquetear los vestidos hasta que la señorita Burns la espantó.

Lotte regresó unos minutos después.

—Aquí tienes, Emilie, por favor llévalo contigo. —Abrió la mano para mostrar un delicado pañuelo con borde de encaje—. Me lo dio mi madre.

—¡Ay, Lotte, no! Es demasiado valioso —dijo Emilie con un nudo en la garganta.

—Por favor. Mi madre jamás fue a un baile de verdad. Me encantaría que la lleves contigo esta noche.

Grace miró a Emilie con una expresión que parecía decirle: "No tienes escapatoria".

—Lo guardará con sumo cuidado en su bolsito de malla —terció doña Berto—. Será un honor llevarlo, ¿verdad, Emilie?

—Un verdadero honor —respondió Emilie—. Muchas gracias, Lotte. —La abrazó un instante y, luego, cogió el pañuelo y lo dobló con cuidado antes de meterlo en el pequeño bolso, que jamás soltaría… ni siquiera para comer.

Unos minutos después, Nessa anunció la llegada del carruaje y todas acompañaron a las dos jóvenes al piso de abajo. Grace ya cojeaba un poquito porque los zapatos le apretaban los pies. Aparecieron dos capas oscuras provenientes del armario, sin duda cortesía de las tres damas de mayor edad.

Justo en el momento en que subían al carruaje, se oyó una sirena a lo lejos. Grace se detuvo con el pie en el escalón del carruaje y expresión alerta.

—Sube —le dijo Emilie—. Esta noche no te dedicarás a las noticias, a menos que te topes con una en la pista de baile.

El carruaje las llevó hacia el norte por la Cuarta Avenida, el mismo trayecto que hacían a pie dos veces al día, pero siguió de largo sin aminorar la marcha siquiera al pasar por el edificio de Tiffany. Siguió hasta que llegó a la calle Treinta y Cinco, donde se acercó a la acera y se detuvo frente a la entrada de un edificio de estilo renacentista italiano que tenía cinco pisos.

—¡Vaya! —dijo Emilie cuando el cochero la ayudó a bajar del carruaje—. Parece Venecia sin los canales.

—Debe de ser la casa de alguien —replicó Grace antes de dar un salto a la acera y hacer una mueca de dolor cuando sus zapatos tocaron el suelo.

—Sí, así parece. ¿Es el edificio de la Sociedad de Artistas?

—No tengo idea. Solo espero que haya muchos salones y lugares donde esconderse para no bailar.

—Creo que cinco pisos deberían ser suficientes, pero nada de esconderse para no bailar esta noche. Tenemos una función: comportarnos como artistas con experiencia.

—Lo sé, pero… —El estruendo de las sirenas que se dirigían al sur interrumpió la respuesta de Grace—. Parece ser un incendio grande —dijo.

—Podrás leer la noticia en el *Sun* mañana. No puedes dedicarte todo el tiempo a cambiar el mundo. Esta noche tu única responsabilidad es representar al señor Tiffany y tratar de divertirte. Vamos. —Emilie le dio un empujoncito a Grace para acercarla al pórtico con columnas del edificio y para que subiera los escalones de piedra de la entrada.

Un lacayo con levita y una ramita de acebo en la solapa abrió la puerta de inmediato.

—¡Qué ambiente más festivo! —dijo Grace mientras las dos muchachas entraban en el edificio y le entregaban sus abrigos a una criada.

El acogedor y amplio vestíbulo tenía las paredes revestidas de madera oscura; la barandilla de la ancha escalinata estaba decorada con ramas de pino y rosas rojas. Pasaron a un salón de recepción lleno de hombres vestidos de gala, donde unas pocas mujeres escuchaban con atención distintas conversaciones.

Emilie oyó que Grace suspiraba.

—Ni un comentario político.

El señor Tiffany estaba de pie junto a la chimenea hablando con varios hombres de aspecto distinguido. La señora Driscoll, vestida de tafetán negro, y la señorita Northrop, con un vestido de terciopelo verde oscuro con corsé bordado en verde y negro, se encontraban a su izquierda.

Grace y Emilie dudaron un instante.

—Se los ve tan formales —señaló Grace—. ¿Deberíamos decir: "Listas para entrar en acción" y hacer un saludo militar?

—Si lo haces me enfadaré contigo —contestó Emilie.

Grace frunció el ceño y la miró.

—Te estás divirtiendo, ¿no?

—Espero divertirme, aunque tal vez no debería. —De hecho, se preguntó en qué estaba pensando. Debía de haber mecenas allí, gente que conociera París… ¿Alguien que conociera a su padre quizás? Se quedó inmóvil y por un momento pensó en dar media vuelta y marcharse antes de saludar siquiera.

—Es demasiado tarde para arrepentirse —dijo Grace, y la obligó a cruzar el umbral.

Al ver que Emilie y Grace entraban en el vestíbulo, Clara pidió disculpas y se apresuró a ir a recibirlas.

—Buenas noches, señoritas —dijo—. Están preciosas.

Era cierto. Grace llevaba un vestido elegante en tonos

de crudo y azul, pero Emilie dejó a Clara atónita. Tenía un vestido de corte francés en seda color borgoña que podría parecer un tono muy oscuro para una joven. Sin embargo, resultaba el color ideal para Emilie, ya que resaltaba sus facciones delicadas y la exuberancia de su cabello.

Los hombres les abrieron paso cuando Clara condujo a las dos jóvenes en dirección a ellos. El señor Tiffany y Leland Bishop se volvieron simultáneamente al verlas acercarse.

El señor Tiffany esbozó una gran sonrisa. Bishop se quedó inmóvil, como un príncipe hechizado en un cuento de hadas. Encajaba a la perfección con el personaje, pero Clara tuvo que reprimir el deseo de hacer un gesto de exasperación. Leland Bishop era demasiado sofisticado y mundano para quedar embobado por dos muchachas bonitas que trabajaban en un taller de vitrales. Se percató súbitamente de que, en realidad, era Emilie quien había cautivado a Bishop.

"Ah… qué maravilla ser joven y…". Se obligó a recobrar la compostura. En su juventud, había vivido en una ciudad pequeña de Ohio y, gracias a las mujeres que la habían criado, sus aspiraciones habían superado las limitaciones de ese contexto.

Ahora era una artista exitosa que se mantenía con el fruto de su trabajo. Y, aunque no generaba el interés que despertaba Emilie Pascal, había tenido una vida plena. La vida de una artista. Un matrimonio bastante feliz a pesar de su breve duración. Y allí estaba el meollo de la cuestión: ¿por qué no debería tener una vida plena? ¿Por qué, como tanta gente, debía conformarse con un solo aspecto de su vida? Y, si así fuera, ¿qué aspecto elegiría? ¿Qué la haría sentir más plena? ¿La fama? ¿La libertad artística? ¿El amor?

—Bienvenidas, bienvenidas —dijo el señor Tiffany, y sacó a Clara de su ensimismamiento. Primero el señor Tiffany estrechó la mano de la señorita Griffith y, después, la de la señorita Pascal. Luego, se dirigió a Bishop—. Te presento a la señorita…

—Griffith —completó Clara—, una de nuestras mejores ilustradoras.

Leland asintió y estrechó la mano de Grace.

—Un placer conocerla.

Grace sonrió y saludó al señor Tiffany.

—Y la señorita Pascal —dijo el señor Tiffany.

—Ah, sí, claro —respondió Bishop—. Creo que casi nos presentaron en el ascensor del edificio de Tiffany hace poco tiempo. —Arqueó las cejas y esperó con paciencia para tomar la mano de Emilie, quien se demoró un momento en tendérsela.

—La señorita Pascal ha venido de París a trabajar con nosotros —prosiguió el señor Tiffany, encantado con ambas muchachas.

Los dos hombres parecían cachorros entusiasmados, pensó Clara, entre divertida y perpleja. No era una escena muy frecuente en una fiesta para los mecenas del arte. Cada vez que el señor Tiffany visitaba el taller, siempre se detenía en la mesa de trabajo de la señorita Pascal, pero, por lo general, terminaban "hablando con vehemencia" sobre los vidrios seleccionados y la cantidad de planchas que debían utilizarse. En cuanto a Leland Bishop, no le molestaba permitirle una velada de coqueteo, siempre y cuando no se pasara de la raya.

No obstante, sintió una punzada de incomodidad. La verdad es que se estaba contagiando de la suspicacia de Alice y comenzaba a sospechar de cada gesto, cada mirada.

¿Y dónde estaba Alice? Clara miró a su alrededor en busca de su colega. Le hubiera gustado contar con la opinión de Alice sobre el intercambio que acababa de presenciar, en especial cuando se dio cuenta de que el señor Bishop todavía no había soltado la mano de la señorita

Pascal. Pero Alice se había escabullido entre la multitud en la primera oportunidad que tuvo.

—Creo que Alice y las demás chicas están en el otro salón —dijo Clara—. Estoy segura de que querrán saludarlas.

La señorita Pascal logró rescatar su mano e hizo un gesto rápido con la cabeza antes de alejarse con su amiga.

—Hermosas —dijo el señor Tiffany casi como un suspiro mientras miraba cómo las jóvenes parecían deslizarse sobre la alfombra. A su lado, Leland Bishop guardaba silencio, pero no le quitaba los ojos de encima a Emilie desde que le había soltado la mano.

—Son unas jóvenes encantadoras —replicó Clara— y muy talentosas y trabajadoras.

—¿Dijo que es parisina? No lo dudo…, y su vestido también. Conozco gente con ese apellido. ¿Quiénes son sus padres?

El señor Tiffany miró a Clara.

—No tengo idea. Llegó un día de julio, con un portafolio con dibujos y un bolso.

—Tiene un ojo excelente —dijo el señor Tiffany.

—Esos ojos oscuros resplandecen como si fueran de ónix —elogió Leland.

El señor Tiffany estalló en una fuerte carcajada.

—¡Gracias al cielo que te has dedicado a la compra y venta de arte, Lee! Te hubieras muerto de hambre como poeta.

—Creo que jamás he visto a alguien tan… No tengo palabras.

—Mejor así, por cierto. Pero coincido con tu impresión. Dijo que mis jarrones eran como si el aire tuviera color.

—¿En serio? —dijo Bishop con aire distraído.

—Sí, pero el color de su vestido… Voy a preguntarle a Nash si lo puede lograr con un vidrio ondulado.

Clara, que había comenzado a preocuparse por un posible enamoramiento del señor Tiffany, reprimió la risa.

Bishop ni se molestó en disimular.

—Solo tú puedes mirarla como si se tratara de un vidrio con una textura y un color únicos. —Suspiró casi como un adolescente y Clara estuvo a punto de dejarse llevar por la compasión. Pero era un hombre hecho y derecho, por lo que no se sorprendió cuando el señor Tiffany le respondió:

—Y tú no puedes mirarla ni entrometerte en nada relacionado con mi negocio.

Bishop se rio.

—Pareces un padre sobreprotector. No tengo ningún interés en la joven… ni en los secretos de tus vitrales —agregó en tono de broma.

—Solo quiero que quede bien claro.

Clara aprovechó la oportunidad para alejarse. Se había divertido bastante con la disputa entre el hombre mayor y el más joven por una mujer más joven aún. No creía que ninguno de los dos caballeros tuviera un interés serio en la muchacha. Sin embargo, la situación era muy distinta cuando se trataba de los vitrales. Había muchísima competencia por el acceso a las piezas y Clara dudaba de que el señor Bishop fuera muy diferente a los demás. Solo esperaba que Emilie Pascal no quedara atrapada en el medio.

Emilie y Grace se apresuraron a reunirse con la señorita Gouvy y las demás chicas junto a la fuente de ponche en el salón principal. Parecía ser una gran sala de recepción, de la que habían retirado algunos muebles a fin de dejar sitio para más invitados con varios sillones y algunas sillas.

Más allá se encontraba el salón de baile, que ya estaba lleno. Los camareros cruzaban la arcada con bandejas cargadas con copas de champán, tal como se veía en las proyecciones en los cinematógrafos.

—Siempre lo paso bien en Navidad. Es una de mis festividades favoritas —dijo la señorita Gouvy—. Aunque no hay como la Navidad en familia.

Emilie escuchaba educadamente los planes para las fiestas de las demás mientras observaba el lugar. Había pinturas colgadas en las paredes y estatuas ubicadas en nichos discretos alrededor del salón. En una mesa redonda de nogal, se veía una de las lámparas de diente de león del señor Tiffany o quizás de la señora Driscoll. Una vitrina iluminada exhibía varios jarrones de vidrio iridiscentes. Emilie se alegró al verlos allí guardados, fuera de todo peligro.

Entonces posó la mirada en un vitral largo y rectangular, enmarcado e iluminado. Debía de ser un vitral del señor Tiffany, pero se trataba de un estilo que Emilie nunca había visto antes, ni en París ni en el estudio de Nueva York.

Se disculpó y se acercó al vitral para verlo mejor. De lejos, le había parecido muy fuera de lugar. Tenía una paleta de colores sencilla, casi monocromática, que iba del ámbar al dorado con un diseño de pimpollos y hojas que se mezclaban y enredaban después de emerger de una esfera con forma de pera... tal vez un jarrón o una vaina de semillas.

Resultaba difícil de describir porque, durante el tiempo que había dedicado a examinarlo en detalle, el vitral había cambiado: había cobrado vida a través del movimiento.

—Notable, ¿verdad?

Emilie se sobresaltó. No había llegado a oír al señor Bishop acercarse.

—Tuve la misma reacción cuando lo vi por primera vez. Me pareció que se trataba de un organismo vivo.

Emilie lo miró con sorpresa.

Él señaló el vitral con la cabeza.

—Es una de sus primeras obras y me costó convencerlo de que me lo vendiera. ¿Se imagina? Lo tenía guardado en uno de esos pasillos oscuros de los talleres. Como si se hubiera olvidado de su existencia. Pero logré rescatarlo del anonimato. —Se rio—. No le gustó nada. No sé por qué. Lo compré a un precio fantástico.

En el salón de baile, la orquesta comenzó a tocar.

—Ah, es un vals. ¿Me concedería el honor de bailar conmigo?

Emilie dio un paso atrás, alarmada.

—No se asuste, por favor. Sé bailar el vals y no tengo fama de torpe. —Le brillaban los ojos y Emilie tuvo que apretar los labios para no reírse—. ¿Sabe bailar el vals?

—Sí, pero...

—Supuse que sabría. —Extendió la mano.

—Señor Bishop, no creo que me hayan invitado para que baile.

—Le pedí a Louis que la invitara porque quería volver a verla. —Le ofreció el brazo—. ¿Vamos?

Emilie se quedó inmóvil, presa de la duda. Deseaba bailar, pero no estaba segura de su papel en esa velada. Sin embargo, no podía dejar de aceptar su ofrecimiento: sería de mala educación y, además, la orquesta estaba tocando un vals glorioso. Esperaba que la pieza terminara antes de que la señora Driscoll o el señor Tiffany la vieran bailando.

Sabía lo que pensarían. No era una ingenua que desconociera los pormenores de ciertos círculos sociales. Un hombre que solicitaba la presencia de una trabajadora en su fiesta no tenía intenciones honorables. A su vez, una mujer joven que aceptaba esa invitación caía en desgracia de inmediato. Emilie no pensaba dejarse llevar por ese camino ni por Leland Bishop ni por nadie.

Asintió cortésmente y lo tomó del brazo. Antes de que pudiera sujetar la cola de su vestido, él ya la había tomado en sus brazos y habían comenzado a girar en la pista rumbo a la perdición absoluta.

El señor Bishop era un excelente bailarín; Emilie estaba segura de que tenía un don natural. No le dio ninguna de las señales habituales, como tratar de acercarla hacia sí o mirarla de manera sugestiva, que indicaran que buscaba algo más que bailar el vals con ella.

Emilie tragó con dificultad e hizo a un lado ese pensamiento. Debía tratarse de una reacción causada por su propio pasado. El señor Bishop era un hombre joven y guapo, con muy buenos modales y... una fortuna considerable. Y ella se negaba a permitir que el miedo le arruinara un momento de diversión.

Se dejó llevar por la música y la habilidad de su compañero de baile. En la mitad de la pieza, ya se había olvidado de su desconfianza.

Conversaron sobre arte, música y el tiempo. La melodía los envolvió y los demás bailarines se convirtieron en pequeñas manchas de colores que giraban a su alrededor. Cuando el vals terminó, se encontraban en el otro extremo del salón, casi sin aliento y súbitamente mudos.

Emilie pasó el resto de la velada bailando o hablando con los demás invitados, aunque dedicó la mayor parte del tiempo a bailar. Mientras giraba por la pista de baile, dejó que el resto del mundo desapareciera y se permitió disfrutar esa velada con la libertad de ser quien era en realidad, sin el lastre de su pasado. A la mitad de la fiesta se dio cuenta de que alguien la observaba. Sentía la intensidad de la mirada de un hombre.

Y el miedo irracional volvió a apoderarse de ella.

Luego se convenció a sí misma de que era una trampa de su imaginación, de que su temor de que la descubrieran había inventado a un acosador inexistente.

Más de una vez durante la velada, había pillado a Leland Bishop mirándola mientras bailaba con otros caballeros. Pero Leland la observaba con expresión cautivadora y una mirada tranquila, llena de admiración y carente de agresividad. La otra mirada, la que la perseguía... Se estremeció al pensar en quién podría despertar sentimientos tan intensos. Y si se trataría de un amigo o un enemigo.

Entonces, otro caballero la invitaba a bailar y volvía a olvidarse de esos momentos oscuros en los que temía no haber logrado escapar de nada.

La señora Driscoll las reunió a todas un poco después de las once. Buscaron sus abrigos y se dirigieron a la acera a subirse a los carruajes que las llevarían a sus casas. Allí se encontraron con el señor Nash y varios de los hombres de Corona que también se marchaban.

—Señor Nash, no lo he visto durante toda la noche. Le presento a mi amiga y colega Grace Griffith.

—Encantado. Las vi divertirse tanto que no quise interrumpirlas. —Sonrió con alegría—. Aunque intenté persuadir a este joven de que la invitara a bailar.

Emilie sonrió y, luego, reconoció al hombre que estaba junto al señor Nash: Amon Bronsky. Parecía incómodo con esa vestimenta formal. Incómodo y poderoso a la vez. Y cuando se miraron, Emilie sintió la sangre como un torrente en las venas.

Llegó su carruaje y el hechizo se rompió. Entre *adieus*, las jóvenes se subieron y Emilie llegó a ver los ojos oscuros de Amon antes de que se cerrara la puerta del carruaje. Y, con un sobresalto visceral, se dio cuenta de que la mirada que la había seguido en el salón de baile había sido la suya.

CAPÍTULO 20

EL TRAYECTO DE REGRESO A LA PENSIÓN FUE CORTO. Doña Berto había prometido dejar la puerta sin llave y Grace tenía la sensación de que todas estarían despiertas, esperando noticias del baile.

Por eso, al principio no se sorprendió al ver que doña Berto las recibía en la entrada.

—Grace, ven conmigo. —La mujer le quitó la capa y se la entregó a Emilie—. Y tú, sube, las demás están ansiosas por saber todo sobre el baile.

—¿Qué sucede? ¿Ha pasado algo? —preguntó Grace mientras la seguía por el pasillo hasta la calidez de la cocina.

Charlie estaba sentado a la mesa. Al verla, se puso de pie de un salto y se quedó allí, inmóvil, mirándola.

Grace también se quedó mirándolo. Su ropa y su rostro estaban cubiertos de una negrura espesa. ¿Hollín? Tenía la piel casi negra, salvo por una ampolla en la mejilla, cubierta con una gruesa capa de ungüento.

Por un instante que pareció eterno, se miraron sin decir palabra.

—¿Qué te ha pasado? —quiso saber Grace. Y entonces lo comprendió. Mientras ella bailaba y bebía ponche, Charlie había estado cubriendo el incendio; ellas habían oído las sirenas de los bomberos en camino al baile—. Charlie.

Dio un paso hacia él, pero el muchacho retrocedió.

—No te acerques. Estropearás tu vestido.

—Al diablo con el…

—Hazle caso —dijo doña Berto—. Y tú, Charlie Murray, siéntate y termina tu té.

Sobre la mesa había un plato con sándwiches casi intactos y un tazón pesado de loza. Al lado, un paño de cocina tan sucio que costaba reconocerlo. ¿Era sangre?

—¿Qué ha pasado? Tendría que haber estado allí.

—No habrías podido hacer nada en semejante caos. Fue terrible. —Charlie se dejó caer en la silla.

—Podría haberlo plasmado en dibujos.

—Justamente por eso he venido. Se necesita una ilustración. ¿Podrías hacerla si te lo describo?

—Lo intentaré. Iré a buscar mi cuaderno. —Sin esperar respuesta, Grace se levantó las faldas con ambas manos y salió corriendo de la cocina para subir a su habitación. Tomó el cuaderno y el lápiz, y sin prestar atención a las cabezas que se amontonaban junto a la cama de Emilie, salió disparada antes de que pudieran hacerle preguntas.

Charlie comenzó su relato.

—Un edificio de apartamentos alquilados de seis pisos. El incendio se desató en algún lugar del medio y se expandió rápidamente, devorando el edificio con la mayoría de los habitantes dentro. Antes de que llegaran los bomberos ya se había propagado a otros dos edificios y para cuando lograron controlarlo ya había afectado media calle.

"Se oían gritos de los que no tenían posibilidad de escapar. Otros salían en tropel por las puertas, se lanzaban por las ventanas, mujeres con un niño en cada brazo, mientras que otros se colgaban de las faldas de sus madres. Pero el fuego avanzaba más rápido de lo que ellos podían escapar. —La voz de Charlie se quebró—. Fue entonces cuando los reporteros soltaron sus libretas y cámaras y empezaron a ayudar. Nos pusimos a sacar gente por las ventanas de la planta baja, y a subir por las escaleras de incendios para alcanzar a quienes pudiéramos... hasta que las paredes se desmoronaron. Había un anciano...

El lápiz de Grace volaba sobre el papel mientras Charlie daba vida a la escena. Su relato era tan vívido que casi podía oler el humo acre y oír los gritos en su cabeza. En media hora ya tenía varias ilustraciones y le corrían lágrimas por el rostro.

Doña Berto entró varias veces para rellenar sus tazas, pero ellos casi no se dieron cuenta, tan concentrados estaban en captar la historia con precisión.

Finalmente, Charlie se puso de pie, tambaleándose ligeramente. Pero cuando Grace fue a ayudarlo, la detuvo.

—No te acerques, Grace... —Se quedó mirándola con ojos cansados y tristes—. Estás tan... ese vestido...

—Al diablo con el vestido. —Grace le tendió sus dibujos—. Vas a perder la hora de entrega. Hay una parada de carruajes de alquiler en la esquina de la Cuarta y la Veintidós. ¿Necesitas dinero para pagarlo?

—No.

—Iré contigo.

—No. Quédate en casa. Vine a buscarte, pero te habías ido a un baile. ¡Un baile! Pero ahora me alegro. Mereces tener cosas bonitas. No tenías que estar allí esta noche. Ahora lo entiendo.

—¿De qué hablas?

—No tienes que arriesgar tu vida; yo puedo contarte lo que pasa y tú lo dibujas.

—¿No quieres que esté en el lugar de los hechos?

—Tal vez deberías quedarte con tu trabajo de cortar vidrios.

—Tal vez deberías meter la cabeza bajo un chorro de agua fría. —De pronto, comprendió el significado real de sus palabras. Solían discutir, pero esto era distinto. Se le cayó el alma a los pies—. No. Yo tengo derecho a estar allí tanto como tú o cualquier otro.

—Pero…

—No digas ni una palabra más. —Porque si lo hacía, ella se echaría a llorar.

Debería haber estado en el incendio, no perdiendo el tiempo en un baile de la alta sociedad. Pero entonces tal vez no se habría dado cuenta nunca de lo que él pensaba realmente. Charlie no entendía que ser testigo de los hechos era diferente. No, claro que lo entendía. Solo que no creía que fuera un lugar para una mujer.

—Vas a llegar tarde. —Se dirigió a la puerta sin esperar a ver si él la seguía.

—Grace, no te enfades.

—¿Por qué no? Acabas de decir que no soy necesaria.

—No es lo que…

—Vete, ¿quieres?

—No seas terca.

—Tengo que serlo para sobrevivir. —Sostuvo la puerta abierta, pero vaciló en el umbral—. ¿Podrás llegar bien?

Él asintió.

—Grace. Eres… Me encanta tu vestido. —Dio media vuelta y se alejó dando zancadas hacia la esquina.

Grace no lo miró. Entró y cerró la puerta de un golpe.

Doña Berto la estaba esperando.

—Ay, Grace, ¿qué ha pasado?

—Hubo un incendio.

—No estoy hablando del incendio. ¿Qué sucede?

Grace se mordió el labio, haciendo un gran esfuerzo por no echarse a llorar.

—Me fastidia tremendamente. Al principio solo me irritaba, podía soportarlo. Pero ahora me molesta, se pone… protector.

Doña Berto soltó una carcajada.

—Ay, Grace, noventa y nueve de cada cien chicas matarían por alguien que se preocupe por ellas como Charlie lo hace por ti.

—Pues que se lo queden. —Aunque intentó reprimirla, una lágrima rodó por su mejilla.

Doña Berto negó con la cabeza, suspiró y abrió los brazos. Grace no pudo resistirse a la invitación; se dejó caer en ellos y por unos momentos se cobijó en el abrazo de la mujer.

—Grace, Grace, ¿qué voy a hacer contigo?

—Podría empezar diciéndole a Charlie que deje de fastidiarme —murmuró Grace contra el algodón suave del camisón de doña Berto.

—Pues sería como decirle al río Hudson que no fluya hacia el mar.

Grace levantó el rostro y frunció el ceño.

—¿Qué quiere decir?

—¿Todavía no lo has adivinado?

—¿El qué?

—La razón por la que quiere protegerte, tontita.

—¿Charlie? Porque es un entrometido, un mandón… Cree que no soy capaz de hacer el trabajo, pero sí lo soy.

Doña Berto tomó a Grace por los hombros y la alejó un poco para mirarla a los ojos.

—No, Grace. Es porque te quiere.

Grace tardó varios segundos en recuperar el aliento para poder responder.

—¿Charlie? No me quiere. Somos colegas.

Doña Berto alzó las manos al cielo.

—Cómo lograsteis encontraros en este mundo es un misterio para mí. Te quiere, pero nunca lo admitirá. Es tan terco como tú, tal vez más.

Grace se dejó caer en la silla más cercana. Había estado tan cerca del éxito. Había pensado que su colaboración con

Charlie la ayudaría a conseguir un puesto permanente en el periódico. No es que lo estuviera utilizando, pero juntos funcionaban bien… como colegas. Pero quizás él no quería que fueran solo colegas.

—¿Cómo lo sabe?

—Ay, querida, solo hay que observarlo cuando te mira. No sería mi primera elección, te advierto. Es mayor que tú, y aunque tiene un trabajo, no es precisamente próspero. Ve cosas horribles, se pone en peligro, nunca estará en casa para la cena.

—Yo casi nunca ceno en casa.

—Pero a pesar de todo eso —continuó doña Berto, ignorando la objeción de Grace—, bajo la arrogancia de reportero es un hombre bueno. Y es alto. Podrías acabar con alguien peor.

Grace se puso de pie de un salto.

—No, doña Berto. El matrimonio no es para mí. Pienso convertirme en caricaturista política o morir en el intento.

—Nadie ha dicho que no puedas hacer ambas cosas.

—Charlie lo diría.

—Hasta ahora solo lo he oído sugerirte que les digas a los editores quién eres.

—No lo haré. Seguro me despiden.

—Puede ser, pero creí que estabas a favor de que las mujeres reciban el reconocimiento que merecen. ¿Cuánto tiempo más tendrá que esperar el mundo para saber que G. L. Griffith es una mujer?

Por fin, Emilie logró que las muchachas se fueran. Les había contado hasta el último detalle de la velada, pero en realidad, no estaba prestando atención. No podía imaginar por qué doña Berto había llamado a Grace a la cocina. Y por qué todavía no había subido.

¿Estaría en problemas? Ambas estaban al día con el alquiler. Hasta donde sabía, no habían infringido ninguna norma. ¿Habría ocurrido alguna desgracia en la familia de Grace? ¿Tendría que volver a Connecticut?

¿Qué pasaría entonces con el vitral "Magnolia"? ¿Y con las aspiraciones periodísticas de Grace? ¿Y con Emilie?

¿Por qué había subido a buscar su cuaderno?

Después de que las demás se fueron, Emilie pasó unos minutos caminando de un lado a otro por el pequeño espacio entre las camas, intentando descifrar lo que ocurría. Debería haberle pedido a alguna que desabrochara los botones de su vestido antes de marcharse, así podría prepararse para dormir, pero... ¿y si Grace la necesitaba?

Se apoyó en el alféizar y miró por la ventana. La calle estaba en silencio. Por un momento, casi pudo oír en su cabeza los acordes de un vals. Leland Bishop había sido un compañero encantador: entretenido sin ser frívolo, elegante sin rigidez, refinado sin afectación.

Le gustaba. Y ahí terminaba todo. Estaba muy por encima de ella en posición, incluso en Estados Unidos. Y si llegaba a enterarse de su pasado...

La puerta se abrió de golpe y Emilie dejó escapar un grito ahogado. Enseguida vio que Grace había estado llorando.

—¿Qué ha pasado? Estaba preocupada por ti.

—No es nada.

—Ya lo sé, puedes cuidarte sola, pero igualmente me he preocupado.

—¿Por qué no me dejáis todos en paz? Deberíais ocuparos de vuestros propios asuntos. —Grace se dejó caer sobre la cama.

—Muy bien —concedió Emilie—. Cada una se ocupará de sus cosas... una vez que nos ayudemos mutuamente a quitarnos estos vestidos de baile.

Grace levantó la mirada con el ceño fruncido y la cara

crispada en una mueca de fastidio. Se debatió consigo misma por un instante y de repente, soltó una carcajada.

—Lo siento. Es solo que…

"Charlie —pensó Emilie—. Se trata de Charlie".

—Charlie —confirmó Grace.

—Cuéntamelo todo.

Y Grace lo hizo, mientras se desabrochaban mutuamente los vestidos, los colgaban en el armario y se ponían los camisones.

Emilie la dejó hablar sin interrumpirla, sin hacer preguntas ni dar consejos. Tampoco era que tuviera ninguno que darle. Los hombres eran una fuente infinita de enredos, de caos, de desdicha. Y, sin embargo, Emilie sabía que algunos eran distintos…, o al menos lo esperaba. Había pensado que Charlie Murray, con sus modales bruscos y sus trajes mal cortados, tal vez fuera uno de ellos.

Pero ya se había equivocado antes. Muchas veces.

Cuando Grace se hubo desahogado por completo con rabia, decepción y una pregunta final de cómo había acabado en semejante enredo, Emilie le ofreció la única clase de consejo que sabía dar.

—No eres responsable de lo que Charlie siente; sigue adelante y llegarás a donde quieres llegar.

—Ahora me parece imposible.

—¿Por qué? ¿Porque un hombre resultó ser menos de lo que creías?

—No es menos. Es brillante, trabajador y tiene un talento con las palabras que realmente conmueve.

—Pero no estás enamorada de él, eso lo entiendo —dijo Emilie.

—No quiero estar enamorada. Quiero ser dibujante de caricaturas políticas —declaró Grace—. Vámonos a dormir. Mañana tenemos un día largo.

No volvieron a hablar, pero Emilie la oía moverse una y

otra vez en la cama. Sabía que no estaba dormida. Y entendía su dilema. Un simple baile en una fiesta o el fuego en la mirada de un hombre habían tentado a Emilie hasta el punto de anularle el juicio. Y eso la entristecía, por ambas. Porque si Grace había decidido renunciar al matrimonio en favor de su futuro, Emilie se veía obligada a hacerlo por culpa de su pasado.

—Nevará antes de que termine el día —vaticinó Lotte a la mañana siguiente mientras se dirigían con desgana al trabajo bajo un cielo plomizo y amenazante.

La emoción de la noche anterior se había disipado con el sueño y Emilie se sentía exhausta. Sabía que Grace también lo estaba. No había pronunciado una sola palabra en el desayuno.

Pero dejaron de lado sentimientos y recuerdos junto con sus abrigos de invierno y se sumergieron en el trabajo. Ahora eran tres las muchachas asignadas al panel de "Invierno", y Emilie tenía que resistir el impulso de controlar los cortes y las secciones. La señorita Zevesky en ocasiones le consultaba por alguna pieza difícil, pero las otras tres, con más experiencia que Emilie en el taller, trabajaban sin vacilar, como si el enorme vitral fuera un simple rompecabezas de salón.

A veces, Emilie tenía que morderse la lengua para no sugerir un corte distinto o evitar un error.

Era desesperante. Se repetía mil veces al día que así había trabajado Miguel Ángel. Y él había creado obras maestras. Igual que el señor Tiffany. Debía conformarse con eso.

La señora Driscoll hacía su ronda habitual al inicio de la jornada, luego después del almuerzo y una vez más en la pausa del té. El resto del tiempo lo pasaba en su oficina o atendiendo llamados de otras partes del edificio.

El señor Tiffany solo visitó el estudio una vez, y se quedó solo el tiempo suficiente para asentir, dar unos toques aquí y allí y seguir su camino.

De un día para el otro, el estudio amaneció adornado con hojas de acebo y ramitas de pino atadas con cintas de colores brillantes. Todas comenzaron a hablar de las fiestas y esperaban con ansias saber si, al igual que los hombres, tendrían toda una semana libre.

Emilie no veía cómo podrían permitirse tanto tiempo de descanso. Faltaban solo tres meses y medio para la Exposición de París y aún quedaba muchísimo por hacer.

Grace y las dos chicas que trabajaban en el vitral de la "Magnolia" avanzaban a buen ritmo. Pero el equipo de Emilie ni siquiera había comenzado el panel de "Primavera". Y luego habría que ensamblarlo todo. Sin contar las demás piezas, que estaban repartidas por el taller en diversos estados de finalización. Los hombres debían de estar igual de ocupados en Corona.

En la pensión, la conversación giró hacia la cena de Navidad. Charlie Murray pasó por allí dos veces, pero Grace se negó a verlo. No quiso decir por qué. Doña Berto se limitó a chasquear la lengua y no abrió la boca.

Dora recibió una invitación para pasar la Navidad con sus tíos en Nueva Jersey.

—Aunque en realidad, casi desearía no ir —confesó una noche en que estaban reunidas junto al fuego del salón, haciendo guirnaldas de papel para decorar la barandilla de la escalera—. Os echaré de menos a todas.

—Solo serán un par de días —dijo Lotte—. Lo pasarás bien con tu familia.

—Nosotras no tenemos familia —se quejó Maggie—. Me gustaría tener unos tíos.

—Pues no los tienes —replicó Lotte; arrancó una tira de papel de la mesa y la añadió a su guirnalda.

Emilie notó que Lotte se había vuelto mucho más irritable con su hermana, aunque ¿quién podía culparla? Nunca tenía un momento para sí. Por eso, cuando el sábado por la tarde doña Berto le anunció que Nessa y Jane habían invitado a Maggie a ir al parque con ellas, Lotte no puso objeción alguna.

Le dio una moneda a su hermana y en cuanto la vio partir con las criadas, aprovechó para salir de compras.

—Bien hecho —comentó Emilie.

—Seguro que solo va a comprar un regalo de Navidad para Maggie —dijo Grace.

—En serio —intervino Dora—, a veces no puedes dejar de preguntarte qué pasaría si…

—No lo digas —le advirtió Grace—. Mejor da gracias por lo que tienes.

—Lo sé. Creo que yo también saldré de compras —dijo Dora—. Tal vez alcance a Lotte.

En cuanto se fue, Emilie y Grace se acomodaron frente al fuego.

—¿Tú también irás a casa para Navidad, Grace?

Grace levantó la vista de la revista que acababa de abrir.

—No —respondió con cierta melancolía—. Mis padres son maravillosos, pero tienen ideas muy conservadoras sobre el papel de la mujer. Bueno, mi padre es ministro metodista, así que… No estaban muy de acuerdo con que viniera a Nueva York a trabajar para el señor Tiffany, y si supieran lo demás… —Alzó la mirada hacia lo que Emilie imaginó sería el cielo metodista—. Es mejor dejar que la celebren sin mí. Mis hermanos y hermanas viven cerca y compensarán mi ausencia.

Grace también tenía cosas que ocultar para poder perseguir su sueño.

—Me alegra que seamos amigas —dijo Emilie.

—A mí también.

Oyeron unos golpes en la puerta.

Grace se levantó de un salto.

—Si es Charlie Murray, dile que no estoy.

Y sin más, salió del salón y subió corriendo las escaleras.

Emilie oyó que doña Berto abría la puerta, intercambiaba unas palabras con el visitante y lo despedía enseguida. Luego, la puerta se cerró.

Se levantó y salió al pasillo.

—Ay, esos dos —farfulló doña Berto—. Ella no ha salido a cubrir una historia desde que se perdió aquel incendio por ir al baile. Y no es culpa de Charlie.

Volvió a la cocina y Emilie subió a hablar con Grace.

Al llegar a la habitación, la encontró metiendo el cuaderno de dibujo y los lápices en la bolsa.

—Tarde o temprano tendrás que enfrentarte a él —le dijo Emilie, aunque ¿quién era ella para hablar de enfrentarse a los propios demonios, cuando lo único que había hecho con los suyos era poner un océano de por medio?

Grace no respondió. Metió dos lápices más en la bolsa.

—Hacéis un buen equipo. Fue a ti, y a nadie más, a quien buscó la noche del incendio, porque sabía que podías captar lo que él sentía. Y las ilustraciones fueron increíbles. Hubo hasta cartas al editor elogiándolas.

—Me ha usado.

—¿Qué? Nunca he oído algo más absurdo. Sois un equipo y, para ser franca, él lleva en esto mucho más tiempo que tú.

Grace se colgó la bolsa al hombro.

—Es lo que dice Charlie, que le dé tiempo al asunto. Pero ahora ha cambiado. Estoy pensando en presentarme en las oficinas del *Sun* y decirles quién es G. L. Griffith.

—Vaya, qué valiente. ¿Y qué crees que pasará entonces?

—Es probable que no vuelvan a comprarme un dibujo. —Grace se dirigió a la puerta.

—¿Entonces adónde piensas ir?

—Adonde no esté Charlie Murray.

—¿Y cómo sabes dónde no va a estar?

—No lo sé, pero no puede estar en todas partes.

—Grace, ¿por qué no hablas con él? Explícale por qué estás molesta. Al menos dile de frente que no quieres seguir trabajando con él.

—Pero… es que quiero seguir trabajando con él.

—Entonces… —Emilie no llegó a terminar lo que iba a decir. Grace salió con paso decidido y cerró la puerta. Emilie la oyó bajar corriendo las escaleras.

Fue a la ventana justo a tiempo para ver a Grace salir a la calle. Y a Charlie Murray bajar de la acera de enfrente para seguirla hasta la esquina.

Suspirando con resignación, Emilie se apartó del ventanal. Quizá ella también podía hacer algunos dibujos.

Acababa de disponer sus pinturas pastel cuando llamaron a la puerta y doña Berto irrumpió en la habitación.

—¡Ay, Emilie, tienes una visita!

—¿Charlie ha vuelto? ¿Qué habrá pasado?

—No es Charlie. Es un caballero. Quiere verte.

A Emilie se le contrajo el estómago y tuvo que aferrarse a la cama de bronce para no tambalearse. Habían venido por ella. Iban a arrestarla después de todo. Miró hacia la ventana. En París había funcionado, pero aquí la caída daba directa a la calle. Esta vez no escaparía.

—¡Por el amor de Dios, niña, arréglate el cabello! ¿Y dónde está tu mejor vestido de visitas?

—Pero, doña Berto, ¿dijo quién era?

—Por supuesto. Me dio su tarjeta. —Dio media vuelta, abrió el armario y buscó en el interior.

—Este estará muy bien. —Sacó el mejor vestido y se lo tendió—. Anda, date prisa. Envejecerá esperándote.

—¿Qué decía la tarjeta? ¿Quién es?

—El señor Bishop. Ha venido a invitarte a tomar el té.

CAPÍTULO 21

—No sé por qué estás tan molesta —refunfuñó Charlie mientras corría para alcanzar a Grace—. Has estado evitándome; pensé que éramos un equipo.

—Evidentemente, no —resopló ella, sin aflojar el paso ni mirarlo.

—Los editores quieren saber por qué tus ilustraciones ya no llegan tan rápido como antes. ¿Qué tengo que decirles? ¿Que te has cogido un berrinche porque me preocupé por tu seguridad?

Grace frenó en seco en la mitad de la acera, obligando a varios hombres a apartarse rápidamente para no chocar con ella.

—No me he cogido ningún berrinche. Estoy... estoy... ¿Qué les dijiste?

—Que no te había visto, lo que es cierto. Pero ¿qué demonios...? Quiero decir... ¿Qué rayos estás haciendo? ¿Quieres este trabajo o no?

—Por supuesto que lo quiero, pero por mérito propio, no porque me llevas de la mano como si solo fuera útil para tus artículos.

—¿Qué? ¡Pero qué manera de decir ridiculeces, si serás terca y arrogante...!

—¿Arrogante? —exclamó Grace—. ¿Tienes el descaro

de llamarme arrogante? Diste a entender que no me necesitabas en el terreno porque era incapaz de cuidarme sola. "Quédate en casa y yo te diré qué dibujar" —añadió, imitando la voz de él en un tono grave y áspero.

Charlie se quitó el sombrero de un manotazo, se rascó la cabeza y se lo volvió a colocar.

—Jamás dije tal cosa, y lo sabes. Verifica tu fuente, que vendría a ser yo. —Se golpeó el pecho con el pulgar con tanta fuerza que Grace se sorprendió de que no quedara una marca en su abrigo.

—Dijiste que era peligroso.

—Y lo es, sí.

—Pues yo puedo manejarlo.

—Perfecto. ¿Qué quieres que les diga a los editores? ¿Que ya no trabajamos juntos? ¿Que prefieres colaborar con otro reportero?

Grace tragó saliva, tratando de impedir que asomaran lágrimas de rabia en sus ojos.

—¿Es lo que quieres tú?

Charlie la miró, perplejo.

—Diría que no importa lo que yo quiera.

Quizá sí importaría si ella supiera qué era lo que él realmente deseaba. Pero después de su conversación con doña Berto la otra noche, temía descubrirlo.

Charlie vaciló un momento, esperando una reacción de ella, pero al final se encogió de hombros.

—Nos veremos por allí, supongo.

Dio media vuelta para marcharse, dio tres pasos y luego regresó adonde estaba Grace.

—Algún día descubrirán quién eres. No les hará gracia saber que una mujer los engañó. Te conviene tener amigos de tu lado.

—¿Me estás chantajeando?

Charlie se quitó el sombrero de nuevo y lo sostuvo en

la mano. El fuego en sus ojos se había apagado. El azul brillante parecía casi gris. Meneó la cabeza y se alejó.

Grace abrió la boca para llamarlo, para decirle que sí, que lo necesitaba, que quería seguir trabajando con él, que necesitaba un amigo. Pero algo la detuvo. Pura cobardía, supuso. Así que lo dejó ir y pensó que jamás había pasado una Navidad más triste en su vida.

Emilie dejó que doña Berto la regañara y le abrochara el vestido y luego la espantó con un gesto. ¿Por qué estaba nerviosa como una debutante? En realidad, nunca había estado como una debutante en su vida. ¿Por qué había venido Bishop? ¿Qué podía querer?

Solo una posibilidad le venía a la mente. Pues bien, se llevaría una sorpresa. No era una damisela ingenua y crédula. Por otro lado, tampoco había perdido el juicio del todo.

Se recogió el cabello, dejando sueltos algunos mechones, y cuando decidió que estaba presentable, bajó las escaleras.

Bishop se puso de pie de un salto al verla, como si lo hubieran pinchado. A Emilie le pareció deliciosamente torpe.

Algunos hombres parecían más guapos a la luz de las velas de un salón de baile, pero con la luz del día perdían atractivo. Pero allí, en la sala de doña Berto, vestido con un traje de lana fina, Bishop se veía aún más apuesto que con su atuendo de gala.

Se recuperó enseguida y con su tono más refinado, dijo:

—Señorita Pascal, espero no estar importunándola. Me preguntaba si me haría el honor de acompañarme a tomar el té. —Emilie miró instintivamente hacia la cocina, donde, sin duda, doña Berto estaría hurgando en los armarios en busca de algo digno de un caballero tan rico, culto y atractivo—. Pensé que le agradaría el Plaza. Está bellísimamente decorado para las fiestas.

—Señor Bishop…

—Llámeme Leland, por favor —dijo con un tono despreocupado, como si quisiera tranquilizarla.

No lo logró. Emilie meneó la cabeza.

—Me temo que…

La expresión de él cambió al instante, como si temiera lo peor.

—No tenga miedo. No soy peligroso, aunque tal vez sí un poco ridículo. ¿Es eso lo que piensa?

Emilie quedó completamente desarmada. Una sonrisa traicionera se dibujó en sus labios.

—Bueno, un poco. ¿A qué ha venido, si puede saberse?

—Quiero invitarla a tomar el té.

Ella permaneció en silencio, aunque sentía las rodillas un poco flojas. ¿Se atrevería a hacerle una proposición allí mismo, en la sala de doña Berto?

Una chispa de comprensión iluminó la mirada de él.

—Té. En el Plaza. Nada más. —Se dejó caer en el sillón súbitamente, dejándola de pie frente a él—. Por Dios, ¿eso piensa de mí?

—No he pensado en usted en absoluto.

—*Touché*. Por favor, siéntese antes de que regrese la señora Bertolucci y piense que soy un patán sin modales.

—Dudo que vaya a pensarlo —replicó Emilie, pero se sentó frente a él.

—Le aseguro que no tengo esa clase de reputación. Ni hay motivos para que me la adjudiquen.

—Era mucho más entretenido cuando bailábamos —dijo Emilie—. ¿Siempre es tan rígido a la luz del día?

—No lo he sido hasta hoy. ¡Esto es absurdo! Somos dos personas que disfrutan de la compañía del otro. O al menos eso creía. ¿Me equivoqué?

Emilie negó con la cabeza.

—Entonces venga a tomar el té conmigo al Plaza.

Invitaremos a la señora Bertolucci para que nos haga de carabina.

—Ay, no diga tonterías —replicó Emilie, cediendo un poco—. Pero no estoy vestida para el Plaza. Y, francamente, ni siquiera tengo un vestido adecuado para la ocasión. Por si lo ha olvidado, señor Bishop, soy una trabajadora.

—Yo también. No "una trabajadora", claro, pero…

—Ya sé a qué se refiere. Es el dueño de una galería, el que encumbra o arruina carreras artísticas.

—¿Y quién es usted, Emilie Pascal?

Un escalofrío gélido la dejó sin aliento por un instante.

—Como le dije, una cortadora de vidrio en el estudio Tiffany.

—Entonces vayamos a tomar el té. La trabajadora y el comerciante. —Había un brillo travieso en sus ojos al que a Emilie le costaba resistirse.

—¿Y si vemos a alguien a quien usted conozca?

—Pues entonces disfrutaré de su envidia.

—¿Y si sorbo el té con ruido?

—Haré exactamente lo mismo.

—¡Qué hombre tan absurdo!

—Su opinión coincide por completo con la de mi familia. Vaya a decirle a la señora Bertolucci que la devolveré sana y salva antes de la cena.

Emilie lo dejó en la sala y fue a hablar con doña Berto, que ya tenía su abrigo listo.

—Si intenta propasarse, coges un coche de alquiler y te vuelves de allí de inmediato. Hay una parada en el Plaza. Yo lo pagaré.

Emilie asintió. No creía que Leland Bishop fuera a aprovecharse de ella. Lo que podía llegar a hacer era mucho mucho peor.

El Plaza Hotel estaba ubicado en la esquina sur del Central Park, sobre la Quinta Avenida; ocho pisos de puro lujo. Emilie solo lo había visto de lejos, de camino al Museo Metropolitano, que estaba más arriba en la misma avenida. Cuando el carruaje se detuvo, la puerta se abrió y un sirviente bajó los escalones. Con gran agilidad, Leland saltó para ayudarla a descender. Un portero con imponente prestancia los recibió con una reverencia y los condujo al interior.

Todo era elegancia, pensó Emilie, mientras Leland la guiaba por el vestíbulo de mármol hacia el salón de té, donde la decoración en blanco y dorado servía como lienzo perfecto para las cestas doradas con flores rojas dispuestas con esmero por toda la estancia.

Pronto dejó de lado sus reservas y empezó a disfrutar de la ocasión. Se sentía a gusto allí, en un entorno refinado, tomando el té con un hombre culto que ahora, en su ambiente, se mostraba encantador y entretenido; tenía, además, una concepción sorprendentemente democrática del arte, incluso en lo que concernía a los expresionistas.

Cuando salieron del hotel, se dejó convencer con facilidad para dar un paseo por el parque, aunque ya caía la tarde. Leland tomó su brazo con naturalidad y lo pasó por debajo del suyo, sosteniéndole la mano enguantada en la curva de su codo. Emilie no se apartó. Le resultaba natural el contacto y lo sentía cálido contra el frío que se acentuaba.

El paseo terminó demasiado pronto y volvieron a subir al carruaje, que tomó por la Quinta Avenida. Emilie tuvo que contenerse para no demostrar lo decepcionada que estaba de que la fantasía llegara a su fin.

Leland la acompañó a la puerta; ambos estaban callados después de una tarde de risas y conversación. Doña Berto abrió en cuanto la mano de él se apartó de la campanilla.

Se despidieron bajo la mirada atenta de la mujer y Emilie

entró; la esperaba una ráfaga de preguntas de las demás, que se habían reunido en el saloncito para verla llegar.

Estaban todas menos Grace, que no regresó hasta después de la cena; subió directamente a la habitación y fingió quedarse dormida, hasta que Emilie abandonó todo intento de conversación y se fue a dormir con la mente llena de imágenes del salón de té del Plaza.

La tarde del viernes antes de Navidad, despidieron con gran entusiasmo a Dora, que partía a tomar el ferry hacia Nueva Jersey.

A la mañana siguiente, durante el desayuno, las jóvenes sacaron trocitos de papel con nombres para el intercambio de regalos y enseguida subieron corriendo las escaleras para reunirse en secreto y decidir qué regalarle a doña Berto; también dejarían un aguinaldo para Nessa y Jane.

—Bueno, esto me deja sin un centavo —dijo Grace—. Pero tres días enteros de descanso... ¿qué haremos con tanto tiempo libre?

No había contado demasiado sobre el malentendido con Charlie ni sobre lo que habían hablado, pero Emilie sospechaba que ya no trabajaban juntos. Grace había enviado un par de caricaturas, pero sin demasiado entusiasmo.

Aun así, metió el cuaderno de dibujo y los lápices en la bolsa y con un "Nos vemos luego" salió de la pensión.

Emilie bajó en busca de un periódico y, cuando subía de nuevo las escaleras, sonó la campanilla. Al abrir la puerta, se encontró con un niño uniformado que cargaba una caja grande y alargada. Flores para alguien.

Cogió la caja y echó un vistazo al destinatario. "Señorita Emilie Pascal".

Le dio un penique al chico y cerró la puerta antes de arrancar la tarjeta del paquete. Eran de Leland Bishop.

Decía que pasaría la Navidad en la residencia de sus padres en Long Island y que esperaba verla de nuevo a su regreso.

Llevó la caja a la cocina sin abrirla.

—¿Y eso? —preguntó doña Berto.

—El señor Bishop —respondió Emilie sin mirarla.

—¡Pues ábrela!

A regañadientes, Emilie levantó la tapa y descubrió un exuberante ramo de flores de colores vivos.

—Son preciosas —comentó doña Berto—; pero ten cuidado, querida. Los hombres como el señor Bishop...

—Gracias, pero no hace falta que me advierta sobre hombres como él. No son para alguien como yo.

—No era eso lo que quería decir.

—Lo sé, y tampoco hace falta que lo diga. Podríamos dividir el ramo y hacer varios arreglos para la casa.

Doña Berto sonrió con dulzura, o así le pareció a Emilie.

—Quedarán preciosos. Será nuestro secreto, pero antes... —Tomó una fresia de un delicado tono lavanda y se la entregó—. Algo para guardar en tu libro de recuerdos.

Emilie aceptó la flor, aunque no tuvo valor para decirle que no tenía libro de recuerdos. No había demasiadas cosas que quisiera conservar en la memoria. Cuando llegó a su habitación, dejó caer la fresia en la papelera y apartó a Leland Bishop de su mente con firmeza. Aceptar la invitación al Plaza había sido una imprudencia; había corrido el riesgo de que la reconociera alguien del mundo de él, ese mundo que también había sido el suyo. Iba a tener que ponerse firme si lo volvía a ver.

La víspera de Navidad todas se reunieron en el salón de doña Berto para decorar el árbol que Jane y Nessa habían colocado sobre la mesa redonda esa misma tarde.

Cantaron villancicos y Emilie los acompañó en francés, ya que no podía traducir las letras al inglés sin perder el ritmo de la melodía.

La única que no parecía contagiada por el espíritu navideño era Grace. Emilie sabía que seguía molesta, convencida de que Charlie la había traicionado. Él, por su parte, no había dado señales de vida y Grace no lo había nombrado ni una sola vez.

Más tarde, el consenso entre las huéspedes de doña Berto fue unánime: la cena de Navidad había sido la mejor de su vida.

Dora llegó tarde esa noche y anunció con entusiasmo que sus tíos la habían invitado a volver en la primavera.

—Estoy segura de que, para el verano, estaré comprometida y se acabará la vida de cortadora de vidrio para mí. —Bajó la vista, arrepentida—. Aunque echaré de menos a todas mis amigas.

Esa noche, todas subieron a sus dormitorios con el corazón y el estómago llenos.

El día después de Navidad amaneció súbitamente más frío y las chicas caminaron deprisa desde el calor de la pensión al del taller de Tiffany, casi sin intercambiar palabra. Dos veces, Grace tuvo que volver atrás para ayudar a Lotte a convencer a Maggie de que avanzara. Últimamente, Maggie se había vuelto menos dócil, más sombría y propensa a romper en llanto por cualquier cosa.

—Está enfadada porque quiere quedarse con Nessa y Jane en la cocina, que está calentita —le confió Lotte mientras caminaban juntas—. ¿Cómo puedo trabajar y cuidar de ella al mismo tiempo?

Grace no tenía respuesta.

—¿No tienes ningún pariente que pudiera hacerse cargo de vosotras?

Lotte negó con la cabeza.

—Tendré que arreglármelas como pueda.

Una ráfaga gélida las envolvió de repente. Grace cogió a Lotte del brazo y agacharon la cabeza contra el viento para seguir avanzando; Grace pensaba en la difícil situación de las jóvenes trabajadoras sin recursos y en una idea que tenía para una ilustración de cuarto de página.

Tan pronto como cambiaron sus abrigos por los delantales de trabajo, se unieron a las demás en el taller, y tras unos minutos de charlas sobre regalos, comidas y familia, todas se sumieron en el silencio habitual de la jornada laboral.

El trabajo en el vitral de la "Magnolia" estaba casi terminado, y el señor Tiffany bajó dos veces esa semana para supervisar los últimos detalles. La señorita Northrop se mostró más que encantada con el resultado. Se la veía radiante.

El panel de "Invierno" estaba avanzando mejor de lo que Emilie esperaba. La nieve opalescente parecía tan copiosa como para desprenderse de las ramas desnudas en cualquier momento, caer al suelo y derramarse fuera del marco hasta cubrir los pies del espectador.

En ese panel, el señor Tiffany había utilizado el vidrio como si pintara con luz y sombra de una manera que ningún pincel podría lograr. En momentos como ese, Emilie le perdonaba todas sus excentricidades; la forma en que se quedaba detrás de ella esperando dar su veredicto, su indiferencia al descargar la ira de su bastón sobre los vidrios que no le gustaban. Su testarudez, su vanidad, su petulancia, esa absoluta certeza de que siempre tenía razón.

Se lo perdonaba todo y esperaba que él también perdonara los defectos de ella. Él tenía una visión, Emilie tenía la suya y a veces chocaban, pero siempre encontraban ese punto en común en el vidrio. Y Emilie sabía que, pasara lo que pasara en el futuro, siempre existiría ese punto de encuentro, ese espacio solamente de ellos. Allí ella se sentía auténtica.

Dos días después de haber vuelto al trabajo, la señora Driscoll terminó su nueva lámpara de libélulas.

El señor Tiffany invitó a todos a celebrar la presentación. Bajaron en ascensor hasta la sala de exposiciones, la misma en la que Emilie había entrado por error el día que bajó del barco. La señora Driscoll se veía orgullosa, sin rastro de nerviosismo, mientras se colocaban delante de la lámpara cubierta por una tela blanca.

Con cuidado, retiró la tela y el asombro fue inmediato. Estallaron aplausos. Era maravillosa. Alguien elogió la precisión de las teselas en el mosaico de la base, otra persona ponderó las alas veteadas en tonos púrpura de las libélulas en pleno vuelo. Todos coincidieron en que la filigrana era bellísima. El señor Belknap calificó la pieza como una idea ingeniosa.

Ni siquiera el señor Pringle Mitchell encontró nada que criticar.

El entusiasmo general atrajo a varios clientes, y una señora quiso comprar la lámpara en ese mismo momento.

El señor Tiffany sonrió con cortesía.

—Ah, señora Lilburn. Por supuesto, podemos hacer un pedido especial para usted, pero me temo que esta lámpara en particular está destinada a la Exposición de París.

La sonrisa de la señora Driscoll delataba su satisfacción; Emilie tuvo que contener las ganas de gritar: *"Brava!"*.

Regresaron al taller envueltas en la emoción del momento, pero pronto volvieron a sus rutinas. Quedaba mucho por hacer.

Esa noche, Grace comenzó a trabajar en una nueva ilustración de contenido político. Emilie la había visto esbozar varias ideas, pero Grace no quería mostrárselas.

—Hasta que la termine, no —era lo único que decía.

En Nochevieja, mientras la alta sociedad brindaba con champán en los restaurantes de la ciudad, las residentes de la pensión de doña Berto se sirvieron una ronda de ponche caliente con ron y salieron a la calle a escuchar las campanadas de medianoche de la iglesia.

Y, de repente, un año nuevo había comenzado.

CAPÍTULO 22

Desde la perspectiva de Emilie, nada había cambiado de un año para otro, excepto que cada día se sentía aún más lejos de París y de su padre.

Su panel de "Invierno" estaba casi listo. Aunque sabía que no le pertenecía, no podía evitar sentirse su dueña.

"Se trata del arte en sí", se recordaba a sí misma. No del artista. Y por ahora se conformaba con ser una de tantas. Pero empezaba a pensar en su propio arte, sus pinturas, y sentía un cierto anhelo y curiosidad de ver qué aspecto tendrían ahora. ¿Podría convertir sus pinturas en vitrales o viceversa?

Luego se regañaba a sí misma por su ingenuidad, por creer que algún día llegaría a ser una artista respetada, sin que el estigma de su padre falsificador opacara su brillo. Y después lamentaba que su arrogancia le permitiera pensar que alguna vez tendría el talento necesario.

Leland Bishop había regresado la primera semana del mes, pero Emilie no lo había visto. La había invitado a la ópera y ella rechazó la invitación. A tomar el té, invitación que también rechazó. Leland Bishop le gustaba, disfrutaba de su compañía. Pero también sabía que solo despertaría el resentimiento y las sospechas de las otras chicas Tiffany si la descubrían socializando con un acaudalado propietario de una galería de arte.

La idea de que se hablara de ella le helaba la sangre. No podía arriesgarse, no cuando por fin parecía posible forjarse un futuro.

El frío se acrecentó en enero y, aunque la gente decía que los días se hacían más largos, no se notaba desde el quinto piso del edificio de Tiffany. Había que forzar los ojos para trabajar casi en la oscuridad al final de cada jornada laboral. Cada vez más, las chicas tenían que hacer pausas para descansar la vista.

Ahora que los pedidos de Navidad ya se habían entregado y la lámpara de libélulas estaba aprobada, la señora Driscoll supervisaba el trabajo en el taller con renovada energía y les metía prisa para que terminaran todas las piezas destinadas a la feria mundial en París.

Les pidieron que fueran a trabajar una hora antes para terminar con las tareas del día. Las chicas de doña Berto casi no se veían entre sí, excepto en los arduos recorridos de ida y vuelta al trabajo. Incluso en esas caminatas casi no hablaban. Ya fuera la nieve, el sol o la lluvia helada o el viento mordaz, el tiempo no daba muchas ganas de conversar y, con varios abrigos encima y atentas para no resbalarse en la acera congelada, resultaba casi imposible charlar.

Por la noche, cenaban y se iban a la cama. Hasta Grace salía cada vez menos. No había mencionado el *Sun* ni a Charlie desde la noche del baile y Emilie no le preguntaba nada.

Una mañana Maggie no bajó a desayunar.

—No se siente bien —dijo Lotte con voz tensa—. Dice que hoy necesita quedarse en la cama. —Suspiró; se notaba que estaba a punto de llorar—. ¿Qué hago?

—Déjala en la cama —respondió doña Berto—. Le daré un poco de sopa a la hora del almuerzo y Nessa y Jane le pueden hacer compañía.

—¿Está segura? —preguntó Lotte con voz trémula.

—Absolutamente. Solo tengo que ir a hacer compras esta tarde y Nessa y Jane estarán aquí si necesita algo.

—Gracias. —Lotte se dio vuelta y se concentró en ponerse los mitones.

Era obvio que la relación entre las dos hermanas se complicaba cada vez más. Emilie no creía que Lotte pudiera resistir mucho más tiempo. Ya se la veía pálida y con ojeras oscuras. Y, si no podía seguir el ritmo de trabajo o enfermaba, ¿qué sería de ellas? Doña Berto tendría que echarlas. No podía darse el lujo de alojarlas a las dos por más que deseara hacerlo.

Ese pensamiento le laceraba el corazón. Sabía lo que significaba quedarse en la calle. Pero ella no había tenido que ocuparse de nadie más. Lotte todavía no había cumplido veinte años y ya era vieja.

Se dirigieron al trabajo bajo algunos copos de nieve que flotaban a su alrededor. Cuando terminaron de trabajar, ya habían caído varios centímetros de nieve.

En cuanto salieron de la puerta del edificio de Tiffany, Dora exclamó:

—¿Ese no es el príncipe azul?

Todas miraron hacia la esquina, donde se encontraba Leland Bishop con el sombrero de fieltro y el abrigo de astracán salpicado con copos de nieve, como si llevara allí un rato.

Tras un destello de placer, seguido de uno de pánico, Emilie fingió no verlo y caminó hacia el sur en dirección al edificio. Las demás la siguieron, pero no habían caminado más de cinco pasos cuando Emilie sintió una presencia a su lado.

—Señorita Pascal —dijo Leland, y todas las cabezas se dieron vuelta para verlo.

Emilie trató de seguir caminando, pero resbaló en la acera helada y él la sujetó del codo para que no se cayera.

—¡Qué placer verla! —exclamó como si no hubiera estado esperando frente a la entrada del edificio con ese propósito.

—¿Ha venido a ver al señor Tiffany? —le preguntó Emilie con cortesía, aunque, por cómo le brillaban los ojos, era evidente a quién había ido a ver. Se le aceleró el pulso, aunque se obligó a tratar de ignorarlo.

—Pensé que tal vez me permitiría invitarla a tomar una taza de chocolate caliente y luego acompañarla a su casa.

Emilie casi no se dio cuenta de que Grace les metía prisa a las demás mientras Dora fruncía el ceño con curiosidad. Y supo que tendría que contestar un millón de preguntas antes de poder irse a dormir esa noche.

—¿Qué hace aquí? —le preguntó Emilie en cuanto las demás se alejaron.

—Vine a verla, ya que parece que es el único sitio en el que tengo alguna posibilidad de hablar con usted.

—Señor Bishop, tengo que cuidar mi trabajo.

—Emilie, no puede engañarme.

Emilie se tensó, y sintió la presión de los dedos de él en el brazo.

—Quise decir que no veo por qué verme afectaría su trabajo. Me han dicho que soy de buena familia.

La risa que asomaba en esos ojos le impedía seguir evitándolo.

—¡Qué tontería! Sabe que no me refería a eso. Es mi situación la que debería preocuparlo. Soy una trabajadora.

—Me lo ha aclarado más de una vez, si no me equivoco. Pero, como no sorbió el té con ruido en el Plaza, me pareció que me podía arriesgar a invitarla a tomar una taza de chocolate. —La risa desapareció de sus ojos—. Es tan refinada como cualquiera de las mujeres que frecuentan el Plaza, la sala de exposiciones de Tiffany o las fiestas de mis padres. Mucho más refinada que las que asisten a las mías.

Sin querer, Emilie dio un paso atrás.

—No es así.

—Emilie, la conozco.

—No, no me conoce en absoluto.

—Es inteligente y valiente y talentosa…

—No, por favor, no… —No sabía qué decir. "No se llene de expectativas que no puedo satisfacer; no me exponga a los rumores o a la envidia; no me obligue a mentir para ocultarle la verdad sobre mí".

Sin embargo, debajo de esas súplicas, una vocecita susurraba: "Por favor…, lléveme a la ópera y a cenar y a todos los lugares hermosos a los que me encantaría ir. Bríndeme un refugio seguro y tráteme con amabilidad".

—¿Acaso no le gusto ni un poquito? —continuó él con vehemencia—. ¿Es eso? Solo dígame que no soporta mi presencia y la dejaré en paz. —Hablaba en voz baja e inquisitiva y Emilie estuvo a punto de mentirle y decirle precisamente eso. Sin embargo, antes de que pudiera responder, los ojos empezaron a brillarle otra vez—. Pero espere hasta después de beber una taza de chocolate caliente. En un día como hoy, no puede privarme de un buen chocolate caliente. Sería una crueldad. —Sonrió y ella cedió.

Leland Bishop era capaz de pasar de la seriedad al desenfado con un mero movimiento de esas pestañas largas que tenía. Podía disipar su temor con una sonrisa.

—Jamás sería tan despiadada —contestó Emilie, y le permitió acompañarla por la calle, sin que le importara un rábano la reputación de ninguno de los dos.

Cuando Emilie llegó a la pensión, todavía con la piel tibia gracias a las mantas y los calentadores de pies del carruaje de Leland, encontró a las demás tomando el té en la sala.

Al principio temió que la estuvieran esperando a ella,

pero pronto se dio cuenta de que no era así, ya que Grace se levantó de un salto y corrió a su encuentro en el vestíbulo.

—No podemos encontrar a Maggie.

—¿Qué? —exclamó Emilie mientras se desabotonaba el abrigo—. ¿No está en su habitación?

—No. La hemos buscado en las demás habitaciones por si se había quedado dormida en algún otro sitio o nos estaba gastando una broma o se había escondido para llamar la atención, pero estoy empezando a preocuparme.

—Os ayudaré a buscarla. —Emilie se quitó el abrigo cuando oyeron un grito proveniente del piso de arriba.

Doña Berto salió de la sala a toda prisa y las demás la siguieron y se agolparon en la arcada.

—Es Lotte. Quizás ya la ha encontrado.

—Espero que le dé un buen repaso por preocuparnos —dijo Dora.

—Tiene todo el derecho del mundo a enfadarse —intervino doña Berto—. Con todo lo que hace por esa chica. A cualquiera se le acabaría la paciencia.

Pero Lotte bajó sola, con un frasco de vidrio en las manos.

—¿Algún rastro de Maggie? —preguntó doña Berto.

—Se ha marchado. Se fue y se llevó todo el dinero que teníamos. —Lotte les mostró el frasco vacío—. Todo lo que había logrado ahorrar. No ha quedado nada. —Se dejó caer de pronto y se quedó sentada en las escaleras.

—Tal vez se confundió con el asunto de la Navidad y los regalos y se llevó el dinero para comprarte una sorpresa.

—Lo más probable es que se haya ido con su amiguito —dijo Nessa, que venía de la cocina con un hervidor de agua caliente.

—¿Qué amiguito? —exclamó Dora—. Maggie no se ve con ningún muchacho.

Nessa se encogió de hombros y miró a Jane, que pasó a su lado con una bandeja en la que llevaba miel y azúcar.

Lotte se cubrió el rostro con las manos.

—¡Ay, Dios! ¿Qué he hecho?

Grace se sentó junto a ella en la escalera y le rodeó los hombros con el bazo.

—No has hecho nada malo, Lotte. Siempre has cuidado muy bien a Maggie. Lo más probable es que te esté gastando una broma.

Grace levantó la vista y miró a doña Berto y, luego, a Emilie.

Sin duda, la situación era grave. Incluso si Maggie había salido sola con la idea de volver después de un rato para gastarle una broma a su hermana, ya era tarde, hacía frío y estaba oscuro. Una chica como Maggie podía confundirse y perderse con facilidad.

—Quizás deberíamos salir a buscarla —dijo la señorita Vanderheusen, e hizo a un lado a Dora—. Tal vez se ha perdido.

—Buscaré mi abrigo —anunció la señorita Burns.

—Esperad —dijo Emilie—. ¿Cuánto tiempo hace que se marchó? ¿Alguien lo sabe?

Doña Berto hizo un gesto para que Nessa y Jane se acercaran.

—Creemos que fue cuando doña Berto estaba en el almacén. Bajamos un segundo al sótano a buscar patatas y cebollas para el guiso de esta noche. Fue el único momento en que no hubo nadie en la cocina. La puerta del frente está siempre cerrada con llave cuando nos quedamos solas. La habríamos oído si hubiera tratado de salir.

—¿Cuándo bajasteis al sótano?

Nessa y Jane intercambiaron miradas y se encogieron de hombros.

—Entre las dos y las tres —respondió doña Berto—. Salí durante una hora y subí a verla antes de irme. Debí haber ido a verla otra vez al volver.

—No es culpa suya, doña Berto. ¿Cómo iba a saber que se había ido? —le dijo Grace—. Nessa, Jane, ¿qué sabéis del amigo de Maggie?

De pie una al lado de la otra, las chicas tenían las cabezas gachas.

—No mucho, señorita. Habla de él todo el rato. No le prestamos atención. Porque, ya sabe, es medio simplona.

—¿Lo habéis visto alguna vez? ¿Se encontró con él en alguna ocasión en la que saliese con vosotras?

—No, señorita. Solo nos decía que se iban a casar.

—¿Y os dijo quién era este muchacho?

—No, señorita —contestó Nessa—. Dijo que se llamaba Jack y que era su prometido. No tiene ningún prometido. ¿Quién se casaría con ella? No sabe cocinar ni limpiar ni hacer nada. Ni siquiera barre bien.

—Jack —repitió Dora pensativa—. ¿Su nombre era Jack?

Nessa y Jane asintieron enseguida.

Dora las miró con atención.

—¿Maggie os dijo que su amigo trabajaba en Tiffany?

—No sé —respondió Nessa—. Dijo que lo había conocido cuando fueron a la playa.

—¡Ay, Dios! —exclamó Dora—. Jack Ratner. Coqueteó con ella ese día en la playa. Pensé que la trataba con amabilidad porque Maggie, ya sabéis… ¡Qué canalla! —Se llevó la mano a la mejilla—. ¡Ay, Dios! Se han fugado para casarse. Por eso se llevó el dinero.

—¡Qué disparate! —protestó Grace, exasperada—. Jack Ratner podrá ser un canalla arrogante y presumido, pero no es ningún tonto.

Dora bajó la mirada.

—No quise…

—Se negó a casarse con ella.

Todas las cabezas giraron en dirección a la silueta encorvada de Lotte en la escalera.

—¿A qué te refieres, Lotte? —preguntó Grace.

—Fui a verlo. Le dije… —Lotte se atragantó con las palabras y, con pasmosa claridad, Emilie comprendió lo que había ocurrido. Había visto casos similares en París: chicas ingenuas arruinadas por sinvergüenzas.

Miró a doña Berto y a Grace para confirmar que también entendían lo que había pasado.

—¿Le pediste que se casase con Maggie? —le preguntó Dora, incrédula—. Jamás lo… ¡Ay, no, Lotte! ¿Quieres decir que…?

Lotte estalló en llanto y solo pudo asentir con el rostro escondido detrás de las manos.

Dora se sentó en el escalón más cercano.

Doña Berto y Grace ayudaron a Lotte a levantarse de la escalera y la llevaron a la sala, donde la sentaron en el sofá.

Las demás se agruparon en el otro extremo de la sala para debatir qué podían hacer para encontrar a la descarriada Maggie.

Decidieron que la buscarían por el barrio para descartar que no se hubiera perdido y estuviera tratando de llegar a la pensión.

Sin embargo, después de una hora de búsqueda, tenían sabañones y expresiones preocupadas, pero no habían encontrado a Maggie.

Agotadas, cenaron casi con desgana mientras planeaban lo que harían a la mañana siguiente. Nadie señaló que, si Maggie no estaba con Jack, tal vez mañana sería demasiado tarde.

—En cuanto lleguemos mañana al trabajo —dijo Grace—, preguntaremos en el departamento de cerámica si alguien sabe dónde pueden estar. Si nadie sabe nada, hablaremos directamente con el señor Tiffany y le pediremos que llame a la policía. Le harán más caso que a nosotras.

—¡No podemos permitir que el señor Tiffany se entere!

—exclamó Lotte—. La vida de Maggie quedará arruinada. El señor Tiffany la echará y ¿cómo haré para mantener a tres personas?

—*Non preoccuparti* —dijo doña Berto—. No os dejaré en la calle. Todo va a salir bien. —Suspiró al terminar de hablar: al igual que Emilie, no creía que todo fuera a salir bien.

—No te preocupes, Lotte —dijo Dora—. El señor Tiffany la va a encontrar.

Pero ninguna albergaba muchas esperanzas. Y nadie le preguntó a Lotte qué había querido decir cuando se refirió a "tres personas".

Después todas se fueron a dormir. Dora, en un gesto caritativo poco usual, se llevó a Lotte a dormir a su habitación para no dejarla sola.

Grace miraba por la ventana del cuarto, con la vista clavada en un periódico arrugado que el viento hacía volar por la calle. Casi no había gente fuera. Nadie en su sano juicio saldría con ese tiempo. A pesar de que deseaba aporrear a Jack Ratner, tenía la esperanza de que hubiera llevado a Maggie a algún lugar seguro.

¿Cómo era posible que Maggie preocupara así a su hermana, que trataba de hacer de madre, padre y hermana al mismo tiempo? ¿Habría sido idea de Jack llevarse los ahorros de Lotte?

Grace estaba enfadada: con Jack, por aprovecharse de una chica desvalida, y, Dios la perdone, con Maggie, por no ser capaz de cuidarse a sí misma. Pero, sobre todo, estaba enfadada con el mundo por permitir que ocurrieran ese tipo de cosas.

—Aléjate de la ventana —le dijo Emilie—. Por más que mires, no lograrás hacerla aparecer.

—No puedo dejar de pensar en que debimos darnos

cuenta de que esto podía pasar —replicó Grace—. Todas las veces en que Maggie desaparecía durante el almuerzo o cuando la encontrábamos deambulando sola por los corredores, no era porque estuviera confundida o se estuviera volviendo más vulnerable. Sabía perfectamente lo que hacía.

—Iba a encontrarse con Jack —dijo Emilie.

—Me gustaría tener la certeza de que la está cuidando.

—A mí también. —Emilie guardó silencio, pero Grace sabía que debía de estar pensando lo mismo que ella. Si Maggie estaba sola a la intemperie con ese frío, no sobreviviría ni una noche.

—¿Dónde podrá estar?

—No sé. Espero que esté con Jack. Ahora será mejor que tratemos de dormir un poco. Hemos hecho todo lo que se podía hacer.

—Tienes razón.

Sin embargo, Grace no sabía cómo harían para dormirse sabiendo que Maggie podía estar allí fuera, en la calle. Se acostó, se tapó con las mantas y, después de pasar una hora oyendo a Emilie moverse en la cama, se levantó para ir a mirar por la ventana.

No sabía cuánto tiempo llevaba sentada en el alféizar de la ventana cuando vio una silueta encorvada que subía los escalones de la entrada cojeando y arañaba la puerta.

—¡Es Maggie! —Grace cogió su bata y corrió hacia la puerta, seguida de cerca por Emilie—. ¡Es Maggie! —gritó mientras bajaba la escalera a toda velocidad y oía que se abrían las puertas en el pasillo de la planta alta.

Luchó con las cerraduras y abrió la puerta de un tirón. Entró una ráfaga de aire frío y Maggie se dejó caer en los brazos de Grace.

—Ya pasó, Mags. Ya estás en casa. —Grace sintió la piel fría de Maggie y su cuerpo casi inerte en los brazos—. Emilie, ve a buscar a doña Berto.

Pero doña Berto ya se acercaba deprisa, atándose la bata; el cabello le caía sobre un hombro en una trenza.

—Nessa, Jane, *sbrigatevi!* ¡Hervid agua para el té! ¡Llenad las bolsas de agua caliente! La llevaremos a la habitación del fondo para desvestirla y meterla en la cama.

Grace y Emilie lograron arrastrar a Maggie, que parecía desvanecida, por el pasillo y quitarle el abrigo. Pero, cuando la sentaron en la cama, se llevó las manos al estómago y comenzó a gemir.

—¿Lotte? ¿Lotte? Me duele.

En silencio, Grace y Emilie trabajaron en equipo para quitarle los zapatos y el corsé antes de desabotonarle la falda. Grace sostuvo a la joven mientras Emilie abría la cama. La acostaron y Emilie le quitó la falda.

Y se quedó paralizada.

—*Cher dieu céleste.*

—¿Qué pasa? —Grace miró la parte de adelante de la enagua de Maggie y tragó bilis—. ¡Ay, no, no!

Doña Berto se abrió paso entre las dos y se inclinó hacia Maggie. Grace y Emilie dieron un paso atrás, abrazadas para mantenerse en pie.

—Cubridla con las mantas y aseguraos de que esté abrigada.

—Pero… —comenzó a decir Grace.

—Haced lo que os digo. Le pediré a Nessa que vaya a buscar al médico. —Salió corriendo del cuarto y se cruzó con Lotte y Dora en la entrada.

—¡Maggie! —exclamó Lotte y se acercó seguida por Dora.

Emilie trató de retener a Lotte, que se abalanzaba hacia su hermana, pero ella se soltó. Vio la sangre y gritó. Dora se apresuró a sujetarla un instante para que Grace y Emilie cubrieran a Maggie con las mantas. Mantas que no podrían volver a usarse.

Cuanto terminaron, se hicieron a un lado y Lotte se arrodilló junto a la cama para tomar la mano de su hermana.

—Maggie, Maggie, ¿qué has hecho?

Doña Berto regresó a la habitación con un montón de sábanas limpias. Jane la seguía con un recipiente lleno de agua humeante, que colocó en la mesilla.

Doña Berto cogió a Lotte por los hombros y trató de apartarla a un lado.

—Tengo que lavarla antes de que llegue el médico.

—Yo lo haré.

—No, Lotte. —Doña Berto miró a Grace. Cuando Grace trató de alejarla de la cama, Lotte se negó a moverse—. Quítate de en medio —le ordenó doña Berto.

Era la primera vez que Grace oía a la dueña de la pensión hablar con tanta aspereza y entendió por qué lo hacía. No estaba segura de que Lotte se diera cuenta de la gravedad de la situación.

Lotte se acercó al rostro de Maggie y le quitó el cabello de los ojos.

—¿Quién te hizo esto?

—Una señora —musitó Maggie—. Jack dijo que nos iba a ayudar, pero me hizo daño.

Dejó escapar un gemido y trató de bajarse la enagua cuando doña Berto la levantó para intentar frenar el sangrado.

—Sujetadla —ordenó doña Berto. Grace apartó a Lotte y le cogió las manos a Maggie para sujetárselas contra el pecho. Emilie se sentó a los pies de la cama y le inmovilizó las piernas.

Lotte se volvió hacia Jane, que estaba de pie, lista con un montón de paños en los brazos.

—¿Nessa y tú los ayudasteis? ¿Sabíais lo que planeaban hacer? —Las lágrimas corrían por el rostro de Lotte, que estaba tan blanco como los paños que sostenía Jane.

Jane dio un paso atrás.

—Nosotras no hicimos nada. —Se dirigió a doña Berto—. No sabíamos nada, se lo juro.

—¡Jack dijo que era un secreto! —exclamó Maggie—. Jack me llevó a ese lugar. Dijo que me esperaría fuera, pero se marchó. No me esperó y me quedé sola y no sabía el camino… —La última palabra se convirtió en un gemido y la joven trató de liberarse de los cuidados de doña Berto.

Grace quería taparse los oídos, pero sabía que no podría aislarse de lo que ocurría.

—Lo siento, Lotte. Perdón.

—Está bien. No es culpa tuya. Es culpa mía. Debería haberte cuidado mejor. Pero lo voy a remediar. Te voy a cuidar tan bien, ya verás.

—No llores, Lotte. Ya no me gusta Jack. ¿Puedo seguir trabajando para el señor Tiffany, como siempre?

—Por supuesto. Todo va a salir bien.

Grace cruzó una mirada con Emilie. Y vio que ambas pensaban lo mismo.

Oyeron un revuelo en las escaleras y Nessa apareció en la habitación.

—Ha llegado el médico. —Se detuvo de inmediato con la vista clavada en la cama. Detrás, entró un hombre pequeño y encorvado con abrigo negro y un maletín también negro en la mano.

Doña Berto enseguida le cedió su lugar y logró llevarse a Lotte con ella.

—*Mille grazie*, Jacob —dijo cuando el médico tomó su lugar; enseguida guio a las demás fuera de la habitación—. Lotte, tú también. Deja que la atienda el doctor.

Llevaron a Lotte a la sala, la sentaron en un sillón y se acomodaron a su alrededor para reconfortarla, pero no albergaban demasiadas esperanzas.

Grace se daba cuenta de que Emilie no las tenía. La joven

francesa conocía mejor el mundo que todas las demás. Se veía impactada y furiosa, pero también resignada.

Grace también estaba furiosa, pero no se resignaba. Y quería gritar por la injusticia de la situación. ¿Cómo podía un hombre aprovecharse de esa manera de una mujer ingenua, sin criterio, y asegurarse de no tener que pagar ningún precio por sus transgresiones?

El aborto era un delito. Ayudar a alguien a hacerse un aborto, también. Pero los hombres nunca pagaban, al menos no el precio máximo. Siempre eran las pobres mujeres las que terminaban en la cárcel o huyendo de la policía, con la vida y el cuerpo destrozados, si es que lograban sobrevivir.

Grace sintió que alguien le tocaba la mano. Levantó la vista y vio a Emilie, que compartía sus mismos sentimientos de pena, ira y aceptación de lo que iba a ocurrir.

Tuvieron la sensación de que pasaban horas, Nessa llevó café y sándwiches. Sirvió una taza tras otra, pero nadie quería comer nada.

Dora se había sentado en el mismo sillón que Lotte y la sujetaba mientras sollozaba en su hombro casi sin hacer ruido. Le sorprendió a Grace que Dora, siempre tan preocupaba por su futuro y su final feliz, demostrara tanta compasión. Tal vez había subestimado a la joven sureña.

El médico se quedó tanto tiempo con Maggie que, por un momento, Grace comenzó a pensar que su temor podría haber sido infundado.

Sin embargo, cuando por fin fue a la sala, con doña Berto a su lado, Grace se dio cuenta por la expresión de sus rostros de que Maggie Wilson no tendría un final feliz.

—Lo lamento —dijo el médico con un acento muy marcado—. Ha perdido demasiada sangre.

—¿Y si la llevamos al hospital? —preguntó Grace.

—Si lo hacemos, la arrestarán y no podrán salvarla. Lo siento.

—¡No! —gritó Lotte con voz casi inhumana y Dora estalló en llanto.

Incluso la señorita Vanderheusen, que había sido un baluarte de eficiencia durante toda la noche, se quedó sin aliento y reprimió la conmoción que le tensó el rostro.

—Lo lamento muchísimo, pero es probable que no llegue a ver la luz del día. Le he dado algo para que esté cómoda. Pueden ir a verla ahora si quieren. —Las saludó con una formal inclinación de cabeza y se retiró.

Lotte casi se cayó del sillón y Dora la ayudó a salir.

Grace las siguió y vio al médico y a doña Berto en la puerta, con las cabezas gachas, enfrascados en un diálogo vehemente.

—¿Tendrá que informar lo ocurrido? —preguntó doña Berto—. La pobre chica es retrasada. No sabía lo que hacía. Nada de lo que hizo.

—No pueden arrestar a los muertos…

Doña Berto se persignó.

—Pero su hermana no debería tener que vivir con el estigma de lo que pasó.

—No. Esto jamás debió haber ocurrido. Hay gente que realiza estos procedimientos de forma menos arriesgada. Esta carnicera debería recibir castigo.

Así sería, decidió Grace. De alguna manera conseguirían que Jack revelara su nombre. Luego, Grace le contaría esta historia espantosa al mundo entero, más allá de que quisiera escucharla o no.

CAPÍTULO 23

MAGGIE MURIÓ DURANTE LA NOCHE. LA SEÑORA BERTO-lucci le escribió a la señora Driscoll para informarle que las hermanas Wilson habían enfermado y estaban recibiendo cuidados en la casa.

Grace, Emilie y Dora, con los ojos enrojecidos y el corazón dolorido, recorrieron en silencio el solitario y frío camino al trabajo. Ninguna de ellas, ni siquiera Dora, que planeaba marcharse en primavera, pensaba que pudiera tomarse un día libre. Era vital que nadie se enterara de lo que realmente había ocurrido.

Emilie las detuvo en la esquina antes de entrar al estudio.

—Recordad, ni una palabra. Es solo un dolor de estómago.

Grace apretó los dientes, pero aceptó. El mero hecho de que alguien pensara que una de ellas, en especial Lotte, sabía lo que Maggie había planeado podía derivar en un escándalo mayúsculo. Simplemente saberlo, incluso con posterioridad al hecho, podía hacer que las arrestaran. Anthony Comstock y su Sociedad contra el Vicio habían hecho demasiado bien su trabajo. Obsesionado por erradicar todo lo que consideraba inmoral, había conseguido influencia dentro de Tammany Hall, la corrupta maquinaría política de Nueva York, para imponer leyes represivas, en su mayoría referidas a cualquier cosa que diera a las mujeres control sobre sus propias vidas. Era un hombre malvado, ruin, y Grace lo odiaba con todo su corazón, especialmente aquel día.

Era como si el propio Comstock hubiera asesinado a la pobre Maggie. Y allí mismo, en la entrada del edificio Tiffany, Grace decidió que sería una de las que lucharían para derrotarlo. Si los vendedores de periódicos estaban oprimidos por los magnates periodísticos Pulitzer y Hearst, todas las mujeres lo estaban bajo el cuerpo gordo y engreído de Anthony Comstock.

Grace empezó a dibujarlo en su mente. Un monstruo, un monstruo depravado y reprimido.

—¿Vienes, Grace?

—¿Qué? —Grace se dio cuenta de que Emilie y Dora la estaban mirando—. Primero voy a subir al cuarto piso a hablar con Jack Ratner.

Emilie la cogió del codo.

—¡Piénsalo, Grace! Si lo acusas, la compañía entera lo sabrá antes del almuerzo.

Grace sacudió el codo para liberarse.

—No podemos dejar que se salga con la suya.

—No lo haremos —aseguró Emilie—. Pero tenemos que ser inteligentes.

—Tú sé inteligente, yo quiero darle donde más le duela y hacerle pagar por lo que hizo.

—Todas queremos lo mismo, pero sabes que esa no es la manera. ¡Piensa! —Emilie miró a Dora, que esperaba junto a la puerta—. Si lo atacamos de frente, Lotte jamás podrá volver a aparecer por aquí. Hasta podría acabar en prisión.

—¿Entonces, no hacemos nada?

—Esperamos un par de días. Luego, Maggie morirá por una gripe. Y entonces le contaremos la verdad al señor Tiffany.

—Y él despedirá a Lotte en el acto. Nadie la contratará después de eso. A menos que penséis que él os escuchará.

—A nosotras no. Pero sí a la señora Driscoll.

—¿Y qué te hace pensar que ella se solidarizará con la muerte de Maggie?

—Es mujer, se preocupa por nosotras y le importa la justicia. No querrá que sus chicas puedan estar a merced de depredadores como Jack Ratner. Y estoy segura de que el señor Tiffany tampoco.

Grace se quedó pensando. Era probable que Emilie tuviera razón, después de todo, tenía más experiencia en el despiadado mundo de los rumores y las insinuaciones y, a menos que Grace se equivocara, de los escándalos y la ley.

—Mañana o pasado —dijo Emilie—. Debería ser tiempo suficiente.

Grace soltó un suspiro, tratando de desterrar la necesidad de vengarse de Jack Ratner, y asintió. Luego cogieron el ascensor al quinto piso para entregarle la nota de doña Berto a la señora Driscoll.

La señora Driscoll la leyó y frunció el ceño con una expresión cargada de tantas emociones —fastidio, preocupación, quizás hasta comprensión— que Grace estuvo tentada de revelarle que Maggie había muerto. Pero captó la mirada de advertencia de Emilie y se contuvo, apretando los puños hasta clavarse las uñas en las palmas. Emilie era más joven, pero no cabía duda de que era más mundana que cualquiera de ellas. Grace sabía que Emilie también estaba enfadada, pero había aprendido a ocultarlo muy bien.

—¡Ay, cielos! —exclamó la señora. Driscoll—. ¿El resto de ustedes se siente bien?

Todas asintieron.

La señora Driscoll meneó la cabeza, visiblemente dividida entre la empatía y la preocupación por la pérdida de una trabajadora eficiente. Incluso por un día.

En ese preciso momento, el señor Mitchell entró en el taller. Lanzó una mirada fugaz a Grace y a Emilie y sus ojos se demoraron en Emilie para luego enfocarse en la señora Driscoll, a quien le informó que el señor Tiffany quería verla en su oficina.

—De inmediato.

La señora Driscoll lo siguió afuera.

—¿De qué crees que se trata? —preguntó Grace, intercambiando miradas con Emilie.

—Nada que tenga que ver con nosotras —respondió Emilie, pero a Grace no le sonó muy convencida.

Clara ni siquiera tuvo tiempo de arreglarse el pelo antes de que Pringle Mitchell llamara a la puerta de la oficina del señor Tiffany y procediera a abrirla sin esperar respuesta.

Clara frunció los labios con desagrado. Detestaba la forma en que los jefazos, con su control de las finanzas, se comportaban no solo con ella y las otras chicas Tiffany, sino también con el señor Tiffany. A menudo se sentía tentada de patear a Mitchell en la espinilla y decirle que cuidara sus modales y mostrara algo de respeto.

Pero sabía que un conflicto directo era inútil.

Lo siguió, preguntándose qué diablos lo tenía tan irritado.

El señor Tiffany estaba sentado en su escritorio.

—Gracias, Pringle, puede retirarse.

El señor Mitchell se quedó parado durante un largo segundo, como si no hubiera oído bien.

—No lo necesitaré, gracias. —El señor Tiffany sonrió con cortesía, pero Clara conocía esa sonrisa. Su jefe y mentor estaba de humor combativo.

Por fin, el señor Mitchell cedió y se retiró, cerrando la puerta con una firmeza que irritó a Clara.

Clara esperó. Al cabo de un instante, el señor Tiffany apartó la mirada de la puerta y la dirigió hacia ella. La sonrisa se transformó en un ceño francamente premonitorio.

Ella se llevó las manos a la espalda para que él no la viera jugar con los dedos.

—He recibido una noticia inquietante —anunció él sin preámbulos; se puso de pie y caminó hasta la ventana.

"Ay, Dios", pensó Clara mientras su mente iba de una nueva huelga de la división masculina de la fábrica a la posibilidad de que su esposa, Louise, hubiera caído gravemente enferma. El señor Tiffany ya había perdido una esposa. Un hombre no debería tener que soportar la muerte de una segunda.

Él se volvió de repente y agregó:

—Una infamia. ¡Una traición!

Solo un hombre podía provocar una reacción así del señor Tiffany.

—¿El señor La Farge? —susurró ella.

—¿La Farge? ¿Qué diablos tiene que ver con esto?

—Todavía no sé de qué se trata esto —le recordó Clara.

—Anoche me encontré con Leland Bishop en la ópera. Tuvo la temeridad de contarme que está saliendo con una de mis chicas.

Clara pensó con rapidez. May, la hija mayor del señor Tiffany, acababa de casarse. Eso dejaba a…

—¿Cree usted que sus intenciones hacia su hija no son honorables?

—¿Hija? ¿Qué hija?

Clara frunció el entrecejo y la cabeza empezó a latirle de inmediato.

—¿Se refiere a una de las chicas Tiffany?

—¡Exacto! —Caminó hacia ella y se detuvo a pocos centímetros, prácticamente nariz con nariz. Clara intentó hacerse más pequeña. No había razón para enfrentarse a él cuando, como decía Alice, "tenía uno de esos días".

—Debo decir que me parece poco probable. ¿Puedo saber quién es?

—Emilie Pascal.

No había terminado de decir el nombre y Clara ya había llegado a la misma conclusión. Por supuesto. Bishop había perseguido a la señorita Pascal la noche del baile. Ella había actuado con perfecto decoro, y él también. Pero ella era joven y poco versada en las reglas de etiqueta en un salón de baile. ¿Habría aceptado demasiada atención?

Clara no creía que Leland Bishop hubiera puesto a Emilie en una situación así, aunque ahora que lo recordaba, había habido verdadero interés en sus ojos. Aun así…

—Bueno, ¿no va a decir nada?

—Me cuesta creer que…

—Por supuesto, pondrá fin a esto inmediatamente.

—¿Yo? —La pregunta brotó de manera automática. Ella no era la madre de la chica. Y además…—. Solo fue una noche.

—*Au contraire*. Se han visto desde entonces. Varias veces.

—¿De dónde ha sacado esa idea?

—Él mismo me lo dijo. Está cortejando a esa joven.

—Bueno, todavía me cuesta creerlo, aunque ella es preciosa y refinada, y una apasionada por su trabajo.

—Lo que me preocupa es justamente la pasión.

—Nunca he oído nada malo sobre él.

—Es un cazador furtivo.

—¿De qué está hablando? —¿Estaría él mismo interesado en la chica? No, eso no era posible para Louis C. Tiffany. Clara no lo creería—. ¿Lo acusó usted de eso?

—Le dije que ella me pertenecía y que no siguiera molestándola. Pero creo que debería usted hablar con ella.

"*¿Y decirle qué?*", quiso preguntar Clara. Leland Bishop era, en pocas palabras, un buen partido. Nunca había oído ningún comentario negativo sobre él. Y también era posible que la señorita Pascal no tuviera interés alguno en él o que ni siquiera se diera cuenta cabal de su conducta.

—¿Cree que tiene intenciones serias?

—No me importa. Quiero que ella se concentre en su trabajo. No en un galerista advenedizo ni en nadie más.

Clara pensó que el señor Tiffany podría estar queriendo atrapar el viento. Emilie Pascal era una joven que pensaba por sí misma y, Clara imaginaba, con criterio propio.

—Bishop es un buen hombre, pero los hombres son…, bueno, son hombres, señora Driscoll, incluso los mejores. Y no tienen por qué estar distrayendo a las mujeres de mi taller.

La miró expectante, y Clara resistió el impulso de llevarse las manos al dolor palpitante en su cabeza. No le gustaba meterse en la vida de otras personas. Ni siquiera en la de sus chicas.

—Estoy segura de que la señorita Pascal es capaz de cuidar de sus propios asuntos. Si llego a notar que se distrae, hablaré con ella.

Por ahora, lo único que le importaba era que la señorita Pascal siguiera trabajando hasta que el vitral de "Las cuatro estaciones" estuviera terminado.

El día transcurrió lento, y para cuando colgaron sus delantales, Grace estaba agotada de contener sus emociones. Sabía que Emilie y Dora también debían de estarlo. Pero cuando un par de las chicas se habían reído de Maggie, diciendo que podía permitirse el lujo de perder un poco de peso, y otra había bromeado con que al menos ese día no habría vidrios rotos, Grace perdió los estribos. Marchó directa hacia ellas, lista para dejar caer su tiento sobre sus cabezas.

Por fortuna, la señora Driscoll llegó para poner fin a la conversación y Grace volvió a su puesto.

Aquella noche, en cuanto llegaron a la pensión, fueron directamente a la habitación del fondo. La cama estaba hecha. Ya se habían llevado a Maggie.

Lotte estaba sentada en un sillón tan quieta como la misma muerte. Cuando las vio, sucumbió al llanto de nuevo.

—Gracias, gracias por ser tan buenas con Maggie.

—No seas tonta —respondió Dora, y se acercó para darle un rápido abrazo—. Queríamos a Maggie.

—Y a ti —añadió Emilie.

En cuanto a Grace, casi ni pudo asentir con la cabeza, temerosa de que las olas de ira pudieran estallar con sus palabras.

Enterraron a Maggie al día siguiente; Lotte y doña Berto fueron las únicas que asistieron al funeral.

—Es mejor así —les explicó doña Berto—. Las autoridades, incitadas por ese malvado de Comstock, nos convertirán a todas en sinvergüenzas con cualquier excusa. Cuanto menos os involucréis, mejor.

Después del entierro de Maggie, Lotte se encerró en su habitación; solo bajaba para comer y casi no hablaba con ninguna de ellas. El resto andaba de puntillas a su alrededor y subía de vez en cuando a ver cómo estaba, pero Lotte no tenía consuelo y, por fin, la dejaron sola.

Lotte no mostraba ningún interés por volver a trabajar. Y las tres chicas Tiffany sentían cada vez más la presión de vivir una mentira.

—Pero ¿qué va a hacer? —preguntó Dora—. Si no puede trabajar, ¿dónde vivirá? ¿Quién cuidará de ella?

—No se puede meter prisa al duelo —dijo doña Berto—. No la echaré.

Pero todas sabían que, a pesar de su generosidad, no podía permitirse que alguien no pagara.

"Otro día más", pensó Clara mientras observaba a las tres

chicas de la pensión de Bertolucci entrar en el taller y ocupar sus puestos. Hacía ya varios días que las hermanas Wilson habían enfermado. Todos los días preguntaba por ellas. ¿Se sentían mejor? ¿Estaban recibiendo atención médica adecuada? Y, cada día, Emilie, Grace y Dora asentían con solemnidad.

Clara se enfrentaba a cada mañana con terror, esperando que otra de ellas se pusiera enferma. Hasta el momento, todas seguían cumpliendo con la jornada laboral como siempre. Pero Clara intuía que pasaba algo malo. Y se preguntaba si la situación sería grave.

Si lo era, necesitaba saberlo. Cada día sin Lotte significaba que se retrasaban un poco más. Y Clara sentía la presión adicional de tener que hacer el trabajo con menos personal.

Últimamente, el señor Tiffany había estado de bastante mal talante, y trataba con aspereza a todas las chicas, incluidas Clara y Agnes, pero sobre todo a Emilie Pascal.

Sus discusiones sobre el vidrio, el arte y la cantidad de luz solar que entraba por el vitral eran bien conocidas y Clara solía observarlas con cierta indulgencia, incluso con diversión. Hasta los últimos días, Emilie había dado la impresión de disfrutar de esas idas y venidas. Ahora parecía casi como si no le importara. Y al señor Tiffany le molestaba su falta de pasión tanto como disfrutaba criticándola.

Después de su visita habitual de los lunes por la mañana al taller, y no habiendo logrado provocar una reacción en su protegida, el señor Tiffany acompañó a Clara de regreso a su oficina. En cuanto hubo cerrado la puerta, estalló.

—¿Qué le pasa a esa chica? Está trabajando en el panel de "Invierno" con el mismo entusiasmo que si fuera el anuncio de un circo. Le dije que añadiera otra capa al fuego y accedió sin rechistar. Esa pieza no necesitaba otra capa y ella lo sabe. Y el vidrio que eligió para el fondo es una aberración.

Clara no se molestó en recordarle que él y Agnes habían

elegido ese color en primer lugar. El humor del señor Tiffany tenía tan poco que ver con el vidrio como con el precio de la leche en Ohio. Estaba preocupado por la falta de ánimo en una de sus artesanas más prometedoras.

¿Podía esto estar relacionado con la atención que Leland Bishop estaba prodigando a la joven? ¿O era paranoia del señor Tiffany? Y si Leland Bishop estaba interesado de verdad, ¿sería algo más que un simple capricho pasajero? Madre santa, justo cuando estaba consiguiendo recuperar a todo el personal.

—¿Y bien?

—Sus amigas están enfermas. Creo que eso las tiene melancólicas a todas, incluso a la señorita Pascal.

—¡Tonterías! Es ese maldito Bishop. Si esto es obra suya, yo...

—No se altere. Hablaré con ella.

El señor Tiffany resopló.

—Asegúrese de hacerlo. —Asintió con brusquedad y salió de la habitación con grandes zancadas y haciendo repiquetear el bastón con tanta fuerza que todo el mundo se detuvo para mirarlo y una de las chicas se tapó los oídos a su paso.

Excepto Emilie Pascal, que siguió trabajando como si él no existiera. Clara no pudo postergarlo más.

—Señorita Pascal.

Ahora la joven se volvió. Clara le hizo un gesto para que la acompañara a su oficina. La señorita Pascal echó una mirada a la señorita Griffith antes de seguirla.

—Siéntese, señorita Pascal.

La chica la observó con cautela y se sentó despacio.

Clara tomó asiento en la silla de su escritorio.

—No se alarme. No sé muy bien cómo decirlo, pero el señor Tiffany está preocupado de que usted y el señor Leland Bishop se estén viendo... socialmente.

La señorita Pascal soltó una exhalación.

—Ah, eso —respondió—. Me invitó a tomar té y, en otra ocasión, chocolate caliente. Se está divirtiendo. Sé que no debo tomármelo en serio.

—Mientras no la ponga en una situación incómoda...

—*Non, jamais.* Nunca sería tan estúpida. Sin duda el señor Tiffany lo entiende. —Levantó la barbilla de esa manera testaruda que Clara había aprendido a reconocer—. ¿O lo que le molesta es el hecho de que haya visto al señor Bishop?

—Creo que un poco ambas cosas.

—Bah, una tormenta en un vaso de agua... o en una taza de té podríamos decir.

A Clara le costó no sonreír. Sospechaba que la señorita Pascal era capaz de cuidar de sí misma. Pero eso no significaba que tuviera que verse obligada a hacerlo.

—Me alegra oírlo, pero siento una responsabilidad hacia mis chicas.

—¿En serio?

—Pues... sí, claro que sí. Por eso siento que me corresponde recordarle que los hombres no siempre piensan racionalmente cuando se trata de mujeres.

—Puede ser, pero es difícil creer que un hombre que se explaya sobre el vidrio y el color con tanta elocuencia como el señor Tiffany pudiera ser tan descortés a la hora de expresar sus preocupaciones. Debería habérmelo preguntado directamente.

Clara no pensaba entrar en ese terreno.

—Bueno, no se preocupe demasiado. Creo que, si les hubiera permitido a sus hijas ser artistas, habría querido que fueran tan eficientes, talentosas y tenaces como usted. Debe perdonarlo, querida.

La señorita Pascal asintió con la cabeza.

—Ya lo sé. Siempre lo perdono.

Llamaron a la puerta y las interrumpieron; esta se abrió de golpe y la señorita Griffith irrumpió en la habitación.

—No podía dejar que enfrentaras esto sola.

—Pero ¿qué pasa? —exclamó Clara y se puso de pie al instante.

—No pasa nada, Grace —dijo con urgencia la señorita Pascal—. Solo fue un malentendido. Ya está todo aclarado.

La señorita Griffith meneó la cabeza.

—No es justo. Nada de esto es justo. —Se le quebró la voz.

Y Clara comprendió de repente que algo muy malo estaba pasando en sus dominios del quinto piso.

No se trataba solo de Leland Bishop. Y eso dejaba una sola opción.

—¿Se trata de Lotte y Maggie Wilson? No hemos sabido nada de Lotte y ustedes dos y la señorita Hodgins han mantenido la boca bien cerrada con respecto a la situación. Necesito que vuelvan a trabajar lo antes posible. Quiero respuestas claras, por favor.

Las dos muchachas se miraron.

—¿Qué pasa? —presionó Clara—. ¿Qué es lo que no me están contando? ¿Están muy enfermas? ¿No piensan volver? Hay más de treinta mujeres que necesitan saber que pueden contar con ellas. El señor Tiffany también necesita saberlo. Y yo. Puedo prescindir de Maggie, si es necesario, pero necesito a Lotte aquí. Si en realidad no está enferma, pero se está quedando en su casa para cuidar a su hermana, debe hacer algo para solucionarlo. —La exasperación de Clara había llegado al límite; cerró los ojos para contener las náuseas repentinas y se frotó las sienes.

—Maggie no va a volver. —La voz de la señorita Griffith sonó tan estridente que Clara abrió los ojos y soltó un suspiro.

—¿Y por qué no me lo dijo? Podría haberla reemplazado con facilidad.

—Maggie no va a volver porque murió.

Un dardo de dolor atravesó la sien de Clara. Buscó a tientas su silla y se dejó caer en ella.

—¡Dios mío! Lo siento mucho. ¿Por qué no me lo dijeron? El señor Tiffany habría querido enviar flores. Todos aquí habríamos enviado nuestras condolencias. Pero Lotte es fuerte; no sucumbirá a la gripe.

—Maggie no murió de gripe —precisó la señorita Griffith.

—¿Qué? Pensé que habían dicho…

—Nos lo inventamos. No tuvieron gripe.

—No lo entiendo.

La señorita Pascal fue a ponerse al lado de su amiga y le tomó la mano.

—A Maggie la engañó un hombre —continuó la señorita Pascal, con más calma—. Le dijo que quería casarse con ella. Ella no se dio cuenta de lo que él en verdad quería. Dudo que entendiera del todo lo que le hizo. Y cuando… —Se estremeció—. Cuando pasó lo peor, él la llevó a un sitio, dijo que allí una mujer la ayudaría… Y la dejó allí. Sola.

Un grito desgarrado brotó de la señorita Griffith.

—Murió desangrada intentando volver a casa.

A Clara le costaba asimilar la información.

—Pero un médico, seguramente… —Aunque no se hacía ilusiones sobre las posibilidades de una recuperación completa.

De nuevo ese intercambio de miradas.

—Era demasiado tarde —interpuso la señorita Pascal.

—Pobrecita. ¡Pobre, pobre niña!

—¿Quiere saber quién era el hombre? —preguntó la señorita Griffith, aunque sus palabras eran más bien una exigencia.

El corazón de Clara se detuvo por un segundo.

—¿Alguien que conocemos?

La señorita Griffith se inclinó hacia delante tan de repente que Clara casi saltó en su asiento.

—Jack Ratner del departamento de cerámica de arriba.

—¡No! ¡Ay, Dios misericordioso…!

—Ese cretino no merece misericordia —objetó la señorita Griffith—. Ni mía ni de ninguna de las otras chicas. De alguna manera le haremos pagar.

Clara no tenía ninguna duda de que esas dos jóvenes eran más que capaces de hacerlo, pero se estremeció al pensar en el posible castigo.

—Déjenmelo a mí —propuso—. El señor Tiffany querrá saber de esto.

—¡No! —gritaron ambas—. Usted sabe que lo que ella hizo es ilegal. Maggie está muerta, pero Lotte no debería tener que vivir con vergüenza ni con miedo de que la arresten. Nadie, nadie excepto Jack Ratner debería sufrir las consecuencias.

—No tengan ninguna duda de que así será —afirmó Clara—. Puede que la ley no lo castigue, pero estoy segura de que el señor Tiffany lo pondrá en la calle. No se dejen engañar por los arranques de mal genio artístico del señor Tiffany. Tiene el mayor respeto por las mujeres y sus derechos. Créanme, hará algo al respecto. Y sin involucrar a las hermanas Wilson ni a ninguna de ustedes. El señor Ratner podrá no ir a la cárcel, pero no obtendrá más que malas referencias de la compañía Tiffany.

—No es suficiente —declaró la señorita Griffith.

—Pero es algo —contestó Clara—. Y será una advertencia para los otros hombres. Las cosas cambiarán. Llevará tiempo, pero cambiarán. Se lo prometo.

Esa noche, Grace se puso a trabajar en ilustraciones nuevas, no sus caricaturas políticas habituales, sino en la continuación de la serie que había comenzado unas semanas antes y que hasta ahora no había terminado. Pero ahora tenía un final. Una historia en imágenes. Una historia demasiado común, jamás contada excepto para denigrar, avergonzar y castigar a las víctimas.

Esta historia sería diferente. Pondría el foco sobre los culpables. El sinvergüenza y la sociedad que permitía que esto sucediera. La señora Driscoll había prometido que Jack sería expuesto y despedido, pero eso no era suficiente para Grace. No sería la primera vez que utilizaba la pluma para enviar un mensaje.

Lo haría de nuevo.

Dibujó con furia. Cada noche después de la cena, se sentaba al escritorio para descargar su rabia y su dolor sobre el papel.

A la mañana siguiente, tras completar la escena final, enrolló su obra, dejó un mensaje para la señora Driscoll con Emilie, y se dirigió a la oficina del *Sun*.

¿Querían saber quién era G. L. Griffith? Hoy se enterarían.

Por suerte, o tal vez por desgracia, la primera persona con la que se encontró fue Charlie Murray. Estaba en el pasillo con varios otros periodistas que parecían haber pasado toda la noche en vela.

Pensó en escabullirse por alguna de las puertas cercanas, pero antes de que pudiera moverse, Charlie la vio. El corazón traicionero de Grace dio un pequeño vuelco al verlo sin afeitar, desaliñado y con aspecto cansado; debía admitir que lo había echado mucho de menos.

Se dirigió hacia ella; Grace controló los nervios. Si pensaba que podía disuadirla, se equivocaba.

—Grace —exclamó—. ¿Qué haces aquí? O sea, me alegro de verte, pero… ¿Has venido a verme a mí?

Ella intentó ignorar el brillo en sus ojos. Nunca podía discernir si era humor o astucia o su apariencia natural. Pero siempre la seducía.

—En realidad tengo algo para el periódico. No es una caricatura exactamente.

—Déjame ver.

Grace sujetó el rollo con más firmeza.

—¿Grace?

No respondió enseguida. Ahora que estaba allí, frente a Charlie, no estaba segura del paso que había decidido dar. Tal vez le convendría buscar una segunda opinión.

—Podrías invitarme un café si no estás ocupado.

—Acabo de terminar. Y conozco el lugar perfecto.

Como siempre.

El café quedaba a la vuelta de la esquina del *Sun*. Ya con las tazas de café solo y humeante delante de ellos, Grace desató su manojo de ilustraciones.

—Ha ocurrido algo. Algo que no puedo contarte porque…, bueno, no puedo. Pero tengo una historia que contar.

—Estoy intrigado —admitió él y apartó su taza.

Grace le entregó los dibujos y lo observó mientras examinaba con detenimiento cada sección, las dos niñas abandonadas frente a un orfanato, durmiendo con hileras de otras niñas y que, por fin, eran devueltas al mundo para ganarse un lugar en él. Su expresión se volvió más seria con cada dibujo hasta que llegó al final: Maggie muriendo en la calle, Lotte sosteniéndola en sus brazos mientras la nieve caía alrededor de ellas. Una licencia dramática que Grace no había sentido ningún escrúpulo en tomarse.

Al cabo de un minuto, Charlie enrolló las ilustraciones con cuidado y se las devolvió.

—¿Y bien?

—Son muy fuertes.

—Pero no te agradan.

—A ninguna persona decente le agradarían.

—No me refería a eso.

—Entonces te lo diré sin rodeos. Ni el *Sun* ni ningún periódico importante las publicaría. Y, por cierto, no son ilustraciones que haría G. L. Griffith.

—Entonces las venderé como Grace Griffith.

Charlie suspiró; su rostro cansado exhibía más arrugas de las que alguien de su edad debería tener. Grace temía que acabara de sumar algunas. Lo entendía, pero su decepción era enorme.

—Esperaba más de ti, Charlie Murray. —Comenzó a ponerse de pie.

Charlie se estiró sobre la mesa y la obligó a sentarse de nuevo.

—Sé que estás enfadada, y deberías estarlo, todos deberíamos estarlo, pero no conseguirás nada con estas imágenes lacrimógenas.

Grace levantó el puño. Charlie se lo atajó y lo sostuvo.

—Eres igual a todos los demás. —"Por favor, que no me vea llorar". Estaba cansada y decepcionada y...

—Piensa, Grace. Es un mundo de hombres. Sé que no te gusta oírlo. Pero es un hecho. Si quieres cambiarlo, tienes que sobrevivir en él el tiempo suficiente para lograrlo.

De alguna manera, su gesto de sujetarle la muñeca se había transformado en algo más parecido a una caricia que a un bloqueo defensivo.

—¿Por qué tuvo tanto éxito tu caricatura de los repartidores de periódicos? Fue muy vista, muy comentada. Influyó en la gente. ¿Por qué?

—Porque denunciaba una injusticia.

—Por supuesto, pero piénsalo, era una sátira. No nos soltaste un sermón moralista. La gente odia que le den lecciones de moral. Le hace hacer y pensar justo lo contrario. La injusticia es como una roca que hay que desgastar poco a poco. Un mazazo llama la atención, pero se olvida pronto. Y podría significar el fin de G. L. Griffith. Despotricar contra las injusticias del mundo no cambia la opinión pública. Para penetrar en la cabeza de la gente, debes ser ingeniosa, no agresiva.

Como él. ¿Cómo no se había dado cuenta antes? Sus artículos eran muy populares, no tanto por su manera afilada de informar, sino porque la gente se identificaba con sus noticias. Todos sus diálogos literales y descripciones de las personas los hacían reales.

Miró su rollo de papel. ¡Pero esto era tan importante…!

Charlie le apretó el brazo.

—Grace, quiero que tengas éxito. Estoy de acuerdo contigo. Pero darte contra la pared solo te dará dolor de cabeza. Créeme, lo he aprendido por las malas. Puedes exponer a Comstock y a la ley y a todo lo que creas injusto, pero dibuja tus caricaturas con sátira y como G. L. Griffith. Llevas menos de un año trabajando para el *Sun*. En un año más tendrás tantos lectores que podrás dictar tus propias reglas. Bajo el nombre que quieras. Algún día, el mundo se rendirá a los pies de Grace Griffith. No podrán frenarte, pero tienes que ser inteligente. Si quieres vender esto para una de las revistas políticas, hazlo de forma anónima. Tal vez enciendas una llama en alguna parte. Pero deja que ellos hagan el resto. Tienes una oportunidad de oro en el *Sun* para cambiar las cosas e imponer tu visión. Entiendo tu impaciencia. De verdad. Tienes un pie en la puerta, no lo retires por rabia o desesperación.

—Solía tener un colega en el periódico —le recordó ella.

Él sonrió, una mera sombra de su arrogancia habitual.

—Todavía lo tienes.

—¿Y si sigo siendo G. L. Griffith, no me impedirás informar de las noticias desde el lugar de los hechos?

Al principio, él no contestó. De alguna manera, la mano de ella se había quedado en la de él. Grace la retiró y se puso de pie.

—Avísame cuando te decidas. —Se dirigió a la puerta de salida.

Él la alcanzó en la calle.

Ella no aminoró el paso hasta que él la cogió de los hombros y la hizo girar.

—De acuerdo. Puede que no vuelva a dormir tranquilo. Últimamente me he dado cuenta de que solo tengo dos opciones: o me sumo a tu ambición temeraria o miro desde fuera. Ninguna de las dos me gusta, pero sí, de acuerdo.

Otra vez ese aire arrogante; Grace sintió una indescriptible ligereza en el pecho.

—¿Entonces, somos un equipo?

—En lo que a mí respecta, somos más que eso. —La atrajo hacia él y la besó de lleno en los labios, sosteniéndola hasta que ella olvidó que estaban de pie en una esquina a plena luz del día y le devolvió el beso.

Todo tenía sentido. Sabía qué dirección tomaría su carrera. Tendría paciencia. Triunfaría. De repente, todo en el mundo cobraba sentido, aunque solo fuera por la duración de ese beso.

Unos días después, la señora Driscoll hizo una visita de pésame. Se sentó con Lotte durante unos minutos y luego ella y doña Berto se retiraron al saloncito por unos minutos más. Nadie supo lo que pasó entre ellas, pero Lotte, pálida y delgada como un espectro, regresó a trabajar al día siguiente. El tiempo se volvió más frío y la atmósfera dentro del taller, más intensa. Terminaron el vitral de "Invierno" y lo enviaron abajo; colocaron el cartón de "Primavera" en su lugar. Subieron el vidrio del sótano y comenzaron a trabajar con ahínco en el vitral que completaría el círculo de la vida.

Luego, a mediados de febrero, nevó con tanta intensidad que varias de las chicas no pudieron llegar al estudio. Las que quedaron atrapadas por la tormenta fueron acogidas por quienes tenían una cama de más y dos chicas debieron refugiarse en la pensión. Las que consiguieron llegar a sus hogares el primer día de la tormenta no tuvieron más remedio que quedarse en casa hasta que pasara.

Las chicas de doña Berto avanzaron con dificultad a través de la nieve que les llegaba hasta las rodillas, se sacudieron la nieve de las botas en el vestíbulo de abajo y subieron tiritando hasta el quinto piso.

El señor Tiffany estaba allí cuando llegaban por la mañana y también cuando se marchaban. Parecía imposible que su carruaje pudiera atravesar la nevada, pero aún más imposible que caminara desde su casa en la calle Setenta y dos. Solía pararse detrás de Emilie mientras ella trabajaba en el vitral de "Primavera", con los naranjas, morados y verdes que cortaba, laminaba y colocaba con precisión en su sitio.

Nevó durante una semana.

Y mientras el tiempo arreciaba afuera, el vitral de "Primavera" florecía lleno de esperanza.

CAPÍTULO 24

Dos semanas más tarde, se añadió la última pieza al panel de "Primavera". Todas las chicas Tiffany se acercaron a verlo. Era como el cierre de un ciclo. La vida que se renovaba. Los tulipanes rojos, amarillos y naranjas se mecían con la brisa; nubes blancas, no nieve, flotaban sobre ellos en un cielo azul claro. Y aunque tal vez nunca vieran el panel ensamblado, sabían que habían formado parte de algo especial.

Al día siguiente, los hombres fueron a llevarse el panel y el señor Tiffany hizo una visita imprevista. A diferencia de sus visitas habituales, entró en la oficina de la señora Driscoll; el personal lo observó pasar en silencio y con miradas fijas.

Incluso Emilie se giró y lo observó cuando pasó junto a ella y al vitral conmemorativo que le habían dado para que bocetara en el caballete.

La puerta de la oficina se abrió y se cerró. Unos minutos más tarde, volvió a abrirse. El señor Tiffany salió y volvió sobre sus pasos, sin detenerse, y se dirigió directamente a la puerta de salida.

Un murmullo de inquietud recorrió la sala. ¿Estaría disgustado con la señora Driscoll o con todas ellas? No era propio del señor Tiffany entrar y salir sin al menos dejarles un poco de filosofía sobre el arte.

Unos minutos después, la señora Driscoll llamó a Emilie y a Grace a su oficina.

Emilie sintió pánico. ¿Acaso las despedirían por haber revelado el destino de Maggie?

Emilie entró en la oficina con rodillas temblorosas y ardor de estómago. El rostro de Grace estaba ceniciento. ¿Qué habían hecho? ¿Sería porque habían acusado a Jack Ratner de abusar de Maggie? ¿O algo peor? Algo de lo que él se hubiera enterado sobre ellas. ¿Sobre una de ellas? Ambas tenían algo que ocultar y mucho que perder.

—Siéntense, por favor.

Se sentaron en el escritorio frente a ella. Y esperaron.

—Tengo dos noticias —comenzó la señora Driscoll—. Una de ellas las pondrá contentas. El señor Tiffany ha despedido a Jack Ratner sin referencias y ha enviado un aviso por escrito a todas las divisiones masculinas indicando que cualquiera que tenga actitudes desfavorables o no deseadas hacia sus empleadas será despedido de modo sumario.

Emilie asintió. Sabía que a Grace no le parecería suficiente. Pero ahora estaba preocupada por la segunda noticia.

—Y la otra noticia es que ustedes dos, junto con la señorita Northrop, la señorita Gouvy, yo, y varios artesanos del departamento de vidrio masculino acompañemos al señor Tiffany a París con el propósito de instalar y realizar las reparaciones necesarias en las piezas de exhibición.

Emilie oyó las palabras, incluso se sobresaltó al oír la palabra "París", pero tardó varios segundos en comprender el significado de lo que la señora Driscoll acababa de comunicarles.

A su lado, Grace no había hecho ningún ruido.

—Yo me sorprendí tanto como ustedes. Hay artesanos allí que son más que capaces de ocuparse de esas cuestiones, pero como estoy segura de que ambas son conscientes, este será el momento triunfal del señor Tiffany. Y no tiene ninguna intención de dejar que nada se interponga en el camino del éxito. Ni siquiera un trozo de vidrio astillado.

Emilie empezó a temblar. No podía volver a París. No tan pronto. Entrelazó las manos sobre el regazo y se clavó las uñas en las palmas para mantener la calma. No podía regresar allí. Sin embargo, no se atrevía a decirle que no al señor Tiffany.

La señora Driscoll se puso de pie.

—Nos iremos en diez días, para tener tiempo para prepararnos para la inauguración de la Expo en abril. En esencia, estarán allí para trabajar, así que lleven ropa apropiada. Aunque, por supuesto, tendrán tiempo para visitar a la familia. —Sonrió—. Y estoy segura de que habrá tiempo de sobra para hacer turismo. Dicen que la Expo en sí será una maravilla digna de admirar. Pero hasta entonces, hay trabajo que hacer aquí.

La señora Driscoll las autorizó a retirarse. Emilie tardó un segundo en reaccionar y para cuando se puso de pie, Grace ya se dirigía a la puerta.

No dijeron una palabra a nadie, pero al final del día, la noticia había corrido por el taller y provocado todo tipo de miradas, de envidia, sorpresa, e incluso ira. Emilie sabía que debían de estar dirigidas a ella. Era una de las empleadas más recientes y, sin embargo, a los ojos de las demás, había recibido el más alto honor.

Y le daba pánico. Si pudiera, con gusto le cedería la oportunidad a cualquiera en el estudio. No podía volver. Lo único que le esperaba allí era humillación y peligro. Tendría que encontrar una manera de no ir.

Aunque tenía que admitir que anhelaba ver el vitral "Las cuatro estaciones" ensamblado en una sola pieza. En lo más hondo de su corazón, sabía que sería asombroso, pero verlo completo con sus propios ojos… Eso sería otra cosa.

Esa tarde, Lotte felicitó a Grace y a Emilie en cuanto

abandonaron el edificio. Solo estaba siendo cortés; Emilie sabía que no le importaba. Incluso después de que le revelaron la suerte de Jack Ratner, casi ni pareció asimilarlo. Lotte había quedado desolada desde la muerte de Maggie. Emilie había creído que se sentiría aliviada, liberada de la responsabilidad del futuro de su hermana. Pero estaba sumida en la pérdida.

Dora, por su parte, hizo pucheros todo el camino a casa, hasta que le recordaron que el trabajo era trabajo, ya fuera en París o en Nueva York, y que estarían trabajando todo el tiempo, así que no habría bailes, ni moda, ni celebraciones para ellas. Y que ella, en cambio, dejaría su trabajo en Tiffany para pasar la temporada con sus tíos, donde era probable que encontrara un esposo guapo y rico.

Se sintió tan fascinada por esa posibilidad que al final se sumó al entusiasmo e incluso se comprometió a ayudarlas a hacer las maletas.

Las únicas que no estaban entusiasmadas con el viaje eran Emilie y Grace.

—No puedo desaparecer durante semanas. En el negocio de los periódicos, tienes que estar ahí cada segundo si no quieres que otros reporteros te arrebaten tu historia. —Grace se dejó caer con pesadez en la cama—. Pero no puedo dejar Tiffany. No tengo tíos que puedan mantenerme mientras horado el sistema para ser reconocida como caricaturista política. Bueno, en realidad sí los tengo, pero no aprueban a las mujeres periodistas, como el resto de mi familia.

—Bueno —indicó Emilie—, si yo fuera un editor del *Sun*, querría ilustraciones para acompañar los reportajes de primera mano de las obras expuestas. ¿Van a enviar un reportero?

Grace frunció el ceño.

—No lo sé. Pero tienes razón. Aunque no lo hagan, podrían querer al menos algunas ilustraciones de primera mano. Las podría enviar todos los días. Presentarlas de manera tal que los lectores sientan que ellos también están allí. —Frunció aún más el ceño—. Me pregunto…

—Y puedes asegurarte de que el vidrio Tiffany sea el elemento más destacado de esas ilustraciones.

—Ah, qué ladina eres —soltó Grace, y su expresión se iluminó.

—No quiero serlo —contestó Emilie, volviendo de golpe a la realidad.

—No quise decir eso. —Grace se acercó a donde Emilie estaba sentada en su cama—. He estado tan ocupada pensando en mí… ¿Tienes miedo de volver?

Claro que tenía miedo. Estaba aterrada. Se había integrado tan bien en la compañía Tiffany y en la pensión de doña Berto, que, con el paso de los meses, Emilie había dejado de preocuparse por su padre, por París o por su reputación allí. Incluso había dejado de pensar en Jean y Marie, sus amigos tan queridos. Y peor aún, temía tener que enfrentarse a ellos. Así de cobarde era. Sí, tenía miedo. Muchísimo miedo.

—En realidad no —contestó.

—Bien —dijo Grace—. Habrá mucha gente allí de todo el mundo, ¿qué posibilidades podría haber de encontrarte con alguien que conozcas?

—No muchas —admitió Emilie, aunque eso no la hizo sentirse mejor.

Así que mientras el optimismo de Grace crecía, Emilie se sumió en un estado de pesimismo.

Al final resultó que el *Sun* no enviaría un periodista a la Exposición, así que agradeció la oportunidad de publicar cualquier ilustración que G. L. Griffith pudiera enviar desde París.

—Según Charlie, piensan que G. L. Griffith es un noble excéntrico cuya familia desaprueba el periodismo y por eso trabaja en secreto. Charlie debe de haber influido bastante en eso.

—¿Así que Charlie y tú habéis vuelto a ser socios?

Grace, que había estado paseándose excitada, se quedó callada.

—Sí, creo que lo somos.

Se marcharon diez días después; todas se congregaron fuera de la casa de doña Berto para despedirlas.

—¡Pasadlo muy bien! —les deseó doña Berto mientras subían al carruaje que Tiffany había enviado para llevarlas al puerto.

—*Bon voyage!* —exclamaron la señorita Vanderheusen y la señorita Burns.

El carruaje partió con una sacudida. Lo último que Emilie vio fue a Dora que lloraba y agitaba un pañuelo mientras el carruaje se alejaba.

De pie en la cubierta del buque *La Bretagne*, Emilie pensaba en el extraño giro que había tomado su vida. A Grace y a ella les habían asignado un camarote de primera clase, no de lujo, pero sin duda muy superior al estrecho camarote de segunda donde Emilie había pasado su último viaje aprendiendo por sí misma el arte de los vitrales. La primera noche cenaron con el señor Tiffany y los demás en una mesa destacada en el comedor de primera clase. Emilie se sorprendió al ver al señor Nash y sintió como una corriente eléctrica cuando reconoció a Amon Bronsky de pie junto a él.

Él se inclinó con seriedad y la ayudó a tomar asiento. Emilie se estremeció, desmedidamente consciente de su presencia. Podía sentir su calor como si aún estuviera medio desnudo junto a los hornos. Quería alejarse de él, mantener una distancia segura entre ellos, pero se sentía atraída como polilla a la llama… Se sentó, enderezó la espalda y se esforzó por concentrar su atención en el señor Tiffany, que estaba sentado frente a ella.

El personal más antiguo de Tiffany acaparó la conversación durante la cena mientras los demás respondían preguntas e intentaban mostrarse amables, incluso Amon, que respondía cuando le hablaban con una voz grave que provocaba escalofríos en Emilie, aunque se esforzaba mucho por ignorarlos.

Se sintió aliviada cuando terminó la cena y ella y Grace pudieron salir a pasear a cubierta sin la supervisión de la señora Driscoll. Acababan de escapar al aire del mar cuando Emilie sintió que Amon se les acercaba. El señor Nash le había pedido que las acompañara para velar por su seguridad. Y Emilie se preguntó ¿por qué, por qué no estaba en segunda clase con los demás hombres de la fundición?

A partir de entonces, se unió a ellas todas las noches después de cenar. Cuando apareció la cuarta noche, Grace inventó una excusa para retirarse. Emilie le lanzó una mirada frenética, pero Grace se limitó a guiñarle un ojo y se alejó a toda prisa. Emilie acortó el paseo esa noche y regresó temprano al camarote que compartía con Grace.

—No debes dejarme con él, Grace.

Grace levantó la vista de su dibujo y frunció el ceño.

—¿Por qué no? Creí que te gustaba.

—No… Sí, me gusta, pero…

—Ay, por el amor de Dios, es obvio que los dos estáis más que bien sin mi presencia. Tengo que admitir que es muy intenso y un poco misterioso. Debe de ser por sus maneras sombrías y taciturnas —aventuró Grace.

—No es algo que me afecte —replicó Emilie. Lo que sentía era mucho más intenso, algo entre el deseo y la repulsión. Y no podía permitírselo.

—Mentirosa —se burló Grace con una sonrisa cómplice—. Eso sí, no te dejes llevar.

—No tengo intención de dejarme llevar… por nadie.

—¿Y el señor Bishop? Es *très chic*. —Grace movió las cejas en un gesto digno de un teatro de revista.

—Tu acento es terrible. —Emilie se rio, pero estaba lejos de tener ganas de reírse. De pronto se acordó de Jean, a quien había dejado hacía menos de un año. Lo sencillo que había sido aquel amor y lo rápido que lo había dejado ir.

A medida que se sucedían los días y se acercaban a Francia, la ansiedad de Emilie aumentaba, en contradicción con su deseo creciente de volver a ver su patria. La última noche antes de atracar en Le Havre, Emilie estaba de pie junto a la barandilla, bajo un pedacito de luna que se reflejaba en el agua y subía y bajaba al compás de las olas encrespadas y las ondulaciones de su corazón.

Amon se detuvo a su lado. No tuvo que mirar para sentir su presencia. Había un fuego entre ellos que ya no podía seguir negando. El aire que los rodeaba estaba cargado de chispas tan potentes que Emilie se volvió hacia él de forma automática.

Sin mediar palabra, Amon la atrajo hacia él y sus brazos poderosos la atraparon físicamente a la vez que abrazaban todo su ser.

"Oh, *maman*, ¿qué es este sentimiento? ¿Debo entregarme o huir?".

"*¡Huir!*". Sabía que debía huir y, sin embargo, abrió los labios. Cedió de buena gana y disfrutó de la fuerza y del calor de él; por un momento infinito, se rindió a la promesa de su pasión.

"¡Huye, *ma petite!*".

Emilie se apartó. Precisó de todas sus fuerzas, y quedó sin aliento, y sola. Más sola que nunca, parecía, ahora que había probado lo que antes solo había soñado. Se sentía tentada. Pero sabía que las cosas que más amaba de él podrían destruirla.

—Lo siento —se disculpó Amon con su voz ronca, sosteniendo el rostro de ella entre sus manos—. Me dejé llevar. Perdóname.

Ella sacudió la cabeza y le apoyó los dedos contra los labios.

—No puedo. —Las palabras sonaron como arrancadas de su boca—. No puedo —repitió con resignación.

—No digas eso. Perdóname y empecemos de nuevo.

—No entiendes. No puedo. Nada.

Y cuando él intentó cogerle las manos, ella dio media vuelta y echó a correr. Por la cubierta y hacia la oscuridad. "Huye, *ma petite*, huye".

No se detuvo hasta que llegó a su camarote; sobresaltada y sorprendida, Grace bajó de la litera de un salto.

—¿Qué ha pasado? Juro que si Amon Bronsky se ha aprovechado…

—No, no. Me besó. Le dejé hacerlo de buena gana. Pero…

—Pero ¿qué? ¿No te gustó?

—Todo lo contrario.

Grace se dejó caer sobre la cama.

—Al señor Tiffany le dará un ataque.

—Nunca lo sabrá. Se acabó.

—¿Por qué? ¿Fue demasiado tosco?

—No, en absoluto. Es… abrumador. Pero, Grace, he visto de primera mano lo que los hombres apasionados son capaces de hacer…, grandes obras de arte y actos horribles de destrucción.

—No todos —indicó Grace, pensativa.

—Pero nunca se sabe hasta que es demasiado tarde.

Llegaron a Le Havre al día siguiente y permanecieron en

el andén mientras las piezas de Tiffany para la exposición eran cargadas en el tren. Cajón tras cajón, grandes y pequeños, pesados y ligeros, vidrio soplado, lámparas, vitrales y elementos decorativos de todo tipo. Además de cajas de vidrio de repuesto, equipos de reparación, cortadores, soldadoras y todo tipo de objetos. El señor Tiffany planeaba estar preparado para cualquier cosa que pudiera suceder.

La señora Driscoll y la señorita Northrop observaban cada movimiento con la respiración contenida, pero Emilie no estaba preocupada. El señor Tiffany había contratado a expertos en mudanzas y él y el señor Nash supervisaban cada movimiento.

Por fin, todos abordaron el tren y Emilie se preparó para enfrentarse a París.

Por la noche el tren entró en la Gare Saint-Lazare y mientras los demás contemplaban asombrados a su alrededor, Emilie miraba al suelo y trataba de mantener la calma.

No era fácil afrontar el pasado, sobre todo cuando no había transcurrido tanto tiempo. Miles de preguntas, posibilidades y desastres atravesaban su mente. ¿Se habría marchado su padre realmente de Francia? ¿Lo habrían arrestado en Italia o España? ¿Languidecía en la cárcel? No le importaba en tanto y en cuanto no volviera a verlo. Cada sonido, cada persona que pasaba a su lado, la hacía estremecerse con el temor de que él volviera a irrumpir en su vida. ¿Y si alguien la reconocía, o la señalaba? ¿Y si alguien le gritaba: *J'accuse!*? ¡Su libertad era tan nueva y tan vulnerable! Podía perderla con facilidad.

—Date prisa, Emilie —la instó Grace, y le dio un codazo hacia el taxi donde ya la esperaban la señorita Northrop, la señorita Gouvy y la señora Driscoll. Grace casi la empujó al asiento opuesto.

—¿Está contenta de estar de nuevo en casa? —preguntó la señora Driscoll.

Emilie forzó una sonrisa.

—Es bonito, pero Nueva York es mi hogar ahora.

La señora Driscoll le devolvió la sonrisa y ahí terminó la conversación.

El taxi las dejó en la plaza de las Pirámides, cerca de los jardines de las Tullerías.

—El hotel Regina se construyó justo a tiempo para la Exposición —les informó la señorita Northrop—. Seremos los primeros huéspedes.

—Es muy bonito —comentó la señora Driscoll—. Y qué apropiado. Un magnífico edificio de estilo *art nouveau* para albergar las nuevas exposiciones de arte. ¿Qué es esa estatua?

—Juana de Arco —respondió Emilie de manera automática, casi sin prestar atención a la plaza y a la figura de la santa montada en un caballo imponente.

—No parece muy cómoda —observó Grace.

—Ay, no. La estatua nunca ha sido considerada una gran obra de arte, pero a la gente le encanta. La adoran.

—Bueno, a mí me gusta —interpuso la señora Driscoll—. Y la considero un buen augurio para las mujeres de la Compañía Tiffany de Vidrio y Decoración.

—Muy típico de ti, Clara —señaló la señorita Gouvy. Y riendo, las dos mujeres entraron en el hotel.

Era un hotel espectacular, pensó Emilie mientras el conserje daba la bienvenida al grupo. Estaban rodeados de lujosos paneles de madera decorativos. Arañas de cristal brillaban sobre sus cabezas y el suelo era de mosaico.

—Siento como si estuviéramos caminando sobre uno de nuestros paneles de mosaicos —susurró Grace mientras se dirigían al ascensor para subir a las habitaciones.

La habitación era grande, con molduras talladas y dos camas altas cubiertas con edredones de satén. Cortinas pesadas enmarcaban una ventana francesa con un pequeño balcón de Julieta desde donde se alcanzaba a ver la Torre Eiffel más allá de los *jardins*.

—¡Increíble! —exclamó Grace—. ¿Es la Torre Eiffel? ¿Está hecha de oro de verdad? —Ya estaba buscando su cuaderno de dibujo.

—Deben de haberla pintado para la Exposición —aventuró Emilie mientras miraba por la ventana en otra dirección—. Siempre están pintándola para una celebración u otra.

—No pareces entusiasmada. Seguro que solías quedarte en lugares como este cuando vivías aquí. —Grace se dejó caer de espaldas sobre los edredones sedosos y suspiró—. Esto es vida.

—Uy, sí, "la" vida. —Emilie se había alojado muchas veces en lugares lujosos, aunque lo había hecho muchas más veces en sitios sórdidos, en Montmartre y, de forma más reciente, en la Sorbona. Podía ver las luces desde allí. Tal vez una de ellas fuera de los departamentos de la rue Suger.

¿Seguirían viviendo allí Jean y Marie? Emilie apartó la mirada. No buscaría el Pont des Arts. Los árboles le impedirían verlo. Lo visitaría, pero no esta noche. Esta noche tenía que prepararse para mañana. Debía ser fuerte... y cuidadosa. Cerró las cortinas y se volvió. No estaba lista.

Grace se incorporó.

—No te preocupes, Emilie. Estarás bien. Tienes amigas. Eres una chica Tiffany. Nadie puede hacerte daño cuando estás con nosotras.

Pasaron el resto de la noche disfrutando de un baño caliente y lavándose el cabello. Las camas eran cómodas y Emilie deseó tener uno de sus delicados camisones de lino para complementar tamaña elegancia en lugar del de muselina que había llevado a Nueva York y que ya mostraba señales de desgaste.

No importó lo más mínimo. Durmió como un bebé y, por primera vez en meses, soñó en francés.

Clara casi no durmió; estaba entusiasmada, pero aún más, le preocupaba que algo se hubiera roto durante el transporte o se hubiera perdido por completo. O que hubiera algún cambio en el espacio del Pabellón Tiffany y sus libélulas quedaran fuera de la Exposición. Temía cómo serían recibidas las obras de Tiffany y se sentía una traidora por el solo hecho de pensarlo. El señor Tiffany era un genio y había llegado su momento. Pero ella también conocía las flaquezas del mundo del arte, los celos y las nociones preconcebidas de la gente, sus gustos y su estrechez mental.

—Me doy por vencida —anunció Alice en cuanto la luz se coló por las ventanas.

Clara se volvió y vio a su amiga sentada muy derecha en la cama; su camisón blanco de batista parecía recién planchado. Clara estaba segura de que el suyo parecía como si hubiera dado vueltas en la cama toda la noche, y así había sido.

—Todo irá bien —continuó Alice—. Vayamos a desayunar y pongámonos en acción.

Clara sonrió con timidez.

—¿Qué haría yo sin tu sentido común?

—Depender de ti misma, que es lo que sueles hacer. Por mi parte, no pienso preocuparme de nada hasta que me dé el gusto de un auténtico *petit déjeuner* francés y un *café au lait* bien cargado.

Desayunaron abajo y estaban a punto de dejar el hotel cuando la señorita Griffith y la señorita Pascal salieron del ascensor.

—¿Han desayunado? —preguntó Clara.

—Sí —respondió la señorita Griffith—. Ya nos íbamos para el pabellón.

—Entonces compartan un taxi con nosotras. Es un día precioso, pero confieso que estoy un poco ansiosa por llegar a las salas de exposición. Los hombres se fueron temprano para comenzar el montaje. La señorita Northrop se nos unirá más tarde. Tiene que reunirse con varios galeristas durante la mañana.

—Gracias —dijo la señorita Pascal. Y las cuatro salieron a la calle.

Tomaron un taxi a Les Invalides, que albergaba el Pabellón Tiffany.

Las cuatro giraron la cabeza de un lado a otro mientras el taxi recorría los jardines de las Tullerías.

—¡Es precioso! —exclamó Alice—. Primavera en París, con los árboles inclinados bajo el peso de los brotes de ese tono perfecto de verde claro. Debo intentar pintarlo antes de que las hojas maduren.

"Primavera", pensó Clara, y se preguntó si los hombres habrían terminado de desembalar el vitral "Las cuatro estaciones" sin inconvenientes.

El taxi se detuvo junto a la acera.

—*Le pont. C'est necessaire...* —El conductor soltó una retahíla de palabras que Clara casi no entendió.

—¿Perdón?

El hombre la miró con el ceño fruncido e hizo un gesto con los dedos imitando a un peatón.

—*C'est nouveau. Pour les pietons.*

—Es solo para transeúntes —tradujo la señorita Pascal.

—Por supuesto. —Emilie se había integrado tanto a la familia Tiffany que Clara casi olvidaba que era francesa.

—Ah, *merci* —dijo Clara.

Pagó el viaje y todas se bajaron del vehículo. Y se detuvieron, incluso la señorita Pascal, impresionada por el espectáculo ante ellas. El puente nuevo, el puente Alexandre III, cruzaba el Sena hasta la Esplanade des Invalides. Era una obra maestra del *art nouveau*, con un uso extravagante de pilastras y estatuas, flanqueado por hileras de lámparas voluptuosas y anclado por cuatro enormes pilares en cada esquina.

—Todavía estaba en construcción cuando me marché. —La señorita Pascal se tapó la boca con la mano de repente, tal vez porque había empezado la explicación en francés antes de darse cuenta y pasar al inglés.

—Debe ser bonito estar en casa —intervino Alice.

La señorita Pascal sonrió, pero respondió:

—Tiffany es mi casa ahora.

Contemplaron el puente unos instantes más.

—Creo que nunca había visto tantos ángeles, ni siquiera en la iglesia —señaló Alice—. Y además de oro. Está claro que no se anduvieron con pequeñeces.

—Quiera Dios que nos protejan —dijo Clara, y echó a andar por el puente con paso ligero; no podía controlarse. Alice la alcanzó y hasta la señorita Pascal tomó a la señorita Griffith del brazo para meterle prisa.

Clara sabía que Alice y la señorita Griffith, que nunca habían estado en el extranjero, debían querer detenerse a mirar todo a su paso, pero ya tendrían tiempo de sobra para hacer turismo más tarde. Ahora tenían que ocuparse de que la exposición estuviera en perfectas condiciones.

Pero incluso Clara se detuvo cuando llegaron a la orilla opuesta.

—*Qu'ont-ils fait?* —exclamó con sorpresa la señorita Pascal, boquiabierta.

Donde una vez la hierba había cubierto la Esplanade hasta el hospital de Les Invalides, habían aparecido dos hileras de edificios con las más fantásticas decoraciones y fachadas. Clara solo alcanzaba a divisar la cúpula del hospital de Les Invalides en la distancia; el resto del edificio había quedado totalmente oculto por esta ciudad magnífica.

—Es todo un poco exagerado —comentó Clara.

—Desde luego, y extravagante —convino Alice.

La señorita Griffith fue la única que no hizo ningún comentario y se limitó a observar a su alrededor como si estuviera memorizando cada minarete, torreta, pagoda y cúpula.

—El señor Nash dijo que nuestro pabellón estaría en los edificios del lado oeste de la Esplanade. Debe de ser por aquí. —Clara se encaminó hacia la entrada más cercana. Casi no era consciente de las demás, que se apresuraron a seguirla.

Cuando se toparon con el portero, Clara dio un paso atrás para dejar que la señorita Pascal pidiera las indicaciones. Clara deseó haber puesto más ahínco en mantener su francés. Sabía lo suficiente como para arreglárselas, pero pensó que a la señorita Pascal le levantaría la moral el hecho de resultar indispensable. Había notado que la muchacha había estado muy callada y un poco pálida durante el viaje.

Lo había atribuido al mar. Bueno, ahora ya estaba en casa. Clara solo rogaba que rencontrarse con la familia y los amigos no la tentara a quedarse en vez de volver a Nueva York cuando terminara el viaje.

—Tenemos que tomar por el pasillo entre las exposiciones hasta el final de la sala —precisó la señorita Pascal—. *Les États Unis* está entre *l'Angleterre* y *l'Allemagne*.

Pasaron por delante de varias exposiciones que Clara volvería a visitar si el tiempo se lo permitía. Le preocupaba que estuvieran tan lejos, al final del pasillo. La Esplanade ni siquiera estaba en la parte principal de la exposición. Y había tanto para ver. Solo esperaba que la gente pudiera encontrarlos.

Y de repente estaban de pie bajo un dintel cuadrado y un letrero que rezaba "Vidrio Tiffany Favrile de Nueva York". Clara respiró hondo y al dejar atrás la ponchera de oro encargada por la familia Havemeyer y las lámparas de pie tipo antorcha con motivo de flor de loto que flanqueaban la entrada, descorrió las pesadas cortinas y entraron.

Lo primero que notó fue la falta de luz. Todo el espacio estaba en penumbra. No habían colgado ninguna de las pesadas piezas de pared ni habían montado ninguna vitrina de exposición. Parecía como si ni siquiera hubieran empezado a trabajar.

Una punzada de ansiedad recorrió su cuerpo.

Nash apareció de entre las sombras y se apresuró hacia ellas.

—¿Qué ha pasado? —exigió saber Clara—. ¿Por qué está tan oscuro?

Escudriñó entre las sombras.

—¿Dónde están todas las piezas? ¿Dónde están los vitrales? ¿Los jarrones? ¿Por qué no han instalado nada?

El señor Nash levantó ambas manos y suspiró con pesadez.

—Parece que hemos tenido un pequeño contratiempo.

CAPÍTULO 25

POR UN MOMENTO HUBO UN SILENCIO DE VACÍO ABSOLUTO. Los meses de trabajo arduo, el largo viaje… El éxito del señor Tiffany parecía haber sido arrebatado de sus dedos.

El señor Nash carraspeó. Sonó como un tren de carga en un túnel.

—Como pueden ver, la iluminación no es ni de lejos suficiente, así que…

—¿Qué vamos a hacer? —soltó Emilie—. Las obras no se pueden ver en la oscuridad.

—El señor Tiffany ya ha ido al Pabellón Westinghouse para pedir que mejoren la iluminación. Hacerlo llevará como mínimo el resto del día. —Pero su expresión decía: "Si es que lo hacen".

En ese momento, el señor Tiffany entró en el pabellón, seguido por dos hombres con monos. Todos se volvieron hacia él al mismo tiempo, como si fueran uno.

—Ah, veo que han descubierto nuestro problema. Bueno, se solucionará pronto. Nuestros amigos de la exposición Westinghouse se han ofrecido a echar un vistazo y corregir la situación.

—Parece demasiado contento para un hombre cuyo trabajo de toda una vida está en peligro de ser socavado —susurró Grace a Emilie.

Emilie sacudió la cabeza. Había reconocido ese destello de furia que desmentía el entusiasmo del señor Tiffany. Ella había sido objeto de él más de una vez. "Por favor, que estos hombres sean capaces de arreglar las cosas a tiempo".

—Por aquí, caballeros. —El señor Tiffany atravesó la sala de exposición con la seguridad y flexibilidad de un gato en la oscuridad. Los hombres de Westinghouse y el señor Nash lo acompañaron a la parte de atrás, donde se suponía que se encontraba la fuente de electricidad.

Emilie y las demás siguieron a los hombres y se apiñaron en otra habitación más pequeña, llena de cajas sin desembalar, armarios vacíos y herramientas de construcción.

Mientras los hombres de Westinghouse examinaban la situación, el señor Nash acompañó al resto al espacio de exposición, que a Emilie también le parecía extremadamente pequeño. Sin duda, el señor Tiffany, el maestro indiscutible del vidrio, al menos para ella, merecía una mejor ubicación.

Al cabo de unos minutos, el señor Tiffany regresó.

—Parece que estamos de suerte. Westinghouse ha accedido a volver a instalar la iluminación en el espacio hoy. Así que pueden tomarse el resto del día libre. Pero no se cansen. Una vez que la iluminación esté instalada, tendremos que trabajar sin descanso para tener lista la exposición. Por desgracia, los hombres de Corona ya se han ido, así que no tengo nadie que pueda acompañarlas, pero quizás... —Se interrumpió y la señora Driscoll intervino.

—Señorita Pascal, si desea visitar a amigos o familiares, hoy es el día para hacerlo. Después estaremos ocupadas.

—Gracias —empezó Emilie. "Pero ustedes son mi familia y amigos ahora".

—Señorita Griffith, si quiere esperar, la señorita Gouvy y yo nos liberaremos pronto y tenemos planeado visitar algunas de las otras exposiciones, para echar un vistazo a la competencia, por así decirlo.

Grace miró a Emilie con los ojos muy abiertos.

—Pensé que la señorita Griffith podría venir conmigo —aventuró Emilie, captando la intención de Grace.

—Excelente —dijo el señor Tiffany—. Un agradable día de descanso; sin duda ambas se lo merecen.

—Pero ¿no hay algo que podamos hacer para ayudar? —preguntó Emilie.

—En absoluto. Y no se preocupe. Varias exposiciones llevan retraso. Muchos de los expositores ni siquiera han llegado. Y nos hemos enterado de que el Palacio de la Electricidad estuvo sin electricidad ayer. ¿Se imaginan? Parece una broma. Pero, por suerte, ya tiene luz. Si ellos lo lograron, nosotros también. —Asintió como si pusiera punto final al asunto—. Así que ya pueden irse.

Emilie y Grace salieron del pabellón.

—Uf —resopló Grace—. Temí que insistiera en que alguien me acompañara y no pudiera hacer nada de trabajo. Gracias por sacarme del apuro.

—*Ce n'est rien* —respondió Emilie. De pronto sentía que había perdido todo propósito y tuvo que contener el deseo de volver al pasillo y sentarse en la oscuridad hasta que llegara la hora de trabajar.

—Pero no te preocupes por mí. Ve a ver a tus amigos, puedo cuidarme sola.

Emilie sacudió la cabeza.

—En serio, voy sola a todas partes en Nueva York todo el tiempo. La Exposición Mundial no puede ser más intimidante que el Lower East Side. Y prometo no perderme.

—No voy a ir a ver a mis amigos. Todavía no. —Emilie se mordió el labio—. Sé que debería, pero es que… me siento mal por no haber estado en contacto, y ahora que estoy aquí… Necesito más tiempo.

Grace enlazó su brazo con el de Emilie.

—Entonces, ¿por qué no exploramos la exposición juntas?

—No lo sé. ¿Y si alguien me reconoce?

—Hay miles de personas de todo el mundo aquí. ¿Qué posibilidades hay de que alguien de tu pasado te reconozca vestida con falda de trabajo, camisa y el pelo recogido como una matrona?

Emilie suspiró.

—Cuando lo dices así… Supongo que no pasará nada.

De regreso en el Sena, Grace se detuvo para sacar un pequeño bloc de dibujo y un lápiz. Sonrió a Emilie, tratando de tranquilizarla, pero estaba muy tensa.

—¿Y si te dibujo un bigote en el labio superior? —Movió el lápiz en la cara de Emilie.

Por fin, Emilie se rio.

—Tienes razón. Me estoy portando como una tonta. *On y va.*

Caminar hacia la calle principal era como recorrer el mundo. Pabellones de vidrio, pagodas japonesas, palacios árabes, chalés suizos, cada uno con animadores debidamente ataviados que las invitaban a entrar. Grace no sabía qué dibujar primero, pero cada vez que se detenía para plasmar algo en el papel, Emilie la urgía a seguir.

—Nunca llegaremos a la exposición si te detienes a dibujar todo lo que ves.

Grace no podía evitarlo. Había mucho material por dondequiera que mirara.

Escoceses con faldas estaban de pie delante de casas de piedra con techos de turba; junto a ellos, *geishas* con kimonos elaborados daban la bienvenida a los visitantes a través de puertas *torii*. A lo lejos, por encima de todo, la Grande Roue de París, la noria gigante de París, giraba en el trasfondo.

—Tengo una gran idea —anunció Emilie.

—Te escucho —contestó Grace, tratando de terminar un boceto de un cosaco con una faja roja que las invitaba a echar un vistazo a Rusia.

—Es justo lo que necesitamos. Podrás dibujar y caminar al mismo tiempo.

—Perfecto. ¿Cómo?

Se detuvieron en un puesto donde Emilie compró dos billetes.

—*Voilà! Le trottoir roulant.* La acera móvil. —Dio un pequeño empujón a Grace—. *Tous à bord.*

Grace se subió a la acera, pero no se movía. Sin embargo, a su lado, una plataforma de madera en movimiento avanzaba con lentitud, y, junto a ella, una tercera plataforma se movía el doble de rápido.

Comenzaron el viaje en la acera del medio, que se movía despacio. Grace apoyó bien los pies para mantener el equilibrio mientras las tablas vibraban bajo sus plantas y su lápiz rebotaba sobre la página.

Todas las aceras mecánicas estaban abarrotadas y más de un joven intentaba una demostración de audacia saltando de una a otra y sorprendiendo a peatones desprevenidos.

Grace dibujaba con rapidez, captando las expresiones temerosas de las damas y las contorsiones de los caballeros que intentaban impresionarlas. Incluso cuando uno de esos caballeros cometió un error de cálculo y sus pies salieron volando en una dirección y su sombrero en la dirección contraria, y el hombre cayó al suelo, donde rodó y rebotó y terminó tendido entre los árboles.

El lápiz de Grace registró todo. A ese ritmo, podría llenar un cuaderno y tener artículos periodísticos para toda una semana. Al pasar por la entrada principal de la Exposición, saltaron de la acera. Durante unos segundos, con los cuerpos aún vibrando por el paseo, observaron cómo la acera proseguía su camino elíptico alrededor de la Exposición.

Frente a ellas, se alzaba el arco de entrada que más bien parecía el tocado gigantesco de una bailarina india. Cerca de las casetas de tiques, distintos mapas indicaban la ubicación de las innumerables exposiciones.

—Es enorme —exclamó Grace—. Tardaríamos semanas en verlo todo.

—Y esto es solo un lado del río. El Grand Concourse y los palacios están del otro lado.

Entraron por debajo de la base gigantesca de la Torre Eiffel, donde, boquiabiertos y con las cabezas inclinadas hacia atrás, los turistas contemplaban la estructura de hierro que perforaba el cielo.

—Puedes subir en un ascensor inmenso hasta lo alto, o al menos cerca —informó Emilie.

—¿Has subido alguna vez? —preguntó Grace mientras observaba el rectángulo gigante que transportaba filas de turistas por el lateral de la torre.

—Solo hasta el segundo nivel.

—Creo que mantendré mis pies en el suelo —dijo Grace.

Siguieron andando. Emilie redujo la velocidad justo después de un edificio llamado La Palais de la Femme. Se volvió hacia Grace.

—¿Crees que G. L. Griffith estaría interesado en el trabajo de las mujeres? El señor Tiffany está en la junta que planea presentar una muestra de obras de arte de mujeres en la Exposición.

—Vayamos a verla de todos modos. Aún le queda mucho tiempo a G. L.

Visitaron exposición tras exposición, comieron *saucisson* con mostaza dulce en *baguettes* crujientes y bebieron *citrón pressé*.

Siguieron a una multitud al interior de La Galerie des Machines Electriques, donde se vieron rodeadas de inmediato por motores gigantes, carcasas, caballetes y vigas, y enormes ruedas de metal, todas ruidosas. Emilie se tapó los oídos con los dedos y permaneció de pie mientras Grace dibujaba y los hombres de negocios con visión de futuro se gritaban unos a otros para hacerse oír por encima del estruendo.

Cuando por fin salieron al fresco día de primavera, todavía les zumbaban los oídos.

Al cabo de otra hora de exposiciones, Emilie y Grace salieron tambaleándose del brazo, vencidas por el cansancio y la risa, y se dirigieron al vendedor de sorbetes más cercano.

Cuando se apartaban del carrito, con las tazas de sorbete de frambuesa en la mano, Grace advirtió que la expresión de Emilie cambiaba. El miedo invadió sus ojos.

Volvió la cara justo cuando varios hombres con sombreros de copa negros y vestidos de chaqué pasaban en dirección contraria. Uno de ellos miró en dirección a Grace y Emilie con el ceño fruncido.

Grace se volvió hacia Emilie, pero esta ya no estaba.

Grace giró en todas direcciones, olvidando su sorbete y sus bocetos, todo excepto su amiga y la expresión en su cara. Cuando estuvo segura de que los hombres estaban lejos, buscó a Emilie entre la multitud y recorrió el sendero de un lado a otro intentando divisarla. Incluso se subió a un banco para mirar por encima de las cabezas de los transeúntes.

Emilie se escabulló entre un grupo de peatones que se alejaban de los hombres de la Académie. ¿Por qué había venido? ¿Por qué había bajado la guardia? ¿Por qué se había atrevido a pasar un día relajado con una amiga?

Había perdido su sorbete en algún momento de la huida. Ese fue el pensamiento que acabó por desbordarla. Todas esas frambuesas deliciosas. Ahogó un sollozo. Había sido una tonta al pensar que podía escapar de su pasado. Ojalá pudiera desaparecer.

Se alejó del gentío y caminó a hurtadillas a lo largo del borde de los edificios preguntándose si podría encontrar a Grace en el mar de gente, encontrarla sin que alguien que conociera la encontrara a ella. Y entonces vio la cabeza de Grace por encima de la gente. Debía haberse subido a algo para buscarla.

Emilie podría haber llorado de alegría. Pero ¿se atrevía a salir de las sombras? Tenía que hacerlo. Podría ser una cobarde, podría no merecer a sus amigos, pero no los haría cómplices de su cobardía. Compensaría a Grace de alguna manera y visitaría a Marie y a Jean esa noche.

Y la siguiente vez que pasó Grace, Emilie agachó la cabeza y fue a su encuentro.

—Lo siento, me pareció ver a alguien que conocía —explicó mientras caminaban.

—Ya lo he visto —respondió Grace, y enlazó su brazo con el de su amiga—. Estaba frunciendo el ceño, pero no creo que te reconociera. Es más, creo que ni siquiera te miró. E incluso si lo hizo, ¿cuántas veces has visto a alguien en una multitud que pensaste que conocías y resultó ser un extraño? Pasa todo el tiempo. Seguro que él ni se acuerda. —Le dio una pequeña sacudida—. ¿De acuerdo?

Emilie asintió.

—He perdido mi sorbete.

—Yo también. Vamos a comprar otro, esta vez invito yo.

Regresaron al hotel mucho más tarde. Emilie había tenido toda la intención de excusarse de cenar con las demás, pero se habían encontrado con la señorita Gouvy en el vestíbulo. Por fortuna, el señor Tiffany y la señorita Northrop estaban cenando fuera, y el señor Nash y los hombres habían salido en busca de un pub inglés. Durante la cena de tres platos, la señorita Gouvy les preguntó con cortesía por su día y Grace y Emilie respondieron lo mejor que pudieron. La señora Driscoll les informó sobre el progreso de los obreros. Pero todas parecían preocupadas y convinieron en retirarse a descansar inmediatamente después del café.

Cuando llegaron a la habitación, Grace sacó enseguida papel y lápiz para trabajar en las caricaturas que quería enviar a Nueva York a la mañana siguiente.

Mientras estaba absorta en su trabajo, Emilie cogió su capa y su boina y se escabulló para ir a visitar a los que había dejado atrás.

Fuera del hotel, las luces de la rue Rivoli daban un aire festivo a la noche.

Emilie se ciñó más la capa. Siempre hacía frío y se notaba humedad junto al río, pero esa noche le afectaba más de lo habitual.

Atravesó la Place du Carrousel, donde los orbes redondos de las farolas flotaban como luciérnagas sobre su cabeza. El Louvre se alzaba a su izquierda, las Tullerías se extendían a la derecha. Y a lo lejos, las luces de la Exposición Universal brillaban como una cúpula colorida de una ciudad mágica.

La gente llenaba las aceras, en parte por la Exposición. Estaban de buen humor, las parejas paseaban por los jardines y las mesas en las aceras de los restaurantes rebosaban de clientes. Las risas y las canciones llenaban el aire y, por un momento, Emilie recordó los buenos tiempos cuando había sido una de esas personas felices. Era feliz ahora, incluso después del incidente de esa tarde, pero no de la misma manera. Y entonces llegó al río.

Bajó por el Quai. Podía ver el Pont des Arts a la luz de la calle. Pero no veía a la pequeña vendedora de flores.

Al principio, se negó a creer que no estuviera allí. Ella

era algo, alguien, de quien Emilie había llegado a depender, aunque solo fuera por su presencia. Tan firme como el edificio enorme que tenían detrás. Y más bienvenida. ¿Habría buscado un rincón lejos del aire fresco de la noche? ¿Estaría descansando sus pies cansados en algún lugar? Pero ¿abandonaría su ubicación rentable aunque fuera por un momento justo cuando la Exposición estaba comenzando? No tenía sentido. ¿Estaría enferma? De repente, era muy importante saber dónde estaba la pequeña vendedora de flores.

El estanco de enfrente estaba abierto así que cruzó y entró en la tienda.

—*Excusez*...

El hombrecillo detrás del mostrador levantó la vista y la luz de la lámpara se reflejó en su coronilla brillante antes de que su rostro se enfocara. Tenía los rasgos apretados y los labios finos, como si estuviera todo el tiempo molesto por el humo de los cigarros y las pipas.

—¿Puede decirme dónde está la vendedora de flores?

—*Quoi?*

—La pequeña vendedora de flores que se pone al pie del puente. ¿Puede decirme dónde está?

—No la he visto.

Emilie esperó.

—No la he visto desde hace meses... Dos... tal vez tres.

—Oh, bueno, gracias. —Emilie giró para irse, pero se detuvo con la mano en el picaporte—. *Dites-moi, s'il vous plaît.* ¿Sabe usted cómo se llama?

El hombre arrugó el rostro todavía más.

—*Moi?* Tengo un estanco. ¿Por qué debería saber el nombre de una vendedora de flores?

Ella bajó la cabeza y lo dejó con su indignación.

La noche parecía aún más fría ahora.

Emilie tomó aire y comenzó a cruzar el puente. Cuando estaba a medio camino, se detuvo, se inclinó sobre la barandilla y contempló la oscuridad turbia. ¿Por qué las luces de la calle no parecían penetrar nunca el río?

Tragó saliva.

"Hola, *maman*. He vuelto a París, pero solo por poco tiempo. Me gusta Nueva York, *maman*. Trabajo para un artista del vidrio, el señor Tiffany. ¿Lo conoces? Es bastante famoso ahora, pero quizás no tanto como cuando tú eras… cuando eras… como para reconocer su nombre. Es muy exigente, pero tiene una visión. Oh, *maman*, los colores de sus vidrios son mágicos. Siempre cambian con la luz. Ojalá la pintura pudiera ser así. Debe de haber una manera. Tal vez la encuentre algún día. En su mayor parte corto las piezas de vidrio que van en los vitrales. Es importante elegir la sección correcta para que coincida con la imagen, los pliegues de un vestido, el cabello de un querubín. Ojalá pudieras verlo. He trabajado en uno que se exhibirá aquí en la Exposición. Es como el nuevo movimiento *art nouveau*. Oh, *maman*, no reconocerías el nuevo arte. Es atrevido y audaz y estoy segura de que mantiene despiertos por las noches a los miembros de la Academia planeando su fin. Pero no pueden detener el progreso, ni en el arte ni en la vida. Ahora hay coches por las calles. Funcionan con electricidad y algún tipo de combustible y van muy rápido… sin caballos. Se ha congregado gente de todo el mundo en la ciudad. No sé por qué el señor Tiffany me ha traído aquí con los demás. Pero me alegro de poder volver a estar contigo. No podré visitarte mucho. Estaré ocupada. Ni siquiera sé cuánto tiempo me quedaré, pero luego volveré a Nueva York. Ese es mi hogar ahora. Con las chicas del señor Tiffany. Pero vendré otra vez antes de marcharme".

Emilie cerró los ojos. Había una cosa más que quería preguntar.

"Hay un hombre, *maman*. Es joven, fuerte y talentoso. Hace unos jarrones de vidrio hermosos. Lo llaman vidrio

Favrile. Me siento muy atraída por él. Todo mi cuerpo se pone alerta cuando él está cerca. Me desea, pero ¿me amará de veras, *maman*? Un hombre que ama con pasión también puede odiar con la misma pasión, ¿no es así? Tengo miedo de enamorarme, *maman*. ¿Es así como debe ser?".

Se quedó quieta. A veces, cuando lo hacía, podía sentir el calor de los abrazos de su madre, pero no esa noche. Sentía su presencia y creía entender lo que significaba su silencio. "No te enamores. Te destruirá como me destruyó a mí".

Emilie se volvió por fin, no hacia el hotel, sino hacia la rue Suger, dividida entre el temor y la necesidad de enmendar las cosas. Pero cuando llegó al edificio donde había vivido, donde todavía vivían Marie y Jean, no pudo entrar. Estaba demasiado cansada para hacer lo que debía.

Se volvió y se apresuró de regreso al hotel, con las palabras de su madre resonando en sus oídos. "No te enamores. Te destruirá".

Grace se reclinó en la delicada silla del escritorio y estiró los músculos de la espalda. Entre caminar, dibujar mientras caminaba y pasar la tarde en este pequeño escritorio, le dolía todo el cuerpo. Pero quería terminar sus dibujos y llevar el paquete a la recepción para que lo enviaran en el próximo correo transcontinental.

Estaba bastante satisfecha con su primer día de trabajo para el *Sun*. Lo más difícil era decidir qué caricaturas enviar.

Al final eligió una de la acera móvil y el caballero que volaba con las piernas abiertas en sus pantalones a cuadros: el sombrero en el aire mientras las damas retrocedían horrorizadas y la expresión de sorpresa y disgusto del hombre. La leyenda al pie rezaba: "Esto es una acera móvil, señor. ¡No una máquina voladora!".

Y otra de las enormes dínamos ensordecedoras, en la

que dos hombres de negocios de pie en medio de ellas, nariz con nariz y con las bocas abiertas, gritaban para hacerse oír por encima del estruendo. "La industria y el comercio en plena conversación". Mientras, un tercer hombre, "Inutilidad", se llevaba un caballo cansado. De hecho, había tomado como modelos a tres hombres reales; el caballo era un producto de su imaginación. Pero qué símbolo perfecto del pasado. Pronto serían sustituidos por más coches y dínamos y, quién podía saberlo, tal vez hasta por máquinas para arar los campos.

Grace dibujó un panorama más amplio de la exposición con todas las figuras con sus vestimentas típicas que habían visto ese día y la Torre Eiffel elevándose hacia arriba en el centro.

Cuando estuvo satisfecha con sus ilustraciones, las puso entre dos trozos de cartón, colocó todo en un sobre grande y lo llevó abajo. En el momento en que llegó a la recepción, dos hombres de la fundición, Oskar y Clint, entraban en el hotel, zigzagueando un poco. Amon no estaba con ellos. Y Emilie no había vuelto todavía.

Los hombres se quitaron el sombrero y sonrieron a Grace cuando llegaron hasta ella.

—¿Qué habéis hecho con el señor Nash y Amon? —preguntó ella como de pasada.

—El señor Nash se fue a la cama hace más de una hora. No sé qué pasó con Amon, estaba con nosotros hace un minuto. Tal vez se alejó y se perdió. ¿Deberíamos ir a buscarlo?

—¡No! —exclamó Grace. Respiró rápidamente—. Estoy segura de que está bien.

—¿Qué haces levantada tan tarde? —preguntó Clint, ojeando el paquete—. ¿Escribiendo cartas de amor?

—No para ti —bromeó ella y golpeó el pie en el suelo hasta que entendieron la indirecta y se fueron tambaleándose a la cama.

Grace entregó el paquete al conserje con instrucciones sobre el correo, pero dudó antes de volver arriba. ¿Debería ir a buscar a Emilie? Solo porque Amon y Emilie estuvieran fuera no significaba que estuvieran juntos. Emilie podría haber decidido visitar a sus amigos. Solía salir hasta tarde y disfrutar de la compañía de sus amigos cuando vivía aquí. Podría haber decidido ir a visitar a Jean y Marie.

Hasta podría haber ido a visitar el Pont des Arts. Grace sabía que el puente quedaba cerca, pero no exactamente dónde. París parecía tener un exceso de puentes y la idea de deambular de noche por las calles de París no le resultaba atractiva.

Lo cual no era un signo de cobardía, se dijo a sí misma. Lo había hecho muchas veces en Manhattan para conseguir una noticia. Pero no conocía París y se perdería con facilidad, y como el nivel de su francés se limitaba al aprendido en la escuela, sabía que no podía confiar en el idioma para salir del paso.

Además, si Emilie y Amon se estuvieran viendo, ella se habría dado cuenta y no había sido así. En todo caso, Emilie había mantenido distancia. ¿Y Amon? Grace había estado demasiado ocupada con sus bocetos para darse cuenta.

Y si estaban juntos, estaba segura de que cualquier interferencia suya no sería apreciada. Se volvió de mala gana hacia los ascensores.

"Por favor, Dios, que estuviera haciendo lo correcto. Y Emilie también".

Emilie se tomó su tiempo para regresar al hotel y estaba a punto de cruzar la calle cuando vio al grupo de los chicos de Tiffany volviendo de su noche en el pub. Dio un paso atrás y esperó a que hubieran entrado y subido. No quería ver a Amon; estaba demasiado cansada para poder resistirse.

Se escabulló de nuevo en el parque y, sin pensarlo, se encontró en un sendero tranquilo, por el que había paseado a menudo con sus amigos. Tenía el recuerdo vago de ser pequeña y estar sentada con su madre bajo los árboles: Emilie dibujaba a las personas que pasaban mientras su madre leía, a veces en silencio y a veces en voz alta para ella.

Otras veces habían huido allí para escapar de la ira de su padre. En esas ocasiones, se sentaban abrazadas, temblando, fingiendo que todo estaba bien y esperando que no las encontraran. Pero Dominique Pascal nunca salía a buscar a su pequeña familia. Solo esperaba a que regresaran. Parecía que su ira no tenía límites de tiempo.

Emilie se estremeció en el aire nocturno. No recordaría aquellos tiempos, solo los buenos…, solo los buenos.

Se había vuelto hacia el hotel cuando lo vio venir hacia ella, tan pronto después de la imagen de su padre que soltó un grito y retrocedió. Entonces reconoció a Amon.

—Lo siento. No quise asustarte —dijo—. Pero cuando te vi caminando sola me preocupé.

—¿Me viste?

—Sí. Cuando volvíamos al hotel. Estabas al otro lado de la calle. —Se acercó un poco más—. Te reconocería en cualquier parte, incluso en la oscuridad.

Emilie sonrió, no pudo evitarlo.

—París es la Ciudad de la Luz. Estamos rodeados de luces. Mira el cielo.

Pero sus ojos no se apartaban de los de ella; podía sentir su calor y deseó poder envolverse en él.

—Será mejor que vuelva. Grace debe estar preguntándose dónde estoy.

—¿Dónde estabas? No deberías salir sola.

—Estaba caminando. Soy de aquí, ¿recuerdas? Me siento tan cómoda aquí como en Nueva York.

—¿Y conmigo?

—Amon, te dije que no puedo.

Empezaron a moverse hacia los árboles. Los árboles que guardaban tantos recuerdos. ¿Pertenecían ella y Amon a aquel lugar bajo esos árboles? ¿Había un lugar para él en su vida? ¿Tendrían buenos o malos recuerdos? Lo deseaba tanto... Pero las palabras de su madre resonaban en sus huesos.

Se adentraron en las sombras de las ramas que colgaban en lo alto.

—Me estás volviendo loco —confesó él, y se volvió hacia ella—. El mero hecho de estar cerca de ti es como una tortura. Una tortura sublime. Dime que no te sientes atraída por mí como yo por ti.

No podía.

Él estaba impaciente y antes de que ella pudiera pensar, la había empujado contra el árbol, le había presionado la espalda contra la corteza y apretado su cuerpo contra el de ella. Sus labios cubrieron los de ella y Emilie se rindió.

Y entonces la mano de él se movió hacia sus pechos; se apretó contra ella. Emilie lo deseaba, pero no allí. No allí. No en su lugar seguro, el último recuerdo vivo de su madre.

—No puedo, Amon. No lo haré. Mi arte es lo primero. Debe ser lo primero.

—Pero yo te quiero.

—No me conoces.

—Sé todo lo que necesito saber. Cásate conmigo. Puedes dedicarte a tu arte. Gano lo suficiente para mantenernos a los dos. Sería una vida más sencilla que la que conociste. Podríamos alquilar una casita en Corona. Podríamos...

"Casarse con él. Casarse con él". Un artista que trabajaba todo el día y llegaba a casa esperando su cena. Ella no tendría tiempo para el arte; cuidaría de la casa y los hijos. Cualquier mujer sería feliz casada con Amon, un hombre trabajador y apasionado.

Cualquier mujer, pero no ella.

—No, Amon. Lo siento, pero no.

La estrechó con más fuerza.

—¿Por qué? Necesitas alguien que te cuide. Y yo te quiero. Sé que debes quererme un poco. Me doy cuenta cuando estamos juntos.

—Los hombres pueden querer y trabajar, pero sabes que yo no puedo hacerlo, ninguna mujer puede. Así es la vida. Tengo que elegir. Y elijo el arte. —Se apartó con el último vestigio de su fuerza de voluntad y, si él hubiera tirado de ella hacia atrás, podría haberse entregado allí mismo bajo los árboles. Pero él no lo hizo, y mientras ella se alejaba corriendo por el sendero, él gritó:

—¡No esperaré para siempre!

Y de repente supo qué había sentido su madre al amar a un hombre que amaba con demasiada intensidad.

No miró hacia atrás y no paró de correr hasta que estuvo en el vestíbulo del hotel. Entonces, sin aliento y seguramente con aspecto de loca le dio las buenas noches al conserje y entró en el ascensor.

CAPÍTULO 26

Hizo falta otro día entero para terminar con la iluminación y trasladar el equipo para instalar los vitrales. Emilie y Grace se encontraron con el paso bloqueado primero por una cuerda que cruzaba la entrada del Pabellón Tiffany y luego por la señora Driscoll, que salía del pabellón porque ella también había sido expulsada de allí. Emilie argumentó que alguien tenía que proteger las piezas durante la instalación eléctrica.

—Sobrevivieron al viaje. Creo que sobrevivirán a unos cuantos electricistas —señaló la señora Driscoll, que no parecía muy convencida. En ese instante, el señor Nash apareció en la entrada.

—El señor Tiffany lo tiene todo bajo control. Vayan y diviértanse, que mañana tendrán mucho que hacer.

—Si les interesa —aventuró la señora Driscoll—, la señorita Northrop y yo iremos a ver las otras exposiciones de arte decorativo.

Grace declinó acompañarlas. Ya tenía su cuaderno de dibujo en la mano y Emilie pensó que se parecía a un caballo de carreras en la línea de salida, ansiosa por someter a inventos y visitantes por igual a su prolífica pluma.

Emilie aceptó la invitación. Deseaba ver lo que otros habían traído como su mejor trabajo. Así que, junto con sus dos jefas, echaron a andar por la Esplanade; primero recorrieron el lado "extranjero" y luego el "lado francés", donde resultó que el señor Bing había montado un pabellón independiente bajo auspicio francés.

—Decidimos esperar unos días —explicó la señorita Northrop, cuando Emilie quiso entrar—. No queremos parecer demasiado ansiosas por ver lo que ofrece. Solía ser el único expositor del señor Tiffany, pero solo expone algunas de las piezas más antiguas de Tiffany.

—Se ha pasado completamente al *art nouveau* —añadió la señora Driscoll mientras seguían su recorrido.

Emilie echó un vistazo al interior y vislumbró una variedad de arte impresionante. Algo a lo que regresaría para experimentar en soledad. Tal como había hecho el día en que había entrado en la galería Bing y había descubierto al señor Tiffany.

Pasaron de un pabellón a otro, donde la señora Driscoll pareció interesarse particularmente en los objetos decorativos. Alzaba las cejas varias veces en señal de asombro y soltaba ruidos de desaprobación en otras.

Durante el recorrido, Emilie detectó piezas creadas por el estudio Tiffany. Siempre añadían un toque especial a cada exposición, en especial cuando se utilizaban en decoración interior. Daban el "toque final" a la habitación.

En una ocasión, al ver un vitral encima de una puerta, Emilie preguntó:

—¿El señor La Farge tiene un pabellón aquí?

La señora Driscoll negó con la cabeza.

—No puede costeárselo. Menos mal. Pensar en él y en el señor Tiffany compitiendo de nuevo... —Se estremeció—. La rivalidad entre esos dos es increíble.

—La Farge no le llega a la suela de los zapatos al señor Tiffany —precisó la señorita Northrop—. El señor Tiffany se llevará todos los premios, con o sin la presencia de La Farge.

—Debería —convino la señora Driscoll con cautela—. Pero no cantemos victoria antes de tiempo. Aun así, pobre señor La Farge.

—Ay, Clara, solo tú serías tan compasiva —respondió la señorita Northrop—. Ese hombre no merece compasión. Te concedo que es un buen diseñador, pero es muy poco fiable y, además, afirmar que el señor Tiffany le robó la idea del vidrio Favrile... es ridículo. Lo que sea que le haya sucedido a John La Farge, o, en su caso, que no le haya sucedido, es culpa suya.

—En eso estamos de acuerdo. —La señora Driscoll se volvió hacia Emilie, cuya mente se había detenido en "robó"—. No ponga esa cara de espanto, señorita Pascal —agregó—. Uno puede tener todo el talento del mundo, pero si no es capaz de producir a tiempo y captar la imaginación del público, entonces no está utilizando el don que Dios le ha dado. Y eso es digno de lástima.

Emilie se tomó esas palabras muy a pecho.

Por fin, en el tercer día en París, se les permitió volver al pabellón. Los muchachos llegaron temprano para abrir las cajas y ayudar a colgar los vitrales pesados y ya se habían marchado para cuando llegaron Emilie y Grace.

Las dos lámparas de pie en forma de antorcha de la entrada estaban apagadas. Las cortinas gruesas estaban cerradas y la cuerda seguía bloqueando la entrada. Emilie sintió una punzada de pánico. ¿Habría ocurrido algo más?

Grace se limitó a alzarse la falda y pasar por encima de la cuerda para mirar por las cortinas.

—¿Señor Nash? ¿Está usted aquí?

Las cortinas se abrieron de repente y el señor Nash apareció en mangas de camisa.

—Buenos días, buenos días.

Movió la cuerda lo suficiente para que Emilie pudiera pasar y luego las hizo entrar.

Emilie se detuvo estupefacta. Había esperado una luz brillante en todas partes para destacar cada pieza en todo su detalle. Pero no. El señor Tiffany utilizaba la luz tal como utilizaba el vidrio, para dar forma y enfoque, para llamar la atención y luego inspirar. En el taller, dependían de una iluminación uniforme y suave para crear la obra terminada, pero aquí, las obras terminadas estaban presentadas para ser disfrutadas. Para ser descubiertas como por arte de magia. La oscuridad no era nunca total, sino con destellos de luz que jugaban en oposición a las sombras, haciendo que los jarrones y los cuencos parecieran materializarse en el aire.

—¡Ah! —exclamó Emilie y recordó la primera vez que había visto el trabajo del señor Tiffany en la galería Bing de la rue de Provence.

—Los hombres de Westinghouse hicieron un buen trabajo, ¿verdad? —interpuso el señor Nash—. Por fortuna, estuvieron dispuestos a trabajar durante la noche.

—Gracias a la reputación del señor Tiffany —resaltó Emilie.

—Y a su dinero —añadió Grace en voz baja—. Pero mira cómo han iluminado el vitral "Magnolia".

Se dirigió a la primera exposición, donde una cascada de luces y flores creaba pétalos tan suaves y de aspecto tan natural que Grace estaba segura de que podía oler su delicado aroma. Las hojas eran ricas y cerosas como las de verdad; todo el conjunto, una gradación de matices sutiles y sombras profundas.

—Espero que la señorita Northrop esté contenta.

—Está muy contenta —respondió el señor Nash mientras inspeccionaba la sala con orgullo.

—Y mira —exclamó Grace—. Han colocado su nombre como diseñadora al lado.

—¿Cómo lo consiguieron? —preguntó Emilie.

—Son las normas —explicó el señor Nash—. La Exposición obliga a todos los expositores a que especifiquen el nombre de cada diseñador individual.

—Excelente —dijo Grace.

—¿Usted también será reconocido, señor Nash? —inquirió Emilie—. Todo este vidrio es gracias a usted.

—Creo que los hornos de la Compañía Tiffany de Vidrio y Decoración recibirán lo que se merecen. Discúlpenme un momento; uno de los obreros está tratando de llamar mi atención. —Se alejó deprisa.

—Y yo voy a buscar a la señorita Northrop —agregó Grace, y lo siguió.

Al quedarse sola, Emilie se acercó a una vitrina que exhibía tres jarrones de diferentes formas y colores, cada uno con su propia iluminación. Uno era un balaustre de un dorado iridiscente con un motivo de nenúfares que había sido diseñado por el propio señor Tiffany. Emilie pensó que era el jarrón más sublime que había visto en su vida, sencillo y perfecto. Otro era de Favrile rojo y estaba grabado con un motivo de hojas. El tercero también era opalescente, con motas blancas y elegantes filigranas, pero con un diseño a todas luces moderno que lo hacía especialmente distintivo. Se acercó para leer el nombre del diseñador. No era Louis Comfort Tiffany, sino Amon Bronsky.

Emilie experimentó una punzada de orgullo y honor por el hombre que había llegado a conocer y, a su pesar, a querer, y, por un momento, también sintió decepción por lo que nunca podría ser.

Podía quedarse contemplando aquellos jarrones durante mucho más tiempo, pero había mucho para ver y trabajo que hacer. Pasó a la pieza siguiente. Un vitral que no había visto antes llamado "Calabazas y remolachas", que continuaba con el amor del señor Tiffany por la naturaleza.

Esta pieza llevaba también el nombre del señor Tiffany y Emilie se estremeció al sentir la esencia del hombre y se preguntó si algún día su propio trabajo tendría semejante profundidad.

Pasó a la siguiente vitrina en el momento en que el señor Nash regresaba. La vitrina contenía dos lámparas diseñadas por la señora Driscoll, una con un motivo de dientes de león y una base de cobre con hojas y flores y vilanos en relieve y un globo de Favrile blanco montado en la parte superior como si pudiera salir volando con la brisa.

Y a su lado estaba la lámpara de libélulas cuyo proceso de creación todos habían presenciado. Libélulas y dientes de león. La naturaleza plasmada y reimaginada para adornar los hogares de aquellos que deseaban llevar el aire libre al interior.

—Es espectacular —susurró Emilie.

—Y tendrá mucho éxito. Ya están planeando cómo producir copias con rapidez sin perder la singularidad del diseño. Habrá relojes, cajas de música, pisapapeles y cajas para caramelos con libélulas. Lo que se te ocurra.

—Será algo digno de ver —comentó Emilie—. Pero, señor Nash, ¿dónde están "Las cuatro estaciones"?

—Imaginé que estaría ansiosa por verlo. —El señor Nash le guiñó un ojo—. Por aquí. —La llevó hasta una arcada ancha—. El señor Tiffany le ha concedido un lugar especial, pero primero cierre los ojos.

Emilie se tapó los ojos con las manos y sintió los dedos de él que se cerraban alrededor de su brazo mientras la guiaba a través de la arcada. Luego la detuvo, ajustó su posición y anunció:

—Aquí lo tiene.

Con el corazón acelerado, Emilie retiró las manos y abrió los ojos con lentitud.

Por un momento, solo atinó a quedarse quieta, mirando.

—¿Y bien? —preguntó el señor Nash en voz baja.

—Es magnífico. —Más magnífico de lo que jamás había imaginado.

Estaba iluminado desde atrás, solo lo justo para imitar la luz del día con rayos de luz que lo iluminaban de frente. Bordes de quince centímetros y decorados en oro enmarcaban los cuatro paneles. En la parte inferior, enredaderas retorcidas ascendían de una hilera de urnas; la parte superior ostentaba las alas extendidas de un águila.

Y en el centro, del nacimiento a la muerte y al nacimiento de nuevo, el círculo de la vida se desplegaba en el sentido de las agujas del reloj: de "Primavera" a "Verano" a "Otoño" y a "Invierno", conectados como un mundo sin fin.

La placa de bronce en la pared junto al vitral rezaba: "Diseñado por Louis Comfort Tiffany".

Emilie frunció la boca y empezó a llorar.

—Oh, querida —exclamó el señor Nash, alarmado—. ¿Qué sucede? ¿Pasa algo malo?

—Es tan bonito que creo que podría morirme.

El señor Nash le dio una palmadita en el hombro.

—Se ha superado a sí mismo con esto —convino—. Y todos hemos sido parte de ello.

Después de eso, permanecieron de pie, sin hablar, hasta que alguien murmuró al oído de Emilie:

—Nada mal, si se me permite decirlo.

—Señor Tiffany —exclamó ella al oír la voz a su lado —. Nada mal, por cierto —coincidió.

Y los tres, diseñador, cortadora de vidrio y químico se quedaron mirando su trabajo, satisfechos y un poco maravillados por lo que habían hecho.

Emilie y Grace pasaron el resto de la mañana subidas a escaleras, comprobando que sus respectivos vitrales no tuvieran grietas, astillas, o soldaduras sueltas. Luego los limpiaron con paños de gamuza para dejar los vidrios todavía más relucientes.

Pasaron varias horas antes de que Emilie por fin se detuviera y retrocediera para admirar su vitral. "Su" vitral. Bueno, en parte lo era. Conocía cada trozo de vidrio, quién lo había cortado y dónde estaba colocado. Pero era la culminación de las partes lo que realmente le permitía apreciar los detalles más mínimos. Lugares para descubrir, para provocar la vista o el descanso del alma. La inclusión de todo eso elevaba el conjunto. Un testimonio de la genialidad del señor Tiffany.

Saber que había participado en su construcción era liberador. A partir de ahora, jamás miraría hacia atrás. Todo se extendía por delante. Y cuando regresaran a Nueva York comenzaría a pintar de nuevo en serio. Porque sabía que tenía que existir una forma de llevar luz al óleo de una manera que cambiaría la esencia misma de la pintura.

Trabajaría para el señor Tiffany. Seguiría aprendiendo. Tal vez algún día hasta podría "colaborar" como lo hacían la señorita Northrop y la señora Driscoll.

Emilie continuaría trabajando en vidrio, al menos hasta que encontrara un rumbo nuevo.

Para cuando la señora Driscoll anunció un descanso para almorzar, le dolían los hombros y la espalda. Emilie y Grace bajaron de las escaleras con cuidado.

Las otras dos mujeres también habían estado ocupadas; las vitrinas estaban relucientes y los jarrones, lámparas y cajas brillaban a la luz.

El señor Tiffany estaba de pie junto a las cortinas que cubrían la entrada, con el señor Nash a su lado. Emilie oyó voces fuera. Su primera reacción fue correr hacia su vitral para asegurarse de que nadie se acercara demasiado o, Dios no lo permitiera, intentara tocarlo.

Pero antes de dar dos pasos se dio cuenta de que un equipo del personal de seguridad uniformado había tendido una cinta de terciopelo entre postes de latón para aislar a los vitrales de los visitantes. A continuación, los guardias se habían colocado estratégicamente alrededor de la pequeña galería como segunda barrera. Emilie no había advertido su presencia, ni tenía idea de dónde habían salido, pero se sintió muy aliviada de que estuvieran allí.

De pronto, la señora Driscoll reunió a Emilie y a Grace y las llevó, junto con sus artículos de limpieza, al almacén trasero, donde Agnes Northrop estaba de pie entre las cajas de embalaje y las herramientas, retorciéndose las manos.

La señora Driscoll cerró la puerta y se llevó el dedo a los labios.

—Han llegado los jueces de la Exposición —susurró.

Emilie vio cómo los ojos de Grace se agrandaban y no dudó de que los suyos estaban igual. Casi no respiraba. No estaba segura de poder respirar, aunque lo intentara.

La señora Driscoll se acercó de puntillas a la puerta, miró con rapidez a las demás por encima del hombro, entreabrió la puerta con precaución y miró por la pequeña rendija.

Las otras tres se adelantaron. Emilie se arrodilló junto a Grace, que se había agachado, y alcanzó a vislumbrar a unos hombres barbudos con trajes oscuros y sombreros negros altos, de aspecto serio. Y retrocedió sobre manos y rodillas al recordar a los adustos e inflexibles hombres de la Académie des Beaux Arts.

Sabía que el señor Tiffany era mejor que todos los demás expositores; bastaba con mirar alrededor para saberlo. Pero esos hombres… Apestaban a lo establecido. El tipo de hombres que creían que los vitrales de la Edad Media eran el único vidrio verdadero. Ella conocía a hombres como ellos. Dictadores del gusto en el arte que juzgaban el talento, el arte y el futuro de los demás. No les importaba ridiculizar a los que soñaban con otro tipo de arte, con la vanguardia, con cualquier cosa que no se ajustara a la fórmula. ¿Cómo se atrevían a emitir un juicio sobre el trabajo del señor Tiffany?

—¿Quiénes son? —murmuró.

—Los jueces oficiales de las artes decorativas —respondió la señorita Northrop, también en un susurro—. Son uno de los muchos jurados que han sido asignados a diversas áreas de especialización.

—Parecen sepultureros —musitó Grace, sin moverse de su lugar en la puerta.

La señora Driscoll exhaló un largo suspiro.

—Confieso que casi me da miedo mirar. —Pero no se movió de su sitio en la puerta.

Emilie no estuvo segura de cuánto tiempo permanecieron acurrucadas como bailarinas de ballet buscando un mecenas acaudalado entre el público, pero no se movieron y, para cuando oyeron los pasos que se alejaban y las cortinas que volvían a descorrerse, tenía los pies dormidos.

La señora Driscoll se enderezó despacio y se frotó las sienes.

—¿Creen que les ha gustado? —aventuró Grace.

—Desde luego que sí —respondió la señora Driscoll, sin admitir discusión alguna—. Quizá sepamos más después de que el señor Tiffany regrese de la cena inaugural de esta noche. Supongo que la decisión tardará unos días, aunque me gustaría que se dieran prisa, ya que mañana se abre al público y sería maravilloso poder mostrar qué premios podríamos ganar. Si es que ganamos. ¿Cómo podríamos no hacerlo? No creo que nadie más sea capaz de mostrar tamaña genialidad. —Por fin se detuvo lo suficiente para respirar y miró a las demás—: ¿No les parece?

CAPÍTULO 27

A LA MAÑANA SIGUIENTE, EMILIE DESPERTÓ CON UNA SEN-
sación de expectativa.

El sol brillaba y lo único que deseaba era poder ver su
vitral de "Las cuatro estaciones" a través del filtro de la luz
natural. Aunque tampoco le disgustaba la luz eléctrica que
la gente de Westinghouse había instalado, con la obvia supervisión del señor Tiffany.

Echaba de menos su presencia. Durante el viaje, se había acostumbrado a verlo todos los días y en casi todas las
comidas, excepto cuando lo invitaban a la mesa del capi-
tán o cenaba con otros dignatarios que viajaban a Francia.
Ahora, aunque se alojaba en el hotel, siempre estaba fuera
reuniéndose con otros artistas, funcionarios y amigos.

Emilie echaba de menos la cercanía de esa mente, su
pasión por el arte.

Grace ya estaba sentada en el escritorio dibujando. Emilie no tenía ni idea desde qué hora estaba despierta. Bostezó
y se levantó de la cama.

Grace la miró por encima del hombro.

—Buenas.

Emilie caminó hasta donde había varias páginas extendidas ante ella.

—Por favor, dime que no te has pasado la noche despierta

terminando estos dibujos, que, por cierto, son muy precisos.

—Uno titulado *París medieval* ilustraba a turistas del siglo xx que observaban con ojos desorbitados a campesinos del siglo xvii; también mostraba el contenido de orinales arrojado por las ventanas y a un grupo de turistas debajo, que se apartaban de un salto con espanto fingido... o real. Sin duda, una actividad bien ensayada para asegurar no mojar al público que había pagado su entrada. Otro mostraba a varios hombres y mujeres jóvenes que entraban en la atracción "Viaje alrededor del mundo" y salían como ancianos seniles.

Emilie se rio.

—Vaya idea de París les darás a los lectores del *Sun*.

—Tengo varias ilustraciones convencionales, pero no pude resistirme. Pedí que subieran el café hace una hora. Seguro que ya está frío. Ve a vestirte y desayunemos abajo como las damas ociosas que no somos.

Emilie se puso la blusa y la falda de trabajo nuevas que había comprado antes del viaje y que el excelente personal de lavandería del hotel había lavado y planchado. Era casi como ser una huésped de verdad.

Después de desayunar en la cafetería del hotel con los demás huéspedes que se habían levantado temprano, Emilie y Grace se dirigieron al Pabellón Tiffany en la Esplanade.

—¿Crees que hay alguna posibilidad de que esta misma mañana anuncien al ganador?

Emilie se encogió de hombros en el frío aire matinal.

—Si se atienen a la costumbre francesa... no. Pero teniendo en cuenta cuántas cosas faltan por juzgar todavía, es una posibilidad.

—Uf —soltó Grace, apresurándose—. No me sirves para nada.

—¿Por qué estás tan impaciente por saberlo? —preguntó Emilie mientras se apresuraba para alcanzarla.

—Para poder escribirle a Charlie y contárselo.

—Ah, ¿sí? —exclamó Emilie con picardía, invitándola a contar más.

—Su nombre apareció en una lista de "periodistas a tener en cuenta" justo antes de irnos. Si la señorita Northrop o alguna de las piezas de Tiffany obtienen una medalla, podré jactarme ante él.

Emilie se cogió del brazo de Grace.

—Te gusta, ¿verdad?

Grace la miró.

—Es mi socio, mi intermediario ante los editores. Que me guste o no, no tiene nada que ver.

—Ajá. Claro, entiendo.

—Bueno, no tiene nada que ver.

Una multitud de personas recorrían ya los jardines y todos parecían dirigirse a la Expo.

—Parece que será un día ajetreado —comentó Emilie—. En realidad, no nos han encomendado ninguna tarea salvo preparar la exposición por la mañana y cerrarla por la noche.

—Sí —dijo Grace—. Me pregunto si nos enviarán pronto a casa.

"A casa".

—Eso espero —respondió Emilie.

Se alegraría de estar de vuelta en la cama angosta de doña Berto y ver a las otras chicas Tiffany de nuevo. Se preguntó cómo se sentiría Lotte y si Dora se habría mudado a casa de sus tíos en preparación para la temporada.

Aunque Emilie tenía que admitir que echaría de menos París, este nuevo París con la luz del sol y los jardines y miles de desconocidos. Esa vitalidad siempre le atraería, pero había un futuro en Nueva York. Por un instante se preguntó si existiría un lugar en la tierra donde pudiera tener ambas cosas.

Cuando llegaron a la entrada del Pabellón Tiffany, un grupo de gente ya estaba esperando para entrar y tuvieron que abrirse paso pidiendo muchas disculpas hasta llegar a la entrada, donde un guardia de seguridad les hizo una seña para que pasaran.

La sala estaba abarrotada de personas, sobre todo hombres y algunas mujeres, entre ellos el señor Tiffany y el personal más veterano.

—¿Qué pasa? —preguntó Grace, escurriéndose entre los espectadores hasta el señor Nash.

—Véalo por usted misma, señorita Griffith. Una parte de ello le pertenece.

Estaban de pie ante el vitral de la "Magnolia". Junto a este, se encontraba la señorita Northrop. Sostenía... una medalla. ¡Habían ganado una medalla!

—¡Maravilloso! —exclamó Emilie poniéndose a su lado.

—Lo es, de verdad. Veamos qué otro premio nos han dado.

Emilie y Grace se alejaron de la multitud, que parecía consistir en gran medida en dignatarios y periodistas, y se dirigieron a la siguiente vitrina. Más medallas. Una de oro para el jarrón del señor Tiffany y otra para el de Amon. Emilie echó un vistazo rápido a su alrededor, pero ninguno de los hombres estaba a la vista.

Otro gentío se congregaba alrededor de las lámparas de la señora Driscoll. Cuando por fin consiguieron abrirse paso hasta el frente, se encontraron con una sonriente señora Driscoll explicando cómo la naturaleza influía en sus diseños. Varios periodistas tomaban notas.

La señora Driscoll les dedicó una sonrisa rápida y Emilie sintió una oleada de orgullo y felicidad por ella. Su jarrón. Su diseño. Su nombre. "Señora Clara Wolcott Driscoll" en la placa contigua.

Emilie se apartó del grupo. Sin duda, "Las cuatro

estaciones" también merecía una medalla de oro. Pero la cortina a través de la arcada que conducía al vitral estaba cerrada. Otro centinela uniformado hacía guardia frente a ella.

Levantó la barbilla y se acercó a él.

—¿Qué ocurre?

—No se permite la entrada a nadie, mademoiselle.

—¿Por qué? ¿Qué ha pasado?

—Nada. El señor Tiffany está ahí dentro, solo.

—¿Por qué?

—No lo sé, señorita. Solo me indicó que vigilara la entrada.

—No se enterará de mi presencia —replicó Emilie, y se escabulló por la abertura antes de que el guardia pudiera detenerla o ella pudiera pensar mejor lo que estaba haciendo.

¿Y si no habían ganado? ¿Y si él pensaba tomar su bastón y destruir lo que con tanto esfuerzo habían construido? Le daba igual que fuera el señor Tiffany. No dejaría que lo destruyera. Era una obra maestra. Era todo lo que un vitral debía ser. Se convertiría en el paradigma de todos los vitrales futuros.

El señor Tiffany estaba de pie contemplando su obra y, durante un largo momento, ella solo pudo hacer lo mismo. Era magnífica. Él debía de saberlo.

Tenía el bastón en la mano, pero la punta seguía en el suelo. Emilie intentó ver si había una medalla expuesta junto al vitral, pero el señor Tiffany le tapaba la vista.

Se adelantó con sigilo y se detuvo a un lado, sin querer llamar la atención. Seguro que se enfadaría con ella por haber desobedecido. Pero no le importaba. Ahora no. Porque allí estaba, en un pedestal debajo de una cúpula de cristal. Más grande que las demás. Estaba inclinada para que el público pudiera verla. *Le Grand Prix*. El máximo galardón concedido a las exposiciones. Habían ganado.

Debió de hacer ruido, porque el señor Tiffany se giró, son semblante sombrío.

Emilie se preparó para la reprimenda. Incluso se preparó para el bastón, aunque nunca lo había visto levantarlo contra ninguna persona.

El señor Tiffany levantó la punta del bastón y le hizo un gesto para que se acercara.

Ella se colocó a su lado. Él apuntó despacio con el bastón hacia la "Primavera". Emilie se puso rígida. Lista para sujetar el bastón si hacía falta. Pero las palabras de él la detuvieron.

—Le dije que ese verde era el adecuado para las hojas nuevas de la primavera.

Emilie suspiró profundamente y se mareó.

—Y tenía razón.

—¿Qué? ¿Sin discusión?

—Sin discusión. —Era realmente el rey del vidrio.

—Entonces supongo que deberíamos dejar entrar a los demás.

Emilie asintió, demasiado emocionada para hablar.

El señor Tiffany golpeó el suelo con el bastón. Las cortinas se abrieron y la multitud entró en tropel.

Enseguida se vio rodeado de admiradores y felicitaciones. Emilie se apartó y fue a buscar a Grace.

Al cabo de unos veinte minutos, el grupo de dignatarios, amigos y periodistas se retiraron y otros ocuparon su lugar.

El señor Nash reunió a los muchachos y los llevó a los almacenes para preparar las cajas vacías y el material de embalaje, que serían enviados a un almacén donde permanecerían hasta la devolución de las obras a finales de noviembre.

… Si el señor Tiffany no vendía todo antes, claro. Ya había corrido un rumor de que un representante de un museo ruso estaba interesado en el vitral de la "Magnolia" de la señorita Northrop.

La señora Driscoll, la señorita Gouvy y la señorita

Northrop estuvieron reunidas la mayor parte de la mañana. Probablemente programando el calendario para el trabajo de primavera del estudio; el hecho de que la señora Driscoll estuviera en París no significaba que el trabajo en Nueva York se detuviera. Cuando por fin sacaron las cajas, empezaron a reorganizar el almacén trasero para que funcionara como un taller de reparación y mantenimiento de las piezas en exposición.

El flujo de visitantes fue constante durante toda la mañana. El señor Tiffany estaba allí para recibir a quienes conocía o quería conocer. A media mañana, otro grupo grande de visitantes entró en el pabellón y una voz se elevó por encima de los murmullos generales de admiración. Emilie la reconoció enseguida. Leland Bishop.

Bishop vio al señor Tiffany y se dirigió en línea recta hacia él.

—Hola, Louis. Oí que habías llegado sano y salvo, que tuviste que cambiar la instalación eléctrica y pudiste montar todo a tiempo para barrer con las medallas de oro en la división de artes decorativas.

Se estrecharon la mano con efusividad.

—Hola, Lee. Pensé que planeabas quedarte en Londres hasta el mes que viene.

—Era la idea, pero me pudo la curiosidad. Y además, no quería perderme ningún talento latente que pudiera estar deambulando por ahí. Anoche me enteré de que te habías quedado con todos los premios en tu categoría, así que lo dejé todo para venir a ver tus piezas y felicitarte. Y debo decir que esto es una maravilla. La iluminación... —Se llevó los dedos a los labios y los besó.

El señor Tiffany se echó a reír.

—Lee, Lee, pasas demasiado tiempo en París, amigo mío.

—En absoluto —respondió y miró a su alrededor—. De hecho, también he venido a preguntarte si podría llevar a las señoritas Pascal y Griffith a ver lo último en pintura en el Grand Palais. Estoy seguro de que no les has dado un momento libre desde que llegaron y quiero asegurarme de que se mantengan al día con las tendencias actuales.

—Ah, ¿sí? —inquirió el señor Tiffany con tono seco.

—Tú también deberías hacerlo. Un artesano informado está un peldaño por encima.

Emilie se dio cuenta de que él sabía que ella había oído cada palabra. El hombre era incorregible. Era difícil no reírse de su desenfado. Y de su ardid. Tenía ganas de jugar con alguien.

El señor Tiffany enarcó sus gruesas cejas.

—Vosotros los jóvenes. Siempre buscando divertiros.

—Claro, porque tú eres un vejestorio, ¿verdad? —aventuró Bishop con inocencia y provocó otra risa del señor Tiffany.

—¿Sabes?, tu padre era igual a ti cuando era joven.

—Bueno, ahí lo tienes. Ahora me siento obligado a mantener vivo ese legado. ¿Qué dices? ¿Puedo llevármelas?

—Supongo que sí. Pero tendrás que preguntarle a la señora Driscoll si puede prescindir de ellas. Me imagino que irás a la cena de esta noche en el Train Bleu.

—No se me ocurriría hacer ninguna otra cosa. Hasta esta noche. —Bishop dio una palmada al brazo de su amigo, guiñó un ojo a Emilie por encima de la cabeza del señor Tiffany y se marchó a buscar a la señora Driscoll.

Unos minutos más tarde, Emilie y Grace tenían permiso para acompañar a Leland Bishop a la exposición de arte. Emilie había tenido tiempo suficiente para coger su sombrero y alisarse la falda de trabajo mientras Grace se colgaba la bolsa de dibujo al hombro.

—Parece que tienes una plétora de hombres zumbando a tu alrededor como moscas —comentó Grace.

Emilie la miró con el ceño fruncido.

—¿Qué quieres decir? No estoy segura de qué significa "plétora".

—Un montón.

—Ah, *pléthore*. No es así.

Grace enarcó una ceja.

—Es educado, nada más, y yo estoy deseando ver las obras de arte en el Grand Palais. Ojalá no tuviera aspecto de… de…

—¿Pobre chica trabajadora? —Grace la guio hacia la puerta.

Cuando entraron en la sala de exposiciones, Leland Bishop estaba hablando con dos hombres.

—Ah, *mes belles dames* —exclamó y sonrió a las dos jóvenes.

—*Sans merci* —susurró Grace entre dientes.

Emilie le dirigió una mirada fulminante y procedió a sonreír con amabilidad a los tres hombres.

—*Excusez.* —Bishop se apartó de los hombres, ofreció un codo a cada joven y las escoltó por la salida.

Conversaron en inglés y en francés hasta que llegaron al puente Alexandre. Grace soltó el brazo de Bishop.

—Si no les molesta, los dejaré aquí. Hay otra muestra que me gustaría ver.

Leland parpadeó.

—¿Y si vamos a verla los tres? No creo que la señora Driscoll se ponga muy contenta conmigo si le pasara algo.

—Entonces no se lo diremos. —Luego cedió—. ¡Por favor! Emilie quiere ver lo último en arte y de verdad que no creo que les guste el lugar a donde voy.

—Eso sí que me preocupa.

—Déjame adivinar —interpuso Emilie—. La visita guiada a la mina.

Grace le dirigió una mirada esperanzada.

—¡Por favor, mamá!

Emilie hizo una mueca.

—Ve y pásalo bien. Nos vemos en el pabellón.

Grace se alejó deprisa y sin mirar atrás.

—¿Quiere ir a visitar unas minas?

—Está estudiando la luz y la oscuridad y… —Emilie se interrumpió, horrorizada de haber estado a punto de mentir. Le había resultado muy fácil. Pero no quería seguir con más mentiras, ni siquiera con una inofensiva—. Hay muchas cosas que le interesan.

La mirada de Leland decía que sospechaba que había más de lo que ella estaba diciendo, pero que lo dejaba pasar.

—¿Vamos al Grand Palais? En Le Petit solo hay historia.

—¿Y por lo tanto nada que pueda ser una buena incorporación a sus galerías?

—Exactamente. Pero iremos adonde usted prefiera. Cualquiera de los dos sitios es una buena excusa para pasar tiempo con usted.

Por lo general, Emilie disfrutaba de sus galanterías, pero acababa de rechazar a Amon y no quería dar la impresión de que coqueteaba. Aunque nadie la había visto, en realidad. Y no le gustaba coquetear. Pero tenía que admitir que Leland Bishop la hacía sentir cómoda, era siempre divertido, a veces gracioso… y muy sagaz.

—¿En qué está pensando, señorita Pascal?

—En cómo llamarlo, señor Bishop.

—Leland estaría bien, y deberías tutearme, a menos que estemos cerca de Louis. Está convencido de que estoy tratando de seducirte con algún propósito nefasto que parece no poder nombrar. Y no es que yo sea un artista rival. No es mi fuerte, me temo.

Permanecieron callados mientras cruzaban el puente Alexandre.

—¿Has podido pasar por la galería Bing? —preguntó él.

—Todavía no.

—Interesante. Pasé ayer, pero no se lo cuentes a Louis.

—Nunca le cuento nada. Es mi jefe y... —Vaciló.

—¿Y?

—Al menos intento no hacerlo. He aprendido mucho de él.

Leland se rio.

—Me imagino. En realidad, yo también —agregó, más en serio—. Es la combinación perfecta de artista, empresario y prestidigitador.

—¿Como un mago?

—Bueno, sí. Eso también. ¿No estás de acuerdo?

—Sí, no hay duda de que crea magia. Mejor que nadie que yo haya conocido.

—Mucha gente estaría de acuerdo contigo.

—¿Tú no?

—Por supuesto que sí, pero parte de su éxito se debe a que es lo bastante inteligente como para tener un taller muy funcional y seleccionar a los mejores artistas para que trabajen para él.

—Y con todas esas medallas de oro —añadió Emilie con entusiasmo— será el... rey... indiscutible de los vitrales.

Leland soltó una carcajada.

—Vosotros los franceses y vuestros reyes. Muchos de ellos tuvieron un final ignominioso.

Emilie se sorprendió un poco con la reacción.

—El señor Tiffany no lo tendrá.

Y ella se deleitaría en la gloria resplandeciente de él... hasta que llegara el día en que tuviera la visión para crear por su cuenta. Suspiró; todavía parecía un sueño. Un sueño que nunca había creído posible solo unos meses atrás.

Se detuvieron en la acera de la entrada del Grand Palais.

—Una majestuosa fachada de estilo *beaux arts* —describió Leland, como si citara una guía turística—. Tres arquitectos diferentes, el edificio parece cortado como una res en el mercado. Detalles, detalles, detalles. Donde sea que uno mire, hay más detalles.

—Dicen que el diablo está en los detalles —señaló Emilie, riendo.

—Que el diablo se quede con los detalles y me dé un todo unificado.

—Eres un clasicista.

—¿Yo? En absoluto. Un día tendrás que visitar mis galerías y ver por ti misma.

—¿La de París, la de Londres o la de Nueva York? —dijo Emilie, perdiendo por un momento su compostura afectada.

—Todas, por supuesto —replicó él sin inmutarse—. ¿Entramos?

—Desde luego —respondió ella con recato y evitando sus ojos. Se levantó con gracia el bajo de la falda de trabajo y comenzó a subir los escalones.

Entraron en el edificio por la nave central, donde la luz entraba a raudales por la cúpula de acero y cristal. El recinto estaba repleto de estatuas. Una escalinata con volutas de hierro elegantes conducía a un segundo nivel.

Permanecieron allí tanto tiempo que varias personas tuvieron que disculparse para poder pasar junto a ellos.

—¿Quieres ver las estatuas? —preguntó Leland.

Emilie observó el gran espacio lleno de esculturas.

—No sabría por dónde empezar —contestó.

—Tienes razón. Es un poco como un gran almacén antes de Navidad. Por aquí.

Ella todavía se estaba recuperando de la *petite blague*, cuando él la tomó del codo.

—Tenemos que elegir. En el ala derecha está lo mejor del arte francés de la última década. Pero hay un ala internacional que tiene de todo un poco. Recomiendo esa, suponiendo que habrás visto suficiente del estilo *beaux arts* para el resto de tu vida.

Emilie se sobresaltó.

—¿A qué te refieres? —preguntó, preocupada. Él no podía saber que la habían expulsado de la Académie. No se lo había contado a nadie, ni siquiera a Grace.

—A nada. Solo que habiendo vivido en París podrías querer ver lo que el resto del mundo ha estado haciendo durante la última década. *L' art de la belle époque... et les belles femmes* —agregó en voz baja.

Ella le dirigió una mirada breve, pero él se limitó a cogerla del brazo.

—Creo que es por aquí.

Pasearon por las exposiciones de los diferentes países; se demoraron con un cuadro, pasaron deprisa frente a otro, comentaron y criticaron con entusiasmo. De vez en cuando, él se detenía, estudiaba un cuadro, parecía olvidar que no estaba solo y luego se volvía hacia ella y la cogía del brazo.

—Deformación profesional, me temo. Dios no permita que se me escape un joven artista prometedor.

Emilie lo miraba con curiosidad. Hablaba como si no tuviera ninguna preocupación, pero trabajaba en un negocio exigente y serio. Los galeristas podían despedazar las esperanzas de un artista en un abrir y cerrar de ojos. O consagrar una carrera. Leland lograba que muchas veces olvidara que era un comerciante de arte internacional de renombre. La mayor parte del tiempo actuaba como un estudiante de la *université*. Como si la vida fuera una fiesta maravillosa.

Se lo dijo.

Él enarcó ambas cejas hacia ella.

—Oh, no te dejes engañar por mis aires juveniles. Cuando hace falta, puedo ser tan despiadado como el que más.

—No te creo.

A Leland se le escapó una sonrisa.

—Bien. ¿Vamos a ver de qué son capaces los españoles?

Estaban admirando un cuadro de Joaquín Sorolla y

Bastida, analizando su técnica de crear luz y debatiendo sobre si sería posible lograr una sensación de luz sin un medio como el vidrio que la realzara, cuando Emilie se percató de la presencia de un joven casi inmóvil a su lado. Estaba absorto en la pintura junto a la de Sorolla.

Siguió su mirada hasta la imagen oscura y taciturna de una mujer en su lecho de muerte, con un sacerdote a su lado y... una forma esquelética que se inclinaba para darle el beso de la muerte.

El cuadro se titulaba *Últimos momentos*.

Emilie se estremeció.

El joven se volvió hacia ella. El cabello oscuro enmarcaba su cara angosta; una energía intensa brillaba en sus ojos aún más oscuros y se irradiaba por su larga nariz hasta su barbilla afilada.

—Mmm —murmuró Leland al otro lado de ella.

El joven se inclinó hacia delante para dirigirse a Leland.

—¿Qué quiere decir con "Mmm" exactamente?

—Ni más ni menos —contestó Leland—. ¿Puedo suponer que es usted el artista de esta obra?

Emilie se quedó mirando a Leland con sorpresa. Su actitud había cambiado con tanta rapidez que no parecía ser la misma persona.

—Lo soy.

Leland extendió la mano hacia él.

—Leland Bishop.

El hombre miró la mano y luego la tomó despacio.

—Pablo Ruiz Picasso.

—Bien, señor Picasso —dijo Leland y pasó a hablar en español—. ¿Tiene otros cuadros?

—Sí, pero no en la Exposición. He venido a cubrir la feria para un periódico español.

Leland metió la mano en el bolsillo y sacó una tarjeta comercial.

—Cuando tenga algo más para mostrar, hágame una visita.

El joven miró la tarjeta, la cogió y la guardó en el bolsillo de su chaleco. Luego inclinó la cabeza a modo de saludo y se marchó a toda prisa.

—¿Cómo supiste que era el artista? —inquirió Emilie, asombrada por el cambio de actitud repentino de Leland.

—Por la mirada de loco en sus ojos cuando dije "Mmm".

—¿De verdad quieres que te visite?

—Sí, claro.

—¿Te basta con haber visto solamente una pintura?

—Es algo que se percibe. Algunos no vuelven a hacer nada tan bueno, pero los que lo hacen… *très intéressant*.

Salieron del Palais unos minutos más tarde, saciados de arte internacional y conversación placentera.

Una vez afuera, Leland se volvió hacia ella.

—Bueno, ha sido una tarde estupenda. ¿Cenamos temprano en el Pabellón de Bosnia-Herzegovina bajo la atenta mirada de Alphonse Mucha? Sirven un *cevapi* excelente.

—¿No tienes una cena oficial esta noche? —Él la miró con el ceño fruncido—. ¿En Le Train Bleu?

—Lo había olvidado por completo. —Consultó su reloj de bolsillo—. Caramba. Tendré que darme prisa.

—Anda, ve. Lo he pasado muy bien, pero puedo volver sola al pabellón; después de todo soy de París.

—De ninguna manera. Si Louis me perdonó la vida por acompañarte a la exposición de esta tarde, la señora Driscoll no me la perdonará si no te acompaño hasta casa. —Sonrió de repente—. A menos que prefieras acompañarme a la cena…

—No seas ridículo. Ahora date prisa si quieres llegar antes del postre.

Llegaron al pabellón justo cuando el señor Nash y los muchachos estaban cerrando. La señora Driscoll, la señorita

Gouvy y la señorita Northrop ya estaban listas para regresar andando al hotel.

—Ah, te dejaré con la señora Driscoll.

—¿Para evitar tener que ser interrogado por el señor Tiffany? —bromeó Emilie.

—*Exactement*. Buenas noches. Y gracias por una tarde encantadora. —Inclinó la cabeza hacia la señora Driscoll, luego hacia el señor Nash y se marchó.

—Perdimos a Grace en las atracciones —explicó Emilie a la señora Driscoll.

—No me sorprende en absoluto. ¿Viene con nosotras al hotel?

—Sí, gracias.

Emilie se volvió para dar las buenas noches al señor Nash y sus ojos se cruzaron con los de Amon un instante antes de que este girara sobre los talones y regresara al almacén.

CAPÍTULO 28

Los días se sucedían; Emilie y Grace limpiaban el polvo de las vitrinas y los vitrales por las mañanas y pasaban la hora del almuerzo y las primeras horas de la tarde visitando diferentes aspectos de la feria. Vieron películas de cine, montaron en la noria y dieron un paseo por el Sena en un *bateau mouche*. Almorzaron en el pabellón de Herzegovina, con menús diseñados por Alphonse Mucha, el niño mimado del momento del mundo del *art déco*, y hasta esquivaron entre risas los orinales del *París medieval*.

Y en medio de esa diversión despreocupada, la señora Driscoll empezó a hablar de regresar a Nueva York. Después de dos semanas, estaba ansiosa por volver al estudio. La señorita Northrop estaba más que lista para regresar; tenía varios trabajos en curso que echaba de menos.

En cuanto se dieron cuenta de que su viaje podría estar llegando a su fin, Grace tomó su cuaderno y documentó los acontecimientos con más intensidad que antes.

Grace había enviado paquetes cada dos o tres días. Había dibujado como para ilustrar una revista entera. No todo eran caricaturas, sino también ilustraciones precisas de la feria: imágenes de edificios y artilugios y paisajes de la Expo con el turista ocasional frente a los lugares de interés. Pero todos tenían la mirada distintiva de G. L. Griffith.

—¿Has sabido algo de Charlie? —preguntó Emilie una tarde mientras paseaban con los muchachos por las exposiciones coloniales cerca de los Champs de Mars.

—Una vez. Me dijo que mi primer lote de caricaturas había llegado y todos estaban muy satisfechos.

—¿Y que te echa de menos?

—No. ¿Por qué iba a hacerlo?

—No seas tonta —respondió Emilie—. Está más claro que el agua que está loco por ti. ¿No le echas de menos, aunque sea un poco?

Grace suspiró, frunció el entrecejo y alzó los ojos al cielo.

—Sí. No he tenido una buena discusión desde que zarpamos.

Emilie se rio.

—Eres incorregible.

—No quiero echarle de menos. Pero estoy lista para volver a casa.

—Yo también —admitió Emilie—. El señor Tiffany no nos necesita. No lo vemos casi nunca y hay un montón de artesanos del vidrio para hacer reparaciones en caso de que ocurra algo inesperado. La verdad es que estoy un poco ansiosa por retomar el trabajo.

—¿Así que no has pensado en quedarte aquí cuando acabemos?

Emilie se quedó mirándola.

—Cielos, no. ¿Por qué se te ocurriría pensar eso?

—No lo pienso. Pero es que este lugar es fantástico.

—Bueno, no lo es para mí.

Emilie lo había pasado bien y nadie la había reconocido durante el viaje. De hecho, no había pensado en su padre ni en su reputación durante largos períodos. Se había mantenido alejada de todas las exposiciones donde podría llegar a cruzarse con sus socios de la Académie. Y había evitado a sus viejos amigos.

Pero era mejor no tentar a la suerte. Estaría contenta de volver a su vida normal en Nueva York.

Todas las tardes, cuando el grupo regresaba de sus excursiones para cerrar la exposición durante la noche, Emilie se detenía ante el vitral de "Las cuatro estaciones". Le resultaba imposible pasar por delante sin detenerse a disfrutar de su color. Aunque su nombre nunca fuera a asociarse con la obra, esta era parte inseparable de ella. El vidrio albergaba su verdadera esencia. Lo echaría de menos cuando volvieran a casa.

Los últimos visitantes del día se apresuraron a entrar. Emilie iba camino al almacén cuando alguien la llamó por su nombre.

—¡Emilie! ¿Emilie Pascal?

Incluso cuando se giró para ver quién era, lo supo. Jean. Jean, que alguna vez había sido lo más importante en su vida. Su consuelo y su fuerza.

Durante un momento irreflexivo, se negó a aceptar lo que estaba sucediendo, pero él la llamó de nuevo.

—¡Emilie! —¿Podría fingir que no lo había oído y entrar en el depósito antes de que la alcanzara?

Pero era demasiado tarde. Estaban corriendo hacia ella. "Los dos. Jean y Marie".

Emilie permaneció inmóvil, incapaz de huir.

"Jean y Marie". Marie, baja y regordeta, aunque en lugar de su habitual estética de vestidos etéreos y chales, llevaba puesto un vestido de rayas rosas y el cabello grueso recogido en un copete Pompadour debajo de un sombrero elegante. El único guiño a su aire bohemio habitual era un chal de cachemira que colgaba de sus codos.

Emilie no habría reconocido a Jean en la calle. Estaba demasiado delgado, como si hubiera estado enfermo. Llevaba el cabello largo, casi hasta los hombros, y una barba estilo Van Dyke. Su aspecto se correspondía con el de un artista bohemio. Se preguntó si habría desarrollado algún otro hábito de los bohemios. Y si su arte habría sufrido de la misma manera que su apariencia física.

Acto seguido, se reprochó su ingratitud. Forzó una sonrisa que debería haber sentido, pero que no era sincera. Lo único que sentía era aprensión. No era culpa de ellos. Solo deseaban su bien. La habían ayudado a empezar una nueva vida. Al final, habían sido sus únicos amigos.

Aun así, el mero hecho de verlos era como una descarga eléctrica que la dejaba mareada y aturdida.

Marie se adelantó a Jean, tendiendo ambas manos. Emilie dejó caer los artículos de limpieza y las cogió.

—*C'est incroyable!* ¡No puedo creer que de verdad seas tú! —exclamó—. Sabíamos que Tiffany tenía un pabellón y decidimos venir a ver si había algún trabajo tuyo en exposición. Nunca soñamos con que podrías estar aquí *en personne.* —Sus cejas se fruncieron en una expresión que Emilie recordaba muy bien—. ¿Cuánto tiempo llevas aquí? ¿Por qué no nos avisaste que estabas en París?

No era una acusación. Solo entusiasmo.

Pero Emilie se sentía acusada con justicia. Porque no había querido verlos. No había querido que le recordaran su vida anterior, ni siquiera la buena. Porque temía que cualquier contacto empañara su futuro.

Jean no había dicho una palabra, permanecía de pie estudiando su rostro. ¿Buscando respuestas? ¿Esperando que ella se acercara?

—*Comme c'est bon de te voir!* —afirmó Emilie—. He querido visitaros, pero no he tenido ni un momento libre. Cuando llegamos la iluminación no era adecuada y tuvimos que instalarla toda de nuevo; después hubo que montar todo y limpiar y yo… —Estaba hablando demasiado, poniendo excusas. Mintiendo otra vez. Había hecho bien en mantenerse alejada. Un único encuentro y ya se había convertido en una mentirosa, como antes—. No he tenido ni un minuto. Pero ahora están aquí. *Quelle fortuit!*

Por fin, Jean dio un paso adelante. La miró a los ojos. Buscando la verdad, ella lo sabía.

—¿No es peligroso haber vuelto?

Las palabras le provocaron un escalofrío.

—¿Por qué? ¿Hay alguna noticia?

—Ninguna en absoluto. —Hizo una pausa para echar un vistazo a la sala y se acercó—. Lo vieron en Italia hace un par de meses, pero fue la última vez. —Su voz era áspera y su aliento olía a vino añejo.

—O sea, que no está en la cárcel —concluyó ella y trató de alejarse.

—Todavía no. ¿Lo sabe alguien de los que están contigo?

Emilie sacudió la cabeza.

—Solo una persona. Mi amiga. Comparto habitación con ella en la pensión.

—No deberías habérselo contado… a nadie.

—¿Por qué? ¿Sigo teniendo tan mala reputación?

—Nadie habla de ti.

—¿Quieres decir que me han olvidado? —Eso sería el beso de la muerte para cualquier artista, pero para Emilie, era el billete a la libertad de tener un futuro.

—Yo no te he olvidado. —Le cogió la mano y se la llevó a los labios, pero no para darle el beso convencional, sino en un gesto posesivo y envolvente que bien podría haber sido un abrazo público.

—Jean —susurró Marie, y miró más allá de él, a Emilie.

—¿Por qué no nos avisaste que estabas aquí? —preguntó él.

Mientras que las preguntas de Marie habían destilado emoción pura, las de Jean eran acusatorias. Se sentía herido.

—¿Por qué? ¿Por qué no me lo dijiste?

Se merecía más de ella. Ambos lo merecían.

Emilie echó una mirada rápida a su alrededor como si pensara que alguien podría estar observando.

—Escuchad, no puedo hablar ahora. Tengo cosas que hacer y además al señor Tiffany no le gustará que las descuide. —Otra mentira.

Jean frunció el ceño, pero Marie intervino.

—Un hombre exigente, ¿verdad? Es de esperar. No te molestaremos ahora. Pero encontrémonos más tarde. Cuando hayas terminado. ¿Estás libre esta noche?

Emilie dudó.

—Sí. Creo que puedo escaparme. ¿En el apartamento?

—Excelente —comenzó Marie.

—No —interpuso Jean—. Nos encontraremos en Le Couchon Jaune. Como en los viejos tiempos.

—Pediremos champán —agregó Marie—. Y celebraremos tu éxito.

Emilie tragó el nudo de miedo que le subía por la garganta. La alegría de Marie parecía forzada; Jean ni siquiera intentaba ocultar su resentimiento. Se veía cansado y demacrado. ¿Sería culpa de ella? Nunca había querido hacerle daño.

—Nos vemos allí.

Podía sentir la mirada de Jean sobre ella, pero si pensaba hablar, no tuvo oportunidad de hacerlo.

Marie lo cogió del brazo.

—Ven, hermano, hay otras cosas que quiero ver antes de esta noche. Y no querrás meter a Emilie en problemas, ¿verdad?

Con una última mirada rápida a Emilie, lo alejó de ella.

Emilie esperó a que se hubieran ido antes de siquiera intentar moverse. Luego corrió al almacén, se sentó en una de las cajas de embalar y se cubrió la cara con las manos.

Quizás debería haberlos visitado al poco de su llegada. Haber ido al apartamento y no haberse arriesgado a ver a nadie más. Pero entonces se habría sentido obligada a visitarlos de nuevo… y de nuevo. Ellos lo esperarían. Y se lo merecían. Pero Emilie había seguido adelante. Lo cual era terrible. Los amigos debían ser para toda la vida.

—¿Qué haces?

Levantó la mirada y vio a Grace, con una mancha de grafito en la mejilla.

—Jean y Marie. —Fue todo lo que pudo pronunciar.

—¿Tus amigos?

Emilie asintió.

—Vinieron a ver la muestra.

—¡Madre mía! —Grace se dejó caer a su lado en la caja—. *Quelle surprise.*

Emilie exhaló un largo suspiro.

—Soy una persona horrible.

—No, no lo eres. La vida sigue. A veces hay que dejar lo viejo atrás.

—¿Incluso los buenos amigos?

Grace asintió.

—¿Cómo llegaste a ser tan sabia?

—Tengo diecinueve años, casi veinte.

Emilie casi sonrió.

—¿Vas a volver a verlos?

—Esta noche. En un café al que solíamos ir. ¿Te gustaría ir conmigo?

Grace negó con la cabeza.

—Pero estaré allí en espíritu. Tú haz lo que tengas que hacer. —Le dirigió una mirada severa—. Sea lo que sea.

Eran las ocho pasadas cuando Emilie dobló la esquina de la rue Christine. La calle estaba llena de gente de camino a uno u otro bistró o restaurante. Algunos habían salido temprano y avanzaban con bullicio por la acera.

El restaurante quedaba a mitad de la manzana y Emilie se encaminó hacia allí, con la cabeza gacha. Podía oír las risas y las conversaciones antes de llegar a las puertas dobles, que esa noche estaban cerradas, aunque estarían abiertas en verano para que los clientes se acomodaran en las mesas en la acera.

Caminaba con decisión. Debería haber insistido en encontrarse en otro lugar, incluso en el apartamento, a pesar del odio que sentía por el edificio del que había escapado hacía menos de un año. Parecía toda una vida. Hasta esa mañana, parecía la vida de otra persona.

Llegó a la entrada. Apoyó la mano en el picaporte. Pero cuando llegó el momento de abrir, se quedó inmóvil. Entonces la puerta se abrió y la empujó hacia atrás en la acera. Dos parejas salieron tambaleándose a la calle.

Entró.

Estaba atestado, como siempre. Era un lugar donde los artistas iban a beber para festejar sus éxitos o ahogar sus fracasos. A discutir ideas. A cotillear, a saciarse de comida y vino baratos. A olvidar el mundo que esperaba fuera.

Emilie se quedó quieta, buscando a sus dos amigos, y le sorprendió no verlos. Se había asegurado de no llegar antes que ellos.

En ese momento, un grupo que estaba justo delante de ella encontró una mesa y se apresuró a ocuparla, lo que le despejó la vista de la sala por un instante. Y vio a Jean, sentado bien al fondo, con la cabeza inclinada sobre un vaso y una jarra de vino casi vacía. Debía de llevar allí un buen rato. Pero ¿dónde estaba Marie?

¿Se habría sentado atrás por una cuestión de privacidad o para castigarla? Emilie avanzó entre conversaciones locuaces y bebedores solitarios y taciturnos. El camarero levantó la vista justo cuando ella pasaba y abrió los ojos con sorpresa al reconocerla.

Emilie le dirigió una media sonrisa, sin detenerse a saludar, pero lo vio inclinarse hacia dos clientes que estaban de pie en la barra. Sintió las miradas que la seguían incluso después de perderse entre la gente.

Cuando llegó hasta Jean, él se quedó sentado y se limitó a hacerle un gesto para que se sentara a su lado. En un lugar donde la mitad del bar podía verle la cara. Un escalofrío helado la estremeció.

Jean cogió la jarra y llenó un vaso. Quedaba un vaso vacío, o sea, que estaba esperando a Marie. Emilie deseó que se diera prisa. Sería más fácil si estuvieran los tres.

Jean empujó el vaso hacia ella.

—¿Por qué no escribiste? ¿Por qué no me avisaste que estabas aquí?

Emilie observó al que había sido su mejor amigo en el mundo. Y sintió… lástima. Incluso en la luz mortecina del bistró, sus ojos se veían hundidos. Ya arrastraba las palabras. ¿Qué había sido del joven brillante que ella había dejado atrás? ¿Era ella la culpable?

—He estado muy ocupada. Ha sido duro.

—No tenía que ser así.

—Sabes por qué tuve que irme.

—Habría ido contigo. Te habría cuidado.

Sacrebleu, ¿por qué los hombres siempre querían cuidar de ella? No quería que la cuidaran. Ella quería crear y, para hacer eso, tendría que cuidar de sí misma.

—Sé razonable, Jean. Tu vida está aquí. Has hecho conexiones aquí. ¿Cómo va tu trabajo? —preguntó, con la esperanza de cambiar el rumbo de la conversación.

—Mi trabajo. —Casi escupió las palabras—. No tengo inspiración. Ni musa. Y la Académie les ha dado la espalda a los amigos de Dominique Pascal y su hija.

Emilie se llevó la mano a la boca.

—*Non*, no te castigarían.

—No. Simplemente me ignoran.

—Lo siento.

—Entonces vuelve conmigo.

—¿Qué? ¿Cómo te ayudaría eso?

—Me perteneces.

—Jean. Eres mi amigo. Y me importas… tanto como Marie. Pero cuando me fui te dije que debías olvidarme. Debes olvidarme ahora. Ya no soy la chica que era.

Jean dejó escapar un grito ahogado, bebió de un trago el resto del vino y levantó la mano para pedir más.

—Jean, no… —Intentó cogerle la mano, pero él la apartó.

—Sabía que sería así. Marie dijo que no, pero lo vi en tus ojos esta tarde.

¿Qué podía responder? Él tenía razón, aunque ella había tratado de ocultar sus sentimientos. Ni ella misma había sido consciente de ellos, hasta que lo había vuelto a ver. Estaba agradecida a Jean y siempre atesoraría el vínculo especial que habían compartido de jóvenes. Pero no lo quería. No de la forma en que lo había hecho, de la forma en que él aún quería que lo hiciera.

—¿Dónde está Marie? —preguntó en un tono más desenfadado—. ¿Va a venir?

Él pareció no oírla.

—¿Por qué, Emilie? Nunca pensé volver a verte. Y entonces hoy, ahí estabas, *une ange* salida de una pintura prerrafaelita, con la vista alzada hacia ese vitral. Pensé… pensé que habías vuelto por mí.

—Jean, *mon chère*, sabes que es imposible. No puedo tener una vida ni una carrera en París. Me he hecho un lugar en Nueva York. No querrías que renunciara a eso, ¿verdad?

—Sí, lo querría. —La miró con ojos suplicantes y desenfocados. ¿Qué le había pasado? Mientras ella había encontrado su camino, él había perdido el suyo. ¿También era culpa de ella?

—Pues no ocurrirá.

Él se rio, un sonido amargo y mordaz que ella nunca habría imaginado oírle emitir.

Jean alargó la mano por encima de la mesa, derribando el vaso de ella, y le sujetó la muñeca con tanta fuerza que le hizo dar un respingo.

—No me quieres. ¿Has encontrado un nuevo amante en Nueva York? ¿Acaso te protegerá cuando descubran quién eres?

Emilie apartó el brazo de un tirón.

—Soy Emilie Pascal, cortadora de vidrio y fabricante de vitrales.

—¡Ja! Cuando sepan lo que realmente eres, nadie querrá darte trabajo. Aquí todos creen que ayudabas a tu padre con las falsificaciones.

—Sabes que eso no es cierto, Jean.

Pero ya no atendía a razones.

—¿Y qué pensarán tus nuevos amigos cuando ellos también se enteren de tu historia? ¿Eh? Pensarán lo mismo que pensó la gente en París. ¿Qué pensarán los jueces cuando sepan que Tiffany ha contratado a una falsificadora de arte?

—Es mentira. Y lo sabes bien. ¿Difundirías mentiras sobre mí? ¿Tú, que una vez fuiste mi amigo?

—Te destruiré como tú me has destruido a mí.

Emilie se quedó mirándolo. Su querido y dulce amigo se había convertido en algo que no reconocía. Aunque sí, lo reconocía: el hedor de fracaso irradiaba de él. Las paredes del bar comenzaron a cerrarse sobre ella. Volvía a ser una niña, agachada debajo de la mesa para evitar el manoseo de los amigos borrachos de su padre. Jean se había convertido en uno de ellos. De pronto, su vida en Nueva York, sus amigos, su trabajo y el señor Tiffany habían pasado a ser un sueño.

—Lo lamentarás. Puede que tu padre haya podido escapar, pero tú nunca lo harás. ¡No eres mejor que él! —Se le quebró la voz. Se puso de pie y se tambaleó. Levantó su vaso vacío hacia la sala y gritó —: ¡Mirad! He aquí a Emilie Pascal, la hija del falsificador.

A pesar de que arrastraba las palabras, todos le entendieron. Las conversaciones se acallaron de a poco y la gente empezó a volverse hacia Jean mientras Emilie miraba horrorizada e incrédula. No podía respirar. Otra vez volvía a ocurrir. Se levantó de un salto; la silla cayó contra la pared y ella echó a correr, apartando de su camino a los clientes desconcertados.

Empujó la puerta y se encontró con Marie.

Marie sostuvo la puerta.

—¡Emilie, espera! ¿Qué ha hecho? Él no está bien.

—Lo siento —gritó Emilie y se perdió en la noche.

—No es tu culpa. —Esas fueron las últimas palabras que oyó.

Pero sí lo era. Su culpa. Nunca debería haber vuelto. No se detuvo hasta llegar a las puertas del hotel Regina.

Entonces se calmó y entró.

CAPÍTULO 29

EMILIE CASI NO CONSIGUIÓ MANTENER LA COMPOSTURA hasta que llegó a su habitación, cuando las emociones la sobrepasaron y se arrojó sobre la cama y lloró. Ni siquiera sintió la mano que le tocó el hombro hasta que la voz de Grace le susurró:

—Supongo que no te fue muy bien.

—Estoy perdida. ¡Nunca debí regresar! —Hundió el rostro en la almohada para amortiguar su desconsuelo.

—Vamos, Emilie. No puede ser tan grave. ¿Estaba muy disgustado? ¿Qué pasó?

Emilie se obligó a sentarse. Grace le tendió un pañuelo.

Era el que Lotte le había dado para el baile de Navidad y que había enviado con ella a París. En lugar de secarse las lágrimas, Emilie se lo llevó al pecho y lo apretó contra su corazón acelerado.

—Estaba borracho. No sé qué le ha pasado. Se ha convertido en uno de esos artistas fracasados, consumidos por la pasión, la furia, la bebida, tal vez incluso las drogas. Tenía los ojos de alguien que consume opio. Y todavía no tiene veinte años. Nunca fue así. No hasta que yo… hasta que yo… ¿Yo le hice eso? ¿Es culpa mía? ¿Mi partida le destruyó la vida?

—¡Por Dios, no! No eres responsable de las decisiones de otra persona. ¿Qué dijo la hermana?

—No estaba allí. Jean estaba sentado en una mesa del fondo, como si hubiera querido hacerme pasar entre los clientes habituales, gente que probablemente yo conocía. Como si hubiera querido que me reconocieran. Me dio miedo mirarlos. El camarero me reconoció. No es que importe ahora. Ya lo saben todos. Jean se aseguró de eso.

—Tal vez no es tan malo como piensas.

—Lo es. Estaba trastornado por la bebida y me odia. Y lo miré y vi a mi padre. —Su voz se quebró con otro sollozo. Su padre. La misma amargura desgastada. La ira contra el mundo, la actitud amenazante—. Tenía que salir de allí. Intenté marcharme, pero me agarró y me suplicó que volviera con él. Cuando le dije que no podía, que no lo quería de esa manera, se puso de pie y anunció a toda la sala que yo era la hija del falsificador.

—Ay, no. Y después, ¿qué pasó?

—Me fui corriendo. Marie justo estaba entrando, pero no pude enfrentarme a ella. Corrí todo el camino hasta aquí. ¿Qué voy a hacer? ¿Qué dirá el señor Tiffany?

Grace frunció el ceño y se mordió el labio.

—Dudo de que alguna vez se entere de lo que pasó en un bar local. Esta noche tenía una cena con un grupo de marchantes importantes. Tu padre sería la última cosa en su mente. Así que deja de preocuparte.

—Jean amenazó con contárselo a los jueces. Aunque tal vez no lo recuerde cuando esté sobrio. Pero ¿y si se enteran? El rumor se extenderá por toda la ciudad y podría llegar a sus oídos, que la hija del falsificador está trabajando para Tiffany. ¡Ojalá pudiéramos irnos a casa!

Grace sonrió.

—¿Qué?

—Te has referido a Nueva York como tu "casa". Ahora duerme un poco.

—¿Cómo voy a dormir después de lo que pasó? No

puedo perder esto. Es mi vida entera. Aun cuando signifique que siempre estaré sola, como la señorita Northrop y la señora Driscoll. Si hay que elegir, elijo el arte. *Mon dieu, mon dieu!* Nunca debí haber regresado.

—Demasiado tarde para arrepentirse —señaló Grace con tono comprensivo—. Aunque pienso que tal vez ha llegado el momento de hablarle a la señora Driscoll sobre tu pasado.

Emilie meneó la cabeza.

—Me dejará sin trabajo y me quedaría varada en París. Prefiero morir a tener que quedarme aquí.

—No seas tan melodramática. Sé que fue muy perturbador, pero ahora que ha pasado el encuentro, te sentirás mejor. Tal vez él lo entendió y te deje en paz. — La sacudió con suavidad—. ¿Ves? No hace falta que te mueras y no tendrás que quedarte. La señora Driscoll lo entenderá.

Cuando llegaron a la mañana siguiente, la señora Driscoll ni siquiera estaba en el pabellón. El alivio temporal tranquilizó a Emilie. A la luz del día, pensó que tal vez había exagerado, ya que el ambiente en el bistró había estado cargado desde un principio. Era probable que, para cuando el sol hubiera salido y los clientes del bar hubieran regresado tambaleándose a sus casas, ya nadie recordara el arrebato de Jean... si es que se habían dado cuenta.

—La señora Driscoll y la señorita Northrop se han tomado la mañana libre —les comunicó el señor Nash—. Están visitando el edificio norteamericano, donde se exponen otras de nuestras piezas decorativas, y luego pasarán a saludar a Siegfried Bing.

Pero a media mañana, cuando Emilie y Grace estaban tomando una taza de té, el señor Nash entró en el cuarto de depósito, seguido por Amon.

—Señorita Pascal, me gustaría hablar con usted.

Emilie repasó mentalmente su inspección matutina para ver si se le había pasado algo por alto.

—Sí, señor Nash.

—¿Podría salir un momento?

Emilie se quedó helada.

—Por supuesto. —Se dirigió hacia la puerta, pero Amon se interpuso en su camino.

—¿Es verdad?

Se quedó mirándolo.

—Amon —dijo el señor Nash—. Esto no es asunto tuyo.

—Si es una falsificadora, es asunto de todos —replicó Amon.

Sus ojos, que solían brillar con ese fuego oscuro que ella había encontrado tan atractivo, ahora reflejaban una vergüenza gélida y el temor a saber.

Emilie inspiró hondo mientras el mundo se desenfocaba.

Grace permanecía en silencio.

Emilie apartó la mirada de Amon y se volvió hacia el señor Nash.

—Querida —dijo el señor Nash—. Amon me ha comentado que los hombres oyeron un rumor muy inquietante anoche en el pub. Y esta mañana, un hombre vino al pabellón a preguntar si era cierto que el señor Tiffany había contratado a sabiendas a la hija de Dominique Pascal, el famoso falsificador de arte.

Emilie se puso de pie despacio. *Jean había cumplido su amenaza.*

—Es cierto.

Un gruñido brotó de lo más profundo del pecho de Amon.

—Soy su hija, pero no soy una falsificadora.

—Pero sin duda se dará cuenta de que eso pone a la empresa en una posición incómoda —afirmó el señor Nash.

Emilie no supo qué contestar.

Grace sí.

—No me parece bien que deba ser castigada por los pecados de su padre.

—A mí tampoco, señorita Griffith. Pero podría dar lugar a malinterpretaciones, ¿no lo cree?

—No, para ser sincera, no lo creo. ¿Qué tiene que ver un padre que copia cuadros de los viejos maestros en Francia con Emilie, que corta vidrio en Norteamérica?

Emilie le dirigió una sonrisa de agradecimiento, pero era inútil.

—Bueno, esperemos tener suerte y que esto no pase a mayores. Pero debe usted informar a la señora Driscoll de inmediato. Ella decidirá cuál será su futuro, si es que lo tiene, en la compañía Tiffany. Ahora sugiero que todos volvamos al trabajo.

—Pero si ella es un fraude —presionó Amon—, eso nos convertirá a todos en fraudes.

—No —gritó Emilie, pero la palabra brotó en un susurro.

—Habla por ti mismo —intervino Grace—. Aquí nadie es culpable.

—Tal vez no —contestó el señor Nash—. Pero podría generar la percepción de que no somos lo que profesamos ser. Y en los negocios, tener una reputación impecable es importante.

—Dirán que aquí contratamos falsificadores —insistió Amon, ahora en un tono más agudo y más alto—. Que incluso robamos ideas, que La Farge siempre tuvo razón, que el señor Tiffany es deshonesto y le robó sus ideas. Los otros hombres ya están enfadados. ¡Dicen que nos quitarán las medallas! Que nos descalificarán y nos desacreditarán frente al mundo entero.

—¡Baja la voz, Amon! —le ordenó el señor Nash—. No hay razón para esta histeria. Puede que todo salga bien.

Ahora, ya basta de charla. Vamos, volvamos al trabajo. Iré contigo y hablaré con los demás. Debemos permanecer callados y confiar en que esto pase sin generar demasiado daño.

Emilie se quedó mirando la puerta después de que se fueran.

—Anímate, Emilie. Todo se aclarará y la vida volverá a la normalidad. Ya verás.

—Eso espero. Por el señor Tiffany y todos vosotros. Para mí es demasiado tarde.

—No te preocupes —aseguró Grace—. Son hombres; reaccionan primero y razonan después… los pocos que llegan a la segunda etapa. Deberías oír algunas de las cosas que dice Charlie antes de que yo le recuerde que la razón siempre prevalece.

Emilie esperaba que Grace tuviera razón. Aunque casi nunca en su vida había visto que la razón se impusiera a la emoción.

La esperanza se esfumó cuando la señora Driscoll y la señorita Northrop regresaron a media tarde.

—Venimos del Pabellón Bing —comenzó la señora. Driscoll—. Y está circulando un rumor muy desagradable acerca de que… No puedo creerlo, pero… Señorita Pascal, Emilie, ¿es cierto? ¿Es usted la hija de ese falsificador de arte del que todo el mundo está hablando?

Emilie asintió. No había razón para negarlo. Era la hija de Dominique Pascal y cargaría con su pecado durante el resto de su vida.

—Ella no ha hecho nada malo —insistió Grace.

—Lo sé, querida. Y todo esto podría haberse evitado si yo hubiera investigado a Emilie con más cuidado y sabido la verdad desde el principio. Me culpo a mí misma.

Emilie meneó la cabeza. Quería decirle que no era culpa suya. Que ella era la única culpable. Y que había atesorado cada minuto que había trabajado bajo su tutela. Pero no le salían las palabras. Era el fin. Tal vez la policía la había estado buscando todo ese tiempo y ella había sido una tonta al pensar que podía tener una vida normal. Tal vez la arrestarían. Aunque si se quedaba sin Tiffany, no le importaría.

—Le habría dicho que debía contarle todo al señor Tiffany y luego lo hubiéramos dejado atrás, pero la junta de comisionados ha convocado al señor Tiffany. Todos en el Pabellón Bing piensan que es por usted.

Todas ahogaron una exclamación.

—¿Pero por qué? —exclamó—. Iré y le explicaré a la junta que él no sabía nada.

—Será mejor mantenerse al margen —advirtió la señorita Northrop con su habitual tranquilidad.

Pero eso no calmó a Emilie. Los hombres ya la habían declarado culpable. Y tal vez con razón. Le habían dado la oportunidad de una vida nueva, le habían ofrecido esperanza, y ella los había traicionado con su silencio.

Porque en su corazón, Emilie sabía que lo que creían sobre ella debía de ser cierto. Había sido una tonta al pensar que podía escapar de su destino. La perseguía una maldición. Desde el comienzo. Había traicionado a todas las personas que se preocupaban por ella. Traicionar a su padre había sido una necesidad moral. Pero nunca haría daño intencionadamente a Grace ni a la señora Driscoll ni a ninguna de las otras chicas Tiffany, a las que había llegado a querer.

Y, sobre todo, nunca le haría daño al señor Tiffany.

Tenía la necesidad de explicarlo, pero ¿cómo iban a entenderlo? Debería haberse arriesgado a contar la verdad mucho antes de llegar a esto, pero había tenido miedo de perder lo que más apreciaba en el mundo. Por primera vez en su vida había estado a punto de ser libre.

—No todo está perdido —manifestó la señora Driscoll—.

Pero quizás deberían volver al hotel y esperar a que todo el mundo se calme. Si Dios quiere, todo esto no habrá sido más que una falsa alarma y ya mañana podremos ponernos manos a la obra para reparar nuestra reputación, por así decirlo.

Emilie buscó a tientas su bolso, bajó la cabeza, se escabulló por la puerta del almacén y se topó con Amon, que esperaba fuera. Él intentó detenerla, pero ella lo esquivó, incapaz de mirarlo a los ojos. Y, por primera vez, abandonó el edificio sin siquiera mirar "Las cuatro estaciones".

Grace cogió su bolsa de dibujo y se dispuso a salir tras Emilie.

—Pueden despedirme, pero no pueden detenerme. Emilie ha dado lo mejor de sí a la compañía Tiffany. ¿Y esto es lo que recibe? ¿Todos suponen lo peor de buenas a primeras? —Cuando llegó a la puerta, se topó con el señor Nash y Amon, que volvían a entrar en el almacén—. Apártense de mi camino. ¿Cómo se atreven a acusarla así? Emilie jamás engañaría al señor Tiffany. ¿Qué es lo que sospechan que hace? ¿Alguna vez intentó sonsacarle fórmulas, señor Nash?

El señor Nash frunció la boca.

—Nunca. Mostró interés, sí, pero el interés de una artista. Juraría que solo fue eso.

Grace se dio la vuelta.

—¿O a usted, señora Driscoll? ¿Acaso le robó su diseño de libélulas?

—Por supuesto que no. Hizo algunas sugerencias bastante buenas.

—No nos engañaría, a ninguno de nosotros —señaló Amon de una manera que hizo que Grace lo mirara con dureza.

—Entonces no deberían haberla acusado. Ninguno de ustedes. Emilie es una artista. Y siente devoción por el señor Tiffany. No haría ninguna de las cosas que dicen que podría haber hecho. ¿Podría? ¿Qué significa eso siquiera? No lo hizo y eso es lo importante. La verdad es lo que importa.

—¿Entonces por qué no nos contó nada? —preguntó Amon.

Grace se volvió hacia la señora Driscoll.

—¿La habría contratado si hubiera conocido su pasado?

La señora Driscoll parecía contrariada.

—Debería haberla investigado con más cuidado, pero sí, la habría contratado de todos modos. Solo que la habría vigilado un poco más.

—Bueno, no habría hecho falta. Emilie es completamente honesta. Estaba huyendo de su padre. Arriesgó todo para ir a Nueva York a trabajar en el estudio. Daría su vida por cualquiera de nosotros. Para ser franca, si la reputación del señor Tiffany es tan frágil como para que una pobre chica francesa pueda destruirla por estar emparentada con alguien, tal vez no sea tan excelente como pensamos.

—¡Señorita Griffith! —exclamó la señora Driscoll—. Mantengamos la cabeza fría hasta que sepamos cómo terminará el asunto.

—Iré al comité y se lo explicaré —prosiguió Grace—. Soy su amiga, compartimos habitación. Si ella hubiera hecho algo sospechoso, la más mínima cosa, yo lo sabría. Se lo prometo.

—No tengo ninguna duda. El problema es la percepción pública. Los rumores que corren.

—¿Todo por culpa de un infeliz que conoció hace años en París y que como quería vengarse montó una mentira? ¡Así son los hombres! —exclamó Grace—. Siempre ansiosos por culpar a alguien.

—Señorita Griffith, por favor —intervino el señor Nash—. Eso no es justo.

—¿No lo es? Ni uno solo de ustedes le preguntó por su versión de la historia. Claro, están demasiado ocupados preocupándose por sus medallas y sus reputaciones y sus carreras. Creo que los odio a todos. —Y para su total humillación, estalló en lágrimas de rabia.

—Vamos, vamos —dijo el señor Nash con impotencia—. Tal vez no sea tan grave.

Amon permaneció en silencio.

—¿Y bien, Amon? —lo desafió Grace.

—No quería creerlo. Nunca pensé que fuera culpable de otra cosa más que de adorar ciegamente a su majestad.

—¡Amon Bronsky! —soltó la señora Driscoll.

—Es cierto. Jamás tendrá algo malo que decir con respecto al señor Tiffany. Todos deberíamos tener una amiga tan leal.

Grace tuvo la impresión de que parecía un poco triste.

—Entonces iré a decirle que no tiene la culpa —propuso.

—Todavía no —la detuvo la señora Driscoll—. Primero averigüemos lo seria que es la situación antes de darle falsas esperanzas. Tal vez no todo esté perdido.

Emilie avanzaba por la calle con paso inseguro; no le importaba lo que la gente pensara de ella, que estaba borracha o loca o que era una criminal huyendo de la policía. Que pensaran lo que quisieran. No podían pensar peor de ella que sus amigos. O que ella misma.

Lo había arriesgado todo para ir a trabajar con el señor Tiffany. Ahora todo se estaba desmoronando. Sus amigos creían que los había traicionado. Los había engañado, pero solo para sobrevivir. No había hecho nada más para merecer su disgusto. Excepto no amar.

Los engaños de su padre eran imperdonables y, sin embargo, los de ella habían sido mucho peores. Había arruinado a sus nuevos amigos. Y había arruinado al señor Tiffany, un verdadero genio, aunque nunca se lo había dicho.

Era demasiado para soportarlo. Tendría que huir de nuevo, pero esta vez no había otro lugar adonde poder ir.

No aminoró el paso en el vestíbulo del hotel. Ya en la habitación, se quedó quieta por un momento. Desaparecería una vez más, pero no sin antes intentar dar una explicación a la persona que más le importaba.

Se acercó al escritorio, apartó los dibujos de Grace y sacó una hoja de la papelería del hotel. Utilizó una de las plumas de Grace. Esta sería su última carta y, esta vez, todo sería verdad.

> Estimado señor Tiffany. Espero que me perdone. Nunca quise perjudicarlo. Dígales que no sabía nada de mí. Dígales que mentí. Que lo engañé. Pero no lo hice. Solo quería aprender. Ahora entiendo que mi deseo le ha ocasionado la ruina. Y ahora debo dejarlo. Lo siento muchísimo. Para mí, usted siempre será el rey de los vitrales. Emilie Pascal.

Dobló la carta y garabateó una breve nota de despedida a Grace. Luego se echó la capa sobre los hombros. La había usado para ir a Nueva York y la usaría de nuevo esta noche, como fin de su viaje. Con una última mirada a la habitación y a la vida que había sido suya durante un tiempo fugaz, bajó las escaleras para dejarle la carta al conserje.

Cuando el señor Tiffany no regresó al pabellón, el señor Nash sugirió que volvieran al hotel y lo esperaran allí. Así que cerraron con llave y dejaron todo el mantenimiento necesario para el día siguiente.

Todos esperaron en el vestíbulo mientras el señor Nash se acercaba a la recepción a preguntarle al conserje si había alguna noticia del señor Tiffany. No la había, y como nadie tenía hambre, decidieron pedir una botella de vino y esperar en una de las mesas de la galería techada, desde donde se podía ver la entrada del hotel.

Por fortuna, no tuvieron que esperar mucho. Estaban bebiendo el vino en silencio cuando el señor Tiffany llegó.

Grace casi no pudo contener las ganas de correr hasta él y exigirle que les contara de inmediato lo que había sucedido. Aunque una parte de ella no quería saberlo.

Pero al pasar por delante del mostrador de recepción, el conserje lo llamó.

—*Bon soir, monsieur Laurence. Quelle journée.*

—*Oui, monsieur.* Le han dejado esto para que lo lea con urgencia. —Le entregó una carta al señor Tiffany—. Su personal lo está esperando allí.

Señaló hacia el fondo del largo pasillo donde había mesas dispuestas para que los huéspedes pudieran relajarse. Aunque ninguno de sus empleados estaba en lo más mínimo relajado.

—*Merci.* —El señor Tiffany se encaminó hacia ellos mientras abría la carta. Caminaba con un paso ágil que no casaba con alguien que hubiera sido desacreditado recientemente. Tal vez todavía había esperanza—. No esperaba semejante comité de bienvenida. Supongo que querrán oír las noticias —agregó con tono alegre.

—Sí, por favor —lo urgió la señora Driscoll, nerviosa.

—Mmm, un momento —respondió él mientras leía la carta. Frunció el entrecejo y luego los miró—. Qué raro.

—Señor Tiffany —aventuró el señor Nash.

Tiffany levantó la vista y sacudió el papel delante de ellos.

—¿Qué es esta tontería?

—¿Qué tontería? —preguntó la señorita Northrop y se puso en pie.

—Una carta de la señorita Pascal. Diciendo que nunca quiso perjudicarme. Dándome las gracias y diciendo que se va. Juro que si Leland se ha fugado con ella, tendrá que vérselas conmigo.

—No —afirmó la señora Driscoll y se movió para quedar de pie junto a la señorita Northrop—. Hubo rumores. Y como la comisión de la Expo pidió su comparecencia, supusimos que... ¿Nos han quitado las medallas?

El señor Tiffany parpadeó.

—¿Qué? Nunca oí nada más absurdo. Los miembros de la comisión me convocaron para elogiar nuestro trabajo y entregarme...

—¿O sea que no habían oído los rumores? —soltó Grace.

—¿Qué rumores?

—Señor Tiffany —comenzó la señora Driscoll y dirigió una mirada a Grace para que se callara—. Alguien echó a correr un rumor de que la señorita Pascal era la hija del infame falsificador de arte Dominique Pascal.

—Y es totalmente cierto —declaró el señor Tiffany.

—¿Usted lo sabía?

—Sí. Me lo contó Lee Bishop en el baile de Navidad. Es probable que por eso sea tan buena con el color. Lo aprendió en las rodillas de su padre mientras él copiaba a los antiguos maestros.

—¿No estás indignado?

—Bueno, Leland me aseguró que ella no estaba involucrada en ningún fraude.

—¿Y cómo lo sabía? —inquirió Grace.

El señor Tiffany se encogió de hombros.

—Es marchante de arte. Tiene una galería aquí en París. Es muy sociable. La reconoció casi de inmediato. La comunidad artística local es bastante pequeña.

La señora Driscoll se sentó con rapidez, como si le hubieran cedido las rodillas. Grace sabía que el alivio que sentía también había aflojado las suyas.

—¿No la va a despedir?

—¿Pero por qué iba a hacerlo? Tiene ojo. Es testaruda. Y es buena. Sería un tonto si la dejara ir.

—¿Puedo ir a decírselo? —preguntó Grace a la señora Driscoll.

—Sí, por supuesto. Adelante. ¡Me siento tan aliviada!

Pero Emilie no estaba en la habitación. Le había dejado una nota a Grace.

Lo siento.
Fuiste la mejor amiga que jamás he tenido. Emilie.

Grace aferró la nota y corrió de vuelta al ascensor. Tan pronto como las puertas se abrieron en el vestíbulo, salió corriendo y casi se llevó por delante a una pareja que subía.

—¡Se ha ido! —gritó antes de llegar al grupo, que había pedido otra botella en su ausencia.

—¿Se ha ido? —repitió el señor Tiffany—. ¿Ya se ha ido a cenar?

—No. A cenar no.

—¿Entonces adónde? No debería andar deambulando de noche sola por las calles de París, por muy bien que conozca el área. —Alzó el vaso—. Debería estar aquí disfrutando del excelente tinto del hotel.

Grace sacudió la cabeza. No le gustaba la idea que se estaba formando en su mente. Pero no podía ignorarla.

—No creo que vuelva.

—No sea ridícula. No se ha fugado con Bishop, ¿verdad? Lo mataré con mis manos. Juro que no entiendo por qué las chicas querrían casarse.

—Emilie tiene amigos aquí —aseguró la señora Driscoll.

—No piensa casarse —declaró Grace—. Ni encontrarse con amigos. Ay, Dios. Creo que sé a dónde ha ido. Tengo que irme.

—¿A dónde?

Grace casi no pudo formar las palabras.

—Al río.

—¿Por qué demonios…? —El señor Tiffany no llegó a terminar la pregunta.

—Al Pont des Arts. ¡Debemos darnos prisa!

CAPÍTULO 30

EMILIE ESTABA DE PIE EN LO ALTO DEL PUENTE Y CONTEM-plaba las aguas oscuras donde tantas almas infelices habían puesto fin a sus vidas. Esa noche no llevaba ninguna rosa. La pequeña vendedora de flores no había regresado todavía, pero no creía que a su madre le importara. Pronto tendría a Emilie.

A lo lejos, una cúpula de luz de colores iluminaba la Exposición, surgiendo de la oscuridad como una de las lámparas de la señora Driscoll. A su alrededor, las luces de París que alguna vez la habían envuelto en un manto de calidez de colores vivos y palpitantes brillaban frías y acusadoras.

Emilie suspiró y se apoyó en el parapeto de hierro.

—*Maman, maman.* Nunca entendí cómo pudiste dejarme. Pero ahora lo entiendo, *maman.* No quedaba ningún lugar adonde ir, ¿verdad? Ningún lugar donde pudieras respirar en libertad, sin miedo, sin desesperación. Y ahora no tengo otro lugar adonde ir que hacia ti. —Bajó la vista al río y no sintió nada—. ¿Estás ahí, *maman*? No te volverás contra mí como los demás, ¿verdad?

Oyó un alboroto al final del puente. Juerguistas. Había llegado demasiado temprano para estar sola. Pero esperaría. Conocía la paciencia.

Se enderezó un poco para que nadie se detuviera a

preguntarle si estaba bien. No estaba bien. ¿Cómo iba a estar bien? Había destruido todo lo que importaba en su vida. Pero pronto ya no importaría.

Pasos. Se apuntaló internamente y clavó los ojos en el frente hasta que se detuvieron a su lado.

Era Grace. Emilie sacudió la cabeza y se sujetó de la barandilla con ambas manos.

—¡Espera, Emilie!

No podía esperar. Incluso ahora sentía que su madre se escabullía. No podía esperar. Tenía que ser ahora.

—¡Por favor! ¡No ha pasado nada! El señor Tiffany lo sabe. Ya lo sabía.

“*Maman*, espera. No me dejes”. Se le escapaba. Se perdía en las aguas oscuras, lejos de Emilie. ¿Cómo podría encontrarla si no la seguía ahora?

—¡Emilie, no! ¡No hagas esto, es terrible! Escúchame. Ellos estaban equivocados. ¡Todo está arreglado!

Emilie apretó con fuerza la barandilla. “¡Espera *maman*!”. Estaba llorando. Podía sentir el sabor de sus lágrimas. *Pero su voz interna es débil y teme que su súplica haya caído en el vacío.*

—No me queda nada. —“Hasta *maman* se ha ido”.

Ahora hay más pasos acercándose.

Y la voz del señor Tiffany, llamándola.

—¡Emilie Pascal, muchachita tonta! ¡Aléjese de ese parapeto! ¿Quiere usted pescar una neumonía fatal?

“Sí. Sí, quiero”, pensó Emilie, pero sus manos parecían congeladas alrededor de la barandilla de hierro.

El señor Tiffany se detuvo a su lado. Ella retrocedió y se tambaleó hacia atrás hasta que su espalda chocó con la barandilla opuesta.

—Basta ya. Aléjese de esa barandilla de inmediato. Si no tiene más cuidado, terminará cayéndose.

—Yo no lo engañé. Tiene que creerme. —*Pronuncia las*

palabras, pero estas no salen de su boca. Están atascadas dentro de ese vacío espantoso.

El señor Tiffany arrugó el ceño; incluso en la oscuridad, ella alcanzaba a ver sus cejas gruesas fruncidas sobre los ojos vivaces.

—Por supuesto que no. ¿Qué disparate es ese?

—Lo he arruinado.

—¿Arruinarme? ¿Cómo podría usted arruinarme, muchacha tonta?

—El comité. Lo llamaron a comparecer.

—Solo para conferirme el título de Caballero de la Legión de Honor. Es la mayor distinción que existe. Deberíamos estar celebrándolo y no aquí en un puente oscuro sobre este miasma de malos olores.

—Pero todos piensan que…

—¿Qué le importa lo que piensen todos? Nunca le importó lo que pensaba yo.

—Sí que me importa.

—En ese caso, venga aquí enseguida.

Pero ella solo atinó a quedarse mirándolo, de pie en el puente con el cielo nocturno y las luces de París a sus espaldas.

—Todo ha salido bien, esta noche somos la cúspide del arte.

Emilie permaneció callada. Era de lo más asombroso.

—¿Me escucha? Aléjese de ahí. Está exonerada de lo que sea que se supone que haya hecho.

"Exonerada. Estoy exonerada". No era su fin, y no había arruinado al señor Tiffany. Estaba exonerada.

El señor Tiffany frunció el entrecejo.

—¿Qué está mirando?

—La luz —respondió ella por fin—. La forma en que brilla a través de las rejas del puente a sus espaldas. Parece usted un soldado romano en el parapeto.

—Ah, ¿sí? ¡Ja! Me gusta. César, tal vez. Emperador de Roma... Lo diseñará para mí, ¿verdad? —Le tendió la mano, y cuando ella avanzó hacia él, él entrelazó su brazo con el de ella—. Por supuesto, debo llevar una coraza dorada. Conozco el vidrio perfecto para eso.

—Y un tocado de plumas. Yo conozco el vidrio perfecto para eso.

—Y una lanza.

—Y una falda de soldado.

—No me convence lo de la falda.

—No es discutible. Me aseguraré de que sus rodillas no se vean huesudas.

—Para su información, no tengo rodillas huesudas.

—Y sandalias de cuero...

Clara meneó la cabeza con afecto mientras los observaba pensativa: maestro y aprendiz, ya caminando de regreso al hotel, ajenos a los demás y a la razón por la que estaban allí, ya enfrascados en una discusión sobre la mejor manera de representar al rey de los vitrales.

EPÍLOGO

Enero de 1933
Cementerio de Green-Wood
Brooklyn, Nueva York

Es un día gélido y Emilie se mantiene a distancia, alejada de los demás, con una rosa roja en la mano.

Están todas allí: Grace, ahora caricaturista política remunerada, junto a su Charlie; Clara y su esposo, Edward. Agnes, todavía soltera, pero de pie con Arthur Nash y otros que no reconoce. Reconoce a Amon. Más viejo, un poco más gordo, con el cabello entrecano. Está de pie al final del grupo con una mujer regordeta que debe de ser su esposa.

Un momento rápido y agridulce la invade antes de desaparecer. Se acabó. Un viento cortante barre la hierba y todos comienzan a dispersarse.

Emilie es la única que se queda. Camina hacia la tumba abierta. Él se había ido cuando ella llegó por primera vez a Nueva York, y ahora se ha ido de nuevo.

Ha pasado mucho tiempo; los gustos en arte y decoración han cambiado. El brillo de su luz se ha desvanecido, pero…

"Usted siempre será mi querido señor Tiffany, el indiscutible rey de los vitrales. —Deja caer la rosa en el vasto océano de los recuerdos—. No lo olvidaré".

Alguien se acerca y se detiene a su lado. Emilie levanta la vista y sonríe. Lo coge del brazo.

—Ven, Leland, vamos con los demás.

NOTA DE LA AUTORA

¿POR DÓNDE EMPEZAR? QUIZÁ POR LA FAMILIA. LAS HAY de todo tipo: biológicas, adoptadas, laborales, espirituales.

El trabajo de un novelista es introducirse en la familia sobre la que ha elegido escribir, imaginar lo que ocurre a medida que el pasado y el presente de esa familia le van dando forma, cómo discuten, aman y se sacrifican.

Las chicas Tiffany debieron de haber sido una especie de familia, ya que trabajaban juntas todo el día y algunas vivían juntas en pensiones. Ahí es donde comenzó mi historia.

¿Cómo eran las relaciones entre Clara, Agnes y Alice y con las otras chicas Tiffany? Aunque los nombres y fotografías de muchas de las "chicas" reales se conocen, hay muy poco escrito sobre sus historias. Me hubiera gustado incluirlas a todas. Pero con una novela que ya incluía muchos personajes, me vi obligada a limitarme a unas pocas. Así que traté de volcar mi mente y mi corazón en ese entorno, ese período, esas chicas, y pensar, ¿qué haría y sentiría yo? Y de imaginar cómo serían las chicas que vivían en casa de doña Berto.

Descubrí el prototipo de Grace en Lou Rogers, una feminista y sufragista que trabajó unos años después de Grace y es considerada la primera mujer caricaturista. Emilie surgió de la pregunta de qué haría una mujer cuando sus opciones se habían agotado. Y por qué podría concluir que su única opción era viajar al otro lado del mundo para buscar al señor Tiffany.

He intentado ceñirme lo más posible a la historia real y a la línea de tiempo. Pero como novelista, me he tomado algunas licencias artísticas por el bien de la historia y del lector.

Es posible que Alice Gouvy ya se hubiera trasladado al taller de Corona en 1899, pero pensé que merecía estar en la historia, así que la mantuve.

En las cartas de Clara, menciona haber tenido la idea del diseño de las libélulas en primavera. Pero trasladé ese proceso al verano, para que pudiéramos experimentar la emoción de ese momento creativo y presenciar cómo podría haberse convertido en la icónica lámpara de libélulas.

Dividí adrede el trabajo en los paneles de las estaciones para que coincidiera con las estaciones del año.

El desfile de la policía se celebró en junio, pero era un evento tan perfecto para Grace y Charlie que lo pasé a julio. Es posible encontrar relatos del desfile real en el *New York Times* y el *Sun*.

Tiffany era conocido por tartamudear cuando se emocionaba o se agitaba. Decidí obviar esto porque sentí que escribirlo podía llegar a distraer al lector de lo que estaba diciendo e interrumpir su atención (y la mía) y el ritmo de la historia.

La feria mundial de París tuvo lugar entre abril y noviembre de 1900. La visitaron más de 50 millones de personas. Alrededor de 60 países presentaron 85.000 exposiciones de lo mejor de su arte y cultura, innovaciones científicas y logros de manufacturación. Existen fuentes primarias para experimentar las maravillas de la mayor feria del mundo.

Nunca pude averiguar quiénes de los artesanos reales

fueron realmente a la Exposición, si es que alguno lo hizo, así que envié a mis protagonistas con la excusa de que Tiffany necesitaría trabajadores para supervisar las instalaciones, hacer reparaciones menores, etc.

Había muchas versiones del motivo de libélulas de Clara, lámparas con bases diferentes, tanto de aceite como eléctricas, así como numerosas piezas decorativas. Una versión de lámpara de libélulas con base de latón se expuso en la Grafton Gallery en octubre de 1899. Otra versión con base en punta de flecha se expuso en la Expo de París.

Se dice que el vitral de "Magnolia" de Agnes se expuso en el Pabellón Bing, al otro lado de la Esplanade, en el lado francés de los edificios de la exposición. Pero, de nuevo, a efectos de la línea dramática de la historia, le di un lugar en el Pabellón Tiffany.

El vitral "Las cuatro estaciones" (actualmente en el Museo Morse y descrito en esta novela) se presentó por primera vez al público en la Expo de París. Hubo un vitral "Las cuatro estaciones" anterior (actualmente en el Museo Metropolitano de Arte de Nueva York) en el que también colaboró Agnes Northrop y que se exhibió en la Exposición Columbia de Chicago en 1892. A veces se confunden.

La escena en la que Tiffany contrata a Westinghouse para iluminar su exposición se basa en un hecho real. Muchas exposiciones no estaban listas el día de la inauguración. Algunos expositores aún no habían llegado. El Palais d'Electrique, que contaba con 5000 bombillas incandescentes solo para la decoración exterior, estuvo a oscuras durante la inauguración.

El Petit y el Grande Palais no abrieron hasta dos semanas después de la inauguración oficial.

Los premios no se entregaron hasta agosto de 1900, pero, otra vez por el bien de la historia, los adelanté para que encajaran en mi cronología.

Y si te preguntas qué pasó con los personajes reales...

Tiffany era un artista, filántropo y partidario de las artes y los derechos de la mujer. Pero, como suele suceder, con el transcurso de los años, él y sus icónicas obras pasaron de moda y dejaron paso a piezas más modernas. Las lámparas fueron desterradas a los desvanes o vendidas en ventas de garaje. Los vitrales se desmontaron, se cubrieron con madera y se guardaron en los sótanos de las iglesias.

Tiffany, al borde de la bancarrota, se instaló en su casa de Laurelton, donde abrió un retiro para artistas. Murió en 1933, sin saber que volvería a elevarse a un lugar respetado en la historia del arte.

Todo el contenido de los talleres, incluidas las obras de arte, los documentos privados de Tiffany y sus cuentas comerciales se guardaron en Laurelton. En 1957, un incendio destruyó Laurelton. Las ruinas quedaron abandonadas hasta que Hugh y Jeannette McKean rescataron lo que pudieron y donaron los objetos al museo que habían fundado en honor del abuelo de la señora McKean. En la actualidad, el Museo de Arte Americano Charles Hosmer Morse alberga una amplia colección de Tiffany.

En la década de 1950, las obras de Tiffany volvieron a ponerse de moda. Las lámparas y accesorios fueron recuperados de los áticos y, una vez más, adornaron los salones. Y con *Downton Abbey*, el interés se ha disparado, y también los precios.

Alice Gouvy abandonó los estudios de Tiffany a principios de 1907 y regresó a Cleveland para trabajar de maestra y cuidar de su madre.

En el otoño de 1909, Clara Driscoll, después de vivir una década en la misma pensión, se casó con Edward A. Booth y abandonó la empresa Tiffany por última vez. El matrimonio dividió su tiempo entre Nueva York y una casa en Point Pleasant, Nueva Jersey, hasta 1930, cuando Edward se jubiló y se mudaron a Florida. Clara incursionó en varios oficios, pero nunca alcanzó los logros de sus años en Tiffany. Murió en 1944, seguida de Edward en 1950.

Agnes Northrop siguió trabajando en el estudio de Tiffany hasta su cierre y luego se trasladó a una filial para continuar con sus diseños. Por fin se mudó de la escuela masculina al Grammercy Park Hotel y siguió trabajando como diseñadora hasta los 94 años.

AGRADECIMIENTOS

NUNCA ESCRIBES UN LIBRO SOLA. PUEDE QUE AL PRINCIPIO te sientes en tu escritorio con la pantalla en blanco, pero pronto se llena de personajes que se vuelven reales antes de que te des cuenta. Y luego están las personas reales que convierten tu idea y tus palabras en un libro terminado.

Gracias como siempre a mi agente, Kevan Lyon; a mi editora, Tessa Woodward; a mi equipo de William Morrow y a mi correctora de estilo, Laurie McGee, que siempre da sentido a mis frases y descripciones incoherentes y contradictorias. Vaya también mi agradecimiento sincero a Gail Freeman y Lois Winston: cajas de resonancia, amigas alentadoras e inspiradoras. Gracias a todos.

Internet es siempre una fuente invalorable para conectar con archivos históricos, y dado que el grueso de este libro fue escrito durante la pandemia, gran parte de mi habitual investigación en persona dependió de Zoom, el correo electrónico y los seminarios web.

Deseo dar las gracias de un modo especial a museos y curadores cuyas conferencias llegaron a Internet. Gracias a Eventbrite y NY Adventure Club por acercarme el mundo cuando yo no podía llegar a él. (Y por meterme en innumerables berenjenales que no tenían nada que ver con Tiffany pero que algún día podrían convertirse en el germen de otro libro).

No tengo palabras para expresar mi gratitud a Clara Driscoll por sus cartas a su familia y sus descripciones de las chicas Tiffany y del trabajo cotidiano en los talleres de Tiffany. Poco se sabía de la vida de estas mujeres hasta que sus cartas fueron descubiertas en dos escondrijos en Queens y Ohio.

Yo buscaba una historia para este libro sobre mujeres de principios de siglo que hubieran cambiado las cosas. No mujeres famosas, ni titulares llamativos, sino la mujer trabajadora común; la "nueva mujer" que, por su dedicación al trabajo, ayudó a romper el techo de cristal y abrió el camino a las mujeres profesionales futuras. Y la encontré con las chicas Tiffany.

NOVELAS HISTÓRICAS EN VIDIS

HISTÓRICAS ROMÁNTICAS
El secreto de París • Natasha Lester
Una novela sobre la resistencia en París que presenta a las primeras pilotos de guerra y el origen de la casa Dior.

Las tres vidas de Alix St. Pierre • Natasha Lester
En la postguerra en París, una exespía debe encontrar al nazi que arruinó su vida, mientras brilla como publicista de la alta costura y resiste a un amor inesperado.

La casa de la Riviera • Natasha Lester
Una mujer que lo arriesgó todo: el amor y la propia vida, para evitar que los nazis destruyeran obras de arte invaluables durante la Segunda Guerra Mundial.

La última rosa de Shanghái • Weina Dai Randel
Un amor apasionado entre una rica heredera china y un joven judío refugiado del nazismo, en el ambiente glamuroso del viejo Shanghai de los 40.

HISTÓRICAS ÉPICAS
Escape de Viena • Weina Dai Randel
Viena, 1938. La conmovedora historia real del cónsul chino, Dr. Ho Fengshan, que junto a su esposa salvó del nazismo a miles de judíos.

Las brujas de Vardø • Anya Bergman
En una fortaleza noruega del siglo XVII, se encarcelaba a las mujeres y se las quemaba por brujas.

NOVELAS HISTÓRICAS EN VIDIS

Los hijos de Rachel • Eleanor Shearer
La increíble aventura por tierra y por mar de una esclava fugitiva que decide recuperar a sus hijos robados.

HISTÓRICAS DE AVENTURAS
Entre nosotras, la libertad • Chitra Banerjee Divakaruni
Tres hermanas sufren la muerte de su padre y la trágica partición de la India, mientras luchan por sus sueños, su libertad y la inquebrantable fuerza del amor.

Las cuarenta ladronas • Erin Bledsoe
Inspirada en la historia real de Alice Diamond, la reina de los ladrones de Londres en 1920.

HISTÓRICAS MITOLÓGICAS
Ítaca • Claire North
Ulises se ha ido con todos los hombres jóvenes de la isla y Penélope gobierna desde las sombras. Es hora de que las mujeres cuenten su versión del famoso mito griego.

La casa de Ulises • Claire North
Penélope debe proteger Ítaca ante la inminente batalla entre Orestes, rey de Micenas, y su tío Menelao, rey de Esparta, que busca usurpar su trono.